SI TU M'AIMES...

DU MÊME AUTEUR
AUX ÉDITIONS ALBIN MICHEL

Blanc comme la nuit, roman
Rien que des sorcières, roman
Grand prix de l'imaginaire
Le Grand Livre des sorcières

KATHERINE QUENOT

SI TU M'AIMES...

ROMAN

Albin Michel

Cet ouvrage est un ouvrage de fiction. Ses héros sont imaginaires. Toute ressemblance avec des personnages de la réalité ne saurait être que pure coïncidence.

© Éditions Albin Michel S.A., 1995
22, rue Huyghens, 75014 Paris

ISBN 2-226-07791-X

A mes parents,
A Léa.

1.

Le parquet venait d'être ciré et l'odeur de la térébenthine gênait Lili dans ses recherches. Il était dans les quatre heures du matin, mais le grand Tom n'était au lit que depuis très peu de temps. Lili l'avait encore aperçu tout à l'heure au moment où elle était sortie. Il se tenait à sa place habituelle et ne lui avait prêté aucune attention. Dehors, le bruit des vagues l'avait retenue un instant sur le seuil. Le vent battait la falaise par toutes les faces qu'il pouvait atteindre.

Elle avait commencé par une série de pentes, puis s'était engagée dans l'allée jusqu'à la maison de briquettes, elle avait contourné des nains et des champignons et continué par le moulin dont les ailes grinçaient horriblement. L'une d'elles avait un pan de cassé, mais cela ne l'empêchait pas de tourner à toute vitesse. Dominant sa peur, elle s'était obligée à passer à proximité, au point de sentir le grincement lui mordre les entrailles. Ensuite, plusieurs murs de hauteurs différentes s'étaient échelonnés sur son trajet, qu'elle avait simplement longés, puis il y avait eu quelques tunnels, des ponts, des fossés, et elle avait laissé derrière le dernier obstacle du golf miniature. La barrière de l'hôtel était toujours ouverte mais elle ne passait jamais par là. Comme il faisait très froid, elle ne s'était pas attardée. Heureusement, la chance avait été avec elle : elle avait eu ce qu'elle voulait sans se donner trop de mal.

Quand elle était revenue, le grand Tom n'était plus assis avec ses yeux fixes et l'écran était éteint. Il dormait aux côtés d'Emmanuelle, sa main posée sur les cheveux frisés de la jeune femme, l'endroit le plus doux d'Emmanuelle, selon Lili. Elle avait libéré sa prisonnière mais l'odeur de la cire pipait le jeu.

Une nouvelle fois, elle inspecta brièvement les recoins habituels de la chambre.

Ses paupières en amande battirent de dépit.

Il lui était particulièrement aisé de distinguer les formes dans l'obscurité, si ce n'est que la plupart du temps ces sales bêtes s'arrangeaient pour qu'il n'y ait rien à voir. Aussi, comme bon nombre de nuits depuis qu'ils étaient ici, se décida-t-elle à réveiller Emmanuelle. Posant soigneusement ses griffes sur le matelas déchiré, dans les mêmes emplacements qu'elle utilisait depuis six mois, elle se hissa d'un coup de reins jusqu'à la respiration chaude de sa maîtresse.

— Mon Lili... Il est trop tôt ! protesta une voix ensommeillée.

Coupant court aux reproches d'Emmanuelle, Lili se laissa retomber du lit et sauta à l'intérieur de la table de nuit. Elle tourna sur elle-même plusieurs fois pour prouver qu'il n'y avait rien, puis alla reprendre sa place sur la tête de sa maîtresse avec une lassitude calculée. Emmanuelle savait que la table de nuit était un point stratégique pour Lili. Elle y acculait sa souris puis l'appelait à l'aide pour lui faire monter la garde pendant qu'elle se jetait sur la petite chose hirsute et tremblotante. Apparemment, la souris n'avait pas été très coopérante aujourd'hui.

— Tu l'as encore perdue ? C'est ça ? chuchota la jeune femme en palpant doucement la fourrure fine et palpitante.

Il n'y eut aucune réaction notable de la part de Lili, mais Emmanuelle se mit à sourire. Il aurait fallu avoir une pierre à la place du cœur pour être insensible à la supplique silencieuse de l'animal, même si ladite supplique se répétait souvent. Si Thomas savait... Mais à l'heure où Lili revenait de la chasse, il était dans son premier sommeil et Emmanuelle n'était même pas sûre qu'il se réveillerait si on lui annonçait qu'une Lamborghini Diablo venait d'atterrir sur le minigolf.

Elle amena son autre bras en direction de sa tête et cueillit Lili qu'elle laissa choir sur ses genoux. Instantanément, la chatte fit résonner son corps tout noir d'un ronronnement appréciateur. Parfois, ce n'était pas une souris qu'elle lui ramenait mais un oiseau, une petite boule aussi molle que convulsive, molle-convulsive, molle-convulsive... juste molle : en trois coups de dents, c'était fini. En fait, ça allait bien trop vite et c'était probablement pour cette raison que Lili préférait les souris. En tout cas, Emmanuelle en avait l'intime conviction. Plus que ça : elle ressentait personnellement un intérêt moindre à chercher dans la chambre un oiseau blessé qu'à rivaliser d'astuce avec Lili pour tirer ces friponnes de souris de leurs cachettes. Après tout, celles-ci connaissaient aussi bien le terrain, sans parler de l'avantage que leur conférait leur taille. L'autre fois, Lili s'était rallongée la patte de plusieurs bons centimètres afin d'atteindre la musaraigne qui s'était réfugiée au fond du tiroir bloqué du semainier.

« Lili n'a pas son pareil pour attraper les oiseaux, mais elle préfère de loin les souris. Elles sont plus coriaces. Savez-vous que j'en ai repéré trois sortes totalement différentes ? »

— Alors ce sera quoi aujourd'hui, mon Lili ? demanda-t-elle aux pupilles fluorescentes posées sur elle.

A peine eut-elle parlé que Lili pointa ses oreilles en avant. Emmanuelle s'empara de la lampe de poche qu'elle rangeait sous son oreiller et Lili se laissa tomber souplement sur le sol. Emmanuelle en fit autant. A quatre pattes, la chatte sur les talons, elle se mit à arpenter la chambre en évitant les planches qui craquaient.

Quand Tom était en tournage, elle n'avait pas à prendre ces précautions. En ce moment, c'était seulement un jour par semaine, un feuilleton pour la télé qui se réalisait dans les studios des Buttes-Chaumont, à Paris. Parfois, cela prenait quelques jours. Bientôt, Tom commencerait les répétitions de sa première pièce de théâtre, mais Emmanuelle ne savait pas encore en quel équivalent d'absence elle devrait convertir. Quand le tournage dépassait un mois, elle allait le rejoindre avec Lili parce que Tom ne pouvait se passer d'elles plus longtemps...

Ces voyages étaient des cauchemars pour Lili.

La plupart du temps, ils vivaient dans un hôtel ou un appartement qui exhalait une somme incroyable d'odeurs humaines très désagréables pour ses narines délicates. Même si elle pouvait y surprendre quelques souris, elle n'avait pas le goût de l'exotisme : ces souris-là n'étaient pas pareilles, elles étaient... moins bien.

Les souris de l'hôtel que Tom avait acheté récemment possédaient le don de se trouver des cachettes inédites. Emmanuelle en fit la remarque à voix basse à Lili au moment où sa lampe, fouillant les ténèbres, éclaira le tuyau d'évacuation du lavabo. La petite créature, par on ne sait quelle technique d'alpinisme, s'était hissée dans le coude du tuyau où elle se tenait en équilibre.

« Modèle grandes oreilles », commenta intérieurement Emmanuelle.

— Eh bien, elle est douée, celle-là ! chuchota-t-elle à Lili. Tu ne crois pas qu'elle mériterait ton indulgence ?

Elle câlina des yeux son chat.

— ... Allez, sois gentille pour une fois.

Longuement — et comme poliment — Lili rendit à Emmanuelle son regard. Puis ses oreilles se dressèrent et elle se dirigea tranquillement vers la souris. Avant qu'elle ne parvienne jusqu'à elle, il y eut un petit bruit léger : la souris venait de tomber toute seule de son tuyau, morte d'un arrêt cardiaque.

Lili continua à avancer vers la souris comme si de rien n'était. Les bras croisés sur sa poitrine, resserrant autour d'elle sa chemise de nuit pour chasser l'air froid, Emmanuelle se fit vaguement la réflexion que son rôle était fini. Elle bâilla.

— Je vais me coucher, Lili.

Indifférente, la chatte toucha du bout de sa patte le pitoyable petit corps gris.

— Et tâche de mâcher en silence...

Elle se dépêcha de rejoindre son lit. Se blottir contre Thomas par une de ces nuits glaciales de bord de mer — quand Thomas était endormi et qu'elle l'avait tout à elle — était un moment de bonheur purement égoïste, et donc rigoureusement parfait.

Alors qu'elle soulevait la couette pour se glisser dessous, un deuxième bruit, en tout point semblable au premier, lui parvint.

— Qu'est-ce que tu fais encore, Lili ?

Sous le projecteur de sa lampe, elle vit la souris exécuter un saut périlleux. Ses lèvres boudeuses retinrent un soupir. Le froid qui régnait dans la chambre le transforma en une bouffée de brouillard quand elle se mit à parler.

— Je t'avertis que si tu perds encore ta souris, je n'irai pas la chercher ! gronda-t-elle à voix basse. Dépêche-toi de la manger, maintenant. On ne va pas y passer la nuit.

Comme si la jeune femme s'était adressée au mur, les sauts périlleux continuèrent sous le halo de la lampe. Il sembla à Emmanuelle que les bruits de chute devenaient progressivement plus visqueux.

— Lili !

La chatte s'arrêta, tourna la tête en direction de sa maîtresse, puis considéra la souris. Cela ne lui plaisait pas du tout que celle-ci soit morte, elle avait envie de la faire remarquer. D'un coup de patte, elle l'envoya une nouvelle fois en l'air et, après un bref instant de plaisir, la vit retomber, inerte. Une déception enfantine emplit les yeux du chat.

— Mange cette souris, Lili, ordonna Emmanuelle d'une voix tendue. Si elle est encore là demain matin quand Thomas se réveillera...

D'un bond Lili fut sur la table de nuit, près de sa maîtresse. Là, elle allongea le cou et, délicatement, se mit à boire un peu de l'eau du vase. Puis elle releva sa tête et dirigea ses yeux couleur d'or vers Emmanuelle. De fines gouttes perlaient sur sa moustache et un pétale de rose était venu se coller sur son petit front volontaire.

— Va manger ta souris, mon Lili. Allons, fais-moi plaisir...

Avec lenteur, les pattes de Lili se replièrent sous elle et elle se transforma en chat empaillé. Rien ne bougeait plus, pas même ses yeux qu'elle tenait agrandis sur ceux de sa maîtresse.

— Lili! s'indigna Emmanuelle. C'est *ta* souris!

Pendant un long moment, rien ne se passa. Le faisceau de la lampe était écrasé contre le drap. Emmanuelle avait son regard perdu dans l'auréole rouge, tout à fait consciente que Lili attendait d'elle qu'elle se décide. Puis Tom s'agita dans son sommeil, un courant d'air s'engouffra dans le col de sa chemise de nuit, alors elle pivota sur elle-même et posa les pieds par terre.

— Je me fais commander par mon chat! gémit-elle en se dirigeant vers le cadavre de la souris.

Attrapant la grande parka de Tom qu'elle jeta sur ses épaules, elle saisit l'animal mort par la queue et se dépêcha de sortir.

Lili suivit des yeux sa proie en train de se balancer au bout des doigts de sa maîtresse. Elle ronronnait de plaisir.

2.

L'Hôtel du Golf faisait partie d'une minuscule station balnéaire construite de toutes pièces après la Première Guerre mondiale dans un joli bois qui abritait des demeures d'un genre tout à fait différent. Emmanuelle et Thomas Nival s'étaient souvent imaginés propriétaires de l'une ou l'autre de ces somptueuses constructions victoriennes à peine visibles de la route, comme si elles avaient voulu aviser l'insignifiant quidam qu'il n'était même pas digne de poser les yeux sur elles. Et voilà qu'ils se retrouvaient en possession d'un hôtel désaffecté, si blanc, si cubique, qu'ils ne lui avaient toujours accordé qu'une attention amusée au cours de leurs différents passages dans la région. Jusqu'au jour où, sans savoir pourquoi — une nouvelle lubie de Thomas —, ils s'étaient lancés à considérer d'un regard plus attentif la pancarte qui annonçait sa mise en vente.

Isolé sur le crâne pelé de la falaise, comme mis en quarantaine à l'écart du bois par ses orgueilleuses voisines, l'ancien hôtel faisait toujours l'effet à Emmanuelle, quand sa pâleur de béton surgissait au détour du grand virage, d'être tout nu sous le vent. Le minigolf qui occupait la totalité du jardin (mais pouvait-on parler de jardin alors que la seule végétation était de l'herbe jaune et des arbustes tordus ?) ne parvenait en aucune manière à lui ôter son air de pension de famille. On ne pouvait pas dire qu'elle aimait follement cet endroit, mais ce n'était pas très important vu que Thomas avait la bougeotte : ils en étaient à leur quatrième déménagement en cinq ans de vie commune.

Thomas, pour sa part, se réjouissait énormément de cette acquisition qui lui rappelait l'enfance qu'il s'était inventée aux Etats-Unis, dans les années cinquante. Il appréciait particulièrement le jardin d'hiver, là où Lili se tenait maintenant à l'issue de sa grasse matinée, installée sur une table contre les vitres un peu embuées de la véranda, en train de happer délicatement les miettes de croissant qu'Emmanuelle disposait toujours dans une soucoupe pour son petit déjeuner ou l'une de ses fringales de la journée.

Les invités qui venaient chez les Nival en week-end pour la première fois étaient mis au pas des habitudes du chat dès leur arrivée, et quand chacun avait fini de grignoter les délicieuses viennoiseries qu'Emmanuelle confectionnait elle-même, on pouvait voir des petits tas de miettes soigneusement ratissés devant chacun des bols. Deux ou trois détails supplémentaires concernant Lili étaient bons à savoir pour se faire accepter d'Emmanuelle, qui tous tournaient autour de l'atmosphère de sérénité qui était indispensable au chat de la maison, en contrepartie de quoi vous étiez comme chez vous. La famille se pliait à ces règles sans se poser de questions, les amis comprenaient un peu moins, d'autant que l'homme de la maison, lui, faisait peu de cas de cette obligation ; ceux qui avaient des enfants les emmenaient se dépenser sur la plage pour limiter cris et bruits intempestifs, mais Emmanuelle était si gentille et Tom... et Tom c'était quand même Tom, il fallait bien le dire.

Quand le comédien en question fit son entrée dans le jardin d'hiver en déclamant le texte de son premier rôle au théâtre (un nouveau challenge), Emmanuelle regarda sa montre avec précipitation. Onze heures. Le rapide calcul mental qu'elle effectua aurait dû l'amener à renoncer à son projet, mais l'envie était trop forte. Par-delà les vitres, sous le ciel chauve de nuages, la mer possédait des reflets onctueux.

— Tu peux tenir compagnie un petit peu à Lili ? minauda-t-elle. Je ne reste pas longtemps.

Tom s'arrêta au milieu de sa phrase et en commença une autre qui ne faisait plus partie du livret de la pièce.

— Tu sais que ce midi nous avons un...

— Oui, je sais que nous avons un invité, le coupa Emmanuelle en s'armant d'un sourire rassurant. Ne t'inquiète pas, tout est prêt.

Tom hocha la tête et jeta son dévolu sur un chausson aux pommes.

— Qu'est-ce que tu nous as fait de bon ? demanda-t-il, la bouche pleine.

— Des truites. Elles sont saumonées.

Tom se renfrogna.

— Tu crois que Patrice aime les truites ? (Il n'attendit pas la réponse de sa femme.) Tu aurais mieux fait de faire un rôti.

— Il y a aussi un rôti.

— Bien. Mais tu auras les cheveux mouillés quand il arrivera.

— Mais non puisque c'est étanche !

— En tout cas, tu ne seras pas prête.

L'expression de Tom était empreinte d'une profonde réprobation.

— Mais si, je serai prête, plaida Emmanuelle.

— Tu seras prête parce que tu te seras habillée avec un sac à patates.

Emmanuelle décocha un regard noir à son mari qui s'adoucit un peu en glissant sur Lili et commença à se déshabiller. Sa combinaison de natation gisait par terre, au milieu d'un fouillis de serviettes de bain dont certaines avaient essuyé de larges virgules de goudron sur les galets. La marée noire datait d'un certain nombre d'années maintenant sur les plages de la côte d'Opale, mais la nature s'en souvenait encore.

Tom alluma une cigarette et sa colère partit en fumée. Pour affiner cette sensation, il se prépara un kir. Lili s'approcha de lui et il lui fit doucement sortir les griffes en appuyant sur sa patte.

— Un de ces jours, on la retrouvera noyée, ta maîtresse, lui dit-il en soupirant avec résignation.

Emmanuelle haussa les épaules, acheva d'ajuster la combinaison qui gainait son corps aux muscles fuselés par une longue pratique de la natation, et chercha des yeux le pot de graisse dont elle s'enduisait le visage. Elle n'était pas sûre d'avoir hâte que l'été vienne pour être débarrassée de cet attirail. Bien sûr, il était plus agréable de nager en sentant son corps caressé par l'eau plutôt qu'enfermé dans cette combinaison, mais ces bains en plein hiver, dans cette mer qui se fondait au ciel et lui permettait de prendre l'un pour l'autre... Ah, nager dans le ciel ! C'était ainsi que le paradis devait être, s'il existait.

— Comment se fait-il que tu n'aies jamais envie de venir ? laissa-t-elle échapper à l'adresse de Tom. Je t'apprendrai à nager, si tu veux...

Il la regarda comme si elle venait de l'offenser gravement.

— Tu sais bien que j'ai horreur de l'eau, grommela-t-il en se resservant un kir.

Puis il rota, et cette fois-ci Emmanuelle ne put s'empêcher de rire devant cette éblouissante démonstration de virilité.

— Jette un coup d'œil de temps en temps sur Lili, lui lança-t-elle en se dirigeant vers la porte.

— Une minute !

Tom la rattrapa par la taille.

— Je voudrais que tu arrêtes tes petites activités nautiques, fit-il de cette voix aux accents de baryton que son public aimait tellement. C'est trop dangereux. On est d'accord ?

— Non, souffla-t-elle sans le regarder. Pas question.

Dans un bruit de caoutchouc, elle se dégagea prestement de ses bras et sortit en courant, laissant sur le carreau un Tom mécontent.

Il la vit traverser la route vers laquelle le jardin d'hiver tournait ses vitres, puis elle disparut quelques instants avant de réapparaître sur les derniers monticules de galets avant l'eau.

En dehors des considérations liquides, si Thomas Nival ne s'aventurait jamais sur cette plage, c'était parce qu'il la trouvait trop fatigante. L'admirer de là-haut, bien au chaud chez lui avec si possible un verre à la main, était un confort de vie qu'il ne détestait pas. Quant à claudiquer sur ces galets qui ne formaient même pas une étendue plate, mais que la mer avait modelés à son image, en vagues épuisantes...

Comme toujours, un énervement fébrile s'empara de lui au moment où la silhouette de sa femme se mit à diminuer dans l'eau. Il attrapa Lili par son museau et l'attira fermement vers lui. La chatte couina sous l'effet de la douleur. Quand Tom se mit à parler, son haleine chargée fit frémir les moustaches sensibles du félin.

— Qu'est-ce qu'on deviendrait, si on nous la ramenait transformée en algues ? Hein ? Tu me réponds ? Qui est-ce qui s'occuperait de nous ? Non, tu ne me réponds pas... Bien sûr que tu ne me réponds pas... Ça, je sais bien que personne ne m'aime !

Dépité, il bascula à la renverse sur sa chaise. Lili conserva la même place, ses yeux jaunes attachés étroitement sur son maître.

— Et pourquoi est-ce que tu me regardes comme ça ? Tu veux ma photo ?

Brusquement furieux, le comédien se leva et son énervement le conduisit tout droit devant son ordinateur. La disquette du jeu d'échecs était encore dans la fente : il n'eut qu'à la pousser tout au fond.

Il faisait très froid, avec un fort vent de terre qui chassait les nuages vers l'horizon, mais dans la mer Emmanuelle ne sentait pas le froid et avec ce ciel dégagé on pouvait croire que c'était l'été. Elle avait arrêté de nager et se laissait bercer dans le corps des vagues, en imaginant qu'elle était une étoile de mer. A présent, elle était capable de rester presque une minute en apnée et la preuve de ses progrès était qu'elle pensait à autre chose qu'à tenir le plus longtemps possible. Elle s'était aperçue que sous l'eau la concentration venait immédiatement. C'était là qu'elle faisait maintenant le tour de son emploi du temps, les gens à appeler, les papiers à envoyer, là aussi qu'elle trouvait des idées pour les repas suivants et établissait la liste des courses. La mer était son pense-bête, comme elle l'avait expliqué la veille au soir à Tom, lequel s'était exclamé qu'il aimerait bien avoir une femme qui grandisse un peu. Elle n'avait rien répondu, mais cela ne l'avait pas empêchée de penser qu'en matière d'enfant Thomas la battait de plusieurs longueurs, lui qui s'imaginait que la vie était un jeu et qu'il était le plus fort.

Elle laissa échapper un sourire amoureux. Le plus beau était que c'était la pure vérité. Qui aurait pu le contester ? Il suffisait d'une seule fois. Tom posait sur vous la brûlure de ses yeux étrangement translucides, ou bien vous l'entendiez ouvrir la bouche (même pour grogner, même pour tousser, même pour roter !), ou même simplement vous aperceviez le bout de ses bottes pointues... et alors immédiatement vous saviez que cet homme-là était célèbre ou qu'il allait le devenir. En tout cas, vous aviez la certitude que vous ne l'oublieriez jamais.

Une espèce de vanité haineuse se répandit dans le corps d'Emmanuelle, qu'elle sentit se communiquer à la mer tout à coup plus forte, plus gondolée, plus pressante.

Tom...

Sa façon passionnée et définitive d'exiger de sa part une soumission totale. De lui signifier qu'elle lui appartenait. De lui faire l'amour à chaque fois comme si c'était une question de vie ou de mort...

Rien ne le faisait plus hurler que ce machisme exacerbé (elle ne l'aurait accepté de personne d'autre), et rien ne la submergeait davantage de désir.

Elle était capable de rester toute une soirée sans dire un mot, pelotonnée contre lui tandis qu'il tenait jusque tard dans la nuit de longues discussions où ses amis et lui refaisaient le monde, tantôt lui caressant la cuisse ou les cheveux, ou lui donnant son doigt à suçoter, tantôt lui adressant des ordres brefs, et alors elle courait tout de suite chercher ce qu'il lui avait demandé, puis retournait à sa place, comme un chien, se blottir contre lui, à sa disposition, fière d'être l'objet de Tom parce qu'elle savait que Tom était fier de son objet : ne disait-il pas qu'ils étaient faits l'un pour l'autre ?

Seule Lili dérobait à Tom une petite fraction de son amour, mais ce n'était même pas la part d'un enfant. D'ailleurs, Tom aimait beaucoup Lili. Avant Lili, il y avait eu un autre chat auquel ils n'avaient pas eu le temps de s'attacher parce qu'une maladie semblable au sida chez les hommes l'avait emporté dans son jeune âge. Tom avait été triste, sincèrement. Il répétait sans arrêt que cette pauvre bête était morte sans avoir eu le temps de tirer un coup et que ça lui en fichait un. C'était lui qui avait voulu tout de suite prendre un autre animal.

Lili...

Brusquement, Emmanuelle eut envie de revenir tout de suite, retrouver son chat, le noyer de caresses. Ses jambes furent les premières à se mouvoir, puis ses bras se mirent en action à leur tour dans un crawl impeccable. Elle commença à remonter la plage latéralement en se glissant dans le creux des vagues, puis, parvenue au niveau du bas éboulé de la falaise que surplombait l'Hôtel du Golf, elle tourna le dos à l'horizon et convertit son crawl en brasse. Elle préférait voir venir le rivage lentement, vaincre chaque vague, la laisser terrassée derrière elle avant de repartir à l'assaut de la suivante.

Thomas n'aimait pas lui voir nager la brasse. Il disait qu'elle ressemblait à une grenouille ou à une paire de tenailles. Va pour la grenouille, mais elle ne comprenait pas très bien la comparaison des tenailles. Il devait y avoir quelque chose de spécial à comprendre, pourtant. Elle n'osait pas demander d'explications : c'était un fait entendu que Tom était le cerveau de leur couple. Elle n'en souffrait absolument pas : elle avait ses petites victoires personnelles. Comme par exemple sa grande connaissance de Lili et aussi que Tom ne savait pas nager, lui...

Elle esquissa un sourire malicieux. Depuis qu'ils avaient emménagé ici, elle laissait parfois tomber cette petite phrase dans le but de l'impressionner : Un jour, j'essaierai de nager jusqu'en Angleterre...

Et pourquoi pas, après tout ?

Bien que ses mouvements soient parfaitement coordonnés, Emmanuelle progressait de façon minime. Le vent la repoussait vers le large et la marée descendante n'arrangeait rien. A l'arrière, l'horizon s'était épaissi d'une bande nuageuse en expansion rapide. A force de lutter contre le courant, elle commença à avoir les jambes coupées. Et c'est alors que ses pensées perdirent leur élasticité rêveuse. Elle était ramenée d'un seul coup à la réalité inquiétante de la situation. Au lieu de se rapprocher de la rive elle avait dérivé, sournoisement emportée vers le large par les vagues qui avaient transporté son corps de leurs creux en leurs bosses en une chaîne ininterrompue.

Elle encaissa le coup. Ce n'était pas la première fois que la mer voulait lui livrer bataille. Contre la puissance mégalomaniaque de l'ennemi, elle savait biaiser. Ne pas attaquer de front, surtout. Ne pas s'épuiser.

Cessant de nager, elle se transforma en planche. Une planche inoffensive, ballottée par l'eau. Ses yeux fermés étaient les nœuds que l'on trouve dans le bois. Elle se voulait totalement végétale, s'imaginait arrachée à un bateau, voguant depuis une éternité, en sûreté complète dans cette humble soumission à la fureur des vagues. Ils n'étaient plus ennemis à présent, puisqu'elle leur appartenait...

Seulement, quand elle rouvrit les yeux, elle avait encore reculé de plusieurs mètres.

Elle aurait dû s'y attendre à cause du courant et du vent qui gonflait de seconde en seconde, mais la peur la prit à la gorge. Une peur étourdissante, si étourdissante qu'elle eut envie de laisser son corps là, tout seul, qu'il se débrouille ! Elle ferma de nouveau les yeux et son esprit s'envola au-dessus d'elle, là-haut, tout en haut du ciel gris. Elle se vit, minuscule point dans l'océan des vagues... mais cette vision n'était absolument pas rassurante. Elle n'était qu'une planche, oui... mais *vraiment* une planche. Inerte, bientôt. De là-haut, la mer était si grande ! De là-haut, la mer était si loin... Et cette distance lui donnait une idée de la profondeur des flots qui allaient l'engloutir.

Elle ouvrit les yeux, affolée. Son cœur trouva dans cet accès d'angoisse un nouveau motif pour tambouriner à se rompre. Une vague la recouvrit brièvement, d'où elle émergea aussitôt, toussant, suffoquant, le visage bleui. Elle se renversa alors sur le ventre et, fiévreusement, écarta ses bras pour les rejoindre au niveau du menton dans ce geste qui évoque un peu celui de la prière, tandis que ses jambes prenaient et balayaient le plus possible d'eau en arrière, propulsant son corps vers le rivage tant qu'elles le pouvaient, avec toute la force de la panique, celle qui pompe le cœur et essore les poumons. C'était comme si la leçon qu'elle se récitait à l'instant sur la nécessité de garder son calme n'avait plus cours.

Au bout de quelques mouvements, elle était au bord de la syncope. Ses yeux brûlés de sel dardèrent la haie des falaises. Etait-ce possible? Elles semblaient immuables, éternellement plus loin!

L'impression affreuse de piétiner. Son corps devenait aussi lourd à mouvoir que du plomb. Si lourd que son esprit choisit de repartir là-haut, loin du drame qui se déroulait dans la mer. Doucement, il se posa sur la falaise, approcha la maison vers laquelle elle tendit un bras pour frapper à la fenêtre et ne frappa que l'eau. Mais une suite de questions se mettaient bout à bout dans sa tête, et elle tendait le bras, et elle voulait voir, et elle levait la tête hors de l'eau, même si elle était à présent incapable de nager.

Qu'y avait-il là-bas, derrière? Lili? Thomas?

Lili et Tom à la vitre de la véranda, en train de la regarder nager?

Lequel comprendrait le premier qu'elle était en difficulté? L'homme ou le chat? Lequel avertirait l'autre?

Lequel l'aimait le plus, en réalité?

Ce fut le chat.

D'abord, il vint miauler aux jambes de Tom, puis, très vite, il planta ses griffes dans son blue-jean, sa queue se balançant furieusement de droite à gauche. N'obtenant comme réponse qu'une bordée d'injures, il sauta sur le bureau et se plaça en plein milieu de l'écran de l'ordinateur. Tom le chassa d'une grande claque, et l'animal atterrit sur la prise électrique. En un centième de seconde, le plateau de jeu d'échecs se réduisit à un spectre de lumière blanche plongeant dans le vide intégral de l'écran.

Si Lili échappa à sa volée, ce ne fut que parce que Tom était en train de perdre sa partie contre l'ordinateur. Il se lança à la poursuite de l'animal, mais avec si peu de conviction qu'il ne le rattrapa qu'au moment où l'autre se réfugia sur la table devant les vitres du jardin d'hiver.

Leur regard tomba simultanément sur le tout petit point que formait le bras tendu d'Emmanuelle.

Le chat émit une espèce de sifflement de serpent en même temps qu'il cracha. Tom faillit lui envoyer une taloche. Au lieu de cela, son geste resta en suspens. Il regarda encore. La chatte aussi. Qu'y avait-il d'anormal ? Rien, bon sang ! Emmanuelle nageait comme d'habitude !

Tom décida pourtant de courir mettre le Zodiac à la mer.

Quand il arriva sur la plage en courant maladroitement dans ses bottes pointues de cow-boy, la tête d'Emmanuelle faisait une fugitive apparition entre deux vagues. Et son bras se tendait dans le désir fou de frapper à la porte de la maison. Puis retombait. Et de nouveau se levait.

Ce spectacle arrêta net Thomas, produisant un court-circuit entre les deux émotions contradictoires qui l'étreignaient : la panique et la nécessité d'agir. Mais sa paralysie ne dura qu'un bref instant parce qu'un miaulement impatient se fit entendre alors derrière lui.

Tom s'aperçut que Lili l'avait suivi.

3.

— Et voilà, dit Tom en achevant son récit. Voilà pourquoi on va être obligés de t'emmener manger au restaurant, vu que Madame a laissé cramer ton repas pendant qu'elle barbotait.

Deux rires firent écho à son commentaire. Patrice Lefort regarda d'un air amusé Emmanuelle qui s'était enroulée dans un grand drap de bain agrémenté d'un motif de sirène bizarrement menaçant, plus proche de Poséidon que de l'héroïne d'Andersen. Sa peur était passée maintenant, essorée avec elle dans la serviette, et la pensée persistante d'avoir réussi à frapper mentalement à la fenêtre de la véranda pour avertir Tom et Lili (plutôt Lili que Tom, d'ailleurs) lui procurait une étrange excitation.

— T'aurais pas dû échanger ta queue contre des jambes, lança Patrice pour dire quelque chose de gentil.

Tom dévisagea son copain avec des yeux scandalisés.

— Vous voulez que je vous laisse seuls pendant qu'elle te montre sa queue et toi tes jambes ? Ou l'inverse ?

La plaisanterie appliqua son fer rouge dans les seuls endroits un peu aigus du beau visage de Patrice, ses pommettes et ses oreilles, cachées sous un rideau de cheveux à la diable.

Emmanuelle baissa ses yeux en souriant et continua à chatouiller Lili derrière les oreilles.

— On emmène Lili au restaurant, d'accord ?

— Ça va pas la tête ? vociféra Tom.

Elle lui fit alors ses yeux de petite fille : ça marchait quelquefois.

— Quand même, c'est elle qui t'a averti que je me noyais !

Mais Tom n'était pas dans un de ses jours de tendresse. La peur qu'il avait eue engendrait chez lui l'effet inverse de ce que l'on observe habituellement. Il éprouvait une sorte de rancune indéfinie.

— Ça va pas la tête *deux* fois, répondit-il sèchement. Ce qui s'est passé s'appelle un concours de circonstances. Pour une fois que les conneries de ce chat servent à quelque chose... La leçon t'a suffi, j'espère ?

Emmanuelle choisit de ne pas prendre en considération les derniers mots de Tom.

— Et comment expliques-tu que Lili soit venue jusqu'à la plage ? allégua-t-elle. Elle ne l'avait jamais fait avant.

— L'odeur du poisson, j'imagine. Allez, habille-toi avant que Patrice ne tourne de l'œil. Je regarde ma montre : t'as cinq minutes.

— Où est-ce qu'on va manger ?

— Je te signale que tu n'as plus que quatre minutes cinquante maintenant. (Il se tourna vers son invité.) C'est dur de les faire obéir, n'est-ce pas ?

Patrice grogna une approbation quelconque pendant qu'Emmanuelle s'éloignait sur ses pieds nus. A dire vrai, il aurait bien acquiescé à la proposition de Tom sur cette histoire de jambes et de queue. C'était pour cela qu'il avait rougi. Tom en était convaincu, lui qui considérait tout ami comme un traître possible et plaçait en outre une confiance des plus limitées dans sa femme. Dans les femmes en général. C'est-à-dire celles dignes de ce nom. Et comme Emmanuelle était la plus belle et que la chair est faible (il en savait quelque chose)...

— Est-ce que tu trompes Annie ? demanda-t-il abruptement à Patrice.

— Ben oui, fit tranquillement Patrice parce qu'il savait de source sûre que Tom trompait également Emmanuelle.

C'est pourquoi la réaction de Tom le dérouta complètement.

— C'est pas vrai ! murmura celui-ci d'une voix blanche. (On aurait dit que les bras lui en tombaient.) Dis-moi que ce n'est pas vrai !

— Mais toi aussi, d'après ce qu'on m'a raconté ! rugit Patrice. De toute façon, Laurence et moi on est pratiquement séparés.

Tom n'eut pas l'air d'avoir enregistré la réponse.

— Donc, à l'occasion, si je tire les conclusions de ce que tu me dis, tu serais prêt à tromper ta femme avec la mienne.

Patrice encaissa le coup. Calmement, il rétorqua :

— Comme toi l'inverse.

— Tu veux rire ? Ta femme est trop moche ! D'ailleurs elle est tellement moche que tu ne l'as même pas amenée.

Dans un gloussement, il finit d'avaler son kir et s'en versa un autre. Patrice sentit la colère lui chauffer les joues. C'était bien la colère et pas le kir, car Tom négligeait de lui remplir son verre. Cependant, il ne pouvait se permettre de se fâcher avec Tom, à cause des rôles que l'acteur fétiche de Malcolm Watts avait le pouvoir de lui décrocher. Cette nécessité devait constamment le tenir en éveil. Dans la foulée, il décida que c'était très bien que Tom oublie de lui servir à boire : il garderait ainsi les idées fraîches.

— Je ne trompe pas Emmanuelle, reprit Tom après un moment de silence qu'il avait employé à quelques répliques indulgentes avec lui-même. C'est différent.

— Elle est bonne, celle-là ! ricana Patrice. Qu'est-ce qui est différent de moi ? Tu te prends pour...

— J'ai besoin de séduire ! le coupa Tom. Tu ne comprends pas, nom d'un chien ? C'est nécessaire pour me régénérer. Toi, tu n'as pas besoin de te régénérer : tu es déjà mort.

Patrice eut un demi-sourire teinté d'ironie. Tom jetait des coups d'œil vers la porte où allait apparaître Emmanuelle d'une seconde à l'autre et cette lâcheté le réconfortait.

— Donc, tu considères que tu ne la trompes pas ?

Tom secoua la tête. Ses yeux brillaient d'une humidité qui lui donnait un regard lubrique. Il ressemblait très fort au personnage de son dernier film, un remake foireux de *Promotion canapé*. Moins de cinq mille entrées sur Paris.

— Non, dit Tom, je ne la trompe pas. Avec ces femmes, c'est juste un petit bout de moi que je donne.

Il avait les yeux fixés sur la pointe de ses bottes comme si elles avaient été des interlocutrices plus valables que Patrice.

— ... enfin, pas si petit que ça d'ailleurs !

Il laissa échapper un nouveau gloussement que Patrice accompagna d'un rire dégoûté, et les quatre minutes cinquante furent écoulées. A cet instant précis, Emmanuelle fit son apparition.

Patrice s'obligea à ne pas faire attention à elle, puis songea que cela semblerait louche à Tom, ce qui fait qu'il adopta une solution moyenne : ne pas la regarder directement mais fixer un point juste à côté. Il avait appris cette technique pendant ses cours au Timothy Studio, là où il avait rencontré Tom.

Ils sortirent de la maison. Les cris déchirants des mouettes firent courir des frissons le long de l'échine du visiteur. On aurait dit que leurs hurlements s'unissaient aux rafales de vent pour faire souffrir le ciel. Patrice étudia du coin de l'œil ses compagnons. Thomas et Emmanuelle ne paraissaient pas y prêter attention, ils étaient sans doute habitués. Un nouveau cri, plus fort que les autres, retentit dans le silence. Un soupçon de sourire passa sur le visage du jeune comédien. Il fallait être vraiment malade pour s'installer dans cet endroit... Mais Thomas *était* malade.

— Vous y jouez quelquefois ? demanda-t-il à Emmanuelle tandis qu'ils traversaient le minigolf.

Tom répondit à la place de sa femme.

— Je ne joue qu'aux échecs. Le golf, c'est pour faire joli. Ce n'est pas joli, peut-être ?

— C'est ravissant, rétorqua Patrice. Si on faisait une partie d'échecs tout à l'heure ?

— Combien tu mises ?

— Deux mille balles.

— Tu les as ? siffla Tom sans cacher sa méfiance.

— Tu accepterais un chèque, tout de même.

— Il y a un distributeur d'argent sur notre route.

— Bien, admit Patrice, légèrement estomaqué.

— Ça marche ! s'exclama Tom en retrouvant sa bonne humeur.

Ils se tapèrent dans les mains.

— Tu as envie de me voir prendre deux mille balles à ce pauvre con ? glissa Tom dans l'oreille d'Emmanuelle pendant qu'il y faisait sonner un baiser brûlant.

Lili avait la maison toute à elle... Un silence inespéré. Elle aurait aimé qu'Emmanuelle soit là, mais elle préférait encore rester seule avec l'odeur de sa maîtresse plutôt que de devoir la suivre dans ces endroits où tout l'agressait. Le grand Tom criait un peu trop fort ces temps-ci. Il lui faisait mal aux oreilles. Il était étrange que sa maîtresse si douce aime tellement cette espèce de géant. Ce qui l'effrayait chez lui étaient ses bottes et sa voix. L'un et l'autre lui donnaient la sensation qu'elle allait être écrasée de façon imminente. Du reste, le grand Tom avait plusieurs fois marché sur sa queue. Une telle horreur ne lui était jamais arrivée avec Emmanuelle. Ni avec aucun de ceux qui venaient ici. Ils étaient tous gentils avec elle et, grâce aux recommandations d'Emmanuelle, ils ne s'amusaient pas trop à la soulever par-derrière. Ce n'était pas que le grand Tom ne soit pas gentil... Il l'inquiétait un peu, c'est tout. Et encore, pas toujours. Quelquefois, quand il se mettait à lui caresser la patte (il ne lui caressait toujours que sa patte, la même patte, et elle veillait alors à ce que ses griffes soient rentrées, et quand il appuyait pour les faire sortir elle savait que c'était pour jouer), elle sentait qu'elle lui pardonnait d'être si grand et si bruyant. Ah, s'il avait toujours été comme ça...

De toute façon, elle préférait quand même quand il était là. A cause d'Emmanuelle. Quand le grand Tom était parti, c'était vrai qu'Emmanuelle la serrait très fort contre elle et très souvent et qu'elle l'aidait mieux à retrouver les souris et qu'elle jouait plus facilement avec les boules de papier, mais ce n'était pas pareil. Ses yeux n'étaient pas pareils. Et sa voix. Et ses caresses. Et son odeur.

Lili aurait aimé obliger le grand Tom à rester tout le temps avec sa maîtresse pour ne pas qu'elle ait cette voix et ces yeux et ces caresses et cette odeur tristes. Pour ne pas qu'elle la serre si fort. Elle était trop petite pour être serrée si fort. Il fallait un grand Tom.

Collant son museau contre la vitre, elle regarda encore un peu la mer.

Qu'allait donc y chercher sa maîtresse quand elle la voyait partir couverte de sa peau noire et luisante ? Elle semblait toujours si heureuse... autant que ça la tracassait elle-même terriblement. Et si un jour sa maîtresse ne revenait pas parce qu'elle trouvait que c'était mieux là-bas ? C'était ce qu'elle avait cru tout à l'heure. La brusque intuition qu'elle allait être abandonnée.

Elle plissa ses yeux à cause d'un rayon de soleil qui surgissait de derrière un nuage, mais regarda encore.

Qu'est-ce que c'était, la mer ? Qu'y avait-il là-dessous ? Pourquoi sa maîtresse mettait-elle cette peau noire ?

Cependant, quand sa maîtresse n'était pas dans la mer, les reflets de l'eau ne lui déplaisaient pas. La première fois qu'elle les avait vus, de derrière les vitres de la voiture, elle avait cru que c'était comme un grand papier qu'on froissait. Ensuite, Emmanuelle l'avait déposée dehors et un bruit terrifiant l'avait assaillie. Ce n'était pas du tout comme le bruit d'un papier froissé, c'était gigantesque. A présent, elle s'était habituée, mais, dans le genre, elle préférait les scintillements du feu.

Le rayon de soleil fut englouti dans le ciel et simultanément Lili prit conscience de la présence d'un serpent creux dans son ventre. Paresseusement, elle se mit debout sur ses pattes et décida d'aller voir ce que sa maîtresse lui avait préparé pour son déjeuner.

A l'aide de ses moustaches, elle se faufila à travers un trajet étroit et périlleux qui passait par des vases, des plantes, des soucoupes de miettes de croissant, ainsi qu'une foule de babioles incompréhensibles dont elle savait seulement que sa maîtresse et Tom aimaient les toucher.

Alors qu'elle parvenait sur le seuil de la cuisine, elle se pétrifia.

Cette odeur...

La taille de ses pupilles quadrupla. Prenant appui sur ses deux puissantes pattes arrière, elle fut d'un bond près de son repas : des boulettes de foie artistiquement présentées sur un lit d'herbe à chats.

Pendant quelques instants, prise de perplexité, elle se donna des coups de langue rapides sur la face. Puis, ne pouvant en rester là, elle avança et recula la patte, renifla son écuelle à plusieurs reprises, fit quelques petits bonds de côté en balançant nerveusement sa queue, trempa un peu son museau, le releva, et se tint finalement immobile devant son assiette avec un étrange regard fixe, comme quand elle guettait une proie. Brusquement, elle prit sa décision. D'un coup de patte précis, les boulettes de foie furent expulsées loin sur le pavé. Le sentiment de mal se conduire envers sa maîtresse ne la traversa pas. Elle n'avait aucun souvenir de gronderie, aucune référence de ce genre-là.

Avec une ardeur grandissante, elle frotta son museau contre les brins d'herbe à chats, puis tout le côté de sa tête, et se mit à les lécher en retardant le plus longtemps possible le moment de les mâcher. Ses babines se relevaient sur ses petites dents pointues comme si elle souriait. C'est alors qu'elle donna son premier coup de dents.

Quand il ne resta plus rien dans l'écuelle, elle sortit de la maison par la chatière qui lui avait été aménagée. Quelques foulées lui suffirent pour rejoindre la maisonnette de briques du minigolf où plusieurs balles étaient coincées en bas du conduit de la fausse cheminée. C'était la dernière cachette en date qu'Emmanuelle avait trouvée pour la souris de la veille. Par-dessus les balles.

Les yeux de Lili se mirent à scintiller.

Anticipant le plaisir du festin, ses dents claquèrent, puis elle attrapa la souris et se mit à arracher méthodiquement de leur os les muscles un peu durcis de sa victime de la nuit dernière.

Dix minutes plus tard, l'ivresse due à l'absorption d'herbe à chats s'était presque entièrement évaporée. Revenue dans la maison, Lili entreprit de passer consciencieusement sa langue râpeuse sur sa fourrure en désordre, après quoi, réunissant sa tête et sa queue, elle fut prête pour savourer une délicieuse sieste sur le lit douillet de sa maîtresse.

Il y avait déjà un bon quart d'heure que le paysage trempé de pluie défilait derrière les vitres de la vieille Mercedes de Tom. La conversation entre les passagers n'était pas de nature à égayer le décor extérieur. Tom roulait sans prononcer un mot, il n'avait pas daigné faire part de sa destination. De temps en temps, Patrice essayait quelques remarques sur les villages qu'ils traversaient, remarques qui ne soulevaient aucune réaction de la part du conducteur. Au bout d'un moment, Tom commença à siffloter.

— Alors on va où, Tom ? A Quesnilval ? finit par s'impatienter Emmanuelle qui s'était installée à l'arrière de la voiture.

— Non seulement tu laisses cramer le repas, mais en plus tu demandes des comptes ? repartit Tom sans que l'on sache s'il plaisantait.

— Oh, moi ça m'est égal, répliqua Emmanuelle. Je demandais ça pour Patrice.

— Il me semble que tu t'intéresses beaucoup à Patrice.

Tom se tourna vers son passager et lui fit un clin d'œil lourd de sous-entendus.

— T'as un ticket, mon vieux !

Patrice haussa les épaules.

— Tu ne peux pas t'empêcher d'emmerder le monde, hein ?

Tom prit une expression outragée.

— Je peux revenir à la maison, si je vous emmerde ! Vous irez manger tous les deux. Comme des amoureux...

Disant cela, il freina et gara la voiture sur le bas-côté. Consternée, Emmanuelle bondit en avant et entoura de ses bras le cou de son mari.

— Allez, démarre, sois gentil. Pourquoi est-ce que tu prends tout de suite la mouche ?

Tom soupira comme s'il s'apprêtait à faire à sa femme une grâce énorme.

— D'accord, bébé. Parce que c'est toi.

Sans un égard pour son rétroviseur, il redémarra aussi abruptement qu'il s'était arrêté. La voiture cahota. A cet instant, une masse sombre surgit derrière eux. Il y eut un grincement de freins, un crissement de pneus, et Tom fut doublé par l'énorme camion qui venait de l'éviter de justesse.

Le conducteur du poids-lourd, furieux, klaxonna copieusement le fautif.

— On devrait interdire aux camions de circuler sur les départementales ! maugréa Tom en retournant au routier ses coups de klaxon qu'il agrémenta de quelques envois de phares intempestifs.

Retranchés au fond de leurs sièges, Emmanuelle et Patrice se dispensèrent de tout commentaire.

Le trajet se poursuivit dans un silence circonspect. Chacun regardait maintenant droit devant lui. Au bout d'un moment, un demi-sourire ironique apparut sur les lèvres de Patrice. Le jeune acteur n'avait pas perdu son temps depuis l'incident avec le routier : il en était déjà à son troisième scénario d'assassinat sur la personne de son voisin. Au fur et à mesure de ses hypothèses, la méthode devenait de plus en plus horrible. Quand Tom se décida à prendre la parole, il était en train de le découper vivant tandis que l'autre le suppliait d'attendre qu'il soit mort avant de le manger.

— Alors tu veux savoir où l'on va casser la croûte ? fit Thomas d'un ton empreint d'une certaine condescendance.

— Il y a quelque chose que j'aurais vraiment plaisir à me mettre sous la dent, insinua Patrice.

Et il fut pris d'un fou rire irrépressible.

— Qu'est-ce qu'il y a de drôle ? dit Tom d'une voix sinistre. Qu'est-ce que tu veux bouffer ?

— Rien, rien, se reprit Patrice. Je pensais à quelque chose. Ça n'a rien à voir. Une vieille histoire.

— Ouais, c'est ça. Dis plutôt que tu te fous de ma gueule !

— Mais non, mon vieux. Tu serais pas un peu parano ?
— Parano, ouais. Et ta sœur ?
Patrice réprima un sourire.
— Alors ? attaqua de nouveau Tom.
— Alors quoi ? feinta Patrice.
— Eh bien, j'attends ! Tu ne crois pas que tu vas t'en sortir comme ça ? Dis-moi tout de suite ce qui t'amusait autant.
Patrice éclata de rire.
— Tu peux toujours courir ! Ça me regarde. Vois-tu, il y a encore un pouvoir que tu n'as pas, mon vieux...
— Ah bon, lequel ? soupira Thomas.
— Celui de lire dans les pensées des gens !
— Fais gaffe que je ne l'aie pas un jour, grogna Thomas entre ses dents. Tu serais mal...
Sa voix baissa sensiblement :
— Il y en a beaucoup qui seraient mal, d'ailleurs.
Et Emmanuelle qui croisa le regard de son mari à ce moment-là sentit la pointe de ses oreilles devenir incandescente. Pourtant, il n'y avait strictement aucune raison pour qu'elle se sente visée.

Alors qu'ils étaient installés depuis longtemps au restaurant, Tom asticotait encore Patrice pour lui faire avouer les raisons de son hilarité dans la voiture. Ce n'était plus tellement une question d'amour-propre maintenant, ni de curiosité. Simplement, cet aveu qu'il ne pouvait obtenir l'obsédait.
Par une espèce d'effet mécanique, plus Tom insistait, plus le fou rire de Patrice avait tendance à reprendre. Emmanuelle sentait la crise se pointer. Ça allait mal finir, elle en était sûre. Il fallait qu'elle fasse quelque chose avant que Tom n'envoie son poing dans la figure de son voisin.
— Il te plaît, ce restaurant ? demanda-t-elle à Patrice d'un ton qui exigeait une réponse et surtout un changement immédiat de conversation.
Patrice fut sensible à l'angoisse d'Emmanuelle. Pauvre chou, se dit-il. Ça ne devait pas être drôle pour elle tous les jours. (Son cœur se mit à frémir dans sa poitrine.) *Elle serait plus heureuse avec lui...*
— Oui, je le trouve sympa, mentit-il. Comment est-ce qu'il s'appelle ?

— Le resto de la Plage.

Patrice tourna les yeux vers le paysage que l'on voyait de leur table et auquel il n'avait pas encore prêté attention. Il aperçut le parking où ils s'étaient garés et, un peu plus loin, en bas de la falaise, une décharge à ordures. Ce qui restait du paysage était occupé soit par des galets, soit par du ciel gris, et éventuellement quelques gouttes de pluie par-ci par-là.

Patrice sentit un chatouillement dans le creux de son estomac et se retint de toutes ses forces. Emmanuelle crut qu'il n'avait pas compris le nom du restaurant et le lui répéta. Cette fois-ci, la fragile digue que s'était dressée Patrice pour empêcher son fou rire de repartir se brisa en mille morceaux.

— Moi qui voulais te proposer d'appeler de ma part Malcolm Watts pour un rôle auquel j'avais pensé pour toi..., laissa tomber Thomas, glacial.

Les larmes aux yeux, Patrice essaya de regarder ailleurs pour se reprendre. C'est alors qu'il s'aperçut que le serveur était en train de le dévisager. Après un instant d'hésitation, ce dernier s'approcha de leur table.

— Vous avez fini, messieurs ? demanda-t-il avec un grand sourire.

— C'est à Monsieur qu'il faut demander ça, grinça Tom en désignant Patrice d'un mouvement de tête exaspéré.

Le garçon prit un air curieusement ravi.

— Ça ne m'étonne pas que Monsieur ait le cœur gai, déclara-t-il.

— Pourquoi ? aboya Thomas. Vous le connaissez ? Vous fréquentez les cinémas d'art et d'essai ?

— Pas du tout...

— Mais vous êtes tous givrés aujourd'hui ! éclata Thomas. Qu'est-ce qui vous prend à vous ? On peut savoir ? Vous avez fini les verres de vos clients ?

Le serveur eut un rire bon enfant.

— C'est à cause du chat, indiqua-t-il laconiquement.

Tom hocha la tête en considérant l'homme avec un sourire méprisant.

— A cause du chat, c'est ça, oui, à cause du chat... Eh bien, vous vous entendriez bien avec ma femme, question barjoteries !

— Quel chat ? demanda Emmanuelle, intéressée.

Elle regarda autour d'elle et eut un sursaut de surprise. Un chat se tenait tapi sous la chaise où Patrice était assis. Il ne bougeait pas d'une patte. L'intérêt dont il était l'objet ne semblait pas du tout l'émouvoir.

— Qu'il est mignon ! fondit Emmanuelle en s'empressant de lui administrer quelques caresses.

— Vous n'avez pas remarqué ? observa le serveur. Depuis que vous êtes ici, il n'a pas quitté la chaise de Monsieur.

— Il voit en moi un maître, dit Patrice en riant, c'est aussi simple que ça.

— Pauvre type ! marmonna Tom.

— Ah, excusez-moi, messieurs, intervint le serveur, mais ça n'a rien à voir. Disons que... il y a toujours un truc qui se répète. A chaque fois que ce chat s'intéresse de cette façon à un étranger (il fit un signe en direction de l'animal)... vous le voyez, là, il ne bouge pas de dessous la chaise. Eh bien, c'est parce que quelque chose de... disons très favorable va arriver à cette personne.

— Quelque chose de très favorable ? éclata de rire Thomas. Mais ça ne dépend pas de lui, mon pauvre ami ! Ça dépend de *moi*.

— Ça, je n'en sais rien, admit le garçon. Je ne me mêle pas. Mais ce que je vous dis est vrai. A chaque fois, j'ai vérifié. Demandez-leur, vous verrez.

Il montrait de son index deux femmes en tablier blanc qui examinaient Patrice depuis le bar avec une curiosité incongrue.

— Moi ça ne m'étonne pas ! intervint Emmanuelle que la conversation enthousiasmait. J'ai aussi un chat qui...

— Tais-toi ! l'arrêta Tom, furieux. Tu ne vas pas surenchérir à ces conneries ?

Il s'adressa au garçon.

— Allez, merci pour la consultation, madame Soleil, mais maintenant vous seriez gentil de nous apporter l'addition.

— Vous ne prenez pas de dessert ? s'étonna le garçon.

Tom prit un air narquois.

— Niet. On dirait que vous n'êtes pas dans un jour favorable, dites donc... C'est comme ça, n'est-ce pas ? On n'y peut rien. C'est la faute des chats.

Il donna un coup de pied dans les flancs de l'animal qui s'enfuit en hurlant.

— On dirait que ce n'est pas un jour favorable pour lui non plus ! éclata-t-il d'un rire tonitruant.

Le climat de désapprobation générale qu'engendra ce geste de mauvaise humeur fut du goût de Thomas. Il considéra avec une mine jubilatoire le garçon qui s'éloignait, mortifié. En sortant du restaurant après avoir fait remarquer à la cantonade qu'il ne laissait pas de pourboire par ordre du chat, l'acteur se glissa aux côtés de Patrice :

— On passe par le distributeur. Tu n'y vois pas d'inconvénient, j'espère ? De toute façon, tu es dans un jour très favorable, y a pas de problème.

Patrice prit une expression amusée :

— Le serveur n'a pas stipulé que mon événement très favorable devait arriver spécialement aujourd'hui. Ça n'a sans doute rien à voir avec la partie d'échecs. Je vais perdre, comme d'habitude. Non, il s'agit sans doute de ma carrière au théâtre. Qui sait, peut-être vais-je devenir plus célèbre que toi ?

Et il se mit à rire pour bien montrer, tout de même, qu'il ne s'agissait que d'une plaisanterie.

Thomas, lui, ne riait pas du tout.

Aussitôt qu'Emmanuelle fut de retour, son premier mouvement fut, ainsi qu'elle s'en empressait à chacune de ses absences — même la plus brève —, de s'assurer de la présence de son chat à la maison. Le hall de l'hôtel et le salon étaient déserts. Elle file derechef à la cuisine. Dès qu'elle en eut franchi la porte, la rouerie de l'animal lui sauta aux yeux. Loin de la mettre en colère, le spectacle des boulettes de foie expédiées sur le carrelage lui valut un éclat de rire tendre. Coquine de Lili...

Elle ramassa la nourriture puis se rendit dans sa chambre où elle se doutait que la chatte était en train de s'adonner à l'une de ses activités préférées : la sieste.

L'animal était bien là, tache alanguie sur le dessus de lit de coton blanc.

— Espèce de droguée, lui chuchota-t-elle affectueusement.

Lili ouvrit un œil, ronronna ce qu'il fallait, puis retourna à ses rêves. Emmanuelle se demanda si sa chatte avait découvert la cachette de la nouvelle souris.

Le jeu de cache-souris avait été initialement mis en route par hasard, environ un mois plus tôt. Au début, ce n'était pas un jeu. Elle avait simplement voulu se débarrasser discrètement d'une souris que Lili lui avait offerte en jetant ce drôle de cadeau à plusieurs centaines de mètres de la maison, dans les rochers. Et puis, quelques jours plus tard, il y avait eu ce comportement bizarre de Lili dans le jardin, en train de se mettre à miauler très fort, à grogner, à se vautrer par terre, et finalement à arracher une touffe d'herbe avec ses griffes avant de la mâchonner nerveusement.

Jamais elle n'avait vu Lili dans un tel état d'excitation.

A peine s'était-elle approchée de la chatte pour essayer de comprendre ce qui se passait que celle-ci avait détalé comme si le diable avait été à ses trousses. Elle n'avait réussi à la rejoindre que tout près de la plage, dans les rochers. L'animal se tenait à l'endroit précis où elle avait jeté la souris... la souris entre les mâchoires. Il la regardait d'un drôle d'air, un air qu'elle aurait davantage qualifié de triomphant que de réprobateur.

Renseignements pris auprès de Mademoiselle, la vieille femme qui lui avait donné Lili, elle avait compris que ce comportement d'excitation inhabituel était lié à une plante que Lili avait sûrement mangée dans le jardin, de l'herbe à chats. Cette plante agissait sur ces animaux comme la marijuana sur les humains, c'est-à-dire qu'elle les faisait planer. Lili avait-elle tellement plané qu'elle avait « vu » la souris ? Peut-être. En tout cas, depuis elle avait appris à reconnaître cette plante et en procurait à Lili pour lui faire plaisir et aussi dans l'espoir secret de lui voir accomplir des choses sensationnelles. Pour le moment, la seule chose sensationnelle était que Lili retrouvait les souris qu'elle lui cachait, mais, à vrai dire, était-ce si sensationnel ? Mademoiselle pensait que tous les chats en étaient capables, herbe à chats ou pas.

Sans prendre la peine de vérifier si la souris de la veille avait été découverte (elle en était certaine), elle s'empressa de chercher l'une des bouteilles du calvados maison que ses parents apportaient à chacune de leurs visites. Vu la façon dont le repas s'était passé, ce n'était pas un luxe superflu. Elle espérait que l'alcool détendrait un peu l'atmosphère.

Les deux hommes prirent place autour de la table d'échecs pendant qu'elle leur servait leur verre. Tom demanda à sa femme si elle avait envie de s'installer près de lui pour le regarder jouer, ce qu'elle accepta avec empressement. Elle posa la bouteille à côté d'eux, à leur disposition, puis se lova aux pieds de son mari en priant pour que ce soit lui qui gagne. En réalité, elle ne doutait pas un instant de l'issue du jeu.

La partie débuta dans un silence ponctué d'échanges verbaux réduits au strict nécessaire. Si les sentiments de haine qui animaient Thomas avaient eu une consistance, il aurait fallu découper l'air au couteau avant que les joueurs puissent déplacer leurs pions. Patrice ne se sentait pas très à son aise non plus. D'un certain côté, il était ravi de ce qui s'était passé au restaurant — bien fait pour ce vaniteux qui se croyait tout permis — mais, d'un autre, il y avait ce rôle que Thomas était en mesure de lui obtenir auprès de Malcolm Watts. Heureusement, en fin de compte, qu'il était presque sûr de perdre la partie.

Au bout d'une dizaine de minutes, une seconde spectatrice vint assister au combat, examinant le damier de ses yeux d'amandes dorées. Emmanuelle fut ravie de la visite. La tension qui régnait entre les deux hommes était pénible. Un certain nombre d'hypothèses saugrenues commencèrent à lui traverser l'esprit tandis qu'elle regardait la chatte aller et venir. Lili, à force de voir Tom jouer avec son ordinateur, était-elle devenue capable de déplacer une pièce correctement ? Avec l'aide d'un peu d'herbe à chats, éventuellement. (Patrice crut que le sourire qui s'échappait des lèvres d'Emmanuelle lui était destiné et il détourna vivement les yeux.) Et si elle-même essayait d'en prendre un peu, de cette fameuse herbe ? Pour voir. Pourquoi pas ? Peut-être que personne n'avait jamais eu l'idée d'essayer. Et peut-être que l'effet serait semblable. Et peut-être même qu'elle aurait des hallucinations comme Lili, des hallucinations de chat !

En fait, la jeune femme eut le temps de faire le tour des suppositions les plus incongrues tant la partie s'étira. Au cours de ce long après-midi, elle ne se leva que pour satisfaire des besoins naturels, répondre au téléphone (tous ses interlocuteurs furent expédiés promptement), chercher de la bière à Tom et Patrice en milieu d'après-midi, puis du kir et des cacahuètes vers sept heures du soir, puis enfin, la dernière fois, un peu plus longtemps, quand Thomas la pria d'aller dans la pièce voisine écouter à la radio les résultats du foot.

Mais on ne l'envoya pas préparer le repas du soir. Le repas du soir, ils le prirent à deux, dans un silence de mort.

Car peu après qu'elle eut communiqué à Tom la bonne nouvelle que l'équipe du Paris-Saint-Germain avait gagné contre Auxerre, Patrice déplaça une dernière pièce et, interloqué lui-même par l'issue du jeu, dit d'une voix navrée :
— Echec et mat.

4.

— Vous êtes fâchés ? demanda doucement Emmanuelle.
— De toute façon, il devait partir, repartit Tom sans la regarder.
— C'est vrai ?
— Evidemment.

Les yeux de Thomas étaient fixés sur une grosse tache marron au plafond. Emmanuelle se demanda avec angoisse si son mari n'allait pas lui ordonner d'appeler les peintres. Quand ils avaient visité l'hôtel avant de l'acheter, Tom n'avait manifesté à aucun moment l'envie d'y faire des transformations. Et depuis qu'ils avaient emménagé, la décoration plutôt délabrée des lieux avait l'air de lui convenir très bien. Ils n'habitaient que le rez-de-chaussée du bâtiment, les chambres du premier étage n'étant ouvertes que lorsqu'ils avaient des visiteurs. Dans ces occasions, chacun pouvait choisir celle qui lui plaisait, étant entendu qu'elles se trouvaient toutes dans un état comparable, comme on pouvait l'attendre de pièces inoccupées depuis un certain nombre d'années froides et humides, et même si Emmanuelle avait toujours à cœur de les arranger au mieux.

Mais la jeune femme savait très bien que ça pouvait prendre Tom d'un seul coup. Subitement, il trouverait inadmissible de vivre dans un tel taudis. Elle redoutait ce moment comme la peste. La maison serait pleine d'ouvriers du matin au soir, elle devrait préparer à manger à tout le monde, vivre dans les gravats et le plâtre, et, surtout, il y aurait le bruit.

La dernière fois, c'était quand Thomas s'était mis en tête de se faire construire un jacuzzi. Cela se passait dans leur précédente propriété, celle qu'ils avaient quittée pour l'Hôtel du Golf, à peine un mois après la fin des travaux. Il avait fallu défoncer le carrelage de la salle de bains à coups de barre de fer. Toute la maison en tremblait. Elle avait cru que Lili allait en mourir. La pauvre bête ne savait plus où se mettre. C'était encore un tout petit chaton, à l'époque.

— Donc, vous n'êtes pas fâchés ? reprit-elle autant dans le but de distraire Tom de la salissure au plafond que parce que sa réaction d'avoir perdu aux échecs contre Patrice avait été effrayante.

— Tu arrêtes de m'emmerder, oui ? Ça t'embêterait de ne plus le voir ce petit con, hein ?

Il la saisit brutalement par les épaules puis s'écarta d'elle aussitôt en prenant un air dégoûté.

— Qu'est-ce que c'est ? grinça-t-il en pointant un doigt accusateur sur le pyjama de sa femme. Je croyais que c'était interdit !

— Je ne pensais pas que ce soir tu serais d'humeur à...

— Arrête de penser. C'est moi qui pense, ici. Toi, tu obéis. Enlève-le-moi tout de suite.

— J'ai froid...

Tom ne put s'empêcher de sourire :

— Espèce de petit bébé.

Comme par magie, Emmanuelle laissa tomber toute résistance. En un clin d'œil, ses vêtements formèrent un petit tas mou sur la descente de lit.

— J'ai froid..., miaula-t-elle en recroquevillant son dos.

Tom eut envie de la savourer des yeux quelques instants avant de se jeter sur elle. Un corps extraordinaire. Un visage... (il chercha des yeux le chat pour vérifier la ressemblance, mais Lili filait toujours de la chambre quand ses maîtres se mettaient à se frotter l'un contre l'autre).

Ce bon Dieu de chat, jamais là quand il faut !

Un visage félin, de toute façon. Et des cheveux... Longs, blonds et bouclés comme il n'existait qu'en perruque dans les magasins des habilleuses.

Il songea à tout ce qu'il allait lui faire puis s'abattit sur elle de toute la force de ses quatre-vingt-dix kilos alourdis de désir et de rage.

Ce petit con, il n'aurait jamais une femme comme ça, lui.

Au moment précis où Thomas l'étreignait, Emmanuelle appuya sur la poire de la lampe de chevet.

— Pourquoi tu éteins ? bondit Thomas.

— C'est mieux quand c'est noir, implora Emmanuelle.

— Qu'est-ce que c'est que cette nouveauté ? Allez, allume immédiatement, je veux te voir, moi !

— Mais on voit quand même ! tenta de protester Emmanuelle.

— A condition d'être un chat, fit Tom d'un ton sirupeux. Et tu n'es pas un chat. Presque, mais pas tout à fait. Je le regrette, d'ailleurs : si tu étais un chat, tu serais capable de trouver mes cigarettes dans le noir...

Comme il disait cela, un soupir très insistant s'échappa de ses lèvres.

— Tu as envie de fumer *maintenant* ? fit Emmanuelle comme si elle ne comprenait pas l'allusion.

— Ah, si tu me contraries... Tu es au courant de ce qui arrive quand on me contrarie, n'est-ce pas ?

Emmanuelle s'empressa de rallumer.

— Bien, s'entendit-elle chuchoter à l'oreille.

Et ce chuchotement la brûla, comme s'il avait été la pointe incandescente de la cigarette de Tom.

Elle eut brusquement le regret idiot de ne pas lui avoir tenu tête et faillit rééteindre la lampe. Il y avait un certain plaisir à avoir peur et mal, un plaisir que Tom lui avait fait apprendre malgré elle.

Mais... (un spasme d'angoisse contracta sa nuque tandis qu'elle percevait dans les yeux de Tom une étrange lueur dorée)... mon Dieu, et si un jour tout cela n'était plus un jeu ? Un jour de colère, par exemple. Un jour où Tom aurait perdu encore aux échecs, ou que sa cote au box-office aurait chuté, ou qu'il n'aurait pas obtenu le rôle qu'il convoitait, ou que sa voiture l'aurait laissé en rade, ou qu'il trouverait qu'elle s'intéressait de trop près à l'un ou l'autre de ses copains, au serveur du restaurant, au pompiste, au charcutier !

— Dis donc, intervint Tom, j'aimerais que tu sois un peu plus à ce que tu es censée faire. On peut savoir à quoi tu penses ? Ou à *qui* tu penses ?

— Je ne pense à rien, balbutia Emmanuelle.

Et c'était tout à fait vrai à présent.

Couchée dans la pièce voisine, un débarras pour lequel elle s'était prise d'affection à cause des chaussures, Lili était en train de mordiller un lacet. Les bruits qui lui parvenaient de la chambre de ses maîtres provoquaient chez elle des impressions compliquées. Il y avait là-dedans un peu des baisers d'Emmanuelle sur le sommet de son crâne, un peu des caresses de Tom sur sa patte, un peu de la chaleur du dernier été qui avait été aussi son premier, un peu de la rencontre avec quelqu'un dont les yeux étaient à la même hauteur que les siens, qui parlait ce qu'elle pensait, qui bougeait comme ses pattes à elle, oui... quelqu'un de pareil qu'elle, mais avec ces *impressions* en plus.

Ils s'étaient rencontrés pendant ce que Emmanuelle appelait la « nuit », quand sa maîtresse allumait les lumières et aussi quand elle dormait. Ce jour-là, c'était juste la nuit d'Emmanuelle parce que le grand Tom était assis en train de regarder fixement sa machine comme s'il lui voulait du mal. Il y avait eu un appel dehors, qui ressemblait à sa propre voix, et elle était sortie. Une souris était passée sous son nez et elle n'avait même pas pensé à lui courir après. Le lampadaire de jardin qu'Emmanuelle laissait constamment allumé l'avait d'abord un peu gênée pour distinguer qui était là, en train de continuer à l'appeler de façon si attirante, aussi elle s'était avancée jusqu'à ce que la lumière ne l'éblouisse plus et c'est alors qu'elle l'avait vu.

Quand l'autre chat lui avait dit ce qu'ils allaient faire ensemble, elle était retournée comme une folle à l'intérieur de la maison.

Aujourd'hui, elle sentait qu'elle n'aurait plus si peur. A cause de ces *impressions* qui lui traversaient le ventre. A cause des nouvelles odeurs si puissantes qu'elle percevait là-bas, chez ses maîtres. A cause...

Elle n'aurait plus si peur mais elle sentait aussi que ce n'était pas du tout cela dont elle avait envie en cet instant. Pourtant, elle éprouvait bel et bien le désir impérieux d'aller dehors, maintenant, tout de suite. C'était indéniable. Alors? Si ce n'était pas pour les souris, les lapins ou les oiseaux, si ce n'était pas pour tuer, jouer avec un autre chat ou se battre contre lui... qu'est-ce que c'était?

D'un seul coup, les oreilles de Lili s'orientèrent en direction de la porte, captant avec une acuité extrême un monde qu'elle n'avait approché jusque-là que sur sa périphérie. Son monde, croyait-elle.

Non, pas du tout. Elle se trompait. Pas *son* monde. Juste le monde qu'elle possédait une certaine capacité de percevoir. Le monde qui n'était pas encore. Qui attendait. Qui allait venir.

Dans la chambre conjugale, aucun bruit ne pouvait plus être perçu comme extérieur par Emmanuelle et Thomas, surtout pas celui d'un chat en train de se glisser dans la nuit sur le silence de ses coussinets. C'était à l'intérieur qu'était l'orage, c'était sur leurs corps que soufflait la tempête, c'était entre eux que se faisait la nuit, fascinante et dangereuse, agitant ses mirages, une nuit tellement semblable à celle pour laquelle Lili se découvrait un appétit qui, pour la première fois, se dissociait de celui d'une quelconque chasse.

Emmanuelle allait et venait entre les yeux de Tom, sur sa bouche, dans ses gestes, elle sentait qu'elle approchait son âme et en était brisée. Elle avait tout à fait conscience que Tom avait envie de la tuer et elle l'incitait au meurtre, guidant ses mains vers son cou pour qu'il le serre. Mourir de ses mains, il serait à elle à jamais. Mourir dans ses bras, que désirer d'autre en réalité?

Et Tom semblait insatiable, comme il ne l'avait pas été depuis longtemps. Par-delà le murmure très lointain des vagues, il entendait le bruissement de la nuit. Bien sûr qu'il avait déjà remarqué que la nuit émettait ce bruit-là, seulement il venait de trouver à l'instant à quoi cela lui faisait penser, et maintenant il ne parvenait plus à chasser de son esprit cette comparaison, non, pas une comparaison à vrai dire, plutôt une explication : il venait de comprendre que le bruit de la nuit était en fait le bruit que faisait l'espace. Le bruit de la profondeur. De l'immensité. De l'infini.

Et plus que jamais Tom mesurait l'importance de son existence au sein de l'univers.

Il se souvenait de toutes ces sensations bizarres, sur lesquelles il n'avait jamais pris la peine de s'appesantir. C'était arrivé dès le début de sa vie, quand il se retournait parce qu'il avait l'impression que quelque chose le suivait en permanence, un quelque chose qu'il ne pouvait nommer mais dont il avait la sensation qu'il se trouvait à la fois dans sa tête et au dehors. La représentation la plus exacte était que son cerveau était une sorte de télescope dirigé sur un monde bien plus vaste que le monde connu, se déployant à perte de vue, mais dont il ne percevait qu'une présence indéfinissable. Le nombre de fois où on lui avait demandé pourquoi il se retournait ainsi...

En vieillissant, ce phénomène avait disparu, sauf la sensation quasi matérielle qu'il avait de sa conscience.

Et voilà que, en cette nuit apparemment si banale, cette vieille sensation revenait, vertigineuse, se transformait en la révélation précise que sa conscience était du même tissu que l'infini de l'univers : il *entendait* ce même bruit au fond de lui et dehors. Il l'entendait vraiment, avec ses oreilles. Dehors ou dedans, il le savait maintenant, ce bruit n'existait que parce que *lui* existait. Sans lui et sans ceux comme lui, sans leur conscience supérieure, l'univers ne pourrait ricocher et ne serait rien. Comment ne pas voir une confirmation de ce sentiment dans le succès qu'il rencontrait, le charisme si étrange qu'il possédait ? Bien peu de gens pouvaient se targuer de produire cet effet-là sur leurs semblables et il était à parier que l'univers ne tenait que grâce à lui et aux quelques élus avec lesquels il partageait ce privilège. Leur conscience le sous-tendait. Ils en formaient l'armature, un peu à l'image du géant Atlas portant le monde sur ses épaules. Emmanuelle n'en faisait pas partie, c'était aussi une évidence. Mais elle apportait sa contribution. Tom savait très bien qu'il n'aurait pas donné toute son expansion sans l'amour absolu que lui portait sa femme.

Et il lui en était reconnaissant, et il la malaxait, il la broyait, il en faisait sa chose, son sceptre, il voulait l'aimer très fort pour que l'infini ricoche longuement sur eux et que le bruit de la nuit monte plus haut, plus fort, plus grand.

La nuit...
Lili ouvrait des yeux démesurés et pourtant ses pupilles n'étaient rien de plus que deux brides verticales. Elle aurait pu être aveugle d'ailleurs, car elle voyait aussi bien par ses moustaches, ses oreilles, son nez ou sa queue, qu'au moyen de ses yeux. Le périmètre de son territoire s'étendait très loin au-delà de l'hôtel (en fait, partout où n'étaient pas les bois), mais jusqu'à ce jour son esprit ne l'avait balisé que de pistes à souris, de postes de guet et d'îlots d'herbe à chats. Elle alla en manger quelques brins, puis, désirant vérifier que les résultats escomptés étaient atteints, se rendit jusqu'au moulin du golf aux ailes sifflantes. Celles-ci lui soulevèrent les poils mais les

muscles horripilateurs n'entrèrent pas en action. Il n'y avait rien ni personne qu'elle pouvait craindre à présent.

Elle étira d'abord son dos, puis ses deux pattes de devant en labourant le parapet en béton qui délimitait l'obstacle du moulin. Les gaines usées qui recouvraient ses griffes furent arrachées et, à leur place, de toutes nouvelles apparurent. Elle les actionna plusieurs fois et c'est alors que l'enivrement la gagna. Elle s'accroupit sur ses pattes arrière et ce fut le signal de départ d'une course effrénée.

Oh Dieu, comme la terre était aérienne sous ses bonds ! Et comme elle était électrique, aussi ! Les mille aimants de fer minuscules cousus dans sa chair entraient en résonance avec ce *quelque chose* qui l'attirait si fort, là-bas, vers ces sous-bois où elle ne s'était jamais aventurée auparavant. Le bruit de la mer courait avec ses pattes, l'image de sa maîtresse lui apparut, elle la voyait nageant dans les vagues, elle se voyait sautant au-dessus des rouleaux d'écume... mais qu'y avait-il, là-bas, au bout ?

Peu à peu, les odeurs qu'elle avait marquées aux quatre coins de son domaine s'affaiblirent. Presque en même temps, celles laissées par d'autres chats les remplacèrent. Une ambition démesurée la prenait : elle voulait tout à elle, chaque longueur de terrain qu'elle raflait sous ses pattes puissantes, chaque rouleau de mer qui suivait le chemin de ses oreilles, et les morceaux de nuit qui allaient avec, et les souris qui s'y tenaient tapies, et les plaines d'herbe à rêver, et aussi plus loin encore, là-bas au bout, au bout du bois...

Ce fut d'un trait que Lili traversa ces territoires qui ne lui appartenaient pas. Les félins qui chassaient sentirent autour d'eux une odeur de guerre. Mais voilà que cette odeur était déjà partie plus loin, et plus loin ce n'était pas chez eux. Cette interdiction en arrêta une bonne partie. Pas tous.

Lili, rien ne l'arrêtait, elle.

Et la lune devint un peu plus brillante. La plupart des hautes maisons victoriennes avaient allumé quelques-uns de leurs nombreux yeux. Etrange nuit contemplée par tous ces regards jaunes, comme l'était aussi celui de Lili, sauf que Lili n'avait que faire de ce qu'elle voyait, c'était si peu de chose comparé à ce qui l'appelait, à ce qui activait toutes les infimes charges magnétiques de son petit corps.

Quand elle arriva au vieux cimetière de Bois-sur-Rive, deux

chats étaient encore sur ses talons. Ils n'intervinrent pas. Pendant tout le temps qu'elle resta, ils se tinrent ramassés sur eux-mêmes, le museau posé entre leurs pattes, leurs oreilles aplaties en arrière, et les yeux presque fermés.

Le vieux cimetière de Bois-sur-Rive avait été copié sur la station balnéaire : tout comme de leur vivant, les morts étaient ombragés par un sous-bois charmant. Aucune allée n'avait été tracée. Les tombes étaient disséminées un peu partout, dans tous les sens. A part qu'en cette saison aucune feuille ne venait adoucir la nudité désolée des grands pylônes d'écorce grise qui enfonçaient leurs corps de géants juste à côté de ceux des morts. Elles gisaient toutes par terre, poissant le sol d'une couche qui crissait au moindre souffle, sous la moindre patte.

Lili grimpa sur un des tombeaux les plus hauts, une petite maison entourée d'une grille de fer dont les extrémités finissaient par des pics pointus en forme de feuilles lancéolées. Elle s'immobilisa, le regard fixe. Le magnétisme de son corps lui faisait percevoir qu'elle avait atteint le but de sa promenade, même si elle ignorait tout de la nature de celle-ci.

Accroupis dans l'ombre, les chats qui l'avaient poursuivie sentirent leur nuque se raidir. Leurs dos s'arrondirent, leurs poils se hérissèrent, et l'un d'eux se mit à grogner craintivement.

Simultanément, l'expression des traits de Lili se modifia. Sa bouche s'ouvrit et, à l'intérieur, sa langue se mit à trembloter. On aurait dit qu'elle ricanait alors qu'en réalité, le souffle suspendu, elle se trouvait plongée dans un état de transe que l'herbe à chats n'avait jamais réussi à induire chez elle à ce point, d'autant que plus de dix minutes s'étaient écoulées depuis qu'elle en avait absorbé. Cet état de transe n'avait de toute manière rien de commun avec le bien-être provoqué par la plante : le sentiment de toute-puissance qui l'avait habitée jusque-là venait d'un seul coup de basculer vers un immense désarroi.

Après avoir déterminé l'endroit où elle voulait atterrir, Lili le rejoignit en un saut calculé au millimètre près. Elle accomplit quelques cercles autour de ce point, lentement, douloureusement, puis se coucha sur le sol.

C'est alors qu'elle commença à miauler d'une horrible façon.

Ce fut le moment où Tom jouit. Et celui où Emmanuelle ferma ses paupières de toutes ses forces pour retenir ses larmes.

Le moment où la nuit résonnait si fort. En ces instants où le présent et le futur ne font qu'un, pour qui sait le voir.

Ou plutôt le sentir.

Quand la vie s'approche au plus près des côtes brumeuses de la mort.

Tom regarda tendrement sa femme dans les yeux et dit :

— Au fait, tu veux bien te renseigner demain pour un peintre ?

5.

Lorsque, le lendemain matin, Emmanuelle ouvrit les yeux, un vent de panique souffla sur elle quelques instants : la place à côté de la sienne était vide. Ecarquillant les yeux sur la bande de lumière vive qui se détachait au-dessus des doubles rideaux, elle se précipita pour consulter sa montre, posée sur la table de nuit près du vase de fleurs où se rafraîchissait habituellement Lili.

Dix heures. Comment avait-elle pu dormir tout ce temps-là ?

En se penchant vers le pied du lit, elle aperçut Lili qui sommeillait encore elle aussi, enroulée tête-bêche comme un petit coussin noir. Elle rampa en dehors des draps pour observer de plus près l'animal. Quand Lili était immobile, elle éprouvait immanquablement l'appréhension que celle-ci soit morte. L'imperceptible palpitation des flancs de l'animal la rassura. Elle fronça les sourcils. Pourquoi dormait-elle encore à cette heure-là ? Ce n'était pas dans ses habitudes. Elles avaient dû faire de drôles de rêves, toutes les deux. Peut-être les mêmes ? Il lui semblait se souvenir que Lili avait été mêlée à l'un de ses cauchemars.

— Je fais le café tout de suite ! cria-t-elle à Tom en entendant l'ordinateur se mettre en marche.

C'était le premier geste de Tom quand il se levait. Il allumait l'ordinateur, glissait sa disquette de jeu d'échecs dans la fente et, pendant que l'appareil chargeait, il buvait son café. Emmanuelle, toujours debout bien avant lui, s'aidait d'un certain nombre de signes annonçant le réveil de son mari, en général des grognements, quelquefois une quinte de toux, auquel cas elle lui prenait immédiatement rendez-vous chez le médecin. A partir de là, connaissant le temps que Tom mettait avant d'appuyer sur le bouton de mise en fonction de son ordinateur, elle ne se trompait jamais dans ses calculs : son mari avait toujours son café frais au moment opportun. C'était un plaisir pour elle que de lui offrir cette satisfaction.

Elle passa son pyjama à la hâte puis, n'apercevant pas ses pantoufles, fila vers la cuisine. Le carrelage était glacial et l'air ambiant ne valait guère mieux. Mais rien n'était pire que de faire attendre Tom. Elle se sentait mortifiée de son retard. Alors qu'elle était sur le point de verser la mouture, le téléphone se mit à sonner. Le filtre à la main, elle eut une seconde d'hésitation. Qu'est-ce qui dérangeait le plus Tom ? Attendre encore un peu son café ou être obligé de courir décrocher le téléphone ? Le temps d'une petite moue perplexe, elle s'en fut répondre à toutes jambes.

Elle reposa presque immédiatement le combiné pour gagner le bureau de son mari. Tom, assis devant son ordinateur, lui tournait le dos. L'image habituelle du plateau d'échecs se détachait sur l'écran.

— Tom, c'est pour toi...

Le pianotement de ses doigts sur la table présageait que ce coup de fil le dérangeait en pleine réflexion. Elle comprit tout à coup qu'il était en train d'essayer de reconstituer la partie de la veille contre Patrice.

— Excuse-moi, dit-elle, embarrassée, je crois que c'est Malcolm Watts au bout du fil. Je lui dis de rappeler plus tard ?

Tom fit volte-face. Un rire s'échappa du plus profond de ses entrailles.

— Pas du tout ! Ça ne me dérange absolument pas ! Figure-toi que je dois lui dire si oui ou non je pense que ton petit copain est une bonne affaire...

— Quel petit copain ? demanda Emmanuelle, interloquée.

— Comme si tu ne le savais pas ! ricana son mari en s'éclipsant de la pièce.

Dès les premiers mots que Tom échangea avec son interlocuteur, ces sous-entendus devinrent clairs. Tandis qu'elle finissait de remplir distraitement la machine à café, Emmanuelle eut droit à une démolition en règle de Patrice concernant le rôle que Malcolm Watts avait envisagé de lui faire tenir dans son prochain film.

Quand même, il exagère ! ne put-elle s'empêcher de penser. Juste parce qu'il a perdu aux échecs contre lui... (Sa bouche esquissa une moue indignée.) Tiens, pour la peine, je vais le faire attendre pour son café !

Elle approcha son doigt de l'interrupteur dans l'intention d'arrêter la cafetière. C'est alors qu'à ce moment précis elle entendit raccrocher le téléphone. Puis, tout de suite après, la voix amusée de Tom :

— Je vois que je n'ai pas droit à mon café aujourd'hui ! Alors minou, tu ne m'aimes plus ?

Et les griefs d'Emmanuelle s'évanouirent comme neige au soleil.

— Je dois m'en aller à Paris, annonça Tom à Emmanuelle dès que celle-ci se fut assise à ses côtés après lui avoir apporté sa tasse fumante.

— Quand ?

Tom attira la jeune femme sur ses genoux.

— Eh bien, tout de suite, chérie ! La répétition a été avancée.

Il glissa ses mains sous la veste de pyjama de sa femme.

— Dis-moi, est-ce que tu as eu le temps de me préparer quelques chemises ?

— Tu as de la chance que j'aie pris de l'avance dans mon repassage, pour une fois, minauda Emmanuelle.

Elle repoussa doucement les mains de Tom.

— Arrête, faut que je fasse ta valise...

— T'auras qu'à aller plus vite que d'habitude, c'est tout. Tu traînes toujours !

Il replaça ses mains là où il les avait mises précédemment.

— J'ai besoin d'un petit en-cas pour la route..., implora-t-il.

— Mais, protesta Emmanuelle, et cette nuit ? Ça ne t'a pas suffi ?

— L'appétit vient en mangeant. Et puis, j'aime bien grignoter quelque chose avec mon café, moi.

— Mais je ne suis pas à manger ! s'exclama Emmanuelle avec une indignation feinte.

Elle se dégagea de ses bras et s'enfuit en riant. Mais à peine eut-elle franchi la porte du salon qu'elle s'immobilisa, le cœur battant, tendant l'oreille pour essayer de deviner ce que son mari allait faire.

« Eh bien, tant pis ! entendit-elle prononcer Tom d'un ton suave. Puisque c'est comme ça, je vais m'allumer une petite cigarette... »

Elle comprit l'allusion mais ne bougea pas, le souffle suspendu. Le craquement d'une allumette se fit entendre, puis l'odeur du tabac grillé lui parvint. Soudain, des pas résonnèrent. Elle voulut s'éclipser, pivota précipitamment sur ses pieds nus, mais, trop tard. Thomas était déjà près d'elle, sur elle. Il l'attrapa par la taille et, après une courte bagarre échevelée, ses vêtements lui furent ôtés.

— Alors, tu veux un souvenir de moi avant que je m'en aille ? fit-il en brandissant avec un sourire ambigu sa cigarette allumée.

Fascinée, Emmanuelle se laissa faire. Son cœur battait à toute allure. Elle était démesurément excitée. Thomas approcha la cigarette, approcha... La chaleur se fit plus vive... La jeune femme poussa un hurlement... Et Tom écrasa sa cigarette dans la soucoupe du yucca qui se trouvait près de lui.

Dans la pièce voisine, Lili se réveilla en sursaut. Quand elle vint voir ce qui se passait, le spectacle qui se présenta à ses pupilles dilatées lui fit tourner le dos aussitôt. Ses maîtres étaient en train de se frotter l'un contre l'autre, une fois de plus.

— Allez, ma valise maintenant ! Au boulot ! murmura amoureusement Tom dans l'oreille d'Emmanuelle. Tu vois bien que tu traînes toujours...

A peine une heure plus tard, Emmanuelle se retrouvait en train de dire au revoir à Tom en lui promettant de profiter de son absence pour faire venir les peintres qu'elle n'avait pas encore appelés, malgré quelques remarques subtiles.

— Mais je faisais ta valise, moi !
— Tu traînes toujours...
— N'importe quoi ! Je ne suis pas un robot.

Il l'attira vers lui.

— Si, tu es mon robot. Ma chose. Allez, dis-moi au revoir, ma chose. Je t'appellerai ce soir pour savoir quand les peintres vont passer. Rapidement, j'espère !

— Ça ne dépend pas de moi, répondit Emmanuelle en haussant les épaules.

— Mais si! affirma Tom en simulant un froncement de sourcils furieux.

— Ah bon? Tu veux peut-être que j'emploie des méthodes spéciales de persuasion?

Elle avait pris un air coquin. La plaisanterie ne fut pas du tout du goût de Tom.

— Essaye un peu, tu verras ce qu'il t'en cuira.

D'un geste bourru, il prit le visage de sa femme entre les mains.

— Tu as remarqué? J'ai dit : ce qu'il t'en *cuira*.

— J'ai remarqué, marmonna Emmanuelle. Tu me fais peur des fois, tu sais.

— Je l'espère! Comme ça, s'il te prenait l'idée d'aller conter fleurette ailleurs, tu te souviendrais peut-être de moi avant qu'il ne soit trop tard. Les ceintures de chasteté ayant malheureusement disparu, il faut bien trouver d'autres moyens. En plus, t'aimes ça.

— Et si j'allais me plaindre un jour à SOS Femmes battues? Pour cruauté mentale...

— Tu leur dirais que tu es volontaire?

Emmanuelle se mit à rire, rose de plaisir et de confusion.

— Allez, je file, dit Tom. Ton chat ne vient pas me dire au revoir?

— Je vais la chercher.

— Je plaisantais! Laisse cet animal là où il est.

Sans écouter les protestations de Tom, Emmanuelle partit au pas de course. Mais après être allée dans sa chambre où Lili dormait tout à l'heure, puis fait le tour de la maison, elle dut se rendre à l'évidence : Lili s'était éclipsée en promenade sans même avoir pris la peine de venir lui dire bonjour.

— Je ne sais pas où elle est passée! fit-elle, navrée, à son retour.

Tom s'appliqua à prendre un air atterré.

— On les recueille, on les nourrit, et après ils vous lâchent! C'est comme toi. Maintenant, je suis presque obligé de prendre de force ce qui m'est pourtant dû par contrat de mariage!

Emmanuelle se mit à frotter son pied par terre comme si elle réduisait en bouillie un insecte imaginaire.

— Lili a disparu, et toi tout ce que tu trouves à faire avant de partir, c'est te moquer de moi! Tu n'es qu'un égoïste.

Tom s'avança vers sa femme et l'attira contre lui avec autorité.

— Alors, mon chat sauvage, on se rebelle ?
— Oui, bouda Emmanuelle.
— Allez, embrasse-moi.
— Pas question.
Il la considéra avec un sourire pervers :
— Imagine que je me tue en voiture. Tu regretterais toute ta vie de ne pas m'avoir dit au revoir.
Elle haussa les épaules.
— Comme si...
— Sait-on jamais.
Elle s'exécuta en soupirant pour bien montrer qu'elle n'était pas dupe de ces manœuvres d'intimidation.
— Et pas de baignade, promis ? Sinon, gare à toi.
Elle haussa à nouveau les épaules.
— Promis ? insista Tom qui ne riait plus du tout.
— Promis, grogna Emmanuelle du bout des lèvres.
Satisfait, il s'empara de sa valise, la chargea dans le coffre et s'installa au volant.
— Et n'oublie pas non plus de demander au jardinier de désherber le minigolf ! lui cria-t-il par la vitre de sa Mercedes tandis qu'il manœuvrait pour sortir.
— C'est tout ? Tu ne veux pas que je te fasse construire une piscine, pendant que j'y suis ?
Mais le bruit du moteur couvrit la voix d'Emmanuelle. Tom lui envoya une dernière volée de baisers par sa vitre baissée et partit.

Debout devant les murs blafards de l'hôtel, Emmanuelle écouta le ronflement de la Mercedes en train de s'assourdir. Elle inspecta le ciel. Gris, comme d'habitude.
Elle se retrouvait seule. Toute seule. Pas de Lili à l'horizon.
Emportée par un accès de mauvaise humeur, elle rentra en trombe dans la maison.
Ah bon ! Tout le monde la laissait tomber !
Elle gagna à pas vifs la salle de bains où son équipement de natation finissait de sécher au-dessus de la baignoire.
Qu'ils aillent au diable, tous autant qu'ils étaient...
Ses doigts allaient se refermer sur sa tenue quand, tout d'un coup, elle laissa échapper un cri, comme si le caoutchouc l'avait

brûlée. Immobile devant sa combinaison de plongée qui oscillait sous ses yeux et la faisait loucher, elle restait là, incapable de poursuivre le mouvement esquissé. Rien ne l'avait brûlée, pourtant. Rien d'autre que la prise de conscience de l'empressement incongru avec lequel elle se ruait pour aller nager dès que Tom avait le dos tourné.

Elle fit un pas en arrière tandis qu'en tortillant nerveusement une boucle de ses cheveux blonds elle pensait à sa chance d'avoir épousé Tom. Combien étaient-elles à l'envier ? Des centaines, des milliers, peut-être. Alors que voulait dire cette impulsion à lui désobéir ? Son comportement la consternait. Voyons, elle devait s'acquitter d'abord des ordres qu'il lui avait laissés. Car, à vrai dire, si elle acceptait de voir les choses en face, qu'y avait-il de plus important pour elle que la satisfaction de Tom ? De plus gratifiant que son regard approbateur et amoureux ? De plus nécessaire à sa vie que de se lover sous son épaule protectrice ? De plus ultime qu'être sa chose, son bébé ?

Elle se détourna de sa combinaison.

Revenue dans le salon, son regard erra quelques instants à travers la pièce pour se poser sur le téléphone. L'annuaire... Voilà. Elle allait y trouver un aperçu des entreprises de peinture de la région.

Elle commença à feuilleter le volume. Plusieurs noms tombèrent sous ses yeux, qui pouvaient convenir à ce qu'elle recherchait. Elle les relut plusieurs fois, puis son regard se déplaça légèrement, glissa vers le bloc-notes où elle tenta de déchiffrer l'écriture illisible de Thomas, revint au bord du guéridon où elle nota l'absence d'un morceau de marqueterie (remarque d'ailleurs dénuée d'intérêt, songea-t-elle, vu que chez eux rien n'était en bon état), et ainsi de suite elle s'intéressa à chacun des objets qui l'entouraient. Jusqu'au moment où elle s'aperçut que ses pensées étaient vraiment ailleurs.

C'est alors qu'elle laissa brusquement ses recherches en plan.

Elle revint en hâte dans la salle de bains.

Les jambes et les bras de son équipement de natation furent enfilés en un temps record et, d'un geste fébrile, elle ajusta les pattes de serrage de la combinaison. Après tout, si jamais Thomas apprenait qu'elle avait enfreint ses ordres, il ne la tuerait quand même pas.

Elle sortit de chez elle avec le regret d'être obligée de

marcher : elle aurait tellement aimé ne se déplacer qu'en nageant...

Lili guettait Emmanuelle à l'issue de son bain de mer. La jeune femme l'aperçut de loin, perchée sur le moulin du golf miniature, les oreilles dressées. Le fait que l'animal l'avait attendue, espérée, s'était peut-être morfondue, la rassénérait tant soit peu de sa disparition matinale.

Comme le froid prenait possession de son corps, elle pressa le pas. Contrairement à ce qu'elle en escomptait, cette heure de natation l'avait rendue d'humeur maussade. Elle s'était sentie fatiguée, courbatue, avec à peine la force de soulever les bras, et une angoisse étrange ne l'avait pas quittée. Elle avait même cru à plusieurs reprises entrevoir des espèces de mains griffues surgissant dans l'écume ou la guettant derrière la crête d'une vague, des mains qui allaient la tirer par les jambes pour la noyer. Ses bras étaient si lourds, et les nuages jouant avec le soleil projetaient si bizarrement leurs effets sur la surface de la mer, obscurcissant par-ci, allumant par-là, posant des reliefs entre les ombres et la lumière... on aurait vraiment dit que les eaux grouillaient de formes malveillantes. Sa mésaventure de l'autre jour l'avait probablement traumatisée.

Quand elle arriva à la hauteur de Lili, celle-ci miaula de toute son âme.

— Tiens donc, te voilà ! On peut savoir où tu étais passée ?

Lili s'arrêta de miauler et regarda sa maîtresse avec des yeux tristes.

— Tu as envie de te faire pardonner, hein ! (Elle adressa à l'animal un sourire tendre.) Bon... Mais c'est bien parce que c'est toi. Allez, viens.

Elle se mit en route et se retourna bientôt, étonnée de ne pas entendre la soie des pattes de Lili sur le sol. La chatte était toujours au même endroit, en train de la fixer des yeux, et recommençait à miauler.

— Que se passe-t-il ? Tu ne veux pas rentrer à la maison ?

Lili fit de nouveau le silence. Emmanuelle soupira.

— Tu as envie que je te suive, c'est ça ? Tu veux faire un tour ?

Le miaulement vif qui émana de l'animal fut pour la jeune femme une réponse sans équivoque.

— Bon, d'accord. Je me change et j'arrive.

Satisfaite, Lili quitta le moulin et suivit sa maîtresse à l'intérieur de la maison.

Emmanuelle se sentait déjà beaucoup mieux. L'absence de Lili ce matin l'avait atteinte plus qu'elle ne se l'était avoué. Tout en causant à sa chatte, elle se rendit dans la salle de bains pour se débarrasser de sa combinaison. Sans Tom, la maison lui paraissait très différente. Elle n'aurait pas supporté ce vide s'il n'y avait eu Lili. Tom parti, elle aimait que ce soit Lili qui prenne les commandes. Elles retrouvaient rapidement leurs petites habitudes et leurs longues promenades, le seul point auquel elle veillait étant que la maison reste parfaitement rangée, selon un ordre auquel Tom tenait comme à la prunelle de ses yeux.

La pluie commença à tomber au moment précis où elles se mirent en route. Ce n'était pas le genre d'incommodité qui dérangeait Emmanuelle et encore moins Lili, d'autant avec ce qu'elle voulait montrer à sa maîtresse. L'hypothèse qu'Emmanuelle ne disposait pas des mêmes facultés sensorielles n'effleurait pas la chatte. Elle ne doutait pas une seule seconde que sa maîtresse comprendrait tout de suite la menace qu'elle avait pressentie dans cet endroit détestable où tous ceux qui s'y trouvaient étaient morts.

Sous la capuche qui lui descendait presque sur les paupières, Emmanuelle n'apercevait de sa chatte que la flamme noire de sa queue dansante. Elle avait de la peine à la suivre, tant l'animal semblait pressé. Plusieurs fois elle l'appela, mais ses paroles étaient emportées par le vent qui poussait vers la mer tout ce qui avait le malheur de se dresser devant lui. Elles cheminaient dans l'herbe jaune, sur le bord de la falaise. Lili lui faisait suivre un chemin bizarre, un chemin pour chats. Elle la voyait avec appréhension s'approcher dangereusement de la corniche, mais ce fut elle qui manqua de tomber.

A cet instant, Lili en fut comme avertie et se retourna vivement.

Emmanuelle se rétablit en jetant un coup d'œil effrayé sur le précipice. Elles repartirent, plus lentement. Lili se mit à trottiner aux côtés de sa maîtresse de façon à la séparer du ravin.

Marchant telle une funambule entre le ciel et l'abîme,

Emmanuelle éprouvait une merveilleuse sensation de bien-être. Les embruns frappaient son visage comme une rosée revigorante. Elle ressentait la volonté du vent qui la plaquait sur place, faisait ployer son corps, elle se soumettait à l'invisible puissance qui l'isolait de Lili mais les empêchait également de se séparer, semblant savoir où était leur place, lui l'animal, en position de guide, elle la femme, à côté, protégée du précipice. L'endroit était totalement sauvage bien que l'Hôtel du Golf ne fût pas encore très loin. De toute façon, songea-t-elle dans une bribe de sourire, ce n'était pas l'Hôtel du Golf qui pouvait donner un air habité à quelque paysage que ce soit.

Bientôt elle aperçut sur sa gauche ce qui devait être le Vivier-Leu, l'un des deux cimetières que possédait Bois-sur-Rive. Celui-là était le plus ancien, d'après ce que lui avait raconté Mme Chevaleret qui tenait la petite épicerie de la station balnéaire. On en avait construit un autre, avait expliqué la commerçante loquace, parce que celui-ci était trop éloigné du village et pas très pratique d'accès avec son seul chemin de terre creusé par les roues des tracteurs. La femme avait achevé son laïus en disant que les gens préféraient à présent enterrer leurs morts dans le nouveau cimetière, et le ton de sa voix était empreint de regret, comme si elle déplorait l'attitude de ses concitoyens. Emmanuelle leur donnait pourtant raison, maintenant qu'elle voyait de quoi le Vivier-Leu avait l'air, tout en verticalité sinistre avec ses croix de fer ombragées par de grands arbres squelettiques.

— Hé, Lili ! appela-t-elle.

Les oreilles de la chatte se dressèrent droit. Elle s'arrêta.

— Tu ne m'emmènes pas au cimetière, j'espère ? Tu sais que j'ai horreur de ce genre d'endroit.

La queue de l'animal cingla de part et d'autre comme quand elle était contrariée. On aurait dit que ses yeux pétillaient d'indignation. Emmanuelle l'examina quelques secondes en se demandant ce qui pouvait se passer dans la tête de son chat, puis son attention fut distraite par le spectacle saisissant des échancrures de la falaise que la marée haute envahissait. Elle s'approcha un peu du ravin. Le vent soulevait les vagues avec méchanceté, elles se brisaient les unes sur les autres en crachant une écume d'une blancheur étincelante. Teintes vertes et glauques qui recouvraient habituellement la mer de miroitements opaques, mais là ne la protégeaient plus de sa propre colère.

Médusée, la jeune femme décida de s'asseoir pour se reposer. Longtemps elle contempla ce spectacle propice à la méditation.

Puis elles repartirent et c'est alors que Lili obliqua à quatre-vingt-dix degrés. Aucun doute n'était possible : la chatte voulait bel et bien l'emmener au Vivier-Leu.

— Lili !

L'animal s'arrêta une seconde, puis repartit.

— Lili ! cria plus durement Emmanuelle.

Cette fois-ci la chatte s'immobilisa en tournant la tête d'un air surpris.

— On fait demi-tour, Lili ! commanda Emmanuelle. Je te préviens que tu ne m'emmèneras jamais dans un cimetière.

La chatte semblait attendre une explication. Ses yeux à demi voilés par ses paupières étaient étrangement attentifs.

Mais il n'y eut aucune explication. Juste des intonations de mauvaise humeur, des yeux qui ne l'aimaient plus, une impatience inhabituelle.

Résignée, la chatte prit le chemin du retour.

6.

Depuis la veille où Lili avait voulu l'emmener au Vivier-Leu, il était clair que l'animal ne pensait plus qu'à se rendre au vieux cimetière. À chacune de ses escapades, la chatte miaulait pour lui demander de venir avec elle, mais au bout de quelques dizaines de mètres la destination qu'elle entendait rejoindre ne faisait plus aucun doute. Emmanuelle essayait de la raisonner, Lili s'arrêtait, la regardait, avait l'air de peser le pour et le contre, puis, comme à regret, elle s'éloignait dans la direction du Vivier-Leu.

Malgré tout l'amour qu'Emmanuelle ressentait pour sa chatte, il était hors de question qu'elle l'accompagne dans ces promenades macabres. La mort attirait la mort : Tom pensait de la même façon. Rien au monde n'aurait pu le faire entrer dans un cimetière. Même pas l'enterrement de ses parents. D'ailleurs, avec sa nature qui le conduisait à pousser toujours les choses à l'extrême, il avait pris l'habitude, le jour de la Toussaint, d'organiser une fête destinée à prendre le contre-pied des visiteurs des morts, ainsi qu'il nommait ceux qui effectuaient leur scrupuleuse tournée des cimetières. Une fête où il était interdit d'apporter des fleurs. Que des bouteilles. La dernière avait donné lieu à une gigantesque saoulerie générale qui avait duré plus de quarante-huit heures.

Seulement, à force de rester seule pendant des heures en attendant que Lili réapparaisse, à force de tourner dans sa tête les mille hypothèses qui pouvaient expliquer cette toquade, à force de penser à ce qu'en dirait Tom quand elle le lui raconterait... à force de penser à Tom... voilà que finit par se reposer de façon cruciale la question de savoir si elle allait appeler ou pas les entrepreneurs de peinture. Jusque-là, par chance, Tom avait oublié de lui demander des comptes quand il lui avait téléphoné, mais ça n'allait pas durer, la mémoire allait certainement lui revenir.

Que faire ?

Les désirs de Tom étaient des ordres, auxquels la plupart du temps elle obéissait au doigt et à l'œil. Mais faire venir ces peintres lui ouvrait de tels horizons cauchemardesques ! Que deviendrait-elle si Tom se mettait en tête de repeindre entièrement l'hôtel ? Elle en tremblait d'avance. Non, pour une fois, elle ne devait pas se laisser faire. Il y avait bien un moyen de dissuader Tom. Peut-être lui raconter que tous les entrepreneurs étaient retenus jusque la fin de l'hiver ? Avec la venue de l'été, les travaux seraient déjà plus supportables. Elle pouvait au moins essayer.

Forte de ce mensonge tout à fait plausible, ce fut elle qui mit le débat sur le tapis quand Tom lui téléphona en début de soirée. Sa réponse la prit au dépourvu : il lui suggéra de demander au bar-tabac s'ils connaissaient quelqu'un. Il fit davantage que le lui suggérer, d'ailleurs. Il le lui conseilla très vivement.

Le sang s'était vidé du visage d'Emmanuelle à l'instant où Tom avait évoqué cet endroit.

Le bar-tabac...

Elle imaginait déjà toutes ces paires d'yeux braqués sur elle avec curiosité et, sans doute, concupiscence. Elle en fit part à Tom et tout ce qu'il trouva à répondre, c'est que c'était à elle de se faire respecter. On voyait bien que Tom ignorait ce que signifiait d'être une femme agréable à regarder. Evidemment, lui ne se serait jamais comporté comme ces individus qui vous importunent dans les cafés. Il ne pouvait pas comprendre. Elle ne l'avait jamais surpris en train de lorgner sur une autre femme qu'elle.

A cette dernière pensée, un bonheur ravageur la souleva. Alors qu'elle raccrochait, le courage lui revint. Bon, c'était décidé, elle irait au bar-tabac demander des renseignements. Demain...

Quand, après une mauvaise nuit passée aux prises avec un cauchemar d'hommes ivres et entreprenants, Emmanuelle se réveilla vers le milieu de la matinée, un visiteur l'attendait. A travers la fenêtre de sa chambre dont elle s'était approchée pour voir si le ciel était toujours aussi maussade que la veille, elle reconnut au premier coup d'œil la vieille voiture qui l'avait conduite autrefois en voyage de noces sur la Côte d'Azur. Un des souvenirs les plus terribles de son existence. Si la Mort venait chercher ses victimes en automobile, aucun doute que c'était au volant d'une Ford Escort jaune.

La voiture de son ex-mari était garée devant la façade de l'hôtel, moteur éteint. Depuis qu'elle était remariée avec Tom, Christian leur rendait des petites visites tous les six mois environ, toujours pour demander quelque chose, en général de l'argent. Tom se laissait gruger à chaque fois.

Elle recula de la fenêtre, son cœur lui donnant des coups de poing douloureux dans la poitrine. Comment avait-elle pu ne pas entendre la voiture arriver ? Suspendant sa respiration, elle tendit son bras et écarta d'un doigt imperceptible le rideau. L'homme installé derrière le volant la vit et lui adressa un signe de la main. Le front couvert de transpiration en dépit du froid qui régnait dans la pièce, Emmanuelle se rejeta précipitamment en arrière. Quelques secondes plus tard, le claquement sec de la portière de la Ford Escort lui parvenait.

— Mon Dieu, gémit-elle.

En quelques minutes elle fut habillée, s'attendant à chaque instant à être ébranlée par le choc de la sonnette. Mais aucune sonnette ne retentit. Elle supposa que Christian faisait les cent pas devant la maison en attendant de la voir apparaître et se sentit relativement soulagée. Ce ne fut que lorsqu'elle découvrit son ex-mari installé comme chez lui dans le salon qu'elle se rappela avoir oublié de tirer le verrou la nuit dernière.

Elle faillit s'étrangler de suffocation.

Christian était assis, un verre à la main, en train de regarder la télévision dans le fauteuil de Tom.

— Salut, chérie ! s'exclama-t-il en souriant largement comme s'il n'avait pas remarqué l'expression furibonde du visage d'Emmanuelle. Tu sais ce qui passe en ce moment à la télé ?

Emmanuelle s'immobilisa, incapable de répondre. Les yeux lui sortaient de la tête et toute sa pensée n'était qu'un magma d'injures.

— *Il était une fois dans l'Ouest !* la renseigna-t-il d'un air joyeux. Tu te souviens, chérie ?

— Non, réussit à souffler Emmanuelle en décidant de garder son sang-froid. Je ne me souviens plus de rien.

Elle ferma la télévision et se planta devant son ex-mari avec un regard calculé de façon à donner l'impression qu'elle voyait à travers lui comme s'il était transparent.

— Tu as été effacé de ma mémoire, déclara-t-elle avec toute la froideur dont elle était capable. Comme un vulgaire programme informatique.

Christian éclata de rire.

— Oh oh... Tu parles comme Monsieur-Ton-Nouveau-Mari, maintenant !

Emmanuelle encaissa le sarcasme sans réaction apparente mais Christian, qui la connaissait bien, sut qu'il avait touché juste. Un sourire aiguisa ses traits malingres et d'un rat il se mit à ressembler à un vautour. Le sourire fielleux s'estompa aussitôt. A peine avait-il existé. Il n'avait pourtant pas échappé à Emmanuelle qui connaissait Christian aussi bien que celui-ci n'avait pas oublié la moindre de ses expressions. C'est alors que le visage de l'homme se fit soucieux. Trop soucieux, en vérité, pour que la moindre parcelle de sincérité puisse être envisagée. Emmanuelle se mit à se ronger les ongles. Elle redoutait ce que Christian allait dire : en l'occurrence, ce que lui susurrait la petite voix qui affleurait parfois dans sa tête et qu'elle faisait vite taire.

— Dis-moi, avança Christian, j'espère que tu n'es pas en train de te faire dépouiller de ta personnalité, au moins ?

Il rit.

Elle ne rit pas. Elle aurait pu se forcer, répondre par de l'humour : cela lui était impossible. S'imposait à elle la vision d'une Emmanuelle dont elle n'était pas si fière. La passion était-elle si enviable, si c'était pour devenir l'ombre de quelqu'un ?

— Après tout, pourquoi me ferais-je du souci ? poursuivit Christian d'un air ironique. Je me souviens que tu étais toujours en train de me traiter de macho. De prétendre que je t'étouffais. J'imagine que tu n'as pas changé... que ce n'est quand même pas un autre homme qui a pu te faire changer... Tu es bien au-dessus de nous tous, pauvres mâles, n'est-ce pas ?

Et il partit d'un rire qui semblait trop large pour sa poitrine creuse et maigre. Emmanuelle crispa ses poings. C'était assez. Elle avait déjà fait preuve de trop de patience. Il allait voir, ce salopard, qu'elle avait gardé assez de personnalité pour le foutre dehors si telle était sa volonté. Prenant sa respiration, ce fut d'un air le plus dégagé possible qu'elle prononça ces mots qu'elle désirait éperdument définitifs :

— Soit tu me dis tout de suite ce que tu es venu faire, soit tu fiches le camp.

— Sinon ?

— Sinon j'appelle...

— ... ton chat ?

— Sinon j'appelle mon mari.

— A mon avis, ton chat serait plus utile, vu que Monsieur-Ton-Nouveau-Mari n'est pas là. J'ai rencontré votre jardinier, vois-tu. Dommage d'ailleurs qu'il ne soit pas là, ton comédien d'opérette : j'avais un service à lui demander.

— Il est parti chercher des cigarettes, rétorqua Emmanuelle qui reprenait un peu d'aplomb. Il va revenir d'une minute à l'autre. Et je te rappelle que nous sommes mariés depuis cinq ans, lui et moi. Rien à voir avec les quelques mois pendant lesquels nous sommes restés ensemble.

Christian sonda le visage de celle qu'il considérait toujours comme sa femme. Aussi inexpressif que sur la photo officielle de leur mariage. Puis il vit le paquet de cigarettes à peine entamé qui traînait sur la table et partit d'un rire jubilatoire.

— Petite menteuse ! Il est parti en tournage ! Il ne reviendra pas de sitôt...

— Qu'est-ce que tu lui voulais à Tom ? aboya Emmanuelle.

— Peu importe. Un coup de piston pour ma petite copine. On s'en fout, je verrai ça plus tard. Ce qui compte maintenant, c'est que nous ayons tout notre temps. N'est-ce pas, ma chérie ?

— Tout notre temps pour faire quoi exactement ? Je n'ai rien à faire avec toi. RIEN. Et puis de toute façon, le jardinier va venir.

— Ne t'inquiète pas, il a très bien compris qu'il valait mieux ne pas te déranger pour l'instant.

Un vertige fit vaciller la jeune femme. Qu'est-ce que ce salaud avait raconté au jardinier ?

A l'une des extrémités de son champ visuel, elle aperçut la silhouette souple de Lili qui se glissait hors de la pièce. Pourquoi ne venait-elle pas près d'elle ? Pourquoi avait-elle l'air de l'éviter ? Pourquoi la laissait-elle seule avec cette ordure ?

Christian enregistra le mouvement de panique d'Emmanuelle et un délicieux frisson d'excitation serpenta le long de sa colonne vertébrale. Il n'en laissa rien paraître. Depuis qu'elle l'avait quitté, il n'avait cessé de la désirer, cette petite garce. Alors il n'allait pas rater l'occasion inespérée qui se présentait à lui aujourd'hui. Il s'approcha de son ex-femme lentement, pas à pas, mot à mot, doucereux jusqu'à l'os.

— Je t'en prie. Tu me manques tellement... C'est si dur. Voyons, n'aie pas peur. Je ne veux pas te faire peur. Excuse-moi si j'ai été maladroit : c'est parce que je suis malheureux. Depuis que tu es partie, je traîne ma vie, je n'ai plus goût à rien. (Son ton et ses paupières baissèrent subtilement.) Mais je ne veux pas t'embêter : je vais m'en aller. Laisse-moi juste te faire un baiser. Un petit baiser. Le baiser de l'amitié.

Au fur et à mesure que Christian parlait, Emmanuelle s'était mise à pâlir. Puis à trembler. Maintenant, des larmes tombaient de ses yeux, étonnamment grosses, comme les larmes des enfants. Et le pitoyable avorton qui lui avait tenu lieu de compagnon pendant sa prime jeunesse la serra contre lui à lui briser les côtes.

Aussitôt, sa bouche se colla à la sienne.

Ce fut une partenaire privée de volonté que Christian Lahaye entraîna à sa suite dans la chambre à coucher. Qu'il embrassa, caressa, manipula comme une poupée de chiffon. Emmanuelle, la vraie, abreuvée d'écœurement pour elle-même, s'était évadée de son corps.

A peine dix minutes plus tard la voiture jaune avait quitté les lieux, laissant la jeune femme prostrée et malade comme une bête. Quelque chose du loup était resté enfermé dans la bergerie mise à sac et son corps meurtri éprouvait le besoin de le vomir. Dans l'encoignure de la porte des toilettes où elle s'était traînée, secouée de haut-le-cœur, s'encadra la tête de Lili.

— Va-t'en !

D'un geste aveugle, ses longs cheveux blonds renversés au-dessus de la cuvette des WC, le visage ruisselant, Emmanuelle repoussa avec animosité sa chatte.

— Tu m'as laissée seule ! Tu ne m'as pas défendue !

Un nouveau haut-le-cœur la saisit, qui força le passage

étranglé de sa gorge. Epuisée, sans force, la bouche remplie d'un abominable goût âcre, elle se mit à sangloter tout son saoul. Lili revint à la charge en frottant le côté de sa tête contre sa longue jupe froissée.

— Va-t'en, je t'ai dit !

Mais, inlassablement, la chatte continuait son manège. Elle ne supportait pas cette souffrance qu'elle sentait si vertigineusement dans l'odeur de sa maîtresse. Cela changeait tout. Elle ne lui en voulait plus de refuser de l'accompagner à cet endroit où les gens sous la terre lui disaient des choses si effrayantes, à elle, si petite. Elle ne lui en voulait plus de rien. Elle voulait juste qu'elle s'arrête d'être malheureuse, c'est tout. Comme une ombre opiniâtre, elle se mit à la suivre sans relâche dans le moindre de ses déplacements, tournant autour d'elle en se faisant envoyer régulièrement promener et repartant de plus belle à la reconquête de son affection. Elle n'avait toujours pas abandonné la partie quand Emmanuelle, après s'être tamponné le visage d'eau froide pendant un temps incommensurable en contemplant dans le miroir de la salle de bains un visage qui appartenait à une inconnue, retrouva assez de forces pour se rendre dans sa chambre à coucher.

Le spectacle du lit défait pétrifia la jeune femme un instant, puis les larmes envahirent de nouveau ses yeux. Lentement, comme si elle marchait dans un champ miné, elle s'approcha du lit conjugal, où, pour la première fois, elle venait de faire l'amour avec quelqu'un d'autre que Tom. Les vagues chiffonnées que dessinait le couvre-lit se présentèrent dans toute leur odieuse signification. C'étaient des jambes et des bras qu'elle voyait, jambes et bras emmêlés. C'étaient des corps qui avaient roulé ensemble que l'étoffe souillée lui exhibait. C'étaient des têtes jointes l'une à l'autre qui lui sautaient aux yeux dans le creux unique que faisait l'oreiller : la sienne, celle de Christian, union contre nature. Adultère...

Elle sentit tout d'un coup les nausées lui revenir.

Prise d'une haine irrépressible, elle arracha le dessus-de-lit, le roula en boule et se rua hors de sa chambre, hors de l'hôtel, à toutes jambes, en direction du portail devant lequel les poubelles étaient déposées. Lorsque le couvre-lit fut entassé parmi les ordures, un profond soupir de soulagement se dégagea de sa poitrine. La pensée que les éboueurs passaient dès le lendemain contribua à lui rendre une relative sérénité.

Elle revint dans la cuisine se préparer une tasse de café brûlant qu'elle but d'un trait.

Elle s'essuya la bouche avec sa manche, s'assit, puis se passa les mains dans les cheveux. Ils avaient vraiment besoin d'un shampooing, se dit-elle subitement. Oui, elle se sentirait mieux quand ses cheveux seraient propres et bien coiffés.

Elle eut un sourire indulgent sur elle-même.

Tout cela n'était qu'un mauvais rêve. Elle devait oublier ce qui s'était passé, rayer cet épisode de sa mémoire. Elle n'avait pas voulu ce qui était arrivé, ce n'était pas de sa faute. D'ailleurs, c'était seulement son corps qu'elle avait abandonné à Christian. Pas elle. Pas vraiment elle. Etait-ce tromper Tom ?

Elle rejeta ses cheveux en arrière et enroula ses doigts autour d'une boucle.

— Non, dit-elle résolument.

Elle se leva et redressa ses épaules. A présent, elle allait remettre en ordre la chambre à coucher, puis elle irait se laver les cheveux et se maquiller.

Un miaulement plaintif interrompit le cours de ses réflexions. Baissant les yeux, elle aperçut Lili, à ses pieds, qui lui présentait une mine désolée.

— Méchante, gronda-t-elle tendrement. Tu aurais pu te jeter sur lui, le griffer au visage !

Sans prévenir, Lili lui sauta dans les bras et se mit à la regarder comme si elle voyait Dieu en personne. Par petits mouvements progressifs, la chatte allongea une patte repentante sur son bras.

La jeune femme eut un sourire conciliant.

— C'est vrai, tu n'es qu'un chat, après tout. Il ne faut pas trop t'en demander...

Laissant tomber d'un seul coup ses griefs, elle serra l'animal contre elle et lui rendit ses caresses.

— Ma Lili, ma petite chérie...

Elle enfouit son visage dans la fourrure d'ébène, savourant passionnément cette douceur extrême dans laquelle tout son être se lovait.

A ce moment précis, le carillon de la porte se mit à sonner.

La main d'Emmanuelle se glaça sur place. Lili laissa échapper un miaulement nerveux. Sa maîtresse se dressa sur ses jambes, tétanisée.

Christian ? Non ! Il ne revenait pas ! Mon Dieu, non !

La jeune femme se précipita à la fenêtre, défaillante. Elle s'agrippa aux rideaux qu'elle écarta. Un homme coiffé d'un képi se tenait devant la porte d'entrée.

Le facteur...

L'imagination d'Emmanuelle s'emballa. Depuis un an qu'ils habitaient l'Hôtel du Golf, l'occasion ne lui avait pas été donnée une seule fois d'avoir affaire au facteur. Tom avait installé une grosse boîte à lettres américaine à l'entrée de l'hôtel et il avait été toujours là quand on leur avait apporté un recommandé. Il y avait sans doute un télégramme pour elle... Il était arrivé quelque chose à Tom !

Elle courut à la porte d'entrée qu'elle ouvrit comme une folle. Dans ses mains, le facteur tenait un gros paquet.

La jeune femme crut qu'elle allait s'évanouir de soulagement. A tel point que le sourire qu'elle adressa au facteur aurait pu convenir à des retrouvailles avec un ami d'enfance. Ce dernier sembla sensible à cet accueil. C'était un vieil homme, au visage avenant. Il souleva sa casquette.

— Bonjour, m'dame. Un paquet en recommandé... Faut signer là.

Il lui tendit le paquet sur lequel elle chercha avec empressement le nom de l'expéditeur. Mais... le nom indiqué était celui de Tom !

Tom... Que pouvait-il bien lui envoyer ?

Une inquiétude sans raison l'assaillit. Elle eut hâte que l'homme s'en aille. Mais il la dévisageait, les yeux pétillants. Lui aussi semblait impatient de découvrir le contenu du paquet.

— Quelle bonne odeur de café ! s'exclama-t-il en humant l'air.

Emmanuelle comprit l'allusion mais resta coite. Elle ne se sentait pas le courage de tenir le crachoir à ce brave homme.

— Vous ne regardez pas ce qu'il y a dans votre paquet ? finit-il par demander en avançant une lèvre inférieure gourmande.

Emmanuelle eut un petit rire gêné.

— Si...

A contrecœur, elle détacha les bandes de gros Scotch qui retenaient les parois du carton. Plongeant la main, elle commença à retirer l'objet. Il y eut d'abord des oreilles pointues, puis des yeux tendres et naïfs, et voilà qu'un magnifique chat en papier mâché apparut, enveloppé dans des feuilles de papier de soie.

Tom! Oh, Tom! Elle pensait qu'il avait oublié! Cela remontait à si longtemps...

Un abominable sentiment de culpabilité lui noua la gorge. Tom lui envoyait un cadeau. Tom qu'elle venait de tromper. Oui, *tromper,* c'était le mot, même si elle n'avait jamais voulu une chose pareille.

Elle caressa l'objet des mains, le cœur gros. C'était exactement le chat sur lequel elle était tombée en arrêt dans son magazine de décoration et dont elle avait parlé à Tom il y a des semaines, en lui donnant l'adresse pour quand il irait à Paris. Mais elle n'avait jamais espéré vraiment qu'il y penserait. Et encore moins qu'il le lui enverrait tout de suite par la poste...

Tom, oh Tom, pardon...

Ne sachant plus du tout si elle se sentait heureuse ou malheureuse, elle résolut son malaise en proposant au vieil homme la tasse de café qu'il espérait.

Le visage de celui-ci s'éclaira jusqu'aux oreilles.

— Comme qui dirait, c'est pas de refus!

Elle le conduisit jusque la cuisine. Tout en réchauffant un peu de café dans une casserole, elle s'absorba tellement dans ses pensées que le liquide commença à bouillir.

— C'est chaud! intervint le vieux facteur. Va falloir attendre un peu pour le boire!

Emmanuelle avala sa salive de travers. Elle regrettait déjà d'avoir cédé à son geste de bienveillance. Qui sait pour combien de temps l'homme s'était installé?

— Vous ne craignez pas de vous mettre en retard? demanda-t-elle en souriant.

L'homme consulta sa montre.

— Oh là là, mais je suis en avance, aujourd'hui! s'exclama-t-il, manifestement ravi de sa prouesse. De toute façon, j'ai fini ma journée Vous êtes en queue de tournée. Comme qui dirait, vous êtes les derniers.

— Ah bon, fit Emmanuelle en commençant à pâlir sérieusement.

— Oui, assura l'homme. D'ailleurs, je n'aime pas m'attarder par ici.

— Ah? releva Emmanuelle en reprenant espoir. Pourquoi donc?

Le facteur eut un geste qui indiquait une vague direction.

— Comme qui dirait, c'est à cause du Vivier-Leu.

— Le cimetière? Vous n'avez pourtant pas souvent de courrier à porter là-bas, j'imagine, ironisa gentiment Emmanuelle.

Le visage de l'homme s'assombrit.

— Oh, c'est pas le courrier qui les intéresse, eux.

Emmanuelle se demanda ce qu'il fallait comprendre.

— Je veux bien le croire, fit-elle laconiquement, attentive à ne pas tendre de perche à la propension évidente de l'homme au bavardage.

Mais il ne fallut pas d'autre encouragement au vieux facteur pour continuer ses confidences.

— Ouais, répéta-t-il, c'est pas le courrier qui les intéresse.

— C'est quoi alors? questionna Emmanuelle qui, malgré elle, ressentait une certaine curiosité.

— Non, c'est pas le courrier. Comme qui dirait, c'est la télé. Elle marche bien votre télé?

— Mais oui, dit Emmanuelle, décontenancée. Pourquoi elle ne marcherait pas?

— Comme ça, fit l'homme évasivement. Comme ça... A ch't' heure, elle a plus de raison de ne pas marcher. Maintenant, tout le monde se fait enterrer à l'aut' bout.

— Vous voulez dire dans le nouveau cimetière?

— Ouais, c'est ça. Dans le nouveau cimetière.

— Et qu'est-ce qui se passait avec les télés?

— Oh rien, c'est pas grave.

— Je ne comprends pas très bien. Quel rapport y a-t-il entre le cimetière et les télés?

— Oh rien. C'est fini maintenant. Y se font tous enterrer là-bas. Y a plus de problème de télé. Comme qui dirait, y a plus de problème.

Emmanuelle haussa les épaules avec agacement.

— Qu'est-ce qu'elles avaient les télés exactement?

— Oh rien, à chaque fois qu'on fichait un mort dans son

trou, et crac qu'elles se déréglaient. Plus rien qui marchait. La mienne non plus.

L'homme haussa les épaules.

— Ça se déréglait comment ? insista Emmanuelle.

— Comment que ça se déréglait ? Oh, rien. Ça faisait tout brouillé chez tout le monde. Comme qui dirait, y avait plus d'images. Ça faisait...

Et le vieil homme se mit à imiter le bruit d'une mouche. Il plissa les yeux et pinça les lèvres tandis qu'un bourdonnement bizarre s'échappait de ses joues creuses.

Emmanuelle se sentit tout d'un coup extrêmement fatiguée. Elle avait envie que l'homme s'en aille. Il ne l'amusait plus du tout. Il y avait en elle un mélange trop détonant d'émotions. En trop peu de temps. Elle jeta un coup d'œil sur le chat en carton-pâte qu'elle avait perché sur le réfrigérateur en attendant de lui trouver une place de choix. A cause de ce qui s'était passé tout à l'heure, elle ne pouvait même pas se laisser aller à la joie que lui procurait ce cadeau. Elle avait honte, tellement honte. Si Tom savait...

— Excusez-moi, dit-elle, assombrie, j'ai un coup de téléphone à passer.

Elle montra le paquet au facteur qui la dévisagea d'un air interrogateur.

— Faut que je dise à la personne qui me l'a envoyé qu'il est bien arrivé, improvisa-t-elle.

Le vieil homme la regarda d'un air presque vexé.

— Et pourquoi qu'il serait pas arrivé ? Ça marche bien, la poste !

En se forçant à rire, Emmanuelle admit que c'était vrai.

— C'est pour remercier, précisa-t-elle.

L'explication eut l'air de satisfaire le vieil homme qui se leva enfin. Elle le reconduisit sur le seuil.

— Ç'aurait bien besoin d'un coup de peinture, chez vous ! dit-il en inspectant les murs. Votre mari, qu'est-ce qu'il fait ?

Emmanuelle faillit éclater de rire. Eh bien, il n'était pas gonflé, le vieux ! Mais une idée lui vint, qui lui éviterait peut-être la corvée du bar-tabac. Un facteur, ça connaissait tout le monde, par définition.

— Peut-être que vous pourriez m'indiquer quelqu'un, vous ?

L'homme ouvrit des yeux ronds.

— Ça m'étonnerait que vous trouviez des gens qui viennent jusque-là !

— Mais pourquoi ?

Le facteur eut de nouveau ce geste par lequel il désignait la direction du Vivier-Leu.

— Comme qui dirait... La vieille, là-bas, à côté de vous, elle est embêtante. Y peuvent pas dormir en paix avec elle. Faut qu'elle se mêle. Des fois ça lui prend. Comme qui dirait...

— Quelle vieille ? demanda Emmanuelle, suffoquée.

— Bof, rien. La vieille Hortense. Rien.

Et il lui fit un signe d'adieu.

— Merci pour le café ! cria-t-il quelques secondes plus tard sans se retourner.

7.

— C'est là, annonça Thomas Nival en s'arrêtant devant la vitrine d'un minuscule magasin enfoui dans une petite rue du quartier Saint-Germain, à Paris. C'est bizarre, on dirait qu'il y a moins de choix que d'habitude. Peut-être y a-t-il eu un changement de propriétaire ?

Pendant quelques instants, l'acteur examina avec une moue déçue les vêtements de cuir qui étaient exposés dans la vitrine sans aucun souci de présentation.

— Pas terrible, hein ?

La jeune femme rousse à qui s'adressait ce commentaire approuva. Les vêtements en cuir ne l'intéressaient en aucune manière. Rien ne l'intéressait d'ailleurs, en dehors de se retrouver dans les bras de Thomas. Ils avaient quelques toutes petites heures seulement pour se voir et voilà qu'au lieu de les passer en tête à tête, Thomas l'emmenait faire ses courses. Hier, elle avait eu droit à ses tergiversations interminables pour l'achat de disques, puis une heure à piétiner dans une boutique d'informatique pendant que Thomas palabrait en vue de l'acquisition d'un matériel dont elle n'avait rien à faire, puis encore, alors qu'elle croyait être au bout de ses peines, la recherche de cette adresse à l'autre bout de Paris afin d'acheter un affreux chat en carton-pâte à Madame ! Pour couronner la journée, c'était elle qui était allée expédier cette horreur à la poste vu que Monsieur avait un rendez-vous avec un producteur. Quant au programme de la soirée, Thomas, bien sûr, était convié à un dîner où il était hors de question qu'elle l'accompagne.

Ils connaissent Emmanuelle, tu comprends... Je ne peux pas... Si je pouvais, tu penses !

Comprendre, comprendre ! Elle ne faisait que ça, comprendre.

Et voilà que ça continuait aujourd'hui.

— Tu entres quand même ? fit-elle, espérant de tout cœur qu'il n'en ferait rien.

— C'est son anniversaire, répliqua Tom. Il faut que je lui rapporte quelque chose.

— Et ce chat que je suis allée poster hier ? allégua-t-elle d'une voix crispée par le ressentiment. (Thomas ne lui avait jamais offert la moindre babiole...)

L'acteur ne répondit pas et franchit le seuil de la boutique. Avec une résignation mélancolique Mylène se glissa dans son sillage. Dès l'entrée, l'odeur caractéristique du cuir neuf lui fit plisser le nez de répugnance. La boutique, mal éclairée et très basse de plafond, lui donnait l'impression de pénétrer dans une caverne malsaine.

Elle regarda d'un air morne les vêtements alignés sur les cintres. Ils étaient raides, lourds, avec des couleurs fades. Thomas portait continuellement cette odeur de cuir qu'elle associait à la tristesse que lui infiltrait sournoisement leur aventure, aussi bien quand Tom était absent, comme c'était le cas les trois quarts du temps, que quand il était là. C'était peut-être même pire quand il était là. Elle fondait à chaque fois tant d'espoir dans ces retrouvailles. Et, à chaque fois, le soufflé retombait. Ce n'était que de la demi-présence, avec Thomas. Il y avait toujours quelque chose qui passait avant elle. Toutes ces heures à attendre le coup de fil promis. Ou à l'appeler en vain à son hôtel. L'homme au standard qui prenait maintenant une voix apitoyée dès qu'il la reconnaissait.

Je suis désolé, M. Nival n'est pas là... M. Nival n'est pas encore rentré... Non, M. Nival n'a pas laissé de message... M. Nival est reparti... Je ne sais pas quand il revient...

Quand elle pensait que Thomas ne s'était jamais donné la peine de venir à Paris uniquement dans le but de la voir...

Abattue, elle passa machinalement sa main sur une veste en cuir qu'elle trouvait hideuse, comme le reste de l'achalandage. Son chagrin formait une petite boule dure dans son estomac. Hélas elle l'aimait, ce fichu égoïste qui parvenait chaque fois à la séduire de nouveau malgré toutes ses bonnes résolutions. A quoi servait-il qu'elle se traite d'idiote ? Elle accourait toujours comme une dératée dès que Thomas lui donnait signe de vie.

En ravalant un soupir, elle regarda son amant (pouvait-on

appeler ça un amant? songea-t-elle avec amertume) pour voir s'il avait trouvé ce qu'il voulait.

L'acteur étudiait tour à tour chacun des vêtements suspendus aux cintres. Le gérant de la boutique, un petit homme au sourire commercial, s'avança vers lui.

— Je peux vous aider?

— Pour le moment on regarde, marmonna Thomas sans amabilité.

L'acteur se tourna vers Mylène.

— Que penses-tu de cette veste?

Mylène haussa mollement les épaules.

— Je ne sais pas. Tu sais, moi, le cuir...

— Mais ce n'est pas pour toi!

— Je le sais que ce n'est pas pour moi, grinça la jeune femme en se renfrognant.

— Fais pas la gueule. C'est déjà pas facile.

Effrayée à l'idée d'avoir agacé son compagnon, la jeune femme l'assura de sa compréhension. Puis, se tournant vers les portants, elle lui désigna un petit blouson court et cintré en cuir fauve.

— Et ça? Ce ne serait pas mieux?

Tom s'approcha du vêtement. Il le considéra d'un air pensif en essayant d'imaginer Emmanuelle là-dedans.

— Tu ne veux pas le passer, Mylène? Vous faites à peu près la même taille.

— Bien sûr, acquiesça la jeune femme d'un ton sarcastique qui passa inaperçu de Tom.

— Tu es sûre que ça ne te dérange pas? avança Tom, un peu embêté tout de même.

— Mais non, ça m'amuse!

Elle enfila le vêtement et s'examina devant la glace en se dandinant d'un côté et de l'autre.

— Comment tu me trouves? demanda-t-elle.

— Madame est superbe! intervint le vendeur.

Thomas demanda à sa compagne si elle voulait bien remonter la fermeture Eclair du blouson puis il lui fit ouvrir à nouveau le vêtement.

— Oui, ça devrait aller, approuva-t-il. C'est mignon.

Mylène rayonnait tout à coup.

— Moi qui n'aime pas le cuir, s'exclama-t-elle en s'examinant avec ravissement dans le miroir de la boutique, j'adore ce petit blouson ! Tu ne trouves pas qu'il me va bien, Thomas ?

— Très bien, convint l'acteur laconiquement.

— Le cuir est en baisse en ce moment, indiqua le vendeur. Je vous le fais à deux mille francs.

— OK, fit Thomas.

L'acteur parcourut de nouveau des yeux les portants.

— J'aurais peut-être besoin d'un manteau.

Il désigna le blouson de daim bleu :

— Je commence à en avoir marre des blousons.

— Je vais vous montrer ce que nous avons, s'empressa le vendeur.

Thomas se tourna vers sa compagne :

— Les blousons, ça commence à faire ringard, tu ne trouves pas, Mylène ?

Un nœud dans la gorge, Mylène lâcha un petit « oui » éraillé.

Quelques minutes plus tard, le couple ressortait de la boutique avec un grand sac contenant le manteau gris et le petit blouson en cuir fauve.

— Faudra que je m'achète le même, fit Mylène d'une pauvre voix chavirée.

— Tu as raison, ça te va très bien, approuva chaudement Tom.

Il la prit par la taille.

— Au fait, tu m'excuses pour ce soir, mais je ne peux pas rester avec toi. Un dîner avec des gens de TF1...

— Et maintenant ? bredouilla Mylène. Il n'est que six heures.

— Et ma répétition ! s'exclama Thomas d'un air scandalisé. Je viens pour travailler, moi ! Ne te plains pas, je te donne déjà toutes mes heures de libre. (L'expression de l'acteur se transforma tout d'un coup pour se faire de miel.) Tu ne crois pas que j'aimerais passer tout mon temps avec toi, si je pouvais ?

Et ces dernières paroles furent prononcées avec une voix tellement semblable à celle que Thomas prenait dans les scènes d'amour que Mylène lui avait vu jouer au cinéma et à la télévision, qu'une fois de plus la jeune femme oublia tous ses ressentiments.

Le dîner avec les producteurs de TF1 se termina tôt dans la soirée. A l'inverse de ce qui s'observe d'ordinaire dans ce genre de tractations, tout le monde tomba rapidement d'accord sur les termes d'un contrat en vue d'une série policière intitulée « Meurtres sur écran », où Thomas jouerait le rôle principal, celui d'une espèce d'Hercule Poirot moderne résolvant ses énigmes à l'aide des petites cellules grises de son ordinateur. Un rôle taillé pour Thomas Nival, ainsi que l'en avaient certifié les producteurs, et tel que le pensait aussi foncièrement Thomas.

Peut-être, après ce dîner fructueux, l'acteur aurait-il renoncé à aller au Multicolore pour passer le restant de sa soirée avec Mylène qui commençait à voir rouge...

Peut-être, mais ce n'était pas sûr.

Le Multicolore, ce cercle de jeu privé installé au premier étage d'une académie de billard du côté de Pigalle, exerçait sur l'acteur une totale fascination. Sans qu'Emmanuelle s'en doute, Thomas avait déjà laissé des fortunes dans ce jeu dont il disait en riant aux filles du Sansonnet qu'il était encore plus malhonnête que la boule. Alors, Mylène ou le Multicolore, franchement, il ne savait pas ce qu'il aurait fait.

Les quelques lignes anonymes qu'il avait trouvées tout à l'heure dans sa loge au théâtre l'avaient dispensé de ce choix pénible.

Affalé à présent sur le lit de sa chambre d'hôtel, Thomas tournait et retournait entre ses doigts un rectangle de papier format carte de visite, qu'il étudiait sous tous ses angles comme il l'avait déjà fait à une centaine de reprises.

D'un seul coup son regard baissa, et il parut dormir. Pourtant, sa main se détacha ostensiblement de son corps et alla chercher le téléphone.

Bien qu'en principe le service dans les chambres fût terminé depuis un quart d'heure, le garçon du bar enregistra la commande de Tom de cette voix liftée qui l'accompagnait dans toutes ses relations sociales : il engueulait avec obséquiosité, se plaignait avec dédain et donnait des ordres à ses enfants comme s'il s'agissait de majestés.

Octroyant un minuscule plissement de nez à sa sciatique, l'homme se baissa vers les coffres du bas où était remisé le champagne qu'il achetait à la seule intention de Thomas Nival chez l'épicier du coin. Même à trois heures du matin, même si les grosses valises que l'on transportait sous les yeux semblaient s'alourdir de seconde en seconde et qu'on les aurait bien déposées immédiatement dans n'importe quel fauteuil, Thomas Nival c'était Thomas Nival : la conversion de l'acteur en pourboires s'effectuait automatiquement dans la tête du garçon.

Par manque de chance, il n'avait jamais eu l'occasion de le voir de ses propres yeux à la télévision ou au cinéma dans l'un de ces films dont Thomas Nival lui parlait quelquefois, mais la largesse des billets qu'il lui glissait ne pouvait s'adapter qu'au format du portefeuille d'un homme qui avait les moyens.

Trois étages plus haut, Thomas reposa le combiné.

Du champagne il n'en avait pas envie, il en avait besoin. Ce soir, il le boirait sans l'une de ces petites pétasses, le seul mamelon qu'il téterait serait celui de la bouteille.

Il fallait qu'il mette de l'ordre dans ses idées.

L'interrogation à vous rendre fou : qui était l'individu qui avait déposé ce mot dans sa loge au théâtre ? Ils étaient un millier à avoir pu le faire, un millier à savoir qu'il répétait sa première pièce. Et comme la concierge laissait entrer n'importe qui et que de toute façon elle était myope comme une taupe...

Mylène ? Impossible, elle était trop amoureuse. Un peu trop, d'ailleurs. Elle commençait à souffrir. Il n'aimait pas cela. Il faudrait qu'il songe à une séparation. Ses reproches implicites étaient parfaitement justifiés. Rien de plus horrible que d'être toujours en position d'attente. Il la comprenait. C'était comme d'avoir un chien qui se languit après vous toute la journée, auquel vous apportez son écuelle pour disparaître aussitôt après.

Les autres acteurs ? Forcément ils le jalousaient puisqu'il avait le rôle le plus intéressant. Et forcément ils étaient assez minables pour avoir envie d'endosser une peau de corbeau. Sans compter que c'étaient eux qui avaient eu la plus grande facilité pour introduire cette lettre. Mais ça ne prouvait rien. Son intuition lui soufflait que l'affront ne venait pas de là.

Quel aurait été le premier réflexe de n'importe quel crétin qui ne s'appellerait pas Thomas Nival ? Tout balancer à la tête d'Emmanuelle, évidemment.

Eh bien non, il s'appelait Thomas Nival justement, ainsi que quelques centaines de milliers — peut-être quelques millions — de spectateurs le savaient. Tout à l'heure, quand il avait téléphoné à sa femme pour lui annoncer qu'il était obligé de prolonger son séjour, grand malin eût été celui qui aurait décelé quelque chose de particulier dans sa voix. Et Emmanuelle n'était pas spécialement ce qu'on pouvait appeler une grande maligne. Il y avait même quelque chose de totalement invraisemblable à penser qu'elle le trompait, ainsi que le prétendait l'auteur de la missive. Non, elle ne le trompait pas : on essayait seulement de jouer sur cette corde sensible pour lui faire du mal.

Il se gratta le cuir chevelu.

En réalité, il était impossible de savoir qui lui voulait du mal. Tout le monde lui voulait du mal, chacun à son échelle. Peut-être même le barman. Il suffisait que l'homme se mette à trouver que ses pourboires ne suivaient pas le cours de l'inflation, et voilà. Qu'est-ce qu'il en savait de ces mesquineries qui mijotaient à coup sûr dans le ciboulot de tous ces pauvres types ?

Quand même... il fallait qu'il trouve une piste.

Subitement, Tom redécrocha le téléphone pour demander au garçon de lui monter un crayon et du papier en même temps que son champagne.

Une liste. Il allait rédiger une liste. Peut-être qu'en essayant de réfléchir à tous ses ennemis possibles, quelque chose lui reviendrait.

A peine le garçon fut-il reparti avec son plateau vide que Thomas écrivit le nom de ce dernier en tête de la liste. Puis il le raya après l'avoir fait suivre de la mention : DTC (décidément trop con).

Une gorgée de champagne. Tom reposa son verre en gardant les yeux fixés sur la coupe au galbe si féminin : le fuselé d'une cuisse. Dans les bulles, il revoyait la frimousse de la petite brune de la dernière fois. Une fossette sur le menton, deux autres au creux des reins. Les bulles de champagne, c'était mieux qu'une boule de verre. Il y lisait son passé, son présent, son futur : une vie de fête, les gonzesses à la pelle, et puis la petite chérie que l'on retrouvait ensuite pour vous faire des câlins au cœur et des pansements au foie. Elle, lui cacher quoi que ce soit, cette mignonne dont il était le seul à faire briller des étoiles dans les yeux ? Allons donc ! Il en avait plaisanté bien des fois, soupçonné tout le monde, mais là, écrit noir sur blanc par un corbeau qui vous annonçait suavement que vous étiez cocu...

Nouvelle gorgée de champagne, et le deuxième nom : Patrice Lefort.

Tom se gratta la tête. L'homme pouvait être considéré comme un ennemi sérieux : il l'avait tant de fois humilié ! (Un hoquet de rire récupéra le gaz que Tom expulsait de son estomac.) Mais on n'était plus en temps ordinaire. Ce crétin avait gagné aux échecs contre lui et cet incident devait probablement — selon les critères de cet enfoiré — couvrir largement toutes les blessures infligées à son amour-propre depuis le cours Timothy.

Tom ne raya pas le nom de Patrice Lefort, il inscrivit le suivant dessous : Christian Lahaye.

Christian Lahaye, le premier mari d'Emmanuelle. Motif évident : la rancœur d'avoir été plaqué. Et surtout pour quelqu'un de sa classe. Même des années après, la haine est tenace. Et ce Lahaye était loin d'être un imbécile, pour le coup. Un fou furieux, oui, mais un imbécile, non. Emmanuelle n'aurait jamais épousé un imbécile.

Tom soupira. Jalousie amoureuse, jalousie professionnelle : tout se mélangeait en fin de compte. Il lui aurait fallu encore deux ou trois bloc-notes comme celui-là pour consigner tous les suspects possibles. Hervé Lépée ? Serge Dinart ? Stéphane Lastor ? Samuel et Gaetan Delivan ? Charles Robert pour le rôle qu'il lui avait piqué dans *Belle fin* ? Michel Farfeti, qui n'avait jamais été admis dans ses partouzes ?

Un instant, Tom oublia la gravité de ce dont on accusait sa femme pour rire de bon cœur au souvenir de la figure déconfite de Farfeti quand ils l'avaient laissé tout seul au bar du Sansonnet pendant qu'avec Hubert et deux canons à chacun de leurs bras ils partaient s'envoyer en l'air. S'il y avait quelqu'un qui pouvait lui en vouloir, c'était bien Michel Farfeti. Ils lui avaient refait le même coup quinze jours après en lui laissant espérer que cette fois il ne serait pas aussi malchanceux, et puis hop, de nouveau tapisserie.

Thomas s'étrangla dans sa coupe et recracha une partie du champagne. Depuis, c'était devenu une obsession chez Farfeti. Il voulait *savoir*. Il citait des noms, geignait : « Pourquoi eux et pas moi ? », exposait des arguments. Il était même allé jusqu'à afficher devant les filles un test de dépistage négatif. Malignes comme elles étaient, il va sans dire qu'elles lui avaient ri au nez. « Nous, on ne se tape que les sidéens, pas de bol, vieux, reviens quand t'auras viré ta cuti. » A la pensée que ce con de Farfeti était peut-être bien capable de se laisser contaminer juste pour espérer une place au chaud dans leurs petites fêtes...

Tout à coup, Thomas se senti dessaoulé. Une idée venait de fondre sur lui, agissant mieux qu'une boîte entière d'Alka Seltzer.

Une des filles du Sansonnet... Il n'y songeait qu'à l'instant. Une fille jalouse.

Et il se souvenait de certaines choses.

Cette espèce de blondasse, comment s'appelait-elle, déjà ?

Caroline ? Christine ? Celle qui s'était adressée à un sorcier africain pour essayer de l'envoûter... Dire qu'il n'avait couché avec elle qu'une seule fois. Mais c'était peut-être bien pour cela, justement.

Pliant la missive du corbeau en deux, Tom l'agita en l'air comme un oiseau de papier.

Flap Flap Flap...

Comment se disait « corbeau », au féminin ? « Corneille » ?

Il se leva et alla jusqu'à la fenêtre. Personne ne montrait son nez, dehors. On était à une encablure de Pigalle et c'était le désert. Une impression de froideur le saisit. Comme la nuit devait frissonner sans ses noctambules ! Il tendit l'oreille pour percevoir le bruissement de l'espace, mais il était remplacé ici par l'écho des voitures.

Paris, quelle vie superficielle, se dit-il, brusquement atterré. La vraie vie, c'était là-bas. Avec Emmanuelle. (L'écœurement du champagne prenait chez Thomas la forme de l'écœurement tout court.) Toutes ces filles, ces putains... Elles étaient bien bien assez salopes pour lui jouer ce genre de tour. Alice, Line, Solange, Séverine... Muriel aussi, et Marianne, Olivia... La liste de Tom prit du galon d'un seul coup, à l'image de sa colère.

Quelle heure était-il ? Presque minuit et demi. Les garces, il savait où les trouver.

Enfilant son nouveau manteau de cuir un peu raide, le comédien sortit de l'hôtel de seconde catégorie où il prenait pension quand il montait à Paris.

Après avoir descendu la rue des Trois-Frères, Thomas Nival atteignit la place du théâtre de l'Atelier, puis il finit de dégringoler la butte Montmartre en une centaine d'enjambées hargneuses. Boulevard Rochechouart, l'agitation bruissante qui montait de la nuit au fur et à mesure de sa progression vers Pigalle lui fit penser au grondement sourd de la mer, en bas de la falaise de l'Hôtel du Golf. Sauf qu'à l'inverse de la Manche, il s'y plongeait avec un invraisemblable délice.

Il parvint place Pigalle.

A cette heure de la nuit, la vie battait son plein dans ce quartier béni. Il aimait cette vie nocturne autour de lui. Il se sentait revivre. Ici, le sommeil était contraint de se réfugier dans d'autres arrondissements pour trouver une clientèle serviable. Tous ceux de sa connaissance ne l'utilisaient que comme des lunettes noires destinées à se protéger du monde plat et banal que la lumière du jour n'était bonne qu'à créer.

Il prit la rue où se situait son quartier général.

Au moment où les lettres familières lui apparurent, découpées dans un néon rouge, un sourire adoucit l'expression emportée de ses traits. Le bar du Sansonnet... Il était chez lui.

Il jeta un coup d'œil à l'intérieur de l'établissement. A travers les vitres enfumées de lumières vacillantes, la silhouette familière de la patronne semblait se déplacer par segments. Une poitrine opulente, un chignon, un rire : le bar du Sansonnet où les VRP commençaient à connaître la chanson pour se faire plumer avait l'air plutôt calme. Ange n'était pas en vue.

Tom poussa la porte.

— Hi, Tom ! fit la patronne qui avait récemment pris l'habitude de glisser quelques mots anglo-saxons dans sa conversation.

Tom connaissait l'origine de cette manie qui n'était pas un signe d'affectation mais un soupir destiné au bel Américain qui l'avait couvert de compliments et de billets de banque un soir qui n'avait pas ressemblé aux autres. Ce que l'acteur ignorait, c'est que, depuis cette rencontre, la patronne s'était acheté une méthode pour apprendre l'anglais et qu'elle s'y coltinait tous les jours : le bel Américain avait promis de revenir.

Mais ce soir-là, Tom ne voyait pas les battements de cils romantiques de la patronne. Il n'avait d'yeux que pour les filles qui découvraient leurs cuisses où les consommateurs égaraient leurs mains baladeuses tandis que les leurs se chargeaient de verser le champagne, toujours, toujours plus, huit cents francs la bouteille.

Aujourd'hui pourtant, les entraîneuses éprouvaient quelque mal à ferrer le poisson. La salle était vide, trois consommateurs seulement, sur lesquels tout le paquet était mis.

Tom étudia brièvement la composition de l'assemblée.

Il y avait là un type fortement imbibé que Sophie tentait de ranimer sans grande foi, à la table de derrière un autre individu guère plus brillant si ce n'étaient ses cheveux gras et enfin, entre les mains de Séverine, un troisième spécimen qui faisait un peu illusion dans son costume bien coupé, excepté que Tom le connaissait parfaitement pour être le pigeon né. Après l'avoir amenée à toutes ses économies — et s'il insistait vraiment — on le dirigeait vers l'un des minuscules salons dissimulés dans les coulisses du bar afin de lui faire rendre ses quelques grammes de semence blanche. Tom l'avait déjà chronométré : trois minutes et demie, aller-retour compris, mais il fallait dire que le retour était parfois considérablement accéléré par les bons offices d'Ange.

Tom pensa alors à son bébé que l'on voulait salir : Emmanuelle, là-bas, toute seule dans l'immense hôtel... Et ce fut d'un seul coup comme si la côte picarde était le repère d'une bande de loups hurlants qu'il voyait déjà prendre d'assaut la demeure où la pauvre enfant se terrait, terrifiée.

Quand elles aperçurent Tom à l'entrée du bar, les filles esquissèrent un sourire, mais elles y renonçaient à la seconde suivante. Elles avaient déjà vu une fois l'acteur avec cette tête-là, une seule fois, cela leur avait suffi.

Tom s'avançait lentement dans la salle, faisant voler la carte de visite du messager anonyme.

Flap Flap Flap...

Le bruit des ailes du corbeau imaginaire qu'il tenait au bout de son bras s'échappait de son sourire figé.

Les filles se regardèrent en se demandant quelle était celle qui avait fait une bêtise. Il y avait deux choses qu'il ne fallait pas toucher avec Tom : son métier et sa femme. Deux notions sacro-saintes. Le jour où Olivia avait laissé échapper une plaisanterie sur la pauvre plouc de province qu'elle situait d'autorité entre ses fourneaux et les chaussettes à raccommoder, ce jour-là... c'était celui où on avait vu pour la première fois Tom avec cette tête-là.

— Vous savez que j'adore rire ! annonça Tom en prenant un air aux antipodes de cette affirmation. J'aimerais féliciter celle qui a eu cette petite idée géniale.

Flap Flap Flap...

Un corbeau passa dans un silence de mort. Olivia avait le regard échoué sur les bouts pointus des bottes du nouveau venu. L'impression qu'elles avaient été conçues dans le but de faire mal. C'est alors que, rompant inconsidérément le silence, l'homme aux cheveux gras commença à protester. Ange sortit de la pénombre qui baignait le fond de la salle et se plaça devant le gaffeur de manière à le fusiller de ses yeux aussi noirs que des balles. Tout pigeon qu'il était, l'homme n'en avait pas moins envie de regagner son pigeonnier sans être obligé de numéroter ses abattis : il ne trouva rien à redire à ce qu'Ange l'accompagne aimablement vers la sortie.

Quand le videur pivota de nouveau vers la salle, l'expression de son visage ne s'était pas modifiée. Ce n'était pas que l'homme soit atteint de paralysie faciale. Non. Mais il était l'indifférence même. Quand son travail le contraignait à larder de coups (de coups de couteau parfois, Tom en avait été témoin) un client qui refusait de payer les huit cents francs que multipliait le nombre de bouteilles de champagne consommées, il s'en acquittait sans aucune trace d'acrimonie. C'était un job, un job comme un autre.

— Raconte-moi tout, fils, dit-il à Tom de sa voix bizarrement tenue. (Tom avait toujours été persuadé que Ange essayait d'imiter Robert de Niro dans *Le Parrain*.)

Il lui tendit la lettre.

Pendant qu'Ange la lisait, une imperceptible détente souffla du côté des filles. La patronne, tout comme son videur, arborait un calme olympien, un calme anglais peut-être. Les filles se sentaient protégées par ces deux bulldozers de la justice dont elles partageaient la conception particulière. Les lois étaient claires, pas de pitié mais pas de passe-droit non plus. Ange et la patronne étaient des parents sévères, mais justes.

Quand il eut déchiffré la lettre, le doux cerbère laissa tomber d'un ton morne :

— C'est pas ici que tu trouveras ton bonheur.

Et il rendit le carton plié à Tom.

— Comment ça ! rugit Tom.
— C'est pas le genre de la maison, fils.
— Qu'est-ce que t'en sais !
— Je le sais, fit Ange, je le sais.
Il ajouta d'un ton égal :
— Nous, on ne se mêle jamais des histoires matrimoniales. Les femmes c'est sacré. Tu devrais le savoir, depuis le temps.

La conversation était finie. Sans un regard de plus, Ange retourna dans sa niche d'ombre au fond du bar et la patronne se plongea avec ardeur dans un précédent numéro du *Chasseur français* pour voir si un message venu d'outre-Atlantique ne lui aurait pas échappé.

Ce soir-là, Tom ne dédaigna pas l'hospitalité du sommeil. Il avait regagné son hôtel dans un état d'humiliation et de frustration peu compatible avec son mental. Juste avant d'oublier ses malheurs dans les bras de Morphée, il regretta de ne pas avoir consulté son horoscope. Tant de déboires, ce n'était pas possible. Les astres devaient avoir une part de responsabilité. Une seule solution (pourquoi ne pas y avoir pensé plus tôt ?) : rendre visite à Arlette.

Il y alla le lendemain, après sa répétition. La simple perspective de consulter Arlette possédait un effet magique : une grande partie des problèmes qui l'opposaient à ce prétentieux de metteur en scène furent réglés pendant la séance. A son avantage, bien sûr. Il faut dire que cette histoire d'embrasser sauvagement Viviane était inepte. Il avait sa dignité, non ? Qu'aurait dit Emmanuelle en le voyant ? Elle savait bien que les scènes d'amour faisaient partie du métier de comédien, mais enfin, quoi, le succès d'une pièce ou d'un film ne tenait pas au fait d'embrasser sauvagement quelqu'un ! Au cinéma, encore, ce n'était que de la pellicule, mais au théâtre, en vrai, tous les soirs, au nez et aux yeux de tout le monde ! C'était insultant pour Emmanuelle. Donc pour lui.

Après avoir étudié à la dérobée tous ses collègues un à un pendant la répétition, Tom s'arrêta finalement à la décision de consulter la voyante avant de lancer des accusations. Tous ces comédiens avaient des têtes de faux-culs, mais, à vrai dire, il ne voyait pas très bien comment aborder le sujet. Ils étaient comédiens, donc menteurs. Comme lui.

Arlette habitait la banlieue ouest de Paris, derrière le pont de Sèvres. Cela faisait maintenant près d'un an qu'il n'était pas venu la voir. La dernière fois, un chanteur minable avait tenu absolument à lui montrer le clip de sa nouvelle chanson pendant qu'il attendait son tour. L'homme avait commis un tube dans le passé mais, depuis (Tom avait surveillé le Top 50 au fil des mois suivants), pas plus de tubes que de cachets dans le tube... « N'est pas star qui veut, c'est le public qui décide ! » n'oubliait jamais de répéter Tom aux jeunes comédiens admiratifs qui lui demandaient des tuyaux. La première image du clip montrait le visage de la voyante penché au-dessus d'une boule de cristal. Idée calamiteuse, avait jugé Tom. Arlette n'employait pas de boule de cristal, son support à elle c'étaient les cartes.

Quand l'acteur découvrit la salle d'attente, une bonne surprise l'attendait : elle était vide. Pas de chanteur à l'horizon, ni un de ces hurluberlus qui composent la clientèle des voyantes. L'homme qui lui avait ouvert la porte — il l'apprit de sa bouche — n'était que l'employé chargé de s'occuper de la petite fille d'Arlette.

Drôle de garde d'enfant, songea-t-il en observant à la dérobée le jeune homme qui faisait avancer le bébé à petits coups de pied dans le derrière.

De toute façon, rien n'était habituel dans cette maison. A commencer par la maison elle-même. Tom n'en connaissait aucune d'aussi minuscule. Le salon était à moitié mangé par la télé, pour passer dans le couloir il fallait quasiment se mettre de profil, et dans la pièce où la voyante recevait, la seule table flanquée de ses deux chaises ne permettait pas à la porte une ouverture normale.

Après seulement cinq petites minutes d'attente, Arlette apparut.

— Que vous est-il-arrivé ? s'étonna Thomas en découvrant le bras de la voyante en écharpe.

Arlette arbora un sourire épanoui. L'une de ses clientes était venue la voir parce qu'on l'avait envoûtée, et voilà : c'était elle qui avait récupéré le mal. Normal, sinon courant.

— Ne vous en faites pas, devança-t-elle l'acteur en considérant avec amusement son air effaré. C'est une question d'heures. Maintenant que le mal est canalisé, il va disparaître tout seul.

— Ah bon, dit Tom.

Et la séance commença.

Comme d'habitude, elle fut interrompue à de nombreuses reprises.

Il y eut les invectives adressées au baby-sitter dès que la fillette poussait un cri, les allées et venues du chat qui voulait être dehors quand il était dedans et l'inverse, et la sonnerie du téléphone. Entre deux prédictions, Arlette trouva le temps de faire part à Tom de ses soucis personnels, comme quoi son mari commençait à perdre patience avec tous ces coups de fil survenant à n'importe quelle heure du jour ou de la nuit, jours fériés compris. Dans un futur proche, conclut-elle, peut-être serait-elle obligée de passer par l'intermédiaire d'une amie pour prendre ses rendez-vous. Tom lui laissa prudemment les coordonnées de son agent. Angoissée comme l'était Emmanuelle, qu'irait-elle donc s'imaginer en apprenant qu'il allait de temps en temps consulter une voyante ?

En principe, l'acteur aurait dû avoir tous les a priori contre cette voyante qui ressemblait trop à une voyante de cinéma. Maquillage outrancier, turban... En principe, il aurait dû décréter qu'il était impossible qu'elle se concentre dans de telles conditions, qu'elle communique de façon aussi décontractée avec les esprits.

Mais tout ce qu'elle avait prédit s'était réalisé. Ses invariables succès, ses innombrables projets, et sa rencontre avec sa petite poupée à tête de chat. Les lieux, les circonstances, la date, tout y était, et lui aussi au jour dit, qui pourtant pensait davantage à la première des *Pavés de la justice,* qu'au rendez-vous amoureux fixé par les tarots d'Arlette.

Quand Tom sortit de chez Arlette, sa première idée fut de consulter une autre voyante. Non seulement Arlette ne l'avait pas mis sur la piste de l'auteur de la lettre anonyme (elle prétendait qu'il savait se constituer une barrière mentale contre les influences malveillantes), mais en plus elle avait fait dans la dissimulation. Il l'avait senti à sa façon absolument inhabituelle de rester dans le vague, de se cantonner dans les généralités. Ce n'était pourtant pas faute de l'avoir supplié de lui dire toute la vérité. Etait-ce qu'Emmanuelle le trompait ?

Que quelqu'un était acharné à sa perte ? Que son succès allait décroître ? Allait-il tomber malade ? Devenir handicapé ? Mourir ?

La réponse avait été invariable : aucun message annonçant l'un ou l'autre de ces malheurs n'était lisible dans les cartes. Ni bon ni mauvais : exactement ce que Tom détestait. Arlette avait dit : « Revenez me voir bientôt, la voyance c'est comme la météo, il y a quelquefois des brouillards, il faut attendre qu'ils se dissipent. » Et puis, juste avant qu'il ne s'en aille, cette question idiote : « À propos, est-ce que vous avez un chat à la maison ? »

Un chat à la maison..., il s'en serait bien passé !

Ce fut ce qu'il répondit à Arlette et celle-ci parut partager son point de vue. Les chats, déclara-t-elle, étaient des animaux qui avaient des pouvoirs parfois curieux.

— Quels pouvoirs ?

— Ils flairent des choses, dit évasivement Arlette.

— J'ai pourtant cru voir un chat chez vous ?

— Vous avez tout à fait raison. J'adore les chats ! Une voyante qui n'aime pas les chats c'est comme... (elle réfléchit un instant puis éclata de rire)... comme un comédien qui n'aime pas les applaudissements !

Tom renonça à discuter.

Devant sa voiture, avant qu'il ne démarre, comme un fait exprès un chat noir traversa la route, la queue dressée ainsi qu'un point d'exclamation.

Serrant les dents, l'acteur se retint de l'écraser.

8.

Lili, assise devant Emmanuelle, la dévisageait gravement. Elle ne comprenait toujours pas pourquoi sa maîtresse ne voulait pas l'accompagner au cimetière. Il fallait qu'elle sache, pourtant. Elle était bien placée pour connaître les profits que l'on pouvait tirer de l'attente armée : il lui arrivait parfois de guetter une proie pendant des heures. De toute façon, c'était mieux pour Emmanuelle de venir avec elle plutôt que de rester seule. Quand sa maîtresse était seule, c'est-à-dire quand le grand Tom n'était pas à la maison, il pouvait lui arriver toutes sortes de malheurs. Il était clair que cet affreux bonhomme ne serait jamais venu l'autre jour si Tom n'avait pas été absent. A sa vue, elle avait senti dans sa bouche un goût infect qui l'avait fait fuir au plus vite, et tout le temps qu'il était resté, elle s'était tenue juchée sur le meuble le plus haut pour garder ses distances et néanmoins être renseignée sur les allées et venues de sa maîtresse et de l'étranger, leurs tonalités de voix, leurs gestes et leurs regards. L'homme avait entraîné Emmanuelle dans la chambre et elle avait entendu leurs frottements. Au contraire des impressions délicieuses qu'elle ressentait quand c'était Tom qui était avec elle, ceux-là lui avaient mordu l'échine d'un long frissonnement douloureux. Il lui avait fallu se lécher et se lécher pendant des heures après que l'homme était parti pour parvenir à effacer son odeur, et se rincer la bouche dans une flaque.

La chatte tenta un nouveau miaulement destiné à faire fléchir sa maîtresse.

Délaissant la chaussette de Tom qu'elle était en train de raccommoder, Emmanuelle se rejeta en arrière dans son fauteuil. Elle fut aussitôt rejointe par Lili qui alla se placer en bonne position pour recueillir ses caresses. Un miaulement énergique rompit bientôt le ronronnement velouté qui émanait de l'animal.

— Oui, mon Lili ? Qu'est-ce que tu veux ?

La chatte bondit de ses genoux et se dirigea vers la porte en donnant des petits coups de tête vers l'arrière, accompagnés de miaulements expressifs. Le message ne prêtait lieu à aucune équivoque.

— Encore ? grogna Emmanuelle en bâillant. C'est une obsession ! Tu as trouvé un matou là-bas, ou quoi ? Je suis fatiguée, moi.

Elle éprouvait effectivement une terrible envie de dormir et se sentait déjà en train de glisser dans un coton rassurant. Regardant une dernière fois Lili avec tendresse, elle ferma les yeux.

Un sourire vint flotter sur ses lèvres. Même ainsi, elle avait encore les yeux fixés sur Lili, elle la voyait de l'intérieur. Elles avaient une si grande habitude l'une de l'autre, sa main à longueur de journée sur le pelage soyeux, le petit museau qui lui fabriquait des miaulements si affectueux, rien que pour elle...

— Lili, chuchota-t-elle, viens dormir avec moi, ma chérie.

Depuis la veille où Christian était venu, elle passait le plus clair de son temps dans un état de semi-somnolence. Ainsi ses soucis en étaient-ils dilués et l'épisode détestable en passe d'être englouti dans le puits des souvenirs indésirables.

Elle rouvrit un instant les paupières. Dans sa vision un peu déformée, le chat de carton-pâte posé sur le guéridon se superposa à la silhouette de Lili, immobile devant la porte. Elle eut un pincement au cœur.

Le matin même, Tom lui avait téléphoné qu'il prolongeait son séjour à cause de problèmes au théâtre. Pour une fois, elle en avait été soulagée. Cela lui laissait le temps de se reconstituer, elle et son emploi du temps. Tom lui demandait toujours des comptes quand il rentrait et elle avait intérêt à se souvenir presque heure par heure de ses activités. Qu'elle dispose de quelques preuves à l'appui n'était pas superflu. Jamais elle ne lui raconterait ce qui s'était passé. Elle savait que Tom lui en voudrait à mort. Et il aurait raison : elle avait repoussé Christian bien mollement, elle s'était laissée faire. Comme elle avait honte...

Son visage reposé l'instant précédent se chiffonna soudain.

Tout à l'heure, dans un élan de courage, elle avait effectué le trajet jusqu'au bar-tabac afin de se renseigner pour un peintre. Et puis, à deux doigts d'entrer, voilà qu'elle avait brusquement remarqué la voiturette du facteur garée sur le côté. L'idée de revoir le vieil homme l'avait paniquée. Probablement qu'il aurait recommencé à l'entreprendre sur ces histoires de télé, et, qui sait, peut-être s'y seraient-ils tous mis. Elle s'était imaginée au centre d'un groupe de bonshommes énervés et un vertige incoercible l'avait saisie. Elle avait fait demi-tour.

Décidément, se dit-elle, je n'y arriverai jamais.

— Pourquoi est-ce que tu ne ferais pas un somme toi aussi, mon Lili ? demanda-t-elle à son chat qui continuait à pousser des miaulements vers la porte. Viens donc faire un tour dans mes rêves plutôt que courir la campagne ! On y est bien, tu sais... C'est parfois mieux que la réalité.

Un miaulement plus vif lui répondit et Lili arrêta sa progression vers la sortie. Elle fit volte-face, se planta nettement en face de sa maîtresse et partit alors dans ce qui avait tout l'air d'un réquisitoire impérieux destiné à la convaincre de l'accompagner.

La voix un peu tendue d'Emmanuelle mit un terme à la litanie des miaulements.

— Non, Lili, je te dis que je n'ai pas envie de sortir !

Sans prévenir, Lili s'abattit sur elle en poussant une sorte de rugissement. Emmanuelle laissa échapper un cri aigu. Elle voulut caresser le haut du crâne de Lili en quête de réconciliation, mais celle-ci détourna la tête.

— Qu'est-ce qui te prend ? J'ai quand même le droit de ne pas avoir envie de te suivre au cimetière, non ?

Comme si la chatte comprenait le sens de ses paroles et qu'elle les désapprouvait, elle se mit à grogner.

— Allons, Lili !

L'animal sortit ses griffes. Emmanuelle se leva d'un bond. Elle était blême. C'est alors que Lili s'en fut lentement, dédaigneusement, sans regarder derrière.

— Lili..., appela Emmanuelle d'une voix cassée.

La chatte hésita, puis s'arrêta. Après un instant, elle accomplit un demi-tour et revint vers sa maîtresse. Deux rubans de sanglots s'étaient mis à couler des yeux d'Emmanuelle. Lili s'approcha et frotta sa joue contre sa cheville en ronronnant. Emmanuelle s'accroupit à la hauteur de son chat.

Elle resta d'abord à distance, le cœur trop serré, puis, succombant à l'affection irrépressible qu'elle éprouvait pour l'animal, elle l'attrapa pour l'élever à bout de bras.

— Ma Lili, lui dit-elle éperdument en la regardant yeux dans les yeux. Qu'est-ce qui te prend ? Tu ne m'aimes plus ? Je t'en prie, ma Lili, je n'ai pas envie d'aller au cimetière. Vraiment pas...

D'un léger mouvement de reins, Lili fit savoir qu'elle voulait redescendre. Emmanuelle baissa ses bras et la chatte se laissa glisser contre elle avant de creuser sa place habituelle contre sa poitrine, la tête enfoncée dans le creux de son coude. Après quoi, elle ne bougea plus.

C'était comme si la chatte avait atteint d'un seul coup l'âge adulte. Malgré le fait appréciable qu'elle avait cessé de s'absenter, elle n'était plus comme avant. Depuis sa manifestation d'agressivité, elle refusait de jouer. Les balles et les papiers froissés ne l'intéressaient plus. Elle ne l'avait pas appelée la nuit dernière pour qu'elle l'aide à capturer sa souris. Pire, elle laissait de côté l'herbe à chats qu'elle lui procurait, se contentant de manger le reste de son écuelle. Elle ne semblait pas malade, pourtant. Non, elle semblait devenue... solennelle.

Cette maturité si brutale donnait à Emmanuelle l'impression d'avoir changé de chat.

Sans cesse elle se surprenait à regarder le gracieux félin, à détailler la robe lustrée, à plonger ses yeux soucieux dans les prunelles d'or, pour en ramener... pour en ramener quoi ? C'était bien Lili et pas un autre chat, enfin !

Et elle se traitait d'imbécile.

Pour mettre un terme à ses angoisses stupides, elle décida en début d'après-midi, avant le retour de Tom prévu dans la soirée, de rendre visite à Mademoiselle, la vieille femme qui lui avait appris l'existence de l'herbe à chats, celle-là même qui lui avait donné Lili. C'était une originale habitant à l'intérieur des terres, à Haner, à dix kilomètres de là, et qui recevait très peu de visites en raison de la négligence invraisemblable dans laquelle elle tenait sa maison aussi bien qu'elle-même. Emmanuelle la connaissait depuis toujours, puisque son père l'avait eue comme institutrice au temps de la communale. Il se plaisait à raconter qu'elle avait toujours été ainsi, y compris quand elle était jeune fille : un teint naturel de noiraude qui ne dispensait pas, bougonnait-il, de se passer parfois le gant sur la figure.

Emmanuelle se souvenait des auréoles noires sous les ongles épais et cassés sur lesquels se focalisait le regard réprobateur de sa mère *(« La salle d'eau est libre, mademoiselle...! »)*. Et s'ensuivait une toilette que sa mère qualifiait « de chat » et cette expression la laissait aujourd'hui bien rêveuse. Elle se souvenait aussi des invariables nattes tortillées sur le sommet de la tête de l'institutrice — coiffure de petite fille — et retenues par un turban de couleur vive. Une couleur sombre aurait mieux convenu pour cacher qu'il était sale, se disait-elle alors en souffrant de ne pouvoir lui faire part de cette bonne idée.

Elle se souvenait surtout des trois robes de Mademoiselle, enfilées les unes sur les autres et qu'elle permutait suivant les circonstances. La plus neuve glissait au-dessus des autres quand il y avait un événement à la maison (les communions d'Emmanuelle et de ses frères, leurs anniversaires), la plus sale convenait aux visites brèves ou impromptues, l'intermédiaire prenait la première place quand Mademoiselle venait chez eux donner des leçons de piano et manger à leur table.

Tous ces souvenirs étaient vifs dans l'esprit d'Emmanuelle parce que ce n'étaient pas vraiment des souvenirs : pareille au temps qui s'entasse tel quel avec sa poussière, Mademoiselle n'avait rigoureusement pas changé de mode de vie, d'habitudes, et presque pas de physique. Ses cheveux étaient devenus gris mais le turban coloré était toujours là pour maintenir les nattes. Elle n'avait seulement plus guère l'occasion de passer sa robe du dimanche par-dessus les deux autres. Qui se souciait encore d'elle ? Même le père d'Emmanuelle l'avait délaissée. Il remerciait quand elle téléphonait pour les anniversaires des enfants, tous partis de la maison, *(« On passera vous prendre un de ces quatre »)*, et renouvelait la même promesse à la date d'anniversaire suivante. Emmanuelle était la seule de la famille à entretenir quelques sporadiques relations avec Mademoiselle, elle l'avait toujours fait même quand elle n'habitait pas la région, passant la voir en même temps qu'elle rendait visite à ses parents. Le mélange de fascination et de peur qu'elle éprouvait enfant pour cette femme s'était mué en une simple sympathie, celle qu'elle accordait spontanément à toute personne mise sur les bas-côtés de la société.

C'était sans doute la vieille institutrice (peut-être aussi sa mère quand elle disait : *« toilette de chat »* ?) qui lui avait communiqué sa passion pour les félins.

Un jour — Tom et elle n'habitaient pas encore l'Hôtel du Golf — il y avait eu un minuscule chaton terré au fond du nid de chair sombre formé par les deux mains tendrement réunies de Mademoiselle.

Elle revit ce moment.

La pièce où la scène se déroulait — il y avait à peine plus d'un an — avait déjà pas mal rétréci depuis. Ce n'était ni une cuisine ni une chambre : tout à la fois. Au fil des années, l'immense maison que Mademoiselle avait héritée de sa mère (un modèle de propreté : *« Comment avait-elle pu avoir une fille aussi souillon ? »*) avait vu les unes après les autres chacune de ses pièces condamnées. C'était comme si rien n'appartenait à cette femme, elle ne disputait pas sa maison à la crasse, à l'usure, à la pesanteur des objets qui restent à la place où on les a posés. A présent, l'institutrice à la retraite ne vivait plus que dans cette seule pièce, avec sa chatte et son chien, qui mangeaient ensemble dans la même écuelle, qui mangeaient mieux qu'elle, mais partageaient honnêtement en trois leur bonheur de vivre. Un jour, cette pièce rejoindrait le reste de la maison, et alors que se passerait-il ?

Mademoiselle était la marraine d'Emmanuelle.

La femme qui apparut sur le seuil de la grande bâtisse de briques et d'ardoises ressemblait à une sorcière. Tout de suite, Emmanuelle localisa le changement : les cheveux. Pour la première fois de sa vie, il lui était donné de voir les cheveux de Mademoiselle libérés de leurs nattes et de leur bandeau. D'un seul coup, c'était comme si les traits du visage s'étaient également modifiés : le nez apparaissait busqué, plongeant comme un bec entre les yeux étrangement petits et enfoncés. Leur pourtour semblait souligné de khôl, mais c'était sans doute le poêle au charbon qui s'était chargé du maquillage. On aurait dit aussi que les doigts de Mademoiselle étaient déformés et que ses côtes saillaient sous le peignoir râpé et que ses gestes avaient des angles aigus... et Emmanuelle eut l'impression de reconnaître les préparatifs de la mort qui aiguise les os des futurs squelettes.

— Mademoiselle..., dit Emmanuelle, un nœud dans la gorge. Qu'est-ce qui vous arrive ?
— Ça ne va pas fort, répondit-elle.
Et sa voix douce tranchait avec les aspérités de son corps.
Emmanuelle réitéra sa question.
— Entre, la pria la vieille demoiselle.
Elle précéda Emmanuelle dans l'obscurité du couloir.
L'odeur qui faisait d'habitude le siège de la maison était celle de la fumée du poêle qui tirait mal. Cette odeur était toujours là, mais nuancée de remugles qui évoquaient de la nourriture avariée. Tout de suite Emmanuelle pensa au pire : les animaux de Mademoiselle étaient morts...
Le spectacle qu'elle découvrit quand ses yeux se furent habitués à la pénombre lui donnait raison. Dans l'angle de la pièce où le tuyau du poêle avait décalqué au carbone un second tuyau sur le papier peint, un animal était étendu sur sa litière. Il ne dormait pas, il était mort. C'était le chien.
— Où est le chat ? s'écria Emmanuelle.
— Parti..., murmura Mademoiselle.
— Comment ça, parti ?
— Enfui comme un coupable.
— Coupable de quoi ?
Emmanuelle s'efforçait de rester calme. Mais, d'un seul coup, une crainte s'empara d'elle.
— Quand Irak est-il mort ? fit-elle nerveusement.
La réponse de Mademoiselle confirma ce qu'elle redoutait : il y avait presque une semaine que le chien était mort, presque une semaine que Mademoiselle vivait avec son cadavre, et presque une semaine qu'elle basculait progressivement dans la folie.
— Vous ne pensez quand même pas que votre chat a tué Irak ?
— Il l'a tué. Mais si c'était seulement ça...
Mademoiselle maintenant tremblait.
— Vous l'avez vu faire ? s'écria vivement Emmanuelle.
— Je l'ai vu faire.
Mademoiselle s'immobilisa de nouveau.
— Comment est-ce qu'il s'y serait pris, enfin ? s'exclama Emmanuelle. Je veux dire...
Mais elle ne savait plus du tout ce qu'elle voulait dire. Le corps en décomposition d'Irak exerçait sur elle une fascination

horrible. Elle n'avait encore jamais vu de mort, à part les souris et les oiseaux que lui ramenait Lili, toutes ces bêtes que l'on tue ou que l'on voit mortes sans comprendre qu'on les a tuées et qu'elles étaient vivantes.

— Mon coco, mon pauvre coco, murmura Mademoiselle en guise de réponse à la question d'Emmanuelle.

Un sourire immensément triste s'épanouissait sur son visage. La vieille femme tendait les bras vers son chien. Emmanuelle comprit qu'elle ne pourrait pas l'arrêter. Elle lui emboîta le pas. Le chien était étendu sur le flanc. Mademoiselle s'accroupit et posa la main sur la tête de la bête.

— Viens ici, Emmanuelle.

La jeune femme obéit à contrecœur. Elle ne savait pas jusque-là que l'on pouvait toucher un mort. Elle n'imaginait pas jusqu'à ce jour que la mort n'était pas qu'une notion abstraite. Elle l'avait toujours vu habillée de croix, d'églises, d'encarts dans les journaux, de cérémonies et de pleurs.

Elle se sentit vaciller.

— Viens à côté de moi, insista Mademoiselle. Regarde...

D'un geste incroyablement précis et adroit, la vieille femme souleva la tête de son chien et la fit pivoter. Emmanuelle ne put réprimer un cri : la gorge du chien n'était qu'une béance immonde. Le sang coagulé avait rendu les poils du griffon semblables à des picots rougeâtres.

— As-tu déjà observé comment les chats tuent leurs proies ? murmura Mademoiselle.

Emmanuelle hocha la tête.

— Mais pourquoi aurait-il fait ça ?

Elle respirait, parlait avec peine. Et si l'odeur du chien était celle qui serait la sienne un jour ?

— C'était un si bon chien, fit Mademoiselle. Les rats venaient manger dans son écuelle et il ne disait rien.

— Vous l'avez réellement vu faire ?

— Il n'aurait pas fait de mal à une mouche.

— Pourquoi votre chat aurait-il tué Irak ? C'est impossible !

Mademoiselle entoura le corps inerte du chien de ses deux bras et le fit basculer sur ses genoux. Du fait de la manipulation, l'odeur décupla. Dans la position où il avait glissé, l'animal semblait présenter amicalement son ventre. C'est alors qu'Emmanuelle reconnut dans l'habillement de Mademoiselle son ancienne robe du dimanche, et sa tristesse atteignit une profondeur abyssale.

— Prends garde à ton chat, dit tout à coup la vieille femme.
— Pourquoi ? demanda Emmanuelle, alertée.
— Ce sont des animaux psychopompes, répondit très vite et très bas l'ancienne institutrice. Ils se postent près des mourants pour s'emparer de leur âme au moment où elle sort de leur corps. La plupart du temps, ils se contentent de celles des oiseaux ou des souris qu'ils mangent, ou alors ils traînent autour des cimetières. Mais parfois, parfois...
— Parfois ? demanda Emmanuelle sans conviction.

L'état d'égarement mental de Mademoiselle lui faisait mal.

— Parfois, quand ils sont en présence d'une âme hors du commun, ils n'ont pas envie d'attendre. Le chat savait qu'Irak ne mourrait pas tout de suite.
— Irak était hors du commun ?
— Irak était hors du commun, acquiesça Mademoiselle.

Et il fut tout aussi impossible de tirer autre chose de la vieille demoiselle que de la persuader d'enterrer son chien.

A peine Emmanuelle eut-elle refermé la grille plaintive de la demeure de Mademoiselle qu'elle fut envahie par la crainte absurde qu'il ne soit arrivé quelque chose à Lili.

Avec ce que lui avait raconté la vieille femme, c'était de la méfiance qu'elle aurait dû nourrir vis-à-vis de son chat, surtout avec la brusque agressivité que l'animal avait manifestée la veille et ses incessantes visites au cimetière. Mais il ne lui était pas possible de prendre au sérieux les propos de cette femme accablée par la douleur. Des animaux psychopompes, où était-elle allée chercher ça ? C'était bien la première fois qu'elle entendait parler d'un truc pareil. Des animaux qui absorbaient les âmes... Pauvre Mademoiselle.

Mais elle comprenait.

Elle comprenait trop bien, même. Parce que si la même chose arrivait à Lili, qu'elle se fasse dévorer comme Irak par un autre animal, il n'était pas impossible qu'elle perde la tête, elle aussi. Et justement, justement... Elle avait l'impression, elle avait l'*intuition* qu'un événement dramatique venait de toucher Lili. Soudain, elle se reprochait de s'être absentée. Lili était un animal d'une susceptibilité farouche. Son absence l'avait peut-être mise en colère. Il suffisait qu'elle décide de retourner au cimetière pour se venger, elle prenait le chemin de la falaise, marchait délibérément le long du bord, parce que c'était plus dangereux, et voilà... Un faux mouvement et elle tombait dans le ravin.

Le chemin du retour parut trop long pour Emmanuelle des quelque vingt kilomètres qu'il comportait. Le lien télépathique entre elle et son chat avait été éprouvé à tant et tant de reprises que cette crainte qui l'avait assaillie ne pouvait être sans objet. Alors que la traversée de la vallée lui procurait d'habitude un calme profond, elle ne vit rien d'autre que le ruban kilométré de la route décomptant d'arrache-pied les villages mais ne parvenant pas pour autant à lui soustraire un peu de son angoisse. Le souvenir du chien mort de Mademoiselle, les propos incongrus de celle-ci, l'exacerbation de la saleté et du désordre, jusqu'aux cheveux dénoués de la vieille femme comme un dernier rempart qui s'écroule, aucun de ces faits pourtant si frappants ne réussit à dévier son obsession. Tout ce qu'elle voyait par les vitres de sa voiture était une allusion à la mort : les reflets gris des étangs où elle imagina des noyés horribles, les ombres des collines aux formes menaçantes, les nuages aux formes menaçantes, les arbres aux formes menaçantes, n'importe quoi aux formes menaçantes, *tout* avait une forme menaçante... à l'image des falaises menaçantes où une certaine Lili vivait peut-être ses derniers instants.

Elle était prête à promettre n'importe quoi à Lili. Son plus cher désir était maintenant de l'accompagner au Vivier-Leu. Pourquoi s'était-elle obstinée de cette façon ? Elle ne possédait pas un seul motif sérieux de refuser à Lili cette promenade. Elle n'aimait pas les cimetières, et après ?

Elle se serait arraché les cheveux de sa bêtise.

C'est en courant qu'elle remonta l'allée du golf. Le gravier crissait sous ses pas comme l'accompagnement sonore d'un film dramatique. Il allait la conduire jusqu'à la maison vide, la maison sans Lili... Elle se mit à appeler l'animal, d'une voix anxieuse et plaintive. Quasiment un miaulement. De fait elle ressemblait à Lili, aux heures où la chatte déambulait à travers la maison, le regard pathétique, à la recherche de sa maîtresse.

Pas de Lili. Aucun signe de Lili après avoir fait le tour de toutes les pièces.

A la limite de défaillir, Emmanuelle fut tentée de s'écrouler la tête entre les mains et de se figer sur elle-même, des heures s'il le fallait, de figer le temps jusqu'à ce que l'extérieur vienne la trouver, réveiller le cours normal des choses, un extérieur qui serait un bruit de pattes, un frôlement soyeux.

Elle parvint à se raisonner et décida d'aller voir du côté du cimetière. Ce qui l'anéantissait le plus était cet instinct qui l'avait avertie de la disparition de Lili.

Elle sortit. La pluie se mit à tomber, fine et pénétrante. Son manteau était resté dans la voiture et, sur son vieux pantalon de survêtement noir, elle ne portait qu'un léger tricot : une tenue que Tom désapprouvait totalement et qu'elle adorait revêtir quand il n'était pas là. Elle regretta amèrement d'avoir enfreint les désirs de son mari. Si elle avait écouté Tom sur tous les plans, elle n'en serait sûrement pas là.

Comme elle franchissait le portail de l'hôtel, un ronflement de voiture s'éleva de derrière le grand virage.

L'espoir agrandit ses yeux, tendit son ouïe. Le ronflement grossit, énorme et invisible. Se pourrait-il que ce soit Tom ? Non, il était trop tôt...

Au même instant qu'elle s'interdisait de croire en sa bonne étoile, la voiture de Tom apparut au sommet de la côte.

Tom !

Emmanuelle leva les yeux vers le ciel où les mouettes hurlantes semblaient pour une fois pousser des clameurs joyeuses.

Des larmes jaillirent de ses yeux.

Tom était là, tout allait s'arranger...

Tandis que Emmanuelle revenait dans la cour en hâte, la Mercedes verte de Tom entra en trombe, la frôlant de si près qu'elle dut se plaquer contre le portail. Les pneus passèrent à moins de dix centimètres de ses pieds. Tom ne s'en aperçut pas et Emmanuelle n'en fut guère formalisée, rompue qu'elle était aux manières cavalières de son mari.

Avant que Tom ait coupé le contact, elle avait déjà ouvert sa portière.

— Tom, Tom !

Tom considéra d'un air fatigué sa femme qui s'agitait devant lui, habillée comme un paquet de linge sale.

— Que se passe-t-il ? grogna-t-il en s'extirpant de son siège. Tu viens de te lever ou quoi ?

Elle se jeta dans ses bras.

— Lili, Lili...

— Quoi, Lili ? dit-il en se dégageant un peu nerveusement de l'étreinte de sa femme.

— Elle a disparu !

Tom regarda Emmanuelle avec une expression de reproche.

— Cela fait près d'une semaine que je suis parti, et toi, tout ce que tu trouves à dire en me revoyant, c'est de me parler de ton fichu chat !

Emmanuelle le dévisagea, presque commotionnée.

— Mais Lili a disparu...

— Et alors ? Je n'avais pas disparu, moi ?

Emmanuelle eut un geste impatient.

— Arrête... Ce n'est pas drôle. Je te dis qu'elle a disparu.

— Depuis quand ? soupira Tom.

Emmanuelle hésita.

— Seulement depuis cet après-midi, mais...

Et devant l'air persifleur que prenait Tom :

— Mais ce n'est pas normal, je te jure que ce n'est pas normal !

Thomas leva les yeux au ciel.

— Ah bon ? Ce n'est pas normal d'être en chaleur ? Cette bestiole est faite comme tout le monde !

Il éclata d'un rire égrillard et plaqua ses mains sur les fesses de sa femme.

— Comme toi.

Le visage d'Emmanuelle se chiffonna tout à fait. Ils ne pensaient donc qu'à ça, tous ces hommes !

— Arrête, je t'en prie. Je ne me sens pas bien.

— Allons dans la maison, tu te sentiras mieux, souffla la respiration brûlante de Thomas dans son cou.

Il la souleva dans ses bras. Les jambes d'Emmanuelle battirent l'air avec exaspération.

— Tom ! Non ! Lâche-moi, je te dis !

— Pas question. Tu as donc oublié qui était le maître, ici ? Il va falloir que je reprenne les choses en main.

Il la traîna plus qu'il ne la porta jusqu'à l'entrée de la maison. La jeune femme fut déposée sur le fauteuil dans le hall où elle se recroquevilla, sur la défensive, tous ses muscles noués comme des cordes.

— Tu peux toujours courir, je n'ai pas envie, grommela-t-elle, butée. Ce que je veux, c'est mon chat.

Tom se planta devant elle en croisant les bras avec indignation.

— Ah bon ! Tu n'as pas envie ! Depuis le temps que je suis parti, tu n'as pas envie !

— Non.

Tom commençait à sentir l'irritation le gagner.

— Et tu peux me dire pourquoi, exactement ? Serait-ce que tu as assouvi tes envies avec quelqu'un d'autre ?

Sous l'accusation, Emmanuelle devint rouge comme une pivoine. Le changement de carnation de sa peau ne passa pas inaperçu.

— Tiens, on dirait que j'ai visé juste, remarqua Tom froidement. Alors, tu me donnes son nom ou c'est un amant anonyme ?

— Ça ne va pas la tête ! hurla Emmanuelle en se jetant sur son mari dont elle se mit à labourer la poitrine de coups de poing forcenés. C'est toi qui pars à Paris pour faire je ne sais quoi exactement et c'est moi qui me fais accuser !

Calmement, celui-ci l'écarta.

— Jure que tu ne m'as pas trompé, dit-il. Allez.

Elle se mit à pleurer.

— Je le jure !

Tom lui saisit les poignets et la regarda dans les yeux.

— Jure-le sur Lili.

De rouge, Emmanuelle passa sans transition à une couleur spectrale.

— Sur Lili ? bafouilla-t-elle.

— Ah bon, tu hésites ?

— Je ne veux pas mêler Lili à tout ça ! La pauvre, elle est perdue, elle s'est peut-être noyée, et toi, au lieu de m'aider à la chercher, tu t'acharnes sur moi !

D'un seul coup, la voix de la jeune femme devint hystérique :

— Qu'est-ce que tu crois que je pourrais faire exactement, enfermée dans ce fichu hôtel ! Je n'ai pas d'ami ! Personne ne vient jamais me voir !

— Personne ? insinua doucereusement Tom. Faudra que je demande au jardinier. Il a toujours un œil qui traîne par ici.

Jetant machinalement un regard dehors, il sursauta.

— Mais tu rigoles ou quoi ? Pourquoi le jardinier n'a-t-il pas désherbé le minigolf comme je l'avais demandé ?

Emmanuelle haussa les épaules et se leva nonchalamment du fauteuil.

— Et les peintres ! vociféra Thomas un cran plus haut. Tu les as appelés, j'espère !

Emmanuelle le considéra d'un air pincé.

— Non, je ne les ai pas appelés, monsieur. Je n'ai pas envie qu'ils viennent. Merci. Je ne suis pas la bonne qui fait à manger à tout le monde et nettoie les cochonneries.

Les yeux translucides de Tom prirent une teinte inquiétante.

— Je le vois bien que tu n'es pas la bonne ! Qu'est-ce que c'est que ce bordel ? Depuis combien de temps le ménage n'a-t-il pas été fait, ici ?

Il s'avança d'un pas vers Emmanuelle qui recula d'autant.

— J'ai l'impression qu'il s'est passé de drôles de choses pendant que j'étais parti...

— Oui, il s'est passé de drôles de choses, tu as raison, répondit suavement Emmanuelle.

Elle attendit un peu pour l'énerver. Elle avait envie que ça éclate maintenant. Qu'ils se battent ! Qu'ils se tuent ! Trop de rage l'étouffait. Il fallait que ça explose !

— Il s'est passé que Lili a disparu et c'est ta faute ! énonça-t-elle d'une voix pleine de venin. Elle a senti que tu revenais. Voilà ce qui s'est passé. Elle voulait fuir !

Elle lui avait jeté ce dernier mot comme une gifle. Les poings de Tom se crispèrent.

— Qu'est-ce que tu veux que ça me fasse que ton abruti de chat ait disparu, se soit noyé, ou je ne sais quelle connerie ?

Il lui saisit les avant-bras qu'il se mit à presser durement tandis qu'il la regardait dans les yeux.

— Moi, ce qui m'intéresse, c'est que les ouvriers viennent repeindre la maison, que le jardin soit désherbé, et que le ménage soit fait. Lili, elle peut crever, j'en ai rien à foutre. Au contraire, bon débarras. Il commence à me gonfler, ce chat de malheur !

Le sang quitta le visage d'Emmanuelle.

— Ce chat de malheur, répéta-t-elle d'une petite voix cassée. Ce chat de malheur. Tu traites Lili de chat de malheur !

Tom soupira. La tournure que prenait la discussion commençait à lui peser. Ce n'était pas ce dont il avait eu envie en revenant chez lui.

— Alors, tu les as appelés les peintres, oui ou non ? gronda-t-il plus gentiment.

— Non, je ne les ai pas appelés et je ne les appellerai pas ! hurla Emmanuelle en éclatant en pleurs. Lili a disparu ! Tu entends ce que je te dis ? Lili a disparu !

— Et hier, elle avait disparu aussi ? dit Tom en haussant les épaules et en libérant les avant-bras de sa femme. Non, n'est-ce pas ? Alors je ne vois vraiment pas ce qui a pu t'empêcher d'appeler les peintres ou de faire venir le jardinier. Ce que je comprends surtout, c'est que c'est ton chat qui compte avant tout. Moi, t'en as rien à cirer ! Dire que je t'avais ramené un deuxième cadeau pour ton anniversaire...

Emmanuelle n'était plus en état de répondre. Elle se disloquait en petits hoquets de larmes.

— M'en fiche de tes cadeaux.

Tom la regarda avec ressentiment. Cette lettre anonyme qu'il avait reçue, il allait la considérer à deux fois. Avec une femme qui se comportait de cette façon, rien n'était impossible.

— Tiens, j'ai bien envie de le donner à quelqu'un d'autre le blouson que je t'ai acheté.

— Vas-y, donne-le. M'en fous. Ce que je veux, moi, c'est mon chat !

Une immense détresse emplit le cœur de Thomas. Il avait envie de pleurer, à son tour.

— Eh bien, si c'est comme ça que tu m'accueilles...

Et sur ces paroles, il lui tourna le dos.

Du fond de ses larmes, Emmanuelle entendit le martèlement des bottes de Tom s'éloigner. La portière claquer. La voiture démarrer. Son mari ne revint pas sur ses pas comme elle s'était mise à l'espérer de toutes ses forces. Bientôt, le ronflement du moteur de la Mercedes ne fut plus qu'un mince nuage de bruit absorbé par le désespoir sans nom du silence qui retombait sur elle.

Pas tout à fait le silence, en réalité. En bas, le bruit lancinant des vagues commença à éroder doucement ce qui lui restait d'espoir et de confiance.

9.

Le vieux cimetière de Bois-sur-Rive apparut à Emmanuelle dans le jour finissant.

Après être restée un long moment soumise au découragement total qui avait suivi le départ de Tom, la jeune femme avait décidé de réagir. Elle s'était levée, avait jeté la parka de Tom sur son dos et attaqué le trajet que prenait Lili pour rejoindre le Vivier-Leu. Mais elle n'avait pas aperçu la moindre trace de sa chatte sur le chemin le long de la falaise. Bien sûr, il était impossible d'inspecter correctement le précipice, surtout à cette heure-là. Et peut-être aussi avait-elle préféré ne pas y regarder de trop près. Enfin, maintenant, il n'y avait plus d'autre choix que de pénétrer à l'intérieur du cimetière.

Le visage défait, elle considéra sombrement la grille étroite et haute qui en fermait l'accès. Le souffle sulfureux de l'air marin l'avait transformée en une antiquité grinçante. Ses gémissements rouillés lui allaient droit au cœur. Ils ressemblaient à des miaulements.

Lili était-elle là-dedans, errant comme une ombre parmi les ombres ? Sans doute, mais elle allait vraiment avoir besoin de courage pour se décider à la chercher. Entre les barreaux rongés, les pierres tombales surgissaient de la terre comme des champignons maléfiques. Ici et là, des arbres jetaient leurs longues branches crochues en travers des croix avec une sorte de malfaisance délibérée. Et même entre les tombes, il semblait y avoir quelque chose, un air épais, dense, comprimé par des tensions invisibles.

En grelottant, Emmanuelle regarda au-dessus d'elle. Le ciel virait au plomb. Tom serait-il à l'hôtel quand elle reviendrait ? Il fallait qu'elle lui en laisse le temps. L'idée de rentrer dans une maison déserte la repoussait encore plus que celle de se tenir là, seule, dans ce crépuscule menaçant.

Elle avança un pied qu'elle recula aussitôt.

A chaque coup de vent, la grille s'ouvrait et poussait un cri déchirant. Profitant d'un battement elle se faufila, presque étonnée, quand elle se retrouva de l'autre côté, de ne pas avoir été broyée par cette mâchoire cliquetante. Luttant pour ne pas succomber à la tentation de faire demi-tour en courant, ses yeux effectuèrent un rapide tour d'horizon.

— Lili ! appela-t-elle d'une voix éraillée.

Comment distinguer un chat noir parmi toutes ces silhouettes sombres ?

Elle se mit à observer avec un malaise croissant chacune des tombes. Elles comportaient une particularité bizarre : un petit enclos en fer forgé entourait chacune d'elles, comme c'était la coutume dans le temps.

Timidement, elle avança et approcha sa main de la grille la plus proche. Les barreaux ressemblaient à des lances plantées dans le sol, leurs extrémités pointues dirigées vers le ciel comme un bouclier protecteur. Elle regarda sa main, intriguée. En réalité, ce n'était pas sa main qui attirait son attention mais ce que celle-ci avait touché : une surface lisse, presque dépourvue de rouille. Elle pivota et considéra les autres tombes. Aucune des grilles n'était dans l'état où elle aurait dû se trouver au bout de dizaines d'années d'exposition à l'air marin. Leur installation était forcément beaucoup plus récente. Elle se mit en marche en examinant chaque tombe et ne put que constater partout le même phénomène. Bien que la plupart des tombes fussent anciennes, les grilles étaient pratiquement neuves.

Quel sens de la propriété avaient donc les habitants de Bois-sur-Rive ! se dit-elle, un peu éberluée. Avaient-ils craint tout à coup que leurs morts se sauvent ? C'était comme les tessons de bouteilles sur les crêtes des murs des casernes...

Cette pensée l'amusa et chassa un peu son humeur sombre. Après tout, il y avait sans doute eu des vols dans ce cimetière. Les vieux objets funéraires avaient leurs amateurs.

Elle s'enfonça un plus avant. L'endroit était décidément étrange, il ne ressemblait pas à l'idée qu'elle se faisait des cimetières. C'était peut-être à cause de ces grands arbres dénudés. Une forêt de squelettes griffant le ciel de leurs branches...

Elle leva la tête pour mieux les voir. Ce devait être de beaux arbres en été. Une moue songeuse passa sur ses lèvres. Le Vivier-Leu avait été aménagé dans un petit bois, à l'image de la station balnéaire. Au lieu des tristes graviers habituels, c'étaient des feuilles jaunes et des branches sèches qui jonchaient le sol. Finalement, ce cimetière n'était pas si antipathique qu'elle l'avait cru au premier abord. Le crissement des feuilles par terre, le craquement des branches, la longue voix du vent venu de si loin. Et puis le ressac de la mer, en contrebas...

Pourquoi avoir peur de ces bruits? C'étaient ceux de la nature, et la nature était la vie, n'est-ce pas? Si elle avait à mourir, peut-être préférerait-elle finalement être enterrée là, au Vivier-Leu, plutôt que dans le nouveau cimetière à l'autre bout du village, aux allées quadrillées de façon militaire. Ce cimetière-là était romantique. Aucun ordre se semblait présider aux dispositions des tombes. Les fluctuations de l'existence étaient encore présentes dans cet éparpillement aléatoire, à l'encontre des cimetières habituels où l'éternité semble faire l'objet d'une réglementation.

Elle comprenait maintenant pourquoi l'endroit plaisait tant à Lili.

La chatte pouvait y fouiner, y lever des souris, des lapins, faire des rencontres intéressantes...

Elle repensa tout d'un coup à ce qu'avait prétendu Tom tout à l'heure et son cœur s'obscurcit à nouveau. Il fallait bien admettre qu'une fois de plus il avait raison. Oui, Lili devait être en chaleur, c'était la raison de sa disparition. Pourquoi serait-elle une exception? Pour être sa seule amie, elle n'en restait pas moins un animal.

Pensivement, elle fit demi-tour et remonta vers l'entrée du cimetière. Si Lili était en chaleur, il ne servait à rien de l'appeler.

Elle pressa le pas. Pourvu que Tom soit rentré! Elle avait été odieuse avec lui, tout était de sa faute, elle se détestait. Mais il n'en restait pas moins incroyable qu'il ait vu juste au sujet de Christian. Quelqu'un l'avait-il renseigné? Non, ce n'était pas possible. Il ne se serait pas comporté de cette manière. Parce qu'il n'avait pas vraiment insisté. C'était uniquement sa nature jalouse qui l'avait conduit à proférer ces insinuations.

Uniquement?

Tout de même, il ne lui était jamais arrivé auparavant de lancer des accusations de ce genre. Aussi précises.

D'un seul coup, l'affolement qui s'était emparé d'elle tout à l'heure quand Tom l'avait soupçonnée lui revint à rebours. Elle effectua le trajet du retour sans s'en apercevoir, occupée à se ronger les sangs autour de l'hypothèse que quelqu'un avait pu voir Christian et le raconter à Tom. Le jardinier... Christian avait dit qu'il avait discuté avec le jardinier. Et Tom aussi avait parlé du jardinier...

Par hasard sans doute, mais...

Un accablement vertigineux la saisit alors qu'elle débouchait à l'entrée du minigolf. La voiture de Tom n'était pas là.

Tom mit mornement en marche ses essuie-glaces. Il venait d'effectuer à toute vitesse le tour des plages du nord de Bois-sur-Rive — Ault, Onival, Cayeux — puis il avait attrapé le chemin entre les dunes du Hourdelle avec la route inondée par le sable où les voitures tanguaient. La Mercedes avait dérapé parce qu'il allait trop vite, il s'était retrouvé de l'autre côté de la route. Heureusement, celle-ci n'était quasiment pas fréquentée, surtout en cette saison.

C'était toujours avec un plaisir intense que Tom empruntait la Route Blanche. Il aimait les dunes et leur végétation présomptueuse accrochée tant bien que vaille. Il aimait cette cavée creusée dans ces collines de sable où l'on s'imaginait au milieu d'un désert. Il avait laissé là bon nombre des rancunes qu'il éprouvait contre le monde entier, en particulier Emmanuelle.

Maintenant, la nuit tombait. Il laissa échapper un soupir. La fatigue commençait à prendre le pas sur sa mauvaise humeur. Après le trajet depuis Paris, ce supplément de kilomètres était superflu. Il se demanda jusqu'où il avait l'intention d'aller. Mais après le Hourdelle, il continua encore.

Saint-Valéry se profila bientôt dans le grand virage dont l'ancien casino occupait la large cambrure. Il ralentit. Tout en bas de la descente, il y avait la baie de la Somme, cette immense bouche de sable marécageuse aux couleurs éternellement défaites que de nombreux peintres asservissaient sur leurs toiles en leur faisant subir, selon l'avis de Tom, les pires avanies. Il était souvent venu à Saint-Valéry en compagnie d'Emmanuelle, traîner dans les rues étroites du bourg à l'affût des fréquentes expositions de peinture, prétextes pour eux à des parties de plaisir qui finissaient en général, après avoir concédé à Emmanuelle d'aller admirer quelques instants les bateaux se ballottant dans le port, au restaurant « Le Duguesclin » installé dans un ancien château avec une vue magnifique sur la promenade qui courait le long de la baie.

Après avoir garé sa Mercedes, Tom alla pensivement s'asseoir sur l'un des bancs tournés vers le large.

La dernière fois qu'ils étaient venus ici, Emmanuelle, pelotonnée contre lui, ses cheveux blonds versés au creux de son cou, avait écouté avec ferveur les inepties qu'il lui débitait amoureusement.

Il s'étira sur son banc.

Ce souvenir lui arrachait un sourire heureux qui s'attarda sur ses lèvres.

Il se tourna un peu et étudia l'enfilade des maisons qui se dressaient le long de la baie avec vue sur l'infini.

Contrairement à Bois-sur-Rive, tout ici n'était que langueur et placidité. Malgré la renommée touristique de la ville, connue des Parisiens, regorgeant de boutiques de souvenirs et de brocantes, il y avait là un charme suranné qui sautait aux yeux de Tom bien autrement que d'habitude. « Le Duguesclin », derrière lui, crépitait de lumières brillantes jetées par brassées à travers ses fenêtres hautaines. Ils auraient pu venir manger là avec Emmanuelle, ce soir, pour fêter leurs retrouvailles et son anniversaire. Il lui aurait offert son blouson.

Tom se leva pour admirer le restaurant. Les lampadaires éclairaient les façades des maisons. C'étaient de belles constructions, rien à voir avec l'Hôtel du Golf. Machinalement, il se mit à chercher si certaines n'étaient pas à vendre. Il commença à marcher en se tordant le cou. Bientôt il leva les sourcils, étonné. Une, deux, trois maisons cherchaient acquéreur. Aussi superbes les unes que les autres. Il y avait le choix pour qui voulait prendre place parmi ces belles de pierre...

Tout d'un coup il eut un élan et regagna sa voiture en toute hâte. Un besoin urgent de se réconcilier avec Emmanuelle l'assaillait. Il allait la chercher pour l'emmener manger au « Duguesclin ». Et puis faire une balade. Et regarder les maisons. Celles qui s'élevaient, à la fois fières et charmantes, tout au long de la promenade ancrée à la baie.

L'Hôtel du Golf... A vrai dire, il en avait sa dose de l'Hôtel du Golf. Il y avait un temps pour tout. Le côté sinistre et brut de l'endroit l'avait enchanté au début, et surtout les regards stupéfaits de ces frimeurs du cinéma...

Ah, ce Tom! Il n'y a que lui pour avoir des idées pareilles!

A présent tout le monde était venu et le caractère d'originalité de l'hôtel s'était passablement émoussé.

Tout compte fait, Emmanuelle avait peut-être eu le nez creux de ne pas appeler les entrepreneurs de peinture...

Tom démarra en appuyant joyeusement sur la pédale d'accélération.

Ni Tom ni Lili. Toujours personne. L'Hôtel du Golf était vide, désespérément vide, et Emmanuelle se sentait aussi vide que lui.

Dehors, la nuit recouvrait maintenant le ciel comme un rideau. On cachait le monde pour qu'il puisse dormir, sauf que, hélas, certains chagrins ne peuvent trouver le sommeil.

Au bord des larmes, Emmanuelle alluma la télévision. Elle éprouvait un besoin intense de bruit, de vie, d'animation.

Où Tom avait-il bien pu aller? Etait-il reparti à Paris?

Elle venait de passer une heure à côté du téléphone. Une heure à guetter sans relâche, dans le grondement insupportable des vagues, l'amorce d'une sonnerie. Et les vagues étaient toujours retombées en fracas aveugle et elles étaient toujours reparties avec le même entrain, sur le même ton, avec la même insupportable absence de remise en question.

Sortant de ses pensées, la jeune femme constata qu'aucune image n'apparaissait plus à la télévision. Une tempête hertzienne occupait l'écran.

Elle s'empara de la télécommande et appuya successivement sur chacune des chaînes. Sans succès. Seul le son lui parvenait. De colère, elle jeta la télécommande par terre. L'image grésilla, elle eut l'impression que quelque chose allait apparaître. S'approchant du récepteur, elle manipula nerveusement les boutons. Première chaîne, deuxième chaîne, troisième chaîne...

Non, rien. La voix de l'animateur de jeux vedette de la première chaîne parlait dans le vide. Et dans ce même vide cathodique lui répondaient les hurlements excités des candidats et de leurs supporters.

Elle fixa un instant le récepteur, tout son corps noué de crispation, avec l'envie irrésistible de lui faire suivre le même chemin qu'à la télécommande. Ce qui la retint fut la pensée de Tom. Si elle cassait sa télévision, par-dessus le marché...

Mue par une impulsion, elle courut vers la fenêtre de la salle à manger. Elle avait l'intuition que Tom arrivait ! Cette fois, c'était la bonne !

Une seconde plus tard, la mort dans l'âme, elle revenait vers le centre de la pièce à pas courbés.

Elle éteignit la télévision et s'étendit sur le canapé, les yeux grands ouverts et la gorge serrée. Elle aurait donné n'importe quoi pour ne plus entendre la scie des vagues en bas. S'emparant d'un coussin, elle se le plaqua de toutes ses forces sur le visage et les oreilles. C'est alors qu'aussi subitement elle se débarrassa de son coussin, s'éjecta du canapé et revint allumer la télé.

Elle allait fonctionner, cette fois, cette imbécile de télé !

Comme si le téléviseur avait entendu ses paroles, l'image apparut, tout à fait normale. Emmanuelle considéra le poste, décontenancée. Mais soudain elle n'eut plus cure de la télé car il se passa une chose tout à fait inattendue et cette chose était précisément celle qu'elle désirait le plus au monde avec le retour de Tom : le miaulement d'un chat. La jeune femme se retourna vivement : Lili s'encadrait dans l'embrasure de la porte.

— Lili !

Emmanuelle sauta d'un bond sur ses jambes. Son visage était transfiguré.

La chatte couverte de boue s'avançait vers elle en émettant de petits miaulements plaintifs.

— Lili... Où es-tu allée te fourrer ?

Elle attrapa l'animal et le prit dans ses bras. La chatte enfouit son museau dans le creux de son coude avec un ronronnement si retentissant qu'il n'exprimait pas une simple satisfaction, mais lui faisait savoir aussi à quel point elle avait un intense besoin de réconfort.

Heureuse, Emmanuelle passa sa main dans la fourrure toute crottée.

— Tu m'as fait une belle peur, ma chérie, gronda-t-elle tendrement. Sais-tu que je suis même allée au cimetière pour te retrouver ?

La chatte releva la tête et poussa un miaulement déchirant.
Emmanuelle se mit à rire de bon cœur.
—Tu t'es fait envoyer promener par ton matou? C'est la vie! Allez, viens que je te donne quelque chose à manger, tu dois mourir de faim. Vivre d'amour et d'eau fraîche, ça va bien un moment, n'est-ce pas? Heureusement qu'on a sa petite maîtresse pour vous récupérer...

Lili sauta des bras d'Emmanuelle et traversa la pièce. Emmanuelle la suivit au pas de course. Elle crut que l'animal filait vers la cuisine, affamée, mais voilà que la chatte modifiait sa trajectoire pour se diriger vers la porte d'entrée devant laquelle elle s'immobilisa en miaulant avec insistance.

— Tu veux ressortir? s'écria Emmanuelle, le souffle coupé. Tu n'en as pas encore assez!

La chatte continua sa plaidoirie.

— Bon, marmonna Emmanuelle d'un ton sec. Tu es libre, après tout.

Elle lui ouvrit la porte.

— Allez! Va! Puisque ma compagnie ne t'intéresse pas plus que ça...

La chatte ne bougea pas.

— Décide-toi! s'impatienta Emmanuelle avec mauvaise humeur. J'ai froid, moi.

Lili tourna sa tête vers sa maîtresse et la façon dont elle se mit à miauler fut sans l'ombre d'un doute pour Emmanuelle une invitation à la suivre.

— Ça ne va pas recommencer! s'écria celle-ci, suffoquée. En pleine nuit! Alors que tu viens de rentrer!

Mais la chatte miaula tant et si bien que, tout en pestant contre l'animal, Emmanuelle attrapa à nouveau la parka de Tom accrochée au portemanteau et lui emboîta le pas.

Elles traversèrent le minigolf éclairé par une lune froide. Les paupières à demi baissées comme si regarder à peine avait le pouvoir de diviser en deux le pénible sentiment de solitude qu'elle ressentait, la jeune femme jetait des coups d'œil peureux autour d'elle. L'absence d'horizon de la nuit meurtrissait son cœur. Seules les ailes du moulin émettaient une pâle luminosité, de même que les façades des trois maisons blanches alignées comme des dominos. Où donc était Tom en cet instant?

— Tu n'as pas vu Tom, Lili? fit-elle tristement.

La question s'adressait surtout à elle-même mais la chatte s'arrêta net et miaula comme si elle avait compris le sens des paroles de sa maîtresse.

— Tu l'as vu ?

Le cœur d'Emmanuelle se mit à battre à toute vitesse.

— Emmène-moi où il est, Lili ! Je t'en prie !

Les pupilles brillantes se fixèrent sur elle et Lili se remit en marche.

Emmanuelle la suivit, silencieuse, s'accrochant à cet espoir absurde que Lili savait quelque chose et qu'elle pouvait lui communiquer l'information.

Parvenue à l'endroit où le couple garait les deux voitures, la chatte s'arrêta.

— Alors ? fit Emmanuelle vivement. Il est où, Tom ?

Lili se coucha sur l'emplacement de la voiture de Tom et commença à miauler.

— Je le sais bien qu'il est parti en voiture ! Je n'ai pas besoin de toi pour ça ! Merci du renseignement...

Elle eut un petit rire sans joie. Evidemment, il n'y avait rien à tirer de cet animal. Elle était ridicule de parer un chat de qualités humaines. Tom se moquerait bien d'elle, s'il était là.

S'il était là...

Elle sentit la nuit qui pénétrait chaque chose, dissolvait son corps. De nouveau, une envie de pleurer lui étrangla la gorge.

Que faisait-elle à cette heure-là, toute seule, dans ce golf pourri ! Au lieu de se trouver dans les bras de Tom...

Elle fondit en larmes. Lili miaula de plus belle.

— Tais-toi ! J'en ai marre de toi !

D'un air triste, la chatte obéit. Puis, doucement, elle se coula sur les genoux d'Emmanuelle qui venait de se laisser tomber par terre. Le contact de la fourrure chaude apaisa la jeune femme. Ses yeux s'habituant à l'obscurité, elle distingua le petit pont de pierre qui enjambait la fausse rivière. C'est alors qu'une idée fondit sur elle à l'improviste. Entre ses larmes, un éclat de rire passa. Après le pont, il y avait le bar-tabac ! Voilà où était Tom ! Evidemment ! Mon Dieu, comme elle était bête de ne pas y avoir pensé plus tôt...

Au volant de sa Fiat Panda, Emmanuelle descendit la rue principale de Bois-sur-Rive, bordée de ses immenses maisons rehaussées de grands arbres, chênes et sapins, qui faisaient que, même en cette saison hivernale, la station demeurait un écrin de verdure.

En dehors du bar-tabac, il y avait un seul magasin à Bois-sur-Rive, l'épicerie, qui servait aussi de dépôt de pain et de croissants. Emmanuelle s'y rendait de temps à autre pour ne pas avoir l'air de se tenir à l'écart des habitants, mais dans la mesure du possible elle préférait éviter. Les ragots des campagnes y menaient grand train et rien au monde ne la hérissait davantage. Il était plus que probable que Tom et elle n'échappaient pas aux mauvaises langues, surtout avec leur statut de nouveaux arrivants (nouveaux arrivants un peu spéciaux, qui plus est), mais de toute façon il était préférable de garder ses distances. Cette épicière était une satanée pipelette, avec un petit penchant pour les anecdotes morbides.

Le bar-tabac se situait à côté de l'épicerie, dans l'endroit un peu commercial de Bois-sur-Rive où quelques échoppes saisonnières s'ouvraient en été : un marchand de fruits et légumes, un bazar d'articles de plage et de pêche et un comptoir de poulets rôtis et pizzas, toutes installations précaires qui, en hiver, n'étaient plus que cabanes branlantes sous le vent furieux de la mer. Plusieurs voitures étaient garées devant la petite place que formaient ces maigres commerces. Celle de Tom n'y était pas.

Une sensation physique de crucifixion paralysa Emmanuelle quelques instants. Puis, brusquement, son corps eut une secousse et elle tira le frein à main.

— Reste là, Lili, ordonna-t-elle brièvement.

Elle claqua la portière et ferma à clef.

Debout devant sa voiture, elle passa ses doigts dans ses cheveux pour se recoiffer. Elle ne voulait pas avoir l'air d'une folle. Et pourtant, quel énorme effort de volonté devait-elle fournir pour ne pas se jeter par terre en hurlant ! Elle s'obligea à respirer lentement jusqu'à ce que son cœur ralentisse et que ses mains arrêtent de trembler. Puis elle inspecta sa tenue. Jogging noir, baskets. C'était correct. Juste une jeune femme éperdue qui cherchait son mari. Ils n'allaient pas l'embêter. Ils allaient comprendre. Ils auraient vu Tom, sans doute. Mais s'il venait de repartir à l'instant ? Par l'autre route ? Peut-être ferait-elle mieux de retourner tout de suite à l'hôtel...

L'hésitation recommença à faire trembler tous ses membres.

A travers les vitres de sa voiture, elle distingua Lili qui s'était couchée sur la banquette, l'air malheureux.

Non. C'était impossible. Elle avait besoin d'agir. Elle s'éclaircit la gorge et prononça à voix couverte quelques syllabes :

— Bonjour. Je suis Emmanuelle Nival.

Ça allait. Elle n'allait pas se mettre à bégayer. Elle jeta un dernier coup d'œil circulaire sur la rue déserte. Les hautes maisons victoriennes observaient un silence total et indifférent. La seule trace de vie provenait du bar où, derrière les rideaux tirés, filtraient des bruits joyeux de conversation, des serpents de musique et des cliquetis de verre. Peut-être Tom avait-il garé sa voiture plus loin pour ne pas qu'elle le trouve et était-il en train de trinquer à l'intérieur avec les autres, en parlant de ces sacrées bonnes femmes qui vous emmerdent...

Elle eut un sourire pincé.

Ou peut-être était-il caché derrière l'un de ces arbres, en train de rire en la voyant hésiter à l'entrée du café.

Elle faillit crier le nom de son mari mais se retint, déglutit, et poussa la porte du bar qui se mit à carillonner à tous les diables.

Toutes les têtes se tournèrent vers elle avec un bel ensemble. En un coup d'œil, il fut clair que Tom n'était pas là.

Alors que la déception alliée à la frayeur allait faire battre prestement Emmanuelle en retraite, le patron du bar, debout derrière son comptoir en train d'essuyer un verre, lui adressa la parole :

— Madame... Vous désirez quelque chose ?

Emmanuelle devint toute rouge.

— Heu...

Le patron lui décocha un sourire tout pétri de malice. Il avait une bonne tête. Des yeux d'un bleu rieur et un plumet de cheveux blancs curieusement retroussé juste au-dessus du front.

— Vous êtes bien la femme de l'acteur ? demanda-t-il d'un air engageant.

Elle eut à peine balbutié un acquiescement inaudible qu'une autre question lui fut posée :

— Vous le cherchez, c'est ça ?

La gentillesse du ton de l'homme l'empêchait de s'enfuir. Pourtant, la manière dont tout le monde l'examinait sans vergogne était insupportable. Certains souriaient, même. Ils échangeaient sûrement des blagues à voix basse.

— Non, fit-elle en s'éclaircissant la voix. Je viens lui chercher un paquet de cigarettes.

Remise en confiance par sa présence d'esprit, elle précisa :
— Des Dunhill.

Le patron la regarda d'un air entendu.
— Des longues, n'est-ce pas ?
— Oui, opina Emmanuelle en empêchant sa voix de vaciller.

Le patron hocha la tête et se dirigea à l'autre bout du bar vers le débit de tabac où il lui fit signe de le rejoindre. Une vingtaine de paires d'yeux perçants suivirent la jeune femme dans son déplacement. Elle les sentait physiquement posés sur elle, qui s'insinuaient sous ses vêtements. L'impression était si forte qu'au moment d'atteindre le comptoir, elle trébucha et se rattrapa de justesse. Une violente rougeur se répandit sur ses pommettes. Si le patron ne lui avait pas souri à ce moment-là, elle se serait mise à pleurer comme une madeleine.

Il lui tendit le paquet de cigarettes.
— Dix-huit francs, s'il vous plaît.

Elle chercha dans son porte-monnaie le compte exact.

Dans le bar, les conversations reprenaient petit à petit. Elle distingua quelques mots. On parlait d'elle, bien sûr. Tout en empochant l'argent, le patron se pencha vers elle :
— Attendez une seconde.

Elle le regarda, sur le qui-vive. La petite toupe de cheveux de l'homme oscillait de droite à gauche, sans arrêt.
— Qu'est-ce qu'il y a ? Le compte n'est pas bon ? dit-elle, crispée.
— Si, pas de problème. Non... (Il baissa le ton.) C'est vous. J'ai l'impression que quelque chose ne va pas, ma petite dame. Je me trompe ?

Emmanuelle pâlit. Les mots s'échappèrent de sa bouche sans qu'elle puisse les en empêcher.
— C'est Tom ! Je veux dire, Thomas. Je ne le trouve pas. Dites, vous ne l'avez pas vu ? Il n'est pas venu ici ?

Avant que le patron n'ouvre la bouche, elle sut que c'était fichu.

— Désolé de ne pouvoir vous être utile, fit-il, sincèrement ennuyé.

Il claqua ses mains l'une contre l'autre et son large sourire rejoignit presque sa mèche de cheveux.

— Allez, tenez ! Je vous offre un verre !

Emmanuelle coula un regard épouvanté vers la salle.

— Ne vous en faites pas, ils ne vont pas vous manger !

Il lui adressa un clin d'œil.

— Peut-être que l'un d'eux l'aura aperçu, votre mari.

— Peut-être, admit Emmanuelle.

— Je vais leur demander. Vous verrez, ils sont doux comme des agneaux.

Emmanuelle le remercia et, à contrecœur, alla s'accouder au zinc où un jus de fruit lui fut servi d'office. Les quelques hommes réunis autour du bar la dévisagèrent avec un intérêt plus que vif. Dans son voisin immédiat, elle reconnut le mari de l'épicière que la commerçante passait son temps à traiter de bon à rien et de coureur de jupons. Il l'accueillit par un « Bonsoir ! » tonitruant.

Les dents serrées, Emmanuelle le salua à son tour. Elle lança un coup d'œil d'appel au secours en direction du patron, mais celui-ci venait de se retourner vers le fond de son bar.

— Je le connais bien votre mari, lui glissa l'importun en se rapprochant d'elle. Un bel homme ! Et quel acteur !

Mais le regard admiratif très appuyé qu'il adressait à Emmanuelle ne concernait nullement son mari. Il déshabillait littéralement la jeune femme des pieds à la tête.

— Mais il ne vous arrive pas à la cheville, vous savez.

— Merci, bredouilla Emmanuelle.

Avec un air faussement furieux, le patron, faisant volte-face, tapa avec le plat de ses doigts sur son comptoir.

— Au lieu de dire des bêtises, tu ferais mieux...

— Des bêtises ? le coupa l'autre en allongeant son nez. Des bêtises ! Dis donc, Hector ! T'outrages madame !

L'homme se rapprocha encore un peu plus d'Emmanuelle qui eut un mouvement de recul.

— Ça suffit maintenant, P'tit Paul ! fit mine de se fâcher le patron.

Et il retira à son client la bouteille de rouge qu'il avait posée devant lui avant l'irruption d'Emmanuelle dans le café.

Le visage de l'autre se décomposa d'une façon si caricaturale que ses voisins furent pris d'une crise de fou rire. Furieux, l'homme se tassa sur son tabouret en grommelant des injures indistinctes.

C'est alors que le patron abattit son poing sur son bar.

— Eh! vous autres! cria-t-il à la cantonade. Vous voulez bien m'écouter une seconde?

Il continua à frapper le zinc en rythme de manière à en sortir un roulement de tambour. Dans la salle, la plupart des consommateurs riaient à gorge déployée. Quelques-uns poussaient des cris de Tarzan. D'un seul coup il s'arrêta et son visage se fit sérieux. Les rires se calmèrent graduellement. Chacun se suspendit à ce que le patron allait dire.

— Bien, fit-il en matière de préambule.

Ses yeux balayèrent son public.

— Dites-moi... est-ce que l'un d'entre vous aurait aperçu le mari de Madame? Vous savez? L'acteur.

La réaction de la salle ne se fit pas attendre. Apparemment, Tom était connu comme le loup blanc. Mais personne ne l'avait vu.

— Ils se sont disputés? demanda quelqu'un.

— De quoi je me mêle? aboya le patron. Non, ils ne se sont pas disputés! Monsieur Thomas était parti à la rencontre d'un ami qui s'est perdu en allant chez eux. Faut dire qu'il est pas facile à dénicher, ce sacré hôtel! Probable qu'ils n'ont pas dû se retrouver. Ou alors il y en a un des deux qui est tombé en panne.

Il se tourna vers Emmanuelle dont le moral tombait en chute libre.

— C'est une vieille Mercedes verte, c'est ça?

Elle acquiesça en silence.

— Sacrée voiture! fit-il en faisant tressauter sa mèche.

Il exprima encore une ou deux fois son admiration pour la voiture en question tandis que les uns et les autres s'interrogeaient du regard. Non, personne n'avait aperçu l'acteur. Cela faisait d'ailleurs un bon paquet de temps qu'on ne l'avait pas vu traîner au village.

— Il n'était pas parti à Paris? demanda le mari de l'épicière, ravi d'avoir trouvé l'occasion de rentrer dans la conversation.

Emmanuelle avala sa salive. Ils étaient donc au courant de tout!

— Vous avez raison, reconnut-elle de mauvaise grâce. Il venait juste de rentrer.

Et ce fut le silence.

Un sentiment de détresse totale noya la jeune femme.

— Bon, ça ne fait rien, dit-elle avec effort. Il va certainement arriver. Il est peut-être déjà revenu, d'ailleurs.

Elle essaya de rire mais le résultat ne fut pas atteint.

— Je m'inquiète sans doute pour pas grand-chose, soupira-t-elle en se levant. Je ferais mieux de me dépêcher au cas où il téléphonerait. Merci !

Le patron haussa les épaules d'un air désolé. Une rumeur consternée monta autour des tables. C'est alors qu'à ce moment-là, au fond de la salle, on entendit une gorge s'éclaircir avec un bruit retentissant. Tous les visages se retournèrent avec la même synchronisation qui avait présidé à l'entrée d'Emmanuelle. Il s'en passait des choses, ce soir...

De même que les autres consommateurs, Emmanuelle dévisagea avec des yeux ronds l'auteur de ce raclement peu discret. Avec une anxiété croissante, elle l'étudia. Il s'agissait d'un vieillard d'une saleté repoussante. Manifestement, les autres clients le mettaient en quarantaine.

— Qu'est-ce qu'il y a, Lito ? demanda rudement le patron au clochard.

Le visage totalement ridé de l'homme s'anima d'une espèce de mouvement ruminant, comme s'il était fait de glaise, sans aucune armature osseuse.

— Tout à l'heure, juste avant de venir, siffla-t-il d'une petite voix méchante, j'ai rencontré les gendarmes. A mon avis, y a eu un accident. C'est peut-être le mari de Madame, si elle le cherche...

10.

Lili les vit arriver, chacun son tour, dans leurs grandes voitures qui tournaient et tournaient sans savoir où se garer. Toute seule à côté d'elle devant le portail, sa maîtresse avançait vers les conducteurs et leur montrait le minigolf, mais ils faisaient signe que non et s'en allaient plus loin, après le grand virage, dans les sous-bois où elle n'allait plus chasser les souris et les lapins depuis quelques jours : le grand Tom avait été retrouvé enfermé dans sa voiture recroquevillée. Il était mort, évidemment.

Lili se sentait désolée. Elle l'avait su avant tout le monde et si Emmanuelle l'avait écoutée, peut-être ne serait-elle pas en train de pleurer sans arrêt. Elle avait fait tout ce qu'elle pouvait, pourtant. Essayant d'emmener sa maîtresse au cimetière pour qu'elle sache elle aussi ce qui se préparait, et puis, lorsqu'elle avait vu qu'elle n'y parviendrait pas, se précipitant aux devants de Tom pour qu'il arrête tout de suite de rester dans cette voiture qui allait le tuer.

Mais il y avait trop de routes pareilles partout et elle s'était perdue et le grand Tom avec.

Au moment précis où la voiture de son maître avait heurté le pylône, elle se trouvait tout près. Cela avait produit un si grand coup dans son cœur ! En quelques minutes, elle avait couru jusqu'à lui et c'est alors que l'âme du grand Tom tout entière était passée en une nuée sombre au-dessus de la voiture pliée. Elle avait bondi pour la retenir, pour que le grand Tom arrête d'être mort, mais son âme était déjà trop haut, trop loin. Pendant un moment, elle l'avait vu flottant à quelques mètres entre les feuilles des hauts arbres, elle s'était déployée (oh, que de douleur et de rancœur le grand Tom éprouvait de partir ! Comme il avait essayé de s'alourdir pour redescendre ! Il l'avait aperçue tout en bas, il l'avait vue en train de sauter de toutes ses pattes pour le rattraper, il avait essayé d'accrocher ses efforts!), et puis, tout d'un coup, il avait été emporté avec son âme aussi prestement que le vol d'un oiseau.

Toute petite au milieu de l'immense nuit, elle avait miaulé sa douleur d'avoir perdu le grand Tom dont elle ne verrait plus jamais le corps si solide arpenter la surface de la terre.

Et parce que sa maîtresse allait en mourir de chagrin.

De ses yeux d'or à l'éclat juste un peu mouillé, Lili scruta avec affliction Emmanuelle qui continuait à parler par gestes aux voitures qui n'en finissaient pas d'arriver.

Pourquoi sa maîtresse voulait-elle que les voitures se garent sur le minigolf? Avait-elle envie que tout soit abîmé?

Elle s'approcha de la jeune femme et se glissa entre ses jambes dans un mouvement amical.

Il fallait qu'Emmanuelle arrête de tout casser, ou alors il n'allait plus rien rester et tout serait mort comme Tom. Déjà, la plupart des objets posés sur les étagères, les tables et les rebords de fenêtre que sa maîtresse et Tom aimaient tellement regarder avant l'accident de Tom avaient été fracassés le jour où l'homme au plumet blanc les avait ramenées à l'hôtel dans la voiture d'Emmanuelle.

Ce jour, oh, ce jour! Sa pauvre maîtresse! Et elle était pauvre encore, pauvre, pauvre, pour combien de temps? Toujours?

Avec inquiétude, Lili regardait les larmes d'Emmanuelle couler sans discontinuer. Elle avait peur qu'à force de pleurer il finisse par ne plus rien rester de sa maîtresse. D'heure en heure depuis la mort du grand Tom, les cernes sous ses yeux devenaient plus profonds et ses joues se creusaient. Elle ne mangeait plus et oubliait aussi de lui préparer ses repas. La grande femme détestable qui s'appelait la mère d'Emmanuelle avait essayé d'habiter l'hôtel pour aider sa maîtresse à ne plus pleurer, mais celle-ci n'avait pas voulu. Elle l'avait prise dans ses bras et Lili avait très bien compris à la manière dont elle lui parlait derrière les oreilles qu'elle la chargeait elle toute seule de la consoler. Personne d'autre.

Alors, pour essayer de la distraire, elle était allée la réveiller l'autre nuit afin qu'elle l'aide à retrouver une souris dans la chambre. Mais cela ne l'avait pas distraite du tout : elle s'était mise à hurler. Ne sachant plus trop quoi faire, elle se contentait maintenant de ne plus la quitter d'une semelle. Quand il arrivait qu'elle s'enferme quelque part, elle se postait devant la porte et miaulait. Sa maîtresse lui disait d'arrêter et, bien sûr, elle n'arrêtait pas, et de cette façon elle gardait continuellement la voix de sa maîtresse avec elle : elle gardait sa maîtresse.

— Lili, souffla Emmanuelle. Viens dans mes bras, mon Lili.

Lili s'empressa d'obéir.

Dans la silhouette courte et trapue du nouvel arrivant, l'animal reconnut brusquement l'homme dont l'odeur lui avait causé un si mauvais goût dans la gueule l'autre jour.

Il s'avança vers sa maîtresse pour l'embrasser mais celle-ci eut un mouvement de recul ulcéré.

— Tu peux me dire ce que tu fais là ? siffla Emmanuelle en luttant pour empêcher ses larmes de couler.

— Je suis désolé, répondit l'homme. Vraiment désolé.

Emmanuelle déglutit. Elle jeta un coup d'œil derrière elle. Les gens s'étaient rassemblés en petits groupes autour des obstacles du minigolf. Un geste de mauvaise humeur ne pouvait passer inaperçu. Elle ressentait pourtant une envie insupportable de lui arracher les yeux.

Christian, ici, le jour de l'enterrement de Tom !

— Fous le camp, grinça-t-elle entre ses dents sans que ses traits avouent la moindre hostilité.

Christian posa un bras sur Emmanuelle qui lui fit l'effet d'une brûlure. Elle dut faire appel à toute sa volonté pour ne pas le frapper.

— Oui, je vais m'en aller, concéda-t-il. J'étais juste venu te dire que tu pouvais compter sur moi.

— Fous le camp, grinça-t-elle avec la même expression impassible. Dépêche-toi...

Il s'éloigna sans insister.

Le flot des voitures se tarissait. L'heure du rendez-vous pour l'ensevelissement approchait. Toute la famille de Tom était partie à l'hôpital pour la levée du corps et se rendait directement au cimetière. Emmanuelle avait refusé d'assister à *ça*... Pourtant, elle savait bien que le moment où elle allait être obligée de voir le cercueil de Tom approchait. Elle n'avait que cette idée en tête, d'ailleurs.

Elle consulta sa montre en tremblant.

Bientôt, très bientôt...

Quand elle releva les yeux, sa mère se tenait devant elle.

— Oui, c'est l'heure, dit la femme au regard sec. Il faut y aller. Surtout vu le chemin par lequel tu veux nous faire passer...

Elle voulut prendre sa fille par le bras mais celle-ci demeura raide comme un piquet. Réprimant avec peine la gifle qu'elle brûlait de lui donner, elle prit son mari à témoin. Leur fille n'avait jamais été facile et ça n'allait pas s'arranger. Le vieil homme leva des yeux indignés mais ne trouva rien à répondre. Le drame qui touchait sa fille le dépassait.

— Tu veux vraiment qu'on passe par là ? demanda la mère d'Emmanuelle en soupirant.

Emmanuelle garda le silence. Elle se tourna vers la cour de l'hôtel et, d'un air vide, considéra l'essaim sinistre des vêtements noirs. Quelques instants lui suffirent pour se rendre compte que certaines des personnes présentes étaient en train d'échanger leurs impressions sur le minigolf. Elle lisait parfaitement sur les lèvres leurs commentaires sur les difficultés relatives des obstacles. Le château fort, surtout, attirait leur attention. Quelqu'un se pencha pour essayer de distinguer le tunnel qui traversait l'obstacle de part en part, son voisin eut un éclat de rire qu'il s'empressa de transformer en un accès de toux. Le visage d'Emmanuelle se crispa d'un rictus douloureux. D'autres, à l'inverse, scrutaient l'hôtel, leurs yeux se levant vers le gros cube blanc d'un air perplexe. C'était comme si Emmanuelle les entendait parler à voix haute devant elle.

Quelle idée d'avoir fait son habitation d'un bâtiment aussi laid... Oh, mais c'était un drôle de type que cet acteur... Il ne faisait rien comme personne... Sans doute qu'il buvait, ou pire... Vous savez, dans ce milieu... Pensez donc, pour se foutre dans un pylône en pleine ligne droite... ! On n'a rien dit dans les journaux parce que c'était quelqu'un de connu... Mais enfin...

Elle se détourna d'eux avec haine et posa son regard plus loin.

Il y avait pas mal d'acteurs connus qu'elle n'avait jamais rencontrés et aussi pas mal de monde qu'elle ne connaissait pas. En particulier, un groupe de femmes sur lesquelles son regard revenait invariablement. Elles formaient un petit groupe serré qui ne parlait à personne. En dépit de leurs somptueux manteaux de fourrure, de leurs coiffures sophistiquées et d'un maquillage très prononcé, leur attitude exprimait une profonde tristesse. Elles se tenaient très droites, ne bougeaient pas et leurs regards étaient fixes.

Soudainement, Emmanuelle eut une sorte d'éblouissement. A voir toutes ces têtes inconnues qui, *elles*, connaissaient Tom, c'était comme si lui étaient présentés, déployés d'un coup comme les figures d'un jeu de cartes, tous les visages de la vie parallèle de Tom à Paris. Une vie qui n'avait jamais vraiment existé pour elle, en réalité. Parce qu'elle l'avait toujours vécue de son point de vue, en termes de solitude, d'attente, d'absence. Sans prendre la peine d'imaginer ces gens qu'ils fréquentaient, avec qui il mangeait, buvait, plaisantait et travaillait.

Saisie d'une impulsion irraisonnée, elle se mit en mouvement et s'approcha du groupe des quatre femmes.

Quand elle ne fut plus éloignée que de quelques pas, celles-ci la dévisagèrent avec un mélange de curiosité et de compassion. Elles n'étaient pas extrêmement jolies mais, sans qu'elle puisse dire au juste pourquoi, Emmanuelle fut certaine qu'elles devaient beaucoup plaire aux hommes. Elles avaient de grandes bouches, ce fut surtout ce détail qui la frappa.

La jeune veuve avala ses larmes avant de leur adresser la parole.

— Vous connaissiez Tom ? demanda-t-elle à celle qui paraissait la plus disposée à parler.

— Un peu, répondit gentiment l'entraîneuse du Sansonnet. On faisait souvent de la figuration dans ses films. Vous ne pouvez pas vous souvenir de nous : on ne nous remarque pas à l'écran.

Elle esquissa un sourire plein de bonté.

— On est vraiment désolées, vous savez. On aimait beaucoup Tom.

— Il ne m'a jamais parlé de vous, murmura Emmanuelle.

— Mais lui, il nous parlait tout le temps de sa femme, mentit Olivia d'un ton qui ne pouvait jeter le moindre doute sur sa sincérité. (C'était avec ce genre d'intonations vibrantes qu'elle attrapait les hommes comme des mouches au Sansonnet.) On avait l'impression de vous connaître avant de vous voir.

Sa voix s'assombrit :

— On aurait préféré que ce soit dans d'autres circonstances.

Emmanuelle ne fut pas en état de répondre. D'un seul coup, la scène de dispute qui s'était déroulée entre elle et Tom — qui avait été la cause de la mort de Tom — surgissait inopinément devant ses yeux.

Un éclair de lumière noire éteignit cette vision. La jeune femme vacilla. Olivia se précipita pour la soutenir. Emmanuelle cligna des yeux plusieurs fois, repoussa son aide. Elle quitta les amies de Tom sans un mot, comme une somnambule, au bord de l'évanouissement.

— Je sais que ce n'est pas le moment, commença la mère d'Emmanuelle alors qu'elles marchaient le long de la falaise, mais est-ce que Tom avait... je veux dire... est-ce qu'il s'était occupé avant que...

Emmanuelle la coupa sèchement :

— T'en fais pas, maman, Tom avait pris une assurance. Je ne manquerai de rien.

Mais les traits du visage de la jeune femme s'effondrèrent et elle fut prise d'un nouvel accès de larmes.

— Non, de rien. Presque rien, murmura-t-elle pour elle-même.

Elle serra Lili contre sa poitrine de toutes ses forces. La chatte reçut sur son front quelques gouttes salées. Un miaulement de surprise lui échappa. Elle aurait aimé qu'Emmanuelle la pose sur le sol. Ses pattes repliées lui faisaient mal. Emmanuelle ressentit immédiatement le vœu que formait l'animal et lui rendit sa liberté.

D'un bond, Lili fut par terre et retrouva avec plaisir l'odeur du chemin qu'elle connaissait bien pour l'avoir suivi tant de fois. Prenant la tête du défilé qui s'émiettait le long de la falaise, elle oublia un peu le drame qui frappait sa maîtresse pour se laisser aller au bonheur de courir dans le vent.

Courbé sous le souffle glacial, chacun cheminait derrière Emmanuelle. Elle les faisait marcher juste à côté du ravin, dans un chemin qui n'en était pas un. Personne n'avait rien dit. Qui aurait protesté ? Et elle avançait d'un pas sourd et aveugle : Tom occupait toutes ses pensées. Rapidement, elle distança sa mère. Elle avait envie d'être seule. Lorsqu'un pas crissa derrière elle dans l'herbe sèche, son premier mouvement fut d'accélérer. Mais la voix qui se mit à l'appeler, elle la connaissait et l'aimait bien.

— Emmanuelle... Je peux marcher un peu avec toi ?

La jeune femme hocha la tête en signe d'acceptation. Patrice Lefort la rattrapa et lui saisit doucement le bras qu'elle lui abandonna avec indifférence.

— Tu sais, dit-il, je regrette tellement d'avoir gagné aux échecs contre Tom l'autre jour. Si je pouvais revenir en arrière...

Elle tourna la tête vers lui en plissant les yeux douloureusement.

— Il n'y a pas que toi qui aimerais revenir en arrière.
— Je m'en doute.

La stupidité de la conversation exaspéra tout d'un coup Emmanuelle.

— Dommage qu'il n'existe pas de télécommande pour faire revenir le temps vers le passé, hein! éclata-t-elle d'un rire hystérique qui se disloqua immédiatement en pleurs. Ou bien pour accélérer certains moments. Ce serait pratique...

Ses derniers mots se perdirent dans les larmes. A quelques pas devant, Lili s'arrêta, alertée. Elle dévisagea Patrice puis se remit en route. Non, celui-là ne voulait pas de mal à sa maîtresse.

— Excuse-moi, fit Patrice, ennuyé d'avoir été si bête.

Il hésita, puis se décida :

— Je ne dis pas ça pour te consoler, mais on m'a informé que... Tu sais, la pièce que Tom devait jouer...
— Oui, fit Emmanuelle nerveusement.
— En fait, ils vont la jouer quand même. Ce sera en hommage à Tom.

Emmanuelle sursauta.

— Et on peut savoir qui jouera le rôle de Tom ?

Patrice eut l'air de plus en plus embarrassé.

— Eh bien, ils me l'ont proposé. Je ne voulais pas, tu sais, mais, pour Tom... Pour me rattraper. Si c'est possible de se rattraper...

— Pour Tom ? releva ironiquement Emmanuelle dont les yeux ressemblèrent à deux fentes.

— Mais oui! fit vivement Patrice. C'est pour Tom! Partout où on jouera la pièce, on la dédiera au grand acteur qu'il était. C'est vrai qu'il était un grand acteur, tout le monde est unanime là-dessus. Je ne lui arrive pas à la cheville. Il n'y a qu'à comparer sa carrière avec la mienne !

Ce trait d'humilité toucha Emmanuelle.

— Ah bon, concéda-t-elle. Peut-être.

Mais une fébrilité furieuse la reprit au bout de quelques instants. C'était comme ça depuis que Tom était mort, une alternance d'abattement et de crises de nerfs.

— Mais qu'est-ce que tu veux que ça me fasse, au juste, que vous jouiez cette pièce ? Il est mort, Tom, tu entends ? *Mort*. Ça ne va pas me le faire revenir que vous lui rendiez hommage ! Qu'est-ce qu'il en a à faire de vos hommages, dans son cercueil ? Tu peux me le dire ?

— Bien sûr, hocha la tête Patrice en lui étreignant doucement son bras. De toute façon, si tu ne veux pas, je ne le ferai pas. C'est toi qui décides. On en reparlera plus tard.

Emmanuelle se contenta de hocher la tête en reniflant. Patrice lui lâcha le bras et la contempla un instant de biais. Qu'elle était belle, tout en noir, avec sa couronne de cheveux blonds et cette douleur qui faisait ressortir ses grands yeux sombres sur sa peau blême... et lui donnait l'envie irrépressible de la prendre dans ses bras pour la consoler.

— Je viendrai te voir un peu plus tard, dit-il avec toute la tendresse brûlante qu'il ressentait. Je ne te laisserai pas seule. Et je veux que tu m'appelles dès que ça ne va pas. Promis ?

— Je ne suis pas seule, répliqua Emmanuelle dans un murmure.

D'un geste de la main, elle désignait Lili qui dansait à quelques pas devant elle en se retournant régulièrement pour surveiller sa maîtresse.

— C'est vrai, reconnut Patrice. Les animaux comprennent la souffrance. Mieux que les humains, souvent.

Emmanuelle lui fut gré de cette réflexion. Elle le remercia d'un fantôme de sourire.

— Lili aimait beaucoup Tom, déglutit-elle.

Et Patrice la laissa seule avec son chagrin qui recommençait à couler par saccades.

— Il y a une raison particulière pour laquelle tu as choisi ce vieux cimetière ? demanda la mère d'Emmanuelle à sa fille tandis que le cortège rassemblé devant la grille attendait dans le recueillement le plus complet l'arrivée de la voiture transportant le cercueil. L'autre était mieux, quand même ! Il y a un parking au moins, et une vraie route pour y parvenir.

Emmanuelle recevait dans un état second les paroles que lui débitait sa mère comme des rafales de mitraillette. Elle avait dépassé maintenant le stade où elle pouvait réagir. Le fourgon funéraire où Tom — *son Tom* — se trouvait allongé raide et aveugle dans son cercueil serait là d'une seconde à l'autre.

— Lili aime ce cimetière, indiqua-t-elle, le regard lointain. Et il est plus près de chez nous.

La grande femme sèche haussa des sourcils fournis comme des balais-brosse.

— J'espère quand même que tu ne comptes pas y aller tous les jours ! s'exclama-t-elle d'une voix retentissante.

Tous les regards convergèrent vers la femme dont les longs bras crochus griffaient l'air. Elle s'en rendit compte et baissa le ton.

— Où ton père est-il encore allé se fourrer ? fulmina-t-elle d'une voix assourdie qui, malgré tout, continuait à porter loin.

— Ah, le voilà !

En soupirant, elle hocha la tête en direction de son mari, muet et effacé, dont le seul indice de vie était les larmes qui tombaient de ses yeux fixes. Le vieil homme se tenait à l'écart de tout le monde. Il avait beaucoup aimé Tom, contrairement à son épouse. Comment être mort quand on apparaît vivant à la télé ? Cet événement avait quelque chose de définitivement insensé.

Le grondement d'une voiture suspendit d'un coup le cours des pensées macabres qui couraient à présent dans toutes les têtes, y compris les plus indifférentes au décès de l'acteur. La mère d'Emmanuelle elle-même mit un frein à son caquet. Plusieurs personnes s'approchèrent de la jeune veuve en vue de la soutenir. Patrice Lefort lui agrippa un bras tandis que le patron du bar-tabac s'emparait de l'autre. Emmanuelle se laissa faire. Ses yeux perçaient le fourgon qui se profilait dans le chemin boueux. Et cahotait à cause des ornières. Et faisait cahoter le corps de Tom à l'intérieur. D'un côté, de l'autre... D'un côté, de l'autre...

Elle sentit un vertige fondre sur elle. Patrice Lefort la serra plus étroitement.

— Ne regarde pas, chuchota-t-il. Ferme les yeux.

Il appela Lili qui s'était réfugiée derrière une tombe.

— Viens voir ta maîtresse, toi.

La chatte se dressa sur ses pattes et répondit à son appel.

Patrice souleva l'animal et le mit sous les yeux d'Emmanuelle. La jeune femme ne réagit pas.

— C'est Lili. Elle a besoin de toi, insista Patrice.
— Ah ? fit Emmanuelle.

Elle ne l'entendait pas.

Chacun s'écarta de la grille du cimetière de manière à laisser la place libre au fourgon funéraire. Seule la mère d'Emmanuelle se mit à jouer des coudes pour parvenir aux premiers rangs. On la laissa passer sans commentaires, par égard pour sa fille, mais les regards se firent lourds de réprobation.

Le fourgon se gara.

D'autres voitures étaient en train d'arriver à la suite. Patrice reconnut la famille de Tom derrière les vitres d'un coupé Peugeot. De simples gens. Elle, sa mère, ancienne employée de maison qui, malgré l'amélioration très nette de son niveau de vie (due aux attentions de son fils unique), gardait toujours la paupière basse comme si la modeste veilleuse de son regard pouvait être aveuglée par la vue de ces gens bien plus importants qu'elle. Lui, son père, ouvrier en bâtiment, que Tom avait transformé en « entrepreneur » pour les besoins de sa biographie officielle.

Patrice savait que Tom aimait beaucoup son père, il était allé le voir tous les jours à l'hôpital quand il avait été malade... mais ce n'était pas pour autant que l'acteur appréciait qu'on lui rappelle ses origines modestes.

Patrice comprenait. Il connaissait bien le monde du cinéma et de la télévision où la moindre faiblesse était un os jeté en pâture. Tom faisait partie du système comme les autres. Attaquant pour se défendre et essayant d'en mettre plein la vue. C'étaient ceux-là qui gagnaient. Lui, Patrice, se savait trop tendre pour réussir vraiment.

Il jeta un coup d'œil sur Emmanuelle dont le regard était tétanisé par le fourgon. Lui-même se mit à étudier le véhicule, assez surpris. Il s'agissait d'un modèle peu ordinaire. La hauteur de l'habitacle était telle que les quatre hommes des pompes funèbres pouvaient s'y tenir debout. Encartés dans leur costume-cravate, ils étaient visibles de la tête aux pieds à travers un pare-brise qui ressemblait à une vitrine. C'était réellement impressionnant. Tout l'arrière du fourgon était également vitré jusqu'au pare-chocs, comme pour mettre en valeur le cercueil placé à hauteur du regard. Personne ne pouvait rester insensible à ce spectacle, même ceux qui, comme lui, n'avaient pas éprouvé une grande affection pour l'acteur. La mise en scène n'aurait pas déplu à Tom, pourtant. Il y avait là un sens certain de la dramatisation. Sans compter que les quatre hommes des pompes funèbres avaient l'allure idéale pour figurer dans un film de mafiosis.

Ceux-ci descendirent du véhicule l'un après l'autre, avec des gestes semblables. Ils étaient tous les quatre de la même taille, de la même corpulence et de la même teinte de cheveux, et c'était sans doute cette conformité ahurissante qui créait cet effet si bizarre. On aurait presque pu croire qu'ils avaient été soigneusement choisis. Que c'était Tom qui les avait choisis. Cela aurait bien été le genre de l'acteur...

Hélas, s'il avait su qu'il allait mourir, le pauvre! songea Patrice.

Deux des croques-morts allèrent ouvrir la grille, puis, d'un pas digne, ils rejoignirent leurs collègues afin de les aider à extraire le cercueil. C'est alors qu'Emmanuelle se libéra du soutien soucieux de Patrice et du patron du bar-tabac que la soudaineté de son geste surprit.

— Emmanuelle! Où allez-vous? la rappela Hector, alarmé.

La jeune femme ne répondit pas et continua à avancer dans la direction du cercueil. Les deux hommes se regardèrent en se demandant s'il fallait intervenir. Le patron du bar-tabac haussa les épaules d'un air désolé. Au bout de quelques pas, Emmanuelle s'arrêta, incapable d'aller plus loin. Le cercueil de Tom était devant elle, mais elle ne pouvait l'atteindre. Il était trop loin. Il serait toujours trop loin, hors de portée de ses capacités mentales.

Ses deux gardes du corps se hâtèrent de reprendre leur place chacun de son côté. Patrice lui mit d'office Lili dans les bras. Elle regarda l'animal en battant des paupières. C'était comme si elle ne reconnaissait plus personne. Mais elle garda la chatte qu'elle se mit à caresser machinalement.

Le cortège se mit en branle derrière le cercueil porté par les quatre employés. Il y avait un bruit de fond de sanglots relayé par le gémissement du vent dans les arbres et le grondement furieux de la mer qui, dans le vieux cimetière comme dans l'hôtel, avait toujours le dernier mot. Le cercueil de Tom fut acheminé jusqu'à l'emplacement sur lequel Lili avait miaulé des jours durant. Dans les bras d'Emmanuelle, la chatte tressaillit. Elles étaient parvenues devant la tombe ouverte. Emmanuelle la lâcha. Lili se reçut souplement sur le sol. Une fosse avait été creusée la veille dont elle s'approcha, les yeux écarquillés, en contemplant le fond.

Emmanuelle avança d'un pas et se mit à considérer elle aussi le trou béant. Une brume salvatrice était tombée sur son cerveau. Patrice et le patron du bar-tabac n'avaient pas besoin de la soutenir : elle flottait toute seule. Elle ne voyait plus rien, plus personne. Ni les regards apitoyés qui se tournaient vers elle ni les coups d'œil en biais où des arrière-pensées vengeresses contre l'acteur défunt se mêlaient, chez certains éléments mâles de l'assemblée, à de la convoitise. Le malheur qui atteignait Emmanuelle faisait l'objet de toutes les compassions, même de la part des ennemis de Tom. Surtout de la leur.

Tout à l'arrière de l'assemblée, Michel Farfeti était de ceux-là.

Fagoté dans un costume de serge beige trop petit, l'homme se tenait tassé, un tantinet sur ses gardes, mais apparemment il n'y avait personne d'autre du Sansonnet que les filles : Ange n'avait pas eu l'audace de venir.

En examinant le cercueil où reposait Thomas Nival, Michel Farfeti ne pouvait réprimer des sourires furtifs de ravissement qu'il dissimulait sous sa tête courbée. De temps en temps, ses gros yeux glauques émergeaient comme des périscopes à la surface de sa masse de cheveux d'un blond filasse pour étudier la composition de l'assemblée.

Il pouvait rire, maintenant, le Nival, au fond de son cercueil... Il pouvait se moquer. C'était lui qui était roulé, à présent. Les petites nanas, il n'en trouverait pas des masses en enfer. Ah, il y avait tout de même une justice dans ce bas-monde ! Quand il pensait à la façon dont cet enfoiré l'avait toujours tenu à l'écart de ses partouzes... Tout mort qu'il était, il lui aurait bien enfoncé ses deux doigts au fond des orbites.

Il jeta un œil de côté aux filles du Sansonnet qui se tenaient non loin de lui. Ces salopes avaient fait comme si elles ne le connaissaient pas lorsqu'ils s'étaient rencontrés tout à l'heure chez la veuve. Jolie veuve, d'ailleurs. Qu'il aimerait bien examiner de plus près.

Il se déplaça un peu pour essayer d'apercevoir Emmanuelle que tous ces hypocrites jouant aux grands affligés empêchaient de distinguer. On croyait rêver ! Ces prunelles humides et ces airs de circonstance. N'importe quoi. Qui avait éprouvé une réelle amitié pour ce fils de salaud ? À part les putains du Sansonnet qui pouvaient pleurer à juste titre sur le manque à gagner que la mort de Nival impliquait, il y avait à parier dix contre un que les trois quarts de ces têtes de nœud se réjouissaient en secret de la mort de l'acteur. Du reste, Olivia et ses consœurs étaient probablement venues là uniquement dans l'espoir d'accrocher de nouveaux clients. Il n'y avait qu'à voir leur tenue. Ces manteaux de fourrure ! Ce maquillage ! Si le ridicule tuait, il aurait pu leur faire une place dans son cercueil, leur petit Tom chéri.

Il les regarda avec dégoût.

Elles n'avaient pas honte de narguer cette pauvre femme jusque chez elle, dans son malheur ! Quel écœurement...

Il prit la fleur de myosotis que l'un des pingouins des pompes funèbres lui tendait et l'examina. Du plastique ! Il étouffa un rire ironique. Pas de problème, ça s'accordait très bien avec la personnalité du défunt. Dommage qu'il n'était pas là pour en jouir, le pauvre homme.

Devant lui, le groupe se mit à s'animer. Chacun, l'un après l'autre, avançait vers la fosse pour y jeter sa fleur de plastique en l'agrémentant d'une courte prière. Nom de Dieu ! Il n'allait pas s'en priver de sa neuvaine, lui non plus. Il avait tout plein de choses à lui dire, au nouveau mort...

Quand son tour fut venu, il s'approcha de la fosse en accentuant du mieux qu'il pouvait une expression sinistre. On allait voir s'il n'était pas aussi fort qu'eux à ce petit jeu-là.

Au nom du Père, du Fils et du Saint-Esprit...
Il fit le signe de croix.

Cher Tom, que le diable t'emmène rôtir dans le feu éternel, c'est tout ce que tu mérites. Qu'il t'arrache les ongles des pieds avant de t'y jeter, qu'il t'écartèle, et qu'il te coupe les roubignoles. Pas besoin qu'il t'enlève le cœur, il aurait du mal à le trouver. Amen, et bon appétit aux asticots.

Il fit un nouveau signe de croix et releva la tête avec une envie folle de rire. La veuve se tenait à quelques pas de lui, à l'écart de la fosse où venait d'être jeté son tendre époux. Comme il parvenait à sa hauteur, il se força à penser à quelque chose qui le mettait toujours dans une telle rage que les larmes lui venaient naturellement aux yeux à chaque fois :

le mépris dans lequel Nival l'avait toujours tenu. Et c'est ainsi qu'il passa devant Emmanuelle, le visage baigné de larmes presque sincères.

Celle-ci n'eut aucune réaction.

Il renifla, soupira, laissa échapper un gémissement appuyé de douleur. Dans les yeux de la veuve, un sursaut s'alluma. Elle leva les yeux sur lui. Le choc fit perdre un instant à Michel Farfeti la composition de son personnage. Ce fut l'individu lubrique qui rendit son regard à Emmanuelle. Nom de Dieu, quelle beauté ! Maintenant qu'il la voyait de près, il s'en sentait tout retourné. Quel beau morceau !

Il sentit une érection le gagner et ne chercha pas à la combattre. Au contraire, les idées qui lui venaient étaient de nature à la renforcer. Si cette charmante dame savait ce que son mari faisait quand il allait à Paris. Comme c'était mal de laisser cette pauvre enfant dans l'ignorance ! Il était de son devoir de l'informer. On n'avait pas le droit de la laisser souffrir ainsi. Quand elle saurait quel individu était Nival, on verrait si elle le pleurerait encore. En tout cas, elle trouverait des bras miséricordieux pour lui faire oublier la perte de cet enculé. Vengeance post mortem. Voilà un titre de film qui aurait sûrement plu à cet acteur de seconde zone qui se prenait pour Marlon Brando. Vengeance *post mortem* dans le lit de la jolie veuve... Pas facile de jouer les fiers-à-bras à six pieds sous terre !

Il jeta son myosotis de plastique dans la fosse avec un geste pétri d'une douleur ostentatoire.

Myosotis, ne m'oublie pas...

Ça, il n'allait pas l'oublier, le beau Tom. Il allait même prendre soin de ce qu'il possédait de plus cher au monde...

Quand chacun eut lancé sa fleur sur le cercueil, ce fut la fin de la brève cérémonie. Pas de prêtre, pas de discours, c'était ce qu'avait toujours recommandé Tom à Emmanuelle les nombreuses fois où, en plaisantant, il avait imaginé et mis en scène sa mort. Ni fleurs ni couronnes, soulignait-il, persuadé néanmoins que son enterrement serait un événement grandiose qui frapperait de stupeur toute la profession et mériterait les grands titres des médias.

Sur ce point comme sur un certain nombre d'autres, l'acteur s'était trompé.

Certes, Emmanuelle avait reçu pas mal de télégrammes en

provenance de petites et grandes célébrités du cinéma. Certes, il lui était même parvenu un message du ministre de la Culture, ainsi que celui-ci le faisait à chaque décès d'une personnalité — même relative — du monde des arts et du spectacle. Mais en ce qui concernait les colonnes de la presse, les ondes des radios et celles de la télévision, la mort de Thomas Nival, acteur intéressant mais mineur, n'avait fait l'objet que d'un traitement assez modeste. Beaucoup de ses confrères s'en étaient aperçus. La plupart, comme l'avait deviné Michel Farfeti, s'en étaient réjouis. « Ce pauvre Nival, il aurait été bien déçu... », s'étaient-ils dit, fort satisfaits. Et parmi eux, il s'en était trouvé pas mal pour songer que les journalistes — profession que Thomas Nival ne tenait pas en grande estime — auraient fait l'objet des foudres vengeresses de l'acteur si celui-ci avait eu un seul moyen de les exercer.

Mais Thomas Nival, au fond de son trou, n'était guère en mesure de se venger.

Au-dessus, le jour qu'il ne voyait plus commençait à tomber prématurément. Le ciel était lourd et plaintif des cris des mouettes. Une petite pluie piquante était en train de prendre le relais des larmes qui, maintenant, s'asséchaient. L'assemblée se prépara à se disperser, toute bourdonnante de considérations fort diverses. De même que sur le minigolf, des groupes se formèrent pour se soumettre mutuellement leurs premières impressions.

Emmanuelle tenait toujours à la main la fleur de plastique que le représentant des pompes funèbres lui avait placée entre les doigts. Avec douceur, Patrice Lefort l'aida à la jeter dans la tombe. Comme il prenait la jeune femme par le bras pour l'emmener, son regard rencontra celui de Michel Farfeti. Les deux hommes ne se connaissaient pas, mais en une seconde ils se détestèrent. Caché derrière la silhouette dénudée d'un maigre saule pleureur, un autre homme observait sans aménité les attentions que Patrice Lefort déployait pour Emmanuelle. Pendant toute la durée de la cérémonie, il s'était tenu à cet endroit, les yeux fixés sur elle. En tant que premier mari d'Emmanuelle, l'homme se sentait comme un droit de propriété sur elle. La reconquérir serait une aventure excitante. Pas si difficile que ça, pensait-il. S'était-elle tellement défendue quand il lui avait prouvé l'autre jour d'une manière concrète qu'il l'aimait toujours ? Non, n'est-ce pas ? Elle aurait pu hurler, elle ne l'avait pas fait. Elle aurait pu se débattre, elle n'avait pas vraiment résisté, bien vite résignée...

Quelques minutes plus tard, la fosse béante où Thomas Nival avait pris place était délaissée. Elle formait une étrange plaie dans la terre, au milieu de toutes ces tombes encadrées de leur grille. La tombe de l'acteur n'était pas dotée de monument funéraire et elle ne le serait pas. Emmanuelle s'y était refusée obstinément. Elle planterait des fleurs pour Tom. Elle le ferait revivre dans la sève des plantes qui pousseraient dans la terre où il était enseveli. Avant de le rejoindre.

Car il y avait une seconde place prévue dans la fosse au-dessus de lui. Personne ne le savait, pas même les parents de Tom qui s'étaient occupés des funérailles. Elle l'avait demandé aux pompes funèbres et payé en secret le supplément. Cet acte l'avait tranquillisée. A n'importe quel moment, elle pouvait rejoindre Tom. Venir à lui puisque lui ne pouvait plus venir à elle...

11.

Des grêlons gros comme des œufs de pigeon tombaient à présent du ciel. Pots de fleurs fracassés, tuiles arrachées, hurlements des feuilles et branches cassées, ardoises brisées, explosions de verre, aboiements terrifiés, cris indistincts d'animaux éperdus, clameurs lointaines : dans le tourbillon vorace qui déblayait tout sur son passage, Emmanuelle, l'attention prodigieusement en éveil, dressait l'inventaire des bruits multiples et exacerbés que la tempête soulevait.

Et la mer bien sûr, la mer. Accompagnant à cœur joie toute manifestation de colère. La mer... Toujours portée à l'exagération. La mer et ses hérauts ricanant à travers les nuages bas et noirs : les sinistres mouettes.

Emmanuelle ne s'en plaignait pas. En ces allures de fin du monde que prenait le paysage criblé de grêle qu'elle scrutait depuis les fenêtres du jardin d'hiver, elle se sentait proche de Tom, proche des bas-fonds où il reposait. Parcelles de végétation qui tourbillonnaient dans l'air, écorces, tourbe, boue, racines : la terre quittait la place qui lui était échue pour remonter vers la surface, en l'air, jusqu'aux vivants, furieusement.

Elle décrocha le téléphone.

Après plusieurs essais pendant lesquels la fébrilité qui l'animait monta en flèche, elle parvint à obtenir la ligne. Une voix d'homme affable lui répondit.

— Entreprises Bernard à l'appareil. J'écoute.

— Bonjour, salua Emmanuelle d'une voix brève et impatiente. J'aurais besoin de vos services.

A l'autre bout du fil, il y eut un discret claquement de langue agacé.

— Nous sommes fermés à cette heure-là, madame, indiqua

l'homme qui avait décroché parce qu'il attendait un appel important. Il est vingt heures passées. Rappelez demain. Le bureau ouvre à huit heures trente.

— A huit heures trente ! répéta Emmanuelle dans un murmure dépité.

Le patron des entreprises Bernard était un brave homme. Le désarroi d'Emmanuelle ne lui passa pas inaperçu.

— C'était pour quoi, madame ? soupira-t-il.

— Tout un hôtel à repeindre ! lança Emmanuelle avec une vivacité incongrue.

— Tout un hôtel ? s'étonna l'homme.

— Oui, tout un hôtel, confirma Emmanuelle. Mais maintenant ce n'est plus un hôtel.

L'entrepreneur se sentit un peu décontenancé.

— Bon. Et il se trouve où, exactement, votre hôtel qui n'est plus un hôtel ?

— A Bois-sur-Rive. L'Hôtel du Golf. Dans le grand virage en haut de la falaise.

Un silence s'abattit sur la ligne.

— Vous êtes là ? s'enquit Emmanuelle dont les doigts crispés tortillaient le fil du téléphone.

— Oui, répondit l'homme. Je réfléchissais. Dites-moi, ce n'est pas votre mari que... Oui... Enfin, je veux dire... C'était... C'est bien un acteur votre mari ?

— Oui, *c'était* bien un acteur, indiqua Emmanuelle d'une petite voix pointue. Il est mort depuis une semaine. Mais il désirait que nous fassions repeindre l'hôtel. J'ai de l'argent, ne vous inquiétez pas.

— Bien sûr, approuva l'homme. Je n'en doute pas. C'était son enterrement avant-hier, n'est-ce pas ? Mes condoléances...

— Merci, répondit Emmanuelle d'un ton mécanique.

Puis, dans un élan soudain :

— Un film est passé hier soir à la télé, où Tom joue le rôle principal. L'avez-vous vu ?

Une teinte de regret sincère transparut dans l'intonation de l'homme :

— On aurait bien aimé le regarder mais la télé est détraquée depuis deux jours. On ne sait pas ce qu'elle a.

— La mienne aussi, fit Emmanuelle d'un ton soudain las et désabusé. L'image saute tout le temps. Je n'ai pas pu voir Tom. Quand est-ce que vous pouvez venir, alors ?

Il y eut de nouveau quelques instants de silence. L'homme s'éclaircit la gorge.

— En ce moment on est pris. On refuse même du travail. De toute manière, ce ne sera pas avant le printemps. Comme ça, ça vous laissera le temps de vous retourner, ma petite dame. C'est pas plus mal...

— Pas avant le printemps! s'écria Emmanuelle d'une voix stridente.

— C'est tout ce que je peux vous promettre.

Un picotement commença à grimper le long de la colonne vertébrale d'Emmanuelle. Sa respiration s'accéléra.

— Désolé, se hâta d'abréger l'homme en sentant qu'à l'autre bout du fil la tension montait. Rappelez-moi vers la fin février, on verra ce qu'on peut faire. Au revoir, madame. Et bon courage, surtout...

Emmanuelle raccrocha brutalement le combiné. Elle avisa la lampe à côté d'elle et la lança de toutes ses forces par terre. Le bruit de la table de jardin renversée au dehors par le vent se joignit au bris de la lampe dans un fracas épouvantable. Les yeux de la jeune femme s'injectèrent de sang. Sa poitrine se bloqua. D'un seul coup, alors qu'elle était sur le point de tomber en syncope, son regard se porta vers les fenêtres où le mauvais temps faisait rage plus que jamais.

Elle décida de sortir.

Sa place était dehors, dans la tempête!

Elle se sentait brusquement excitée, pressée, comme si on l'attendait, comme si elle l'attendait, la grande tempête dehors, à laquelle elle allait se donner, comme les fétus de paille et les pauvres choses impuissantes, inanimées, qui deviennent par magie, en un tour de vent, comètes et météores doués de vie, de passion, dansant à perdre haleine et se posant, repartant, plus haut, à toute volée, hors de portée, en leur appartenance à un monde fait de mouvements perpétuels et de générations spontanées.

Où la mort n'a pas plus de sens que la vie.

Elle se précipita vers le hall de l'hôtel. L'impatience la faisait haleter.

Lili, qui se trouvait par osmose dans le même état que sa maîtresse, s'élança sur ses pas.

— Reste là, Lili, ordonna Emmanuelle, il fait trop mauvais.

Mais Lili fit la sourde oreille. Emmanuelle s'inclina, incapable d'insister. Elles se bousculèrent presque pour atteindre le seuil.

A peine la porte fut-elle ouverte que la tempête s'empressa de s'engouffrer à la conquête du nouveau territoire qui s'offrait à son appétit dévastateur. Emmanuelle le lui abandonna avec une hospitalité suicidaire. Elle décida de ne pas refermer derrière elle. Que tout s'envole! Que tout parte! Que tout finisse! Il n'y avait plus rien à protéger ici. Rien à perdre. Ah bon, les peintres ne voulaient pas venir... Tout le monde se fichait de Tom, maintenant...

Eh bien! Prenez tout, je vous l'abandonne de bon cœur!

En guise de protection, elle enfonça sur ses cheveux le vieux feutre de cow-boy de Tom, un objet fétiche qui lui venait de *Passion sur le Mississippi,* ce film où il était si beau, si émouvant, et qu'elle venait de visionner deux jours durant sur le magnétoscope. La veille au soir, Patrice l'avait appelée pour la prévenir qu'un téléfilm où Tom jouait passait sur la deuxième chaîne, mais l'image était trop mauvaise, aucune chaîne ne marchait correctement. Elle aurait jeté le téléviseur par terre si l'idée de mettre en pièces Tom du même coup ne l'avait retenue. Elle franchit la porte de l'hôtel avec dans les oreilles le bruit délicieux de l'écrasement sur le sol, projeté par un courant d'air furieux, d'un des derniers bibelots qu'elle n'avait pas encore détruits.

Vêtue de sa seule minijupe et d'un mince pull en acrylique enfilé à même la peau, la jeune femme se glissa dans la nuit déchaînée. En dehors du jour de l'enterrement où sa mère l'avait eue à l'usure pour lui faire endosser un accoutrement de circonstance, elle ne portait, depuis que Tom était mort, malgré le froid, que ces vêtements d'été qui étaient ceux que Tom préférait entre tous. En se conformant au désir de Tom, tout redeviendrait peut-être comme avant. De toute façon, elle ne sentait ni le froid, ni le chaud, ni la faim, ni le sommeil. Elle ne sentait rien. Rien. Que Tom. Dans son cercueil. Deux jours déjà. A commencer à pourrir. L'imaginer — *imaginer sa transformation progressive* — était l'unique pensée obsédante qui l'occupait. Il y avait Tom sur l'écran de télévision, vivant mais insaisissable, et puis il y avait Tom, là-bas, *à quelques pas seulement,* dans le cimetière, les yeux de Tom, sa peau, ses cheveux, et puis la terre, la pluie, la vermine, et, au bout, dans peu de temps (cela avait-il déjà commencé?), la liquéfaction de ses yeux, le dépouillement de ses traits, la moisissure sur sa peau, cette peau tant caressée — moisissure de ses caresses —, la dissolution de ses muscles puissants qui la serraient si fort, ses ongles qui allaient s'allonger jusqu'à devenir d'abominables griffes et ses cheveux qui pousseraient en longs filaments terreux sur un crâne sans visage, une tête de mort. Tom, là-bas, à côté d'elle, au bout de la falaise. Tout proche...

La tempête de grêle faisait rage et tourbillonnait aussi bien dans la tête d'Emmanuelle qu'au-dehors. La jeune femme ouvrit les bras en grand comme pour appeler davantage le vent à entrer en elle et l'emporter dans sa tourmente. Les grêlons faisaient résonner sa tête, éclater ses pensées.

— Tu es sûre que tu ne veux pas rentrer, Lili? demanda-t-elle à sa chatte sans y croire un instant, déçue par avance s'il prenait à l'animal d'obéir.

Lili resta fermement immobile. Emmanuelle lui décocha un regard flamboyant. Lili et elle, toutes les deux, elles allaient retrouver Tom dans la tempête!

Mue par une envie irréfléchie, elle gagna le premier obstacle du minigolf pour se placer à l'endroit où l'on posait la balle. Voilà, elle n'était qu'une balle, maintenant. Elle mima à pied la trajectoire du projectile jusqu'au trou. Les lumières de l'hôtel permettaient un éclairage suffisant pour se déplacer. Elle continua par le second obstacle en procédant de la même façon.

Les grêlons redoublèrent d'intensité.

Inquiète pour sa chatte, elle la prit dans ses bras et la recouvrit du mieux qu'elle le pouvait avec le chapeau de Tom. Elle ne cilla pas sous le choc des grêlons qui s'abattirent sur sa tête dénudée. Elle ne courba pas le cou. Au contraire, d'un air de défi fou, elle releva le nez et s'exposa aux grêlons. Comme les arbres et les plantes autour d'elle.

Comme un corps sans vie, sans défense.

Elle rejoignit le troisième obstacle. Après en avoir remonté la pente, elle parvint à une colline de galets coulés dans du béton, qu'elle sauta d'un bond. Le chapeau de Tom tomba. Elle le ramassa sans s'arrêter et le remit sur la chatte. Lili essaya un peu de se libérer, mais la résistance qu'elle rencontra lui en fit abandonner l'idée. Sa maîtresse avait besoin d'elle...

Alors qu'Emmanuelle atteignait le château fort du sixième obstacle, elle entendit le téléphone sonner. Tout son corps se raidit. Sa mère, sûrement... Encore sa mère! Ou Patrice! Ou ce Michel Farfeti qu'elle ne connaissait pas et qui lui voulait... Que lui voulait-il, au juste? Qu'était-ce que cet argent qu'il affirmait avoir prêté à Tom? Et pourquoi parlait-il de cette dette alors qu'il prétendait ne pas vouloir qu'elle le rembourse? Il n'avait même pas voulu lui dire de quelle somme il s'agissait...

Elle eut envie de hurler.

Ils ne pouvaient pas les laisser tranquilles, elle et Lili, tous autant qu'ils étaient?

On ne veut de personne. Que nous. Que lui. Laissez-nous seules avec notre douleur. Laissez-nous notre douleur. C'est encore Tom, cette souffrance... Il est cette souffrance. Et moi je suis à elle, je suis à lui.

Elle poursuivit son trajet hargneusement. Après être passée sur les quatre ponts japonais, elle mit le pied dans une rivière où bouillonnait une eau de pluie boueuse, sauta par-dessus le moulin et enjamba les trois maisons blanches aux cheminées tricolores. Alors qu'elle s'apprêtait à attaquer le dernier obstacle, la sonnerie du téléphone cessa enfin. Lili le remarqua aussi. Elles échangèrent toutes deux un regard empreint d'un semblable éclat de triomphe.

Posément, Emmanuelle acheva son trajet jusqu'au souterrain de la tour où s'engouffraient les balles de golf pour ne plus réapparaître. Elle resta là quelques instants, à méditer sur cette cavité au bout de laquelle, par un tunnel, étaient recueillies dans une petite boîte maquillée en gros champignon les balles qui parvenaient jusqu'au terme du trajet. Elle était la seule avec Tom à connaître la sortie, la cachette miracle où on pouvait les récupérer. Il n'y avait pas de sortie dans une tombe, pas de miracle...

Elle se mit à sangloter si misérablement que les larmes ne coulaient plus vraiment, elles suintaient. Il fallut que Lili saute brusquement de ses bras pour qu'elle s'arrache à son inertie. Essuyant ses yeux avec la manche de son pull, elle laissa derrière elle la tour de pierres au-dessus de laquelle un drapeau en lambeaux orné des deux lions normands claquait fièrement pour clore le trajet.

C'est alors qu'elle revint au premier obstacle et recommença une seconde fois le parcours. Du début jusqu'à la fin. Puis, d'un même élan, elle l'effectua une troisième fois. Puis une autre, et encore une autre. Toute la nuit elle tourna ainsi sur le minigolf. C'était comme s'il n'existait plus de sortie pour elle.

Ce fut le jardinier qui trouva Emmanuelle le lendemain sur le minigolf, à demi morte de froid. Elle était étendue, arc-boutée dans la fosse entourant le château fort. Lili avait protégé sa maîtresse du mieux qu'elle le pouvait en se couchant sur elle.

— Quelle misère ! s'écria le jeune homme, bouleversé.

Il se baissa et, après avoir passé un bras sous le dos d'Emmanuelle, la souleva du sol comme une plume. La jeune femme ouvrit ses paupières pour les refermer aussitôt. D'un coup de rein puissant, l'homme la remonta contre son torse. Elle était très légère, malgré l'abandon de son corps. Accompagné de Lili qui suivait sa maîtresse à petits miaulements plaintifs, il la transporta en un clin d'œil jusqu'à la chambre que la chatte semblait lui indiquer.

— Tu es un bon chat, toi, la flatta-t-il. Tu l'aimes, ta petite maîtresse, hein !

Il lui fit un clin d'œil lourd de sous-entendus :

— On te comprend.

En un tour de main, Emmanuelle fut mise dans ses draps, couverte de plusieurs couvertures que le jeune homme trouva dans le placard, et réchauffée par une bouillotte qu'il ne fut pas long à dénicher dans la salle de bains. Après quoi, pas mécontent de la promptitude avec laquelle il avait mené à bien la première partie de l'opération, il appela le cabinet médical du Tréport où il avait ses habitudes. Dès qu'il eut décrit la situation, on s'occupa de lui envoyer le Samu. Les secours seraient là dans le quart d'heure suivant. Pas besoin de leur indiquer le chemin, ils connaissaient. Presque tout le monde d'ailleurs, dans le secteur, connaissait l'Hôtel du Golf depuis l'accident de l'acteur : les noms des personnalités qui avaient assisté à l'enterrement avaient été consignés avec minutie dans les journaux locaux, agrémentés de la liste des films, pièces de théâtre et autres spectacles que les artistes en question avaient chacun à son actif, le tout abondamment documenté, malgré quelques erreurs et fantaisies commises par-ci par-là. Un chanteur que l'on avait encore vu à la télévision la semaine dernière avait été cité tout particulièrement, et notamment sa tenue vestimentaire, « fort discrète », qui avait fait l'objet de toute l'admiration du reporter. Beaucoup ignoraient jusque-là qu'ils avaient une célébrité à côté de leur porte. Hélas maintenant, c'était une célébrité défunte. Il ne restait plus que des visites au cimetière à se mettre sous la dent, éventuellement un petit tour de reconnaissance à effectuer du côté de l'Hôtel du Golf. Peut-être pourrait-on apercevoir la jeune veuve ? Elle n'aurait pas grand mal à se recaser, jolie comme elle l'était.

En attendant l'arrivée du Samu, Georges Bertillet revint s'installer à côté d'Emmanuelle. Il trouva un pliant de plage rangé contre le mur, sur lequel il s'assit.

La jeune femme semblait dormir. Il observa la pièce avec perplexité. Pour des gens qui avaient les moyens, il n'aurait jamais imaginé que leur maison était dans cet état de délabrement. Des débris de plâtre jonchaient le parquet et le papier peint était déchiré par endroits. Il repéra avec une ironie méprisante des morceaux de Scotch appliqués tant bien que mal sur les morceaux arrachés. Aucun meuble ne garnissait la pièce, en dehors d'un lit-coque datant des années cinquante, d'une table de nuit dans le même style où un bouquet de fleurs fanées croupissait dans un fond d'eau, et d'un semainier de bois sombre qui ne s'accordait pas du tout avec l'ensemble. Par contre, un nombre incalculable de photos placées dans des petits cadres en bois était accroché aux murs et il y avait également quelques grands portraits posés à même le sol.

Georges Bertillet inspecta les clichés un à un sans pouvoir retenir un sourire goguenard : la plupart d'entre eux représentait l'acteur défunt.

Il jeta un coup d'œil sur Emmanuelle. Elle aurait autrement mérité que son mari d'être affichée en photo...

Se penchant vers la jeune femme, il lui toucha la main et constata avec satisfaction qu'elle n'était plus aussi gelée que tout à l'heure. Il posa sa paume sur son front et se rendit compte alors que la pauvre était brûlante de fièvre.

Il secoua la tête en soupirant. Ça, évidemment... Le contraire aurait été étonnant. Coucher dehors par une nuit pareille ! Il y avait de quoi y rester.

Il s'attarda sur le visage ravissant malgré sa pâleur cadavérique. La ressemblance avec un chat était frappante. Jetant un coup d'œil furtif sur Lili, couchée au pied du lit où reposait sa maîtresse, il évalua inconsciemment la valeur de sa comparaison.

Georges Bertillet n'avait pas eu souvent l'occasion de voir la jeune femme du temps du vivant de l'acteur. On aurait cru que celui-ci la cachait, à moins que ce ne soit elle qui se terre dans sa maison, par timidité. C'était toujours Thomas Nival qui lui donnait ses ordres pour le jardin, et toujours lui qui lui versait ses honoraires. Leurs rapports étaient d'ailleurs limités au strict minimum. L'acteur ne l'avait jamais introduit à l'intérieur de l'hôtel, ce qui était quand même un comble.

Il avait néanmoins croisé la femme de Nival plusieurs fois, au village, en train de s'approvisionner à l'épicerie. Mais elle avait toujours l'air d'éviter les regards et les rencontres, baissant la tête, se dissimulant derrière ses cheveux. Le soir où son mari était mort, on lui avait raconté que la pauvre était allée le chercher jusqu'au bar-tabac. Cela avait dû être une véritable prouesse. En tout cas, elle avait fait l'unanimité : tous les hommes présents dans le bar lui avaient parlé de la femme de Nival en des termes enthousiastes. Il comprenait vraiment pourquoi, maintenant qu'il la voyait de près...

Il étudia encore la jeune femme en établissant le rapprochement avec son mari. Question discrétion, on ne pouvait pas dire que c'était du pareil au même. Dans le genre « m'as-tu-vu », le bonhomme se posait là. Ses bottes pointues qui claquaient, son rire tonitruant et sa grosse Mercedes verte... on l'aurait entendu du Tréport les jours où le vent soufflait dans la bonne direction. Ça, on l'avait su qu'il était acteur, on ne l'avait pas ignoré qu'il passait à la télé, on n'aurait pas risqué de l'oublier ! Pour tout dire, l'homme, de son vivant, lui inspirait une franche aversion. S'il avait accepté de travailler pour lui, c'était uniquement parce que le boulot ne courait pas les rues. Etre jardinier maintenant, c'était en fin de compte comme être peintre, écrivain ou musicien. Un métier d'artiste qui ne nourrissait pas son homme. Même si la municipalité le payait pour entretenir la station balnéaire, ce n'était pas avec ça qu'il pouvait aller loin. Et avec la fortune qu'il dépensait en habillement, son péché mignon... Seulement, voilà, les Parisiens qui possédaient des maisons de campagne dans le coin entretenaient de plus en plus souvent leur bout de verdure eux-mêmes. Ce Thomas Nival qui se prenait pour un seigneur avait été une très bonne aubaine.

Du moins financièrement.

Parce que sinon... A chaque fois qu'il avait essayé de lui

toucher deux mots pour qu'il l'aide à mettre un pied dans la profession (même comme figurant, au début : il n'était pas difficile !), l'autre avait toujours répondu : « Oui, oui, j'y penserai. » Et oui, oui, il y pensait, il y pensait toujours, il y pensait tellement qu'il n'avait jamais rien fait, et ce n'était plus maintenant qu'il allait y penser.

Le jardinier se demanda incidemment si la veuve de l'acteur continuerait à l'employer. Pour le coup, ce ne serait plus seulement pour l'argent qu'il lui ferait son jardin. Sans compter qu'il obtiendrait certainement plus d'elle que de son mari. Sûrement qu'elle allait conserver des relations avec les gens du cinéma. Elle était gentille, elle, ça se voyait tout de suite.

Comme si elle venait d'intercepter les pensées de son sauveteur, Emmanuelle ouvrit les yeux d'un seul coup. Un éclat de frayeur les traversa.

— N'ayez pas peur, s'empressa le jeune homme d'un ton caressant. Le médecin va arriver. Vous avez attrapé la crève, dehors. Quelle idée !

L'air apeuré d'Emmanuelle ne s'effaça pas. Une atmosphère de plomb pesait sur elle. Elle avait bien reconnu l'homme qui lui avait porté secours. Le jardinier...

— Monsieur, souffla-t-elle.

— Chut, chut, ma belle ! On se repose.

— Ça va, l'assura Emmanuelle d'une voix cassée. Ça va bien. Ecoutez, je voudrais savoir... Est-ce que vous pouvez me dire...

Elle s'interrompit. De nouveau, ses pensées partaient en tout sens.

L'homme la regarda avec une compassion brûlante.

— Oui ? dit-il, suave.

Et c'est alors que le brouillard dans lequel se trouvait Emmanuelle la poussa à formuler une question extrêmement directe qu'elle n'aurait jamais posée en temps normal.

— Je voudrais savoir si vous avez téléphoné à mon mari à Paris pour lui parler de la visite que j'ai reçue l'autre jour, dit-elle dans un souffle.

Le jardinier dut lui faire répéter sa question tant la voix d'Emmanuelle était faible et inarticulée.

— Quelle visite ? finit-il par dire, abasourdi. Et pourquoi est-ce que j'aurais fait ça ?

Il n'était pas encore tout à fait sûr d'avoir bien compris de quoi la femme de Nival voulait parler. Elle le regardait d'un air hagard, sans répondre.

— Je n'ai même pas le numéro de votre mari à Paris ! s'écria-t-il. (Il haussa les épaules.) Pourquoi est-ce que je l'aurais, d'ailleurs ?

Emmanuelle secoua la tête avec accablement.

— Je ne sais pas, chuchota-t-elle. Ça ne fait rien. Il y a un homme qui est venu pour me faire du mal. Il m'a dit qu'il vous avait parlé. Un petit maigre avec une Ford Escort jaune.

La confidence d'Emmanuelle prenait le jardinier tout à fait au dépourvu. Il fronça les sourcils en prenant soin d'accentuer la pulpe de ses lèvres dans une moue qu'il avait mise au point dans son miroir. Emmanuelle demeura insensible à la manœuvre. Georges Bertillet aurait pu avoir n'importe quelle tête, elle n'aurait rien remarqué. Pourtant, nombreuses dans le village et aux alentours étaient celles qui trouvaient que c'était un jeune homme pas mal de sa personne, comme lui-même le pensait. Ses yeux, surtout, d'une couleur peu commune, presque mauves, faisaient l'objet de toute son admiration. De quoi facilement prétendre à une carrière de mannequin ou, pourquoi pas, d'acteur. Lorsque Thomas Nival l'avait engagé comme jardinier, il avait cru son heure enfin arrivée.

— Oui, je me souviens maintenant, dit-il finalement. J'étais en train de venir chez vous pour enlever les mauvaises herbes. Ce monsieur m'a dit que vous préfériez que je vienne plus tard. J'ai pensé que c'était un ami à vous.

— C'était un mensonge ! s'écria Emmanuelle d'un air éperdu.

Le jardinier se gratta l'oreille en prenant garde de conserver sa moue ravageuse.

— Heu... Vous ne l'avez pas dit à votre mari ? lança-t-il, un peu désorienté par la conversation.

— Mon mari est mort, dit Emmanuelle d'un ton chaviré. Vous ne le saviez pas ?

— Ben si, bredouilla Georges Bertillet.

— Ah bon, vous le saviez... Alors tout le monde sait qu'il est mort... Il n'y a donc personne qui pense qu'il est vivant ?

Cette question ne s'adressait à personne qu'à elle-même. D'ailleurs, il ne s'agissait même pas d'une question. La voix de la jeune femme s'assombrit encore, devint un sanglot vibrant, énorme, tendu, prêt à éclater.

— Il n'est plus rien maintenant, continua-t-elle. Il n'est plus personne, il n'a plus de nom. Il s'appelle « un mort ». Voilà, « un mort ». C'est son nouveau nom. Il n'est plus Tom, il n'est plus acteur, il est « un mort ». J'ai entendu les pompes funèbres, l'autre jour. Ils disaient « le corps », « la dépouille »...

Elle regarda brusquement le jardinier droit dans les yeux :

— Vous aimeriez qu'on vous traite de corps, vous ?

Le jardinier étudia la jeune femme avec des yeux ronds. La fièvre, sans doute.

— Heu, non, répondit-il, en se demandant incidemment dans quelle tenue il désirerait que l'on habille son corps si par hasard il mourait.

Son pantalon en lin beige avec la veste assortie d'un couturier japonais ? Pas mal...

— Moi, j'aimerais, déclara Emmanuelle d'une voix âpre en se retournant contre son oreiller, j'aimerais que ce soit moi que l'on traite de corps. Pas Tom.

Et elle se mura dans un silence complet jusqu'à l'arrivée du Samu.

— Je vais très bien, maman, je t'assure. Ça ne sert à rien que tu viennes. Je préfère être seule. Il faut me comprendre.

Emmanuelle résistait à l'envie de raccrocher. La voix de sa mère au téléphone lui perçait les oreilles. C'est alors qu'elle éternua et ce fut le départ d'une quinte de toux propre à lui arracher les poumons.

— J'ai un petit rhume, couina-t-elle en essayant de bloquer sa gorge.

Elle entendit dans l'écouteur un soupir lourd de réprobation.

— Un petit rhume ! Tu te moques de moi ? Je parie que tu as attrapé la crève en allant au cimetière !

— Mais non...

— Si, je suis sûre que si ! Je parie que tu y vas tous les jours ! Ça ne m'étonnerait pas de toi !

La voix se teinta d'une colère abrupte.

— J'ai toujours dit que tu finirais à l'asile !

S'adoucissant devant les sanglots qui pleuvaient brusquement au fond de l'appareil :

— Il faut que tu réagisses, tu comprends ? Je n'ai pas envie que ma fille devienne folle ! Qu'est-ce que tu vas faire, je te demande un peu, dans cet hôtel crasseux, toute seule avec ton chat ? Moi, je le sais, ce que tu vas faire : tu vas te refermer complètement sur toi-même et devenir une vraie souillon. Comme Mademoiselle. Mais regarde-toi dans un miroir, nom d'un chien ! Tu n'as pas l'âge ! Et regarde-les un peu, tous ces hommes qui tournent autour de toi ! J'ai vu leur manège le jour de l'enterrement. Tu n'as qu'à te baisser pour les ramasser. Profites-en.

— Maman ! Tais-toi, je t'en prie ! hoqueta Emmanuelle.

A l'autre bout du fil, les sourcils en balai-brosse de la femme furent pris de mouvements rapides de haut en bas.

— Que je me taise ! Mais il faut bien que quelqu'un te dise la vérité en face ! Et qui peut le faire d'autre que ta propre mère ? Je sais que je ne sers pas à grand-chose, mais tu ne m'empêcheras pas de parler !

— Maman...

— Tu vas m'écouter, oui ? continua la femme, emportée par son idée. Enfin, ce n'est pas difficile ! Tu n'as qu'à leur téléphoner en leur disant que tu as besoin d'aide ! Ils accourront comme des lapins. Et choisis quelqu'un de vraiment riche, tant qu'à faire. Qui ne t'obligera pas à vivre dans des endroits pourris comme ton hôtel crasseux. Il était peut-être beau, ton Tom, mais il pétait plus haut que son cul. Et je ne dis pas ça parce qu'il ne m'aimait pas. Je m'en fiche, moi, qu'on m'aime ou qu'on ne m'aime pas. Je te dis ça pour ton bien.

N'en pouvant supporter davantage, Emmanuelle raccrocha. Le téléphone se remit à sonner aussitôt, elle le laissa insister jusqu'à épuisement. Se calant au fond de son fauteuil et fermant les yeux, elle abandonna son corps à la toux qui la secouait. Les médecins du Samu lui avaient prescrit toute une liste de médicaments que cet insupportable jardinier était allé lui chercher et qu'il n'était pas question qu'elle avale. Ils lui avaient dit qu'elle avait de la chance, qu'elle aurait pu attraper une pneumonie. De la chance ! Ils avaient le mot pour rire ! Enfin, tousser, être malade, c'était déjà mieux que rien. Ça remplissait le vide.

D'un œil morne, elle examina la pièce.

Quelqu'un avait nettoyé le sol où gisait la lampe cassée. Le jardinier, sans doute. Il venait la trouver tous les jours depuis qu'il s'imaginait qu'il lui avait sauvé la vie. Quel imbécile !

N'avait-il donc pas compris qu'elle aimerait plutôt s'en sauver, de la vie, oui !

Elle se leva avec un soupir exaspéré. Il allait bientôt falloir qu'elle se barricade si elle voulait qu'on la laisse tranquille.

— Lili ! appela-t-elle. Où es-tu, mon Lili ?

Aucune réponse ne lui parvint.

— Lili ! Viens, on va faire une petite balade.

Un soudain sentiment de culpabilité s'empara d'Emmanuelle. Depuis que Tom n'était plus là, elle oubliait une fois sur deux de donner à manger à Lili. La chatte se débrouillait pour se ravitailler en souris et en oiseaux, mais la négligence de sa maîtresse devait lui causer du chagrin. Son attitude était injuste et égoïste.

— Lili ! Oh, mon Lili... Pardon ! implora Emmanuelle à voix haute. Je vais tout de suite t'ouvrir une boîte.

Un léger piaillement caractéristique se fit entendre, provenant de la salle de télévision. Emmanuelle se hâta vers la pièce. Elle connaissait cette forme de signal. Lili voulait lui montrer quelque chose.

— Qu'y a-t-il, mon Lili ?

Elle découvrit son chat posté devant l'écran, les pupilles dilatées, comme sous le coup d'une vive émotion. L'animal semblait attendre que l'on allume le téléviseur.

— Tu veux qu'on regarde Tom, mon Lili ? (Elle eut un sourire triste.) Moi aussi, j'ai envie. Mais pas tout de suite. Quand on sera allées au Vivier-Leu. Viens d'abord que je te donne à manger, tu dois mourir de faim...

La chatte ne bougea pas. Elle continuait à regarder l'écran de télévision en piaillant de plus en plus fort.

— Bon, fit Emmanuelle, les larmes aux yeux. J'ai compris.

L'attitude de Lili la bouleversait. Cette sensibilité si humaine ! Elle prit dans sa collection la cassette de *La Femme du bout de la rue*. Bien que le rôle de Tom y soit d'importance mineure, c'était ce film qui l'avait fait remarquer de Malcolm Watts, à la suite de quoi le célèbre réalisateur l'avait engagé dans une grosse production. Le film n'avait pas eu le succès qu'il méritait. Trop intelligent, sans doute.

C'est alors qu'elle réalisa que Malcolm Watts n'était pas venu à l'enterrement de Tom.

Une sourde amertume l'envahit. Ses mains se mirent à trembler alors qu'elle enlevait la cassette de son boîtier.

Après un court instant de répit pendant lequel Lili observa en silence les gestes successifs de sa maîtresse en vue de visionner la cassette, la chatte se remit à exprimer ses sentiments avec une véhémence accrue. Ce n'étaient plus des piaillements qui sortaient à présent de sa gorge, mais des miaulements stridents. Proches de l'hystérie.

Emmanuelle se sentit déconcertée.

— Qu'est-ce que tu as, mon Lili, enfin ? Qu'est-ce que tu veux ? Ce film ne te plaît pas ?

Lili émit un miaulement encore plus perçant.

— Bon, consentit Emmanuelle. J'en prends un autre.

Cassée en deux par sa toux que l'attitude singulière de l'animal excitait de plus belle, elle alla choisir une nouvelle cassette.

Lili attendait, tous muscles tendus. Dès que l'image apparut, elle quitta son immobilité et se mit à tournoyer comme une toupie autour de sa maîtresse.

— Tu m'embêtes, à la fin ! geignit Emmanuelle, au bord des larmes. Qu'est-ce que tu as ? Qu'est-ce que tu veux ? Désolée, ma vieille, je ne comprends pas !

D'un geste sec elle éteignit magnétoscope et téléviseur et croisa les bras en étudiant avec un ressentiment croissant Lili qui tournait maintenant en rond autour du poste.

— Tu vas te calmer, oui ?

Lili s'immobilisa et se coucha sur le sol. Des miaulements rauques s'échappaient de sa gorge et son dos se soulevait de façon de plus en plus saccadée. La respiration d'Emmanuelle s'accéléra sur le même rythme. Des afflux de sang pulsaient dans ses veines.

— Tu arrêtes ? tonna-t-elle. Tu la fermes ?

Cet ordre ne fit aucun effet sur Lili qui continua à émettre son étrange plainte. Manipulant dans tous les sens la télécommande, Emmanuelle considéra sa chatte en tremblant de tout son corps. La crise approchait, elle la sentait monter dans sa gorge comme un thermomètre plongé dans l'eau bouillante. Elle jeta des coups d'œil éperdus de tous côtés, puis ses yeux tombèrent sur la télécommande. Elle pressa avec violence le bouton de mise en marche.

L'afflux de lumière qui surgit de l'écran la fit cligner des yeux.

— Tiens, ça remarche, constata-t-elle, étonnée, en découvrant l'image de deux hommes politiques en train de débattre à chaque bout d'une table.

Elle tomba à la renverse dans le canapé, ferma les paupières et se cala contre le dossier. Le ton extrêmement animé de la conversation débordait de la télévision, mais elle n'était pas en mesure d'en comprendre le sens. C'était un brouhaha sonore qui lui parvenait. Les mots déferlaient, la recouvraient, l'engluaient. D'un doigt, elle appuya sur la télécommande pour monter le son jusqu'à ce que les miaulements de Lili passent complètement à l'arrière-plan, puis elle se laissa retomber au fond du canapé. Des ondes nerveuses lui traversaient le front. Elle se mit à les suivre comme si c'étaient des messages qu'on lui envoyait d'un côté à l'autre de la tête.

Calme-toi... Calme-toi... Calme-toi...

Sa tête retomba un peu sur son épaule droite et elle commença à se reposer dans cette position. Bientôt elle ouvrit les yeux, relativement apaisée, et considéra les têtes des hommes politiques. Elle se prenait à songer à ces jeux où l'on combine dans le désordre les différentes parties d'un visage. Un sourire joyeux avec des yeux féroces...

Ses lèvres esquissèrent une ébauche de sourire. Rien ne l'intéressait moins que la politique, mais c'était le genre d'émission qui avait toujours passionné Thomas et qu'elle avait souvent regardée avec lui, uniquement pour le plaisir de le voir s'exciter sur les querelles des participants.

Son sourire rêveur persista sur ses lèvres, leur enleva le méchant pli que le chagrin y avait accroché. Pour la première fois, sans qu'elle en ait conscience, elle était en train d'évoquer Tom sans associer ce souvenir à l'image d'un mort, d'un cercueil, d'un pourrissement.

Le sourire amusé contamina son regard.

Tom avait toujours des avis tellement arrêtés... Il disait qu'un acteur avait des leçons à prendre sur la façon dont se comportaient les hommes politiques, mais qu'ils en faisaient tellement que ceux qui les croyaient étaient des imbéciles.

Le sourire était toujours là, sur le visage d'Emmanuelle, flottant, caressant sa peau, la regonflant de son plein de jeunesse.

Les gens s'y laissaient prendre, déplorait Tom avec deux doigts de mépris, mais pas les professionnels comme lui.

Les professionnels comme lui...

Le sourire fut retiré du visage d'Emmanuelle. Il le laissa chiffonné, privé de la goutte de magie qui avait rendu sa beauté éclatante avant que Tom ne meure.
Que restait-il de ce professionnel-là ? Que restait-il de tout ça ?
S'évanouirent définitivement les quelques secondes de grâce où elle avait songé à Tom normalement.
Tom... Professionnel... Non. Pas professionnel : mort.
Ce fut comme si elle se fracassait dans le souvenir accablant de ces moments de bonheur perdu. Toute force quitta son corps, toute étincelle de vie. A la télévision, le débat continuait sans que le sens des propos des protagonistes atteigne maintenant sa conscience. Elle n'entendait même plus les miaulements perçants de son chat qui surgissaient quand la joute oratoire se calmait un peu. Elle était en train de se diluer lentement en espérant parvenir jusqu'au néant.

C'est alors qu'un incident se produisit sur l'écran. L'attention d'Emmanuelle se réveilla malgré elle. Comme dans les glaces déformantes, les visages des hommes politiques s'étaient mis à adopter des angles improbables. Puis le son s'interrompit, pour reprendre quelques secondes plus tard, mais par intermittence. Même quand il revenait, une sorte de grésillement de fond rendait toute parole incompréhensible.

Avec un mécontentement maussade, Emmanuelle commença à essayer toutes les chaînes les unes après les autres. Le même phénomène se répéta à chaque fois. Les miaulements de Lili avaient pris une nouvelle vigueur. Ils devenaient à proprement parler assourdissants.

Emmanuelle réfléchit. Le patron des entreprises Bernard lui avait dit que sa télé ne marchait pas non plus. Il devait y avoir un problème d'émetteur sur la région.

Elle éteignit le récepteur.

A la seconde, les poils de Lili se hérissèrent. Sa queue cingla furieusement. C'étaient quasiment des rugissements qui sortaient de son petit corps en état de crise. Toute la détresse d'Emmanuelle lui revint d'un bloc.

— Tu vas arrêter, Lili ! Tu vas te taire ! Je n'en peux plus de toi, je n'en peux plus...

Elle se laissa tomber par terre en pleurant bruyamment.

C'est alors que la chatte fit le silence. Un bruit de pattes effleura le parquet. D'un mouvement ondoyant, Lili se coula jusqu'à sa maîtresse. Comme pour se faire pardonner, elle se mit à se frotter contre sa cuisse en ronronnant.

— Qu'est-ce qui te prend, mon Lili ? murmura Emmanuelle en essuyant ses yeux humides du revers de sa manche. Je ne te comprends plus. Qu'est-ce qu'il y a, avec cette télé ? Je croyais que tu voulais regarder Tom, mais quand je mets une cassette tu n'es pas contente. Et si j'éteins la télé, tu deviens dingue...

Lili tourna la tête vers le récepteur et ses oreilles se crispèrent, révélant un état inhabituel d'alerte.

Tout d'un coup, le comportement de Lili devint clair.

Mais oui, évidemment. Qu'elle était stupide de ne pas l'avoir compris plus tôt ! Pauvre Lili. Elle croyait que Tom était enfermé dans la télévision ! Elle miaulait parce qu'elle attendait que Tom sorte et qu'il ne sortait pas ! Voilà toute l'explication...

Et une fois de plus, la jeune femme se remit à pleurer.

Au bout d'un petit moment, comme si elle avait observé un certain délai de respect envers le chagrin de sa maîtresse, Lili alla reprendre sa posture devant le poste de télévision et recommença à piauler pour qu'Emmanuelle allume.

Accablée, celle-ci s'exécuta. Tandis qu'elle tournait le dos à l'animal pour sortir de la pièce sans autre intention que disparaître de la face de ce monde, les oreilles de Lili se dressèrent en position d'intense vigilance, et sa queue se leva à la verticale.

C'est alors que les images déformées réapparurent.

Lili s'approcha vivement du poste, agrandit ses pupilles, considéra l'écran fixement puis, après avoir cligné plusieurs fois des paupières, elle baissa la tête, s'affaissa sur ses pattes et se mit à gronder doucement, comme si ce qu'elle avait eu l'air d'attendre depuis tout à l'heure était maintenant imminent.

Les pas d'Emmanuelle s'éloignèrent sur le carrelage avec un bruit traînant.

Elle n'avait même plus Lili pour la consoler.
Elle n'avait plus rien, plus personne.
La chatte ne voulait plus quitter la télévision.
Depuis tout à l'heure, elle n'avait pas bougé. La seule chose qu'elle savait faire était miauler, miauler, miauler.

Emmanuelle s'était mise à errer d'une pièce à l'autre avec l'envie de se taper la tête contre les murs, envie qu'elle assouvissait de temps à autre. Une énorme bosse ornait maintenant son front, qu'elle ne sentait pas.

Elle se rendit dans la cuisine où se trouvait le sachet de médicaments et le jeta hargneusement à la poubelle. Alors qu'elle repartait au hasard de ses divagations, une quinte de toux la déchira qu'elle laissa lui traverser le corps avec une indifférence proche de la satisfaction. Elle n'entendait même plus les vagues, dehors. Ni même les cris des mouettes. Le vent ne soufflait plus, les branches ne craquaient pas. Il n'existait plus que des miaulements. Indéfectibles et déments.

Une sensation d'asphyxie pénétra sa poitrine, monta dans sa gorge. Elle lança des coups d'œil épouvantés autour d'elle. Qui était-elle ? Où était-elle ? Que s'était-il passé ? Un sentiment d'étrangeté recouvrait chaque chose sur laquelle elle posait son regard. Et puis ces miaulements, insupportables. Il fallait qu'elle sorte d'ici, et vite.

Elle jeta un dernier regard misérable sur Lili, toujours immobile, qui grondait inlassablement devant la télévision détraquée, puis se dirigea vers la sortie.

Sur le seuil de l'hôtel, un relatif soulagement la saisit. Le golf apparaissait comme l'issue de secours de son cauchemar. Après le golf, il y avait le chemin. Au bout du chemin, le cimetière. Il lui restait une place, finalement : celle qui se trouvait au-dessus de Tom dans sa tombe. Elle avait envie de se rendre là-bas tout de suite. Voir le lieu où Tom et elle seraient bientôt de nouveau réunis.

En traversant la cour, elle tomba en arrêt devant le premier obstacle. L'idée de recommencer à faire le tour du minigolf comme l'autre fois, à n'en plus finir, la tarauda un instant. Elle s'était sentie bien dans cette boucle infernale, libérée de l'affreux privilège de la pensée. Elle hésita un instant mais l'association d'idées entre le minigolf et Georges Bertillet l'en dissuada.

Avant de franchir le portail, elle se retourna vers l'hôtel. Par la fenêtre de la salle de télévision, elle imagina Lili, debout, ses pattes de devant dressées contre le téléviseur. Qu'essayait-elle de distinguer dans les images déformées ? Pauvre chatte...

Elle détourna la tête, le cœur gros. C'est alors qu'au moment où ses yeux revenaient en face du chemin, une vision consternante se présenta, qui la fit s'arrêter pile. Sa salive fit une boule dans sa gorge. Elle l'avala avec difficulté. « Non ! » supplia-t-elle intérieurement, mais il était trop tard pour l'éviter : Georges Bertillet se tenait à quelques mètres devant, et il se dirigeait vers l'hôtel en traînant un matériel impressionnant.

Dès que le jardinier aperçut Emmanuelle, son visage se mit à rayonner. Il redressa inconsciemment ses épaules et étira volontairement les muscles autour de ses yeux afin d'effacer les pattes-d'oie qui commençaient à s'y former.

Le premier moment d'accablement passé, Emmanuelle considéra l'homme avec perplexité, à cause de son incroyable dégaine. Mis à part la casquette en tissu écossais qu'il portait en visière sur la nuque, il était vêtu d'un pantalon court et bouffant par-dessus lequel il avait enfilé une veste anormalement longue. Des grosses baskets sans lacets complétaient son accoutrement. Mais le plus bizarre était que, malgré cet habillement d'une élégance d'avant-garde, Georges Bertillet avait manifestement l'intention de travailler. Sous l'un de ses bras il avait coincé une binette et un râteau, tandis que ses mains agrippaient tant bien que mal deux sacs volumineux dont Emmanuelle se surprit à se demander ce qu'ils pouvaient contenir.

L'homme s'avança en dégageant une main pour la lui tendre. Emmanuelle sentit un frisson nerveux courir le long de sa colonne vertébrale.

— Bonjour, vous allez bien ? la salua-t-il avec une jovialité retentissante.

Il posa ses sacs par terre en poussant un profond soupir de soulagement.

— Ça va, répondit Emmanuelle dans un marmonnement hostile.

Ses yeux visaient le matériel que transportait le jardinier.

— Qu'est-ce que... ?

Avant qu'elle ait achevé sa question, la réponse lui était fournie. Georges Bertillet ne doutait pas que la femme de Nival allait bondir de joie lorsqu'il l'aurait mise au courant de ses projets. Il découvrit ses dents qu'il avait fait détartrer la veille en vue de cette rencontre :

— Je viens arranger un peu votre jardin pour que votre golf

soit tout beau au printemps. Qu'en dites-vous ? (Il esquissa un geste circulaire.) Il faut arracher les bulbes, pailler les pieds des rosiers, retirer un peu toutes ces feuilles pourries et peut-être planter quelques vivaces devant la maison. C'est pas très gai, ces murs blancs. A moins que vous ne préfériez des petits arbustes ?

Emmanuelle se renfrogna.

— Je ne sais pas ce que c'est que des vivaces, grogna-t-elle entre ses dents.

— Des plantes qui reviennent d'une année sur l'autre, répondit-il complaisamment. Je vous expliquerai tout, si vous voulez. (Son ton se fit théâtral.) Le jardinage, il n'y a rien de plus passionnant ! La science des couleurs, l'architecture des massifs... C'est comme la peinture, vous savez, il faut avoir des dons artistiques.

Il tendit la main vers le moulin du minigolf qui dominait une petite colline couverte de feuilles jaunes d'où émergeaient des tiges étiolées.

— Et regardez-moi ces pauvres fuchsias ! Il serait peut-être temps de protéger leurs souches du froid ! Ils ont déjà un bon coup dans l'aile !

Devant le silence glacial d'Emmanuelle, le jardinier extirpa d'un des sacs un lot de sachets de graines.

— Que pensez-vous de ces fleurs ? fit-il d'un ton charmeur en lui désignant les étiquettes. Ça, ce sont des agapanthes, là de l'amaryllis. Quels jolis noms, n'est-ce pas ? De la poésie à l'état pur.

Emmanuelle ne prit même pas la peine de regarder.

— Ecoutez, dit-elle, je suis désolée, mais ce n'est plus la peine d'entretenir le jardin.

Comme le jardinier semblait se décomposer sur place :

— Ça m'est égal, expliqua-t-elle d'une voix abattue. Tout m'est égal, maintenant. Vous pouvez comprendre, j'espère...

— Comment ça, tout vous est égal ! s'exclama l'autre, considérablement soulagé que sa fréquentation ne soit pas en cause dans ce mouvement d'humeur. Allons, il faut vous reprendre ! Vous connaissez la chanson des Queen ? *Show Must Go On* : le spectacle continue... Votre mari faisait partie du monde du spectacle. Vous ne lui feriez pas de plus grand plaisir que de suivre cette maxime.

Et devant l'air toujours aussi réticent d'Emmanuelle, il ajouta :

— Et si c'est l'argent qui vous inquiète, je peux tout de suite vous dire que je ne vous demanderai rien du tout. Pas le moindre centime. Je le fais uniquement parce que ça me plaît.

Emmanuelle sentit une lassitude extrême l'envahir. Il aurait fallu qu'elle soit d'humeur combative pour arrêter tout de suite cet homme dans ses machinations. Malheureusement, elle ne se sentait le courage de rien.

— Comme vous voulez, accorda-t-elle du bout des lèvres.

Et elle s'éloigna sans autre commentaire.

Mais à peine eut-elle tourné le dos que le jeune homme la rappela.

— Au fait, vous alliez au Vivier-Leu, peut-être ? demanda-t-il d'une façon si aimable qu'il était compliqué, une fois de plus, de le rembarrer.

Emmanuelle acquiesça d'un sourire crispé.

L'homme hocha la tête en direction de ses sacs.

— Vous ne voulez pas que je vous plante quelques fleurs ? Vous m'aviez dit que vous désiriez en mettre sur la tombe de votre mari.

— C'est vrai, reconnut Emmanuelle à contrecœur. Mais je le ferai plus tard. Il ne doit pas y avoir grand-chose qui pousse en cette saison.

— Détrompez-vous ! C'est tout le contraire. Vous connaissez le dicton ? A la Sainte-Catherine, tout prend racine !

— Ah bon, soupira Emmanuelle. Si vous insistez...

— Et il y a sans doute des mauvaises herbes à enlever, là-bas, renchérit l'homme. Ce n'est pas vous qui allez faire ça ! Vous abîmeriez vos jolies petites mains...

Emmanuelle se retint de lever les yeux au ciel. Elle resta là, immobile, dépassée.

— Bon, je vous accompagne ? conclut l'importun.

N'attendant pas l'approbation d'Emmanuelle, il s'empara de son matériel de jardinage.

Tous deux rejoignirent en silence le chemin le long de la falaise.

Emmanuelle marchait en regardant droit devant elle, comme si elle était seule, d'un pas long et rapide. Se hâtant à ses côtés,

Georges Bertillet ne paraissait pas en prendre ombrage. Il sifflotait gaiement. Le fardeau qu'il transportait ne semblait pas lui peser. Il ne cherchait pas spécialement à entamer la conversation, comme si la seule compagnie de la jeune femme suffisait à le combler, se bornant, à chacune des crises de toux d'Emmanuelle, de lui demander si elle prenait bien ses médicaments. Et à chaque fois Emmanuelle lui répondait affirmativement, du bout des lèvres, en pensant à part elle que ça la soulagerait de pousser cet imbécile dans le ravin.

Mais alors qu'ils parvenaient en vue du cimetière, l'homme se mit à être taraudé par l'envie de connaître la raison pour laquelle la femme de Nival lui avait posé son étrange question, l'autre fois, au sujet de la visite de cet homme qu'elle voulait cacher à son mari.

Finalement, il ne put s'empêcher d'essayer d'assouvir sa curiosité.

Emmanuelle se rembrunit encore plus.

— Je vous ai demandé ça, moi ? grinça-t-elle aigrement. J'étais sans doute en plein délire à cause de la fièvre. Désolée, je ne me souviens pas.

Le jeune homme n'insista pas mais, en son for intérieur, il fut persuadé qu'Emmanuelle mentait. Selon toute vraisemblance, l'homme qui était venu la voir avec sa Ford Escort jaune était son amant, après quoi quelqu'un dont elle ignorait l'identité l'avait dénoncée à son mari, le couple s'était disputé violemment, Nival avait pris sa voiture, et c'est comme ça qu'il s'était tué.

Cette façon de reconstituer ce qui avait pu se passer ouvrait certaines perspectives intéressantes.

Si la femme de Nival avait eu une aventure, c'était qu'elle pouvait en avoir d'autres. Pour le moment, elle était sous le choc, mais après...

Il l'épia du coin de l'œil. Probablement qu'il ne serait pas seul sur les rangs : cette fille-là avait de quoi faire bander un mort. Il se mordit les lèvres pour s'empêcher d'éclater de rire à son propre humour ravageur.

La grille du cimetière se profila, haute et grinçante dans le ciel venteux. Georges Bertillet considéra Emmanuelle d'un air faussement surpris.

— Comment, vous n'avez pas pris d'arrosoir ?

— Vous en voyez un dans mes mains ? rétorqua Emmanuelle froidement.

Le jardinier se mit à rire. Emmanuelle le regarda avec l'envie de le frapper. Un instant, tout à l'heure, alors qu'ils marchaient le long de la falaise, elle avait ressenti subrepticement le désir de lui faire part de son chagrin au sujet de Lili qui croyait Tom enfermé dans la télévision. Elle se sentait tellement seule et désemparée. Mais la peur de ne pas réussir ensuite à se dépêtrer de l'individu l'avait retenue. Preuve était faite maintenant que cet homme n'était pas à même de comprendre quoi que ce soit. Il était bien trop imbu de sa personne. Trop amoureux de lui.

— Ne vous inquiétez pas ! s'exclama joyeusement Georges Bertillet en roulant imperceptiblement des épaules. Il est tombé une bonne averse, la nuit dernière. Je le sais, je ne dormais pas !

Il attendit un peu qu'Emmanuelle s'inquiète de savoir s'il avait des insomnies, puis, comme rien ne venait :

— Je suis sûr que les fleurs de l'enterrement de votre mari sont encore belles, reprit-il. Mais, à l'avenir, il ne faudra pas oublier de prendre un arrosoir. Une belle plante comme vous devrait y penser...

Il agrémenta sa dernière réflexion d'un petit rire léger, mais ce dernier trait de poésie laissa Emmanuelle de marbre. Georges Bertillet se fit la réflexion que la jeune femme avait le deuil un peu long. Il allait falloir qu'il s'arme de patience.

— Bon, vous entrez ou pas ? demanda Emmanuelle.

— On y va ! répondit avec bonne humeur le jardinier.

Ils franchirent la grille grinçante et s'enfoncèrent dans le cimetière tapissé de feuilles mortes. Emmanuelle marchait en baissant la tête.

— Vous avez vu ? demanda Georges Bertillet tout d'un coup.

— Quoi ? marmonna Emmanuelle.

— Toutes les tombes sont entourées de grilles.

— J'avais remarqué, merci.

Le ton désagréable qu'avait employé Emmanuelle n'était pas de nature à arrêter un homme tel que Georges Bertillet.

— Vous allez en commander une pour la tombe de votre mari ? continua-t-il sur sa lancée.

Elle le dévisagea avec une nervosité croissante.

— Et pourquoi est-ce que je devrais le barricader ?

Le jeune homme haussa les épaules.

— Oh, pour rien ! Ça leur a pris tout d'un coup, à ceux de Bois-sur-Rive qui ont de la famille enterrée au Vivier-Leu. Ils se sont mis à entourer leurs tombes avec ces enclos. Une mode, sans doute. Pourtant, c'était plutôt dans le temps qu'on faisait comme ça, vous ne croyez pas ?

Emmanuelle ne répondit pas. Bertillet prit un air songeur.

— A dire vrai, c'est suite à une espèce d'histoire qui s'est passée il y a quelques années, quand la vieille Hortense est morte. Certains racontent que depuis qu'elle est enterrée là, les morts du Vivier-Leu ne trouvent plus la paix. (Il se mit à rire.) C'était déjà une emmerdeuse de son vivant, à ce qu'il paraît ! Moi, je ne sais pas, je ne l'ai pas connue, j'étais trop petit...

— Ah bon, fit mornement Emmanuelle en ne saisissant pas que l'autre avait envie qu'elle lui demande son âge.

Quelque chose la tourmentait d'un seul coup. Ce prénom, Hortense, elle l'avait déjà entendu quelque part.

— On doit avoir à peu près le même âge, non ? ne put s'empêcher de poursuivre le jardinier.

Mais il en fut pour les frais de sa curiosité. La tombe de Tom venait de surgir devant eux. Emmanuelle se figea, tétanisée. A chaque fois, le choc était le même. L'éclat de voix soudain du jardinier la fit sursauter.

— Qu'est-ce que je vous disais ! Il n'y a pratiquement rien de mort !

Il fallut un petit temps de latence à Emmanuelle pour intégrer que l'homme était en train de parler des fleurs de l'enterrement. Un nœud dans la gorge, elle s'approcha de la tombe.

Tom, là-dessous... Elle avait trop de mal à y croire. C'était impossible. Quelque chose n'allait pas.

Soudain ses yeux détectèrent un élément nouveau. Son visage se révulsa. Une plaque de marbre avait été posée devant la tombe, portant l'inscription de la date de naissance de Tom et celle de sa mort.

Celle de sa mort. Ecrite noir sur blanc...

Les parents de Tom, sans doute, qui avaient pris cette initiative.

Ses larmes montèrent inexorablement.

Ils n'avaient pas pu résister. Déjà qu'ils ne comprenaient pas pourquoi elle refusait de faire poser un monument.

7 février 1950 - 28 novembre 1993.

Le 28 novembre. Que faisaient-ils l'année dernière, ce jour-là ? Où étaient-ils ? Quels projets avaient-ils ? Ils disaient « demain », le 28 novembre, il y a un an. Ils disaient « l'année prochaine ». Ils disaient « dans dix ans »... Tous les 28 novembre que Tom avait passés sans se douter qu'il y mourrait...

Les larmes accédèrent d'un seul coup à ses yeux. Le jardinier la regarda, à la fois ennuyé et compatissant. D'un bras protecteur, il lui entoura affectueusement les épaules.

— Asseyez-vous là sur le banc, dit-il. Je vais m'occuper de tout.

Emmanuelle fit ce que l'homme proposait. Toute capacité d'initiative l'avait quittée.

Un quart d'heure plus tard, la tombe avait complètement changé d'allure. Les gerbes de l'enterrement avaient été débarrassées de leurs fleurs fanées et le jardinier avait redressé des tiges et posé des tuteurs. Pour finir, après avoir semé çà et là quelques poignées de graines, il planta devant la tombe deux petits arbustes à feuillage persistant.

— Vous ne mettrez pas de monument ? revint à la charge le jeune homme.

Emmanuelle secoua la tête sans parler.

— Vous avez raison, fit-il. En fin de compte, mourir c'est revenir à la nature. Comme les fleurs.

Tout en disant cela, il ne pouvait s'empêcher de jeter un regard circulaire sur les autres tombes recouvertes de stèles imposantes et clôturées de barreaux pointus.

— Au fait, dit-il dans une impulsion soudaine, est-ce que votre télé marche ?

Emmanuelle leva des yeux recrus de lassitude.

— Je vous en prie, ne me parlez plus de télé. Ma chatte est devenue cinglée avec...

— Mais est-ce qu'elle marche bien ? insista le jeune homme.

— Il n'y a que le magnétoscope qui marche, répondit en soupirant Emmanuelle. Sinon les images sont déformées, brouillées. L'émetteur, sans doute.

— C'est à chaque fois qu'on enterre quelqu'un ici, marmonna entre ses dents le jardinier.

— Quoi ?

— C'est ce qu'on dit, en tout cas. Il y aurait une incidence sur les télés. Oh, des racontars, sans doute. Au fait, qu'est-ce qui se passe avec votre chatte ? Lili, je crois...

Le regard d'Emmanuelle devint lointain.

— Rien. La mort de Tom la perturbe aussi, la pauvre bête. Elle reste toute la journée devant le poste à fixer l'écran.

— Ah bon ? Et qu'est-ce qu'elle regarde ? (Il se dit qu'il allait détendre l'atmosphère.) La vie des animaux ?

Le sourire qu'il espérait faire naître sur le visage triste d'Emmanuelle ne vint pas. Au contraire, la jeune femme considéra l'homme avec exaspération.

— Elle ne regarde rien, répondit-elle d'une voix étranglée.

Son interlocuteur affecta cet air compassé qu'il s'était entraîné à prendre pour le cas où il aurait à jouer dans un film dramatique.

— Moi, si j'étais à votre place, dit-il d'une voix sombre, je mettrais quand même une grille autour de la tombe de votre mari. Pour harmoniser avec le reste. Vous voyez ce que je veux dire ?

Emmanuelle le dévisagea avec des yeux glacés.

— Non, je ne vois pas du tout ce que vous voulez dire.

Elle se leva.

— J'aimerais que vous me laissiez seule, maintenant. Pour me recueillir devant la tombe de mon mari.

Après un instant d'hésitation :

— Merci pour le jardinage, concéda-t-elle.

L'homme se dandina quelques instants en lançant des réflexions pertinentes sur sa spécialité, puis, devant le mutisme obstiné d'Emmanuelle, il finit par lui dire au revoir et s'éloigna.

Mais il se retourna plusieurs fois pour la regarder. Une appréhension inhabituelle s'était emparée de lui. Il avait hâte d'être revenu chez lui pour demander au dépanneur de passer voir sa télé. Et, tiens, il l'enverrait aussi chez la femme de Nival, tant qu'il y était. Elle serait contente. La pauvre, toute seule sans homme, comment allait-elle faire pour s'en tirer ?

Quoi que Emmanuelle fasse, qu'elle allume ou qu'elle éteigne la télévision, qu'elle mette une cassette de Tom ou non dans le magnétoscope, Lili miaulait sans discontinuer devant le poste. C'était à devenir fou.

De retour du Vivier-Leu, elle avait pris l'animal dans ses bras et lui avait parlé yeux dans les yeux en lui expliquant, avec toute sa tendresse, que Tom était mort et qu'il ne reviendrait pas. Que son image à la télé n'était pas réelle. Qu'il ne pouvait pas la voir, qu'il ne pouvait pas l'entendre, qu'il ne pouvait pas lui parler.

Lili l'avait écoutée en ronronnant quelques instants, puis son corps avait été saisi d'un sursaut et elle s'était retournée comme une furie dans la direction de la télévision en grognant et en crachant.

Par moments, le comportement de Lili devenait encore plus insupportable. Elle se mettait à sauter sur le récepteur et à gratter avec ses pattes comme si elle voulait déterrer quelque chose. Emmanuelle manquait à chaque fois de se frapper la tête contre le mur.

— Ecoute, Lili, tenta-t-elle une ultime fois, *Tom n'est pas là-dedans*. Je te conjure de me croire. Je ne vais quand même pas démonter le poste de télé pour te le prouver !

Ces paroles eurent sur Lili l'effet inverse de ce qu'Emmanuelle en escomptait. L'animal effectua une série de sauts ahurissants entre le sol et le sommet de la télévision. Des miaulements effrayants la parcouraient.

— Mais tu es devenue folle, ma pauvre ! s'écria Emmanuelle, complètement chavirée.

Elle remit en marche la télévision parce que c'était encore ainsi que Lili était le moins hystérique. C'est alors que, anéantie par la fatigue et le désespoir, elle s'écroula sur le sol, noyée dans une vague de larmes où déferlait la pensée obsédante de Tom.

Comme elle s'essuyait les yeux du revers de la main, son poignet maigre et blanc lui apparut. Elle commença à remonter la manche de son pull. De grosses veines parcouraient son avant-bras. Elle pensa aux infirmières qui s'extasiaient toujours quand on devait lui prendre du sang. Tendant son bras, elle les fit ressortir. Ses pensées se dirigèrent vers ceux qui avaient déjà franchi le pas avant elle. Le voisin de Mademoiselle. L'année dernière, à peu près à l'époque où ils avaient emménagé à l'Hôtel du Golf, on l'avait retrouvé pendu dans son grenier. La pendaison... C'était la méthode employée dans la région pour en finir avec la vie. Une corde se mit à se balancer dans sa tête, au bout de laquelle s'achèverait sa souffrance. Son regard devint lointain et fixe. Devant ses yeux qui ne voyaient plus que ce qui se trouvait au fond de son cœur malade, la place vide au-dessus du cercueil de Tom se découpait. Peut-être qu'ils se retrouveraient dans la mort... Qu'est-ce qu'on en savait ? Personne n'était jamais revenu pour le dire.

Excédée soudain d'être par terre (en réalité, excédée d'être dans ce corps, prisonnière de son chagrin), elle voulut se mettre debout en s'aidant du rideau de la fenêtre, mais sous son poids celui-ci se décrocha. Elle s'effondra sur le sol, le rideau par-dessus la tête, et resta là un long moment. Une immense lassitude l'accablait. Mais il fallait qu'elle réagisse, elle devait prendre une décision. Elle finit par se relever et se mit lentement en mouvement. Ses pas la conduisirent devant les fenêtres du jardin d'hiver où elle étudia le paysage avec étonnement, comme si elle le voyait pour la première fois.

La mer sereine et doucement bercée, la mer comme une moire de soie... La mer que finissait l'horizon inaccessible... Le ciel immense et éternel... Les mouettes qui le traversaient en le faisant hurler, en hurlant comme des vautours...

Elle sourit.

Les vagues impassibles... Les vagues qui charriaient, emportaient, noyaient tout ce qu'on voulait...

Il y eut un déclic dans sa tête. Un pâle sourire creusa ses joues. Maintenant, elle savait. Oui, elle savait parfaitement ce qu'elle allait faire. Elle avait toujours dit à Tom qu'un jour elle nagerait jusqu'en Angleterre...

Ce jour était arrivé.

Elle imagina.

La marée ramènerait son corps. Recouvert d'algues et mangé par les poissons. Ainsi, elle serait à l'unisson de Tom. Ils n'auraient pas vieilli ensemble, mais ensemble ils deviendraient des squelettes.

Ensemble.

Elle alla jusqu'au téléphone afin de prendre un papier sur le bloc-notes. Lili miaulait toujours devant la télévision, elle miaulerait sûrement jusqu'à l'éternité. Si par hasard un jour elle s'arrêtait, elle était capable de se débrouiller seule pour survivre. A chacun son destin. Celui de Lili se séparait à présent du sien. Elle caressa la feuille de ses doigts. Les désirs qu'elle avait à exprimer avant de mourir étaient restreints. Un seul point lui importait : être enterrée avec Tom. De toutes les manières, c'était prévu ainsi.

Comme elle s'asseyait par terre pour écrire, sa main appuya sur la télécommande qui gisait là. C'est alors que la chaîne détraquée qui occupait l'écran de télévision fut balayée et, soudainement, ce fut comme si l'atmosphère insupportable qui pesait sur Emmanuelle était également nettoyée d'un coup de vent.

Car instantanément la chatte s'arrêta de miauler. Instantanément, il y eut un silence, bizarre, profond, dramatique.

Emmanuelle se tourna vivement vers le poste devant lequel se tenait toujours Lili. A la place des images déformées de la première chaîne, venait d'apparaître l'écran grésillant caractéristique d'un canal inoccupé. Elle étudia son chat sans comprendre davantage la raison du dénouement subit de sa crise.

Lili se dressa sur ses pattes.

D'un seul coup, l'écran grésillant disparut à son tour. Une image totalement noire le remplaça. Non, pas totalement noire, en réalité. Car Emmanuelle se mit à distinguer un étrange point lumineux qui se trouvait approximativement en son centre.

Elle fixa le téléviseur avec l'impression irrépressible que quelque chose était en train d'arriver.

Bientôt, une tache blanche apparut petit à petit autour de ce point. Rapidement, celui-ci cessa d'être visible, englobé dans la même étrange et pâle luminescence.

Médusée, Emmanuelle suivait la progression de la tache.

Celle-ci commença par ressembler à un gros haricot, ou encore une sorte de « huit », placé un peu en biais et occupant le centre de l'écran. Puis le « huit » se mit à grossir jusqu'à occuper un bon quart de l'écran, et là il s'excentra vers la gauche. Quand il sembla avoir atteint sa dimension définitive, ses proportions se modifièrent. Tandis que la partie haute demeurait constante, la partie basse s'arrondit de telle façon qu'elle prit un aspect très renflé. Au-dessus du « huit », sur sa gauche, dans le coin de l'écran, apparut alors une sorte de halo lumineux qui le toucha en quelques secondes, mais sans progresser davantage, s'arrêtant juste à sa lisière.

Sous les yeux exorbités d'Emmanuelle, la tache blanche se précisa encore.

Les deux zones sombres situées au niveau de l'étranglement central se révélèrent être deux yeux (bien qu'Emmanuelle se défendît de voir une telle chose) et le renflement inférieur se distingua parfaitement comme étant la mâchoire du visage qui était en train de se dessiner. Le contour de cette mâchoire s'affina presque instantanément. Elle aperçut alors, sur la partie gauche de la forme blanche, comme si celle-ci était éclairée par le halo lumineux venant du haut, l'angle d'une pommette. Immédiatement, la ligne d'une bouche se traça, ainsi que l'ombre de narines. En dernier lieu, la portion située sur le contour du renflement supérieur du « huit » se mit à s'éclaircir. Emmanuelle déglutit. Les cheveux...

Maintenant, la forme n'évoluait plus. Elle semblait parvenue à son aboutissement.

C'était un visage, un visage qui ressemblait à un masque. Il demeurait absolument fixe, même si la position de la tête contenait un mouvement et que le menton, un tant soit peu relevé vers l'avant, suggérait une sorte de sentiment, comme si la personne en question s'apprêtait à parler. Les grandes zones d'ombre sans regard qu'étaient les yeux achevaient de lui conférer un aspect totalement fantomatique. Pourtant, il n'y avait aucun doute possible sur l'identité de l'apparition...

Emmanuelle lécha sur sa bouche les gouttelettes de transpiration qui coulaient abondamment de son front.

12.

Georges Bertillet se sentait de très mauvaise humeur. Il avait au bout du fil Langlassé, et le dépanneur lui répondait qu'il était hors de question pour lui de venir tout de suite. L'homme prétendait ne plus savoir où donner de la tête. Tout le monde l'appelait de tous les côtés à Bois-sur-Rive. Ici c'étaient des images déformées, là le son qui se coupait, ou qui grésillait, ou même chez certains carrément une absence d'image. Une épidémie de pannes, expliqua le dépanneur non sans une certaine inquiétude dans la voix, avait touché une grande partie des téléviseurs de Bois-sur-Rive, plutôt d'ailleurs ceux qui se trouvaient dans le secteur nord de la station. Et le plus bizarre, ajoutait-il, c'est que parfois tout rentrait dans l'ordre, pour recommencer à aller de travers une demi-heure plus tard.

— Une vraie contagion! conclut Langlassé. Je ne sais pas comment je vais faire, j'y perds mon latin. Impossible de dire ce qui se passe. Ce qui est sûr, c'est que ça ne vient pas de l'émetteur. Dommage, hein! Mais j'ai téléphoné à TDF, ils ont vérifié.

— Ils ont vérifié? Tu es sûr?

— Puisque je te le dis. Bon, j'essaierai de passer chez toi en fin d'après-midi, mais je ne te promets rien. De toute façon, je ne sais pas si ça sert à grand-chose. Enfin, si tu y tiens...

— Qu'est-ce que tu en penses, toi? interrogea le jardinier avec véhémence. Tu devrais savoir, quand même! C'est ton métier!

— Ce que j'en pense? répéta Langlassé songeusement.

On sentit sa voix hésiter.

— Tu sais, moi je ne pense pas, dit-il finalement. Je traficote des fils, je tourne des boutons, ça s'arrête là. Non, si tu veux mon avis, ce doit être un problème d'interférences. Il y a des choses bizarres dans le ciel, maintenant. Tous ces satellites détraquent les appareils. Tu ne sais pas que l'autre fois la voiture télécommandée de mon fils s'est mise à marcher toute seule alors que le bouton était éteint ?

— Ah ouais ? fit Bertillet, passablement peu intéressé par la voiture télécommandée du fils de Langlassé.

— Mais oui, continua l'autre, puisque je te le dis. Tu ne peux pas savoir le nombre d'ondes qui nous traversent dans tous les sens ! D'ailleurs, si tu le savais, tu aurais peur. Tiens, demande un peu à Charrier, tu sais, celui qui vient chez les gens pour leur dire comment ils doivent orienter leur lit. Il le sait bien, lui, qu'il y a des ondes absolument partout. Qui viennent de la terre, de l'eau, des rivières souterraines, des fils télégraphiques, du téléphone, de la télé, de je ne sais quoi encore ! On est entouré à présent d'une telle diversité d'appareils électriques que des fois ils se font la guerre, c'est normal. Faut attendre que ça se rétablisse tout seul, voilà tout.

A l'autre bout du fil, l'interlocuteur de Langlassé fut envahi par la perplexité.

— Allez, je te laisse, reprit le dépanneur, je repars tout de suite, j'étais juste passé voir si par hasard j'avais reçu un nouveau fax de TDF. Tu as eu de la chance de m'avoir.

Et Georges Bertillet se retrouva avec le bip-bip du téléphone que Langlassé venait de raccrocher sur un bref salut.

Se sentant d'un seul coup franchement stupide devant ce téléphone muet qui lui donnait la sensation d'avoir été planté là comme un moins-que-rien, il donna un coup de pied dans la chaise devant lui. Celle-ci tomba bruyamment par terre, exprimant parfaitement la véhémence de ses sentiments.

Quel imbécile, ce Langlassé ! Même pas capable de savoir pourquoi les télés étaient détraquées. Lui, au moins, on pouvait l'interroger sur n'importe quoi dans le domaine du jardinage, on ne le prendrait pas au dépourvu. Le monde tournerait peut-être un peu mieux s'il n'y avait pas autant d'incompétents...

Il décida d'aller aux nouvelles au bar-tabac. Peut-être que quelqu'un aurait une explication valable sur cette histoire de télés. Ou peut-être que la panne n'était pas si grave, tout compte fait. C'était bien le genre à se faire mousser, ce Langlassé. Il n'y avait qu'à le voir frimer avec sa grosse Volvo sur les routes de la région. Il se prenait pour le docteur, ma parole ! C'est que ça devait rapporter de vendre des télés qui se détraquaient. Sûr qu'il valait mieux qu'il ne les trouve pas, les pannes. La télé était foutue, il fallait en racheter une autre. Ben voyons ! C'était pratique...

Alors qu'il descendait la grande rue de Bois-sur-Rive en jetant des coups d'œil exaspérés sur toutes les maisons closes de ces Parisiens qui menaient la belle vie, la Ford Escort jaune du fameux visiteur d'Emmanuelle Nival croisa sa camionnette.

Il faillit faire demi-tour pour la suivre. Il aurait aimé en avoir le cœur net. Cette femme jouait-elle la comédie en pleurant son mari alors que, trois jours après son enterrement, son amant venait la relancer chez elle, ou avait-elle dit la vérité : cet homme l'importunait-il vraiment...

Tout d'un coup il se rendait compte qu'il n'avait plus tellement envie de fréquenter la jeune femme. Elle était trop compliquée pour lui. Et pas si gentille. Avec tout ce qu'il avait fait pour elle... Elle aurait pu l'inviter à boire un verre, au moins ! Pensez-vous... Encore une qui se croyait sortie de la cuisse de Jupiter. Tout ça parce que Madame était la femme de ce connard d'acteur. Elle serait bien inspirée de l'enfermer à double tour dans son cimetière, oui, son connard d'acteur ! Pourquoi est-ce qu'elle n'écoutait pas ses conseils, d'abord ! Si tout le monde avait clôturé sa tombe d'une grille, il fallait faire comme tout le monde ! Eh bien, non, voyons : vous pensez bien que Madame n'était pas comme tout le monde...

Tout en s'énervant ainsi seul à son volant, Georges Bertillet parvint devant le bar-tabac aux abords duquel était amassé un attroupement appréciable de voitures.

— Ah, ça se remue au moins ! s'exclama-t-il à voix haute, considérablement soulagé.

Il prit place à la suite de la file de voitures. Après avoir hésité un moment sur l'éventualité de garder sa casquette écossaise, il l'enleva et se recoiffa devant le pare-soleil. Une fois sorti de sa camionnette, il essaya vainement de défroisser son pantalon de lin (ça valait la peau des fesses, ce truc, et c'était toujours chiffonné), puis verrouilla ses portières. Ce fut d'un pas impatient qu'il se dirigea vers le bar-tabac.

Dès que Georges Bertillet eut poussé la porte carillonnante, la surprise lui fit lever les sourcils et ouvrir la bouche comme un poisson. Personne. La salle était absolument vide !

Derrière son bar, occupé à ranger avec amour ses bouteilles, le patron considérait le nouvel arrivant avec un soupçon de sourire narquois.

— Alors, beau gosse, qu'est-ce qui t'amène ?

Bertillet fit papillonner dangereusement ses yeux violets.

— Où sont-ils ?

— Qui ? s'enquit innocemment le patron en faisant comme s'il ne voyait pas que l'autre était en train de bouillir sur place.

— Tu te fous de moi ou quoi ? hurla Bertillet en tapant du pied comme un enfant.

— Casse pas ma boutique, tu veux, môme ?

Bertillet baissa les yeux sur le plancher usé de l'établissement et une teinte carmin se déposa sur ses pommettes.

— Toutes ces voitures, reprit-il, nettement adouci, c'est quoi ? Ils ne sont pas chez toi ?

— Ben si, regarde, dit l'autre en faisant danser joyeusement sa mèche blanche. Tu ne les vois pas ?

— Tu te trouves drôle ?

— Oui, fit complaisamment Hector. Je me trouve très drôle. Alors, qu'est-ce que tu prends ?

— Une Suze, comme d'habitude, grogna le jardinier.

— Bien, m'sieur.

Il lui servit son verre en examinant avec un sérieux soudain le visage courroucé de Bertillet.

— Tu sais que tu es presque beau quand tu te mets en colère ? Tu devrais poser pour les magazines...

Bertillet considéra le patron en ne sachant pas vraiment s'il plaisantait.

— Arrête, tu te fous de moi, glapit-il d'un air maussade. Je sais bien que je suis trop moche.

Hector se tapa les mains l'une dans l'autre.

— Tu me feras mourir de rire, mon petit Georges !

— Alors ! fit le jardinier, préférant changer de conversation. C'est quoi toutes ces voitures ?

— C'est un concours, indiqua Hector en resservant un nouveau verre à son client.

— Un concours de quoi ? maugréa Bertillet. Il n'y a quand même pas une course cycliste en cette saison !

— Un concours de circonstances ! éclata le patron.

Et il partit d'un rire impossible à juguler.

Georges Bertillet sentit son poing le démanger, puis, à la dernière seconde, il laissa retomber son bras. Les deux Suze qu'il venait d'avaler coup sur coup lui avaient ôté une partie de ses moyens.

— Des fois y en a marre de ton humour, grogna-t-il après avoir lapé les dernières gouttes de son verre. Tu devrais faire attention, tu es de moins en moins drôle. Tu vas finir par faire fuir tous tes clients... Tu rigoleras peut-être moins ce jour-là !

Après avoir jeté quelques pièces sur le comptoir, il sortit du bar en gratifiant Hector de l'assurance formelle qu'il ne remettrait plus jamais les pieds dans son établissement.

— A bientôt, Bertillet ! le salua tranquillement Hector.

C'était au moins la cinquantième fois qu'il entendait le jardinier de Bois-sur-Rive lui assener cette promesse.

Décontenancé par l'accueil d'Hector, Georges Bertillet se retrouva dehors, incapable de savoir où aller. D'un pas pesant, il rejoignit sa camionnette. Les autres voitures étaient toujours garées au même endroit. Il les considéra l'une après l'autre. La plupart lui étaient familières. C'étaient les habitués du bar-tabac, pas de doute là-dessus. Il soupira, renonçant à comprendre. Debout, la main sur sa portière, il promena ses yeux sur les maisons situées autour de la petite place. Rien de particulier à l'horizon. Tout était calme. C'est alors qu'il remarqua que le rideau de fer de l'épicerie était baissé.

— A cette heure-là ! grinça-t-il entre ses dents. Faut pas se gêner. Pendant que les autres triment, il y en a qui font la grasse matinée !

Laissant échapper un nouveau soupir d'écœurement, il ouvrit sa portière et s'installa au volant. Tandis que le moteur tournait, il se mit à peser le pour et le contre des différents travaux qu'il pouvait effectuer aujourd'hui. Il y avait les potagers des deux retraités à préparer pour l'hiver, le rond-point en haut des escaliers de la plage, les courts de tennis et les abords de la chapelle Sainte-Catherine, bien que celle-ci ne fût fréquentée qu'en été. Comme les tennis, d'ailleurs. Tout ça, c'était de l'argent jeté par les fenêtres. Du superflu payé avec les sous des contribuables. Evidemment, il n'allait pas s'en plaindre puisque c'était dans ses poches que ça tombait, mais enfin. C'était comme les sous-bois abritant la station, qu'il lui fallait débroussailler régulièrement. Quelle en était l'utilité, je vous le demande un peu, vu les trois pelés et quelques tondus qui habitaient là en hiver ? Et ce n'était pas pour le peu de Parisiens qui venaient en week-end : ils ne mettaient même pas le nez dehors. Trop froid pour leurs petits organismes fragiles.

Le jardinier eut une moue exaspérée.

De toutes les manières, il n'y avait rien à dire : les conseillers municipaux de Bois-sur-Rive tenaient comme à la prunelle de leurs yeux à ce que la station balnéaire soit toujours impeccable. Ça en jetait aux visiteurs. Ça faisait bien. Bon, c'était leur problème. Le seul truc indispensable finalement, c'était l'entretien des cimetières. Rien n'était plus important que de respecter les morts, honte à ceux qui les négligeaient. Telle était l'opinion de Georges Bertillet. Le jour où il ne serait plus là, cela ne lui plairait pas du tout que sa tombe devienne un cloaque.

Le jardinier émit un profond soupir.

Seulement, aujourd'hui, ça ne lui disait franchement pas grand-chose d'aller travailler au cimetière. La visite de tout à l'heure lui avait suffi. Bien sûr, ce n'était pas du Vivier-Leu dont il devait s'occuper puisque le vieux cimetière ne faisait l'objet d'aucune consigne précise (c'était selon son bon plaisir, il suffisait qu'il donne ses heures et on les lui payait sans vérifier quoi que ce soit. De toute façon, il y avait de moins en moins de gens qui avaient des morts là-bas). Mais enfin...

Bon, se dit-il, agacé par sa propre indécision, où est-ce qu'il allait ?

Sa main tapota nerveusement sur la manette de son clignotant.

A droite ou à gauche ?

L'homme qu'il aperçut tout à coup à une cinquantaine de mètres le sauva à point nommé de son indétermination. Un sourire réjoui assouplit les traits crispés du jardinier. Le vieux Bébert qui partait faire son petit tour habituel à bicyclette jusqu'au Tréport. Bébert... Il connaissait sans doute la raison de cet attroupement, lui.

Lentement et en zigzaguant, Bébert accomplit ses premiers tours de pédale.

Georges Bertillet l'étudia avec attendrissement.

A quatre-vingts ans, Bébert était encore frais comme un gardon. Son élixir de jouvence était, de l'avis général, la bouteille de rouge qu'il ingurgitait tous les jours, en deux fois, le matin et le soir, lors de ses incursions au bar-tabac réglées comme du papier à musique, huit heures trente et dix-huit heures.

— Bébert ! appela-t-il en sautant de sa camionnette. Bébert !

Au troisième appel, Bébert, qui était un peu sourd d'oreille, releva la tête de son guidon. En un coup de pédale digne des coureurs cyclistes qui sillonnaient la région en tous sens au grand agacement des automobilistes, il rejoignit Bertillet. Ses freins grincèrent et, non sans malice, il s'arrêta à deux centimètres du jardinier qui ne put réprimer un mouvement de frayeur.

— Eh, Bébert ! Fais gaffe un peu, tout de même ! Tu finiras par estropier quelqu'un ! Et tu as failli salir mon pantalon.

Bébert se mit à rire, ravi de sa petite farce.

Georges Bertillet esquissa un geste en direction des voitures.

— Tu sais ce qui se passe ici ?

— Il se passe quelque chose ? dit Bébert, intrigué.

— Ben, toutes ces voitures !

Bébert haussa les épaules.

— Oh, ils sont à l'épicerie...

— A l'épicerie ?

— Ben oui. Y a un petit grain de folie qui passe en ce moment dans le coin. Ils sont en train de faire tourner les verres chez Mme Chevaleret.

— Tourner les verres ? demanda le jardinier en ouvrant de grands yeux. Ça veut dire quoi, tourner les verres ?

— Comment, tu ne connais pas ? fit Bébert sincèrement étonné. C'est vieux comme le monde ! On pose une question et le verre répond en se baladant d'une lettre à l'autre.

Ses yeux délavés par l'âge s'emplirent d'une lumière nostalgique.

— C'est de la gnognote à côté de ce qu'on faisait, nous, dans le temps ! T'aurais vu, chez Frejet, le guéridon qui descendait l'escalier... Et puis qui remontait ! Comme ça !

Il lâcha le guidon de son vélo pour mimer avec ses doigts un guéridon en train de se promener.

Le vélo tomba par terre. Bébert étouffa un juron et le remit debout. Il actionna sa sonnette pour vérifier qu'elle marchait bien.

— Sans sonnette, je suis fichu ! Je leur fais peur, aux

voitures, avec ce truc. Et vas-y que je te sonne ! Elles se reculent vite fait, tu les verrais...

— Et pourquoi est-ce qu'ils font tourner les verres ? interrogea Bertillet, agacé.

Bébert le dévisagea avec des yeux ahuris.

— Mais pour poser des questions aux Esprits, pardi ! T'es pas au courant ? Elle pratique depuis un bon bout de temps, la mère Chevaleret. Comment que ça se fait que tu ne le savais pas ! Il y a Granjean qui y va, Moraly, Prémont, Autheman, Rodriguez, Desinge et bien d'autres... Il paraît que, depuis quelques jours, les Esprits parlent sans se faire prier.

Il fit un clin d'œil au jardinier.

— Alors ils laissent pas passer l'occasion, tu penses !

Bertillet tourna son doigt contre sa tempe pour signifier ce qu'il en pensait.

— Complètement dingues !

Bébert eut la moue de quelqu'un qui n'avait aucune opinion sur la question.

— Et c'est pour ça que la mère Chevaleret ferme son épicerie ? reprit le jardinier d'un ton outragé. Bravo pour la conscience professionnelle !

Bébert le considéra avec un sourire narquois.

— Et toi, qu'est-ce que tu fais là en ce moment ? Tu travailles ?

Des éclairs jaillirent des yeux du jardinier.

— Oh ça va, hein ! Il me semble que je ne suis pas le dernier à bosser ! Qui est-ce qui entretient tous les espaces verts de Bois-sur-Rive, c'est toi, peut-être ?

Bébert lui tapa sur l'épaule.

— Allez, je le sais bien que t'es pas un fainéant, mon gars ! Je t'embête un peu... je n'ai pas le droit de t'embêter un peu ? Tu es devenu aussi sérieux ? (Il lui adressa un nouveau clin d'œil.) Tu ne te rappelles plus quand tu étais gamin et que t'allais taper aux carreaux des fenêtres pour faire peur aux gens ?

Le rappel de ce souvenir d'enfance ne fut pas exactement du goût de Georges Bertillet. Il eut un rire bref destiné à servir de transition rapide.

— Et le mari de Mme Chevaleret, est-ce qu'il fait tourner aussi les verres ?

— Ben évidemment ! C'est même lui le meilleur pour appeler les Esprits !

Devant l'air atterré du jardinier, la tentation d'en rajouter fut trop forte.

— Il les siffle, et hop, ils arrivent ! La dernière fois, il a eu en communication le veuf Malka qu'est mort au printemps dernier. Il paraît qu'il se trouve très bien, là où il est. Y voudrait revenir pour rien au monde. Qu'est-ce t'en dis ?

— Si les Esprits réconcilient la mère Chevaleret et son mari, haussa les épaules Bertillet, que demande le peuple ?

— Ah ! t'as pas tort, admit Bébert. Y en a qui se retrouvent sur l'oreiller, eux c'est autour d'un verre qui se balade.

— Et pourquoi t'es pas avec eux, au fait ? demanda Bertillet. Tu ne crois pas aux Esprits ?

Bébert se mit à rire et enfourcha son vélo.

— Oh, moi, à mon âge, j'ai plus rien à leur demander aux Esprits. Je pourrai leur parler bientôt de vive voix !

Et il laissa sur le bord de la route un Bertillet complètement suffoqué.

Dans l'arrière-boutique de Mme Chevaleret, le silence était proportionnel à la tension qui régnait. Autour de la lourde table ronde où le couple prenait habituellement ses repas (en réalité, Mme Chevaleret s'attablait seule les trois quarts du temps, vu que son mari s'évanouissait dans la nature plus souvent qu'à son tour), une petite dizaine de personnes étaient réunies. Toutes les lumières étaient éteintes et les volets fermés. Bougies et encens étaient de rigueur. Les participants arboraient un visage si grave qu'Hector aurait eu du mal à reconnaître ses clients. Certains venaient là en cachette de leur épouse ou de leur mari, d'autres, comme les Chevaleret, se réconciliaient pour un temps dans cette atmosphère qui exhalait une aura de sacré.

Un cercle de petits morceaux de carton avait été constitué au centre de la table, représentant les vingt-quatre lettres de l'alphabet. L'ensemble avait été complété par deux rectangles supplémentaires portant les mentions « oui » et « non », que l'on avait intercalés à gauche et à droite dans le cercle. Au milieu de ce dispositif se trouvait le verre, un verre à moutarde tout à fait ordinaire, posé à l'envers contre la table. Les index droits des participants se tenaient tous pointés au-dessus, immobiles, à peine animés d'un léger tremblement pour certains. Les coudes ne reposaient pas sur la table, comme l'exigeait la règle et même si on devait veiller à ne jamais toucher le verre. Malgré la fatigue qui allait se faire sentir rapidement, il ne pouvait être question d'abandonner la position à aucun moment au cours de la séance.

Ce fut avec un ton de respect tout à fait inhabituel que Mme Chevaleret rompit le silence pour demander à son mari s'il se sentait prêt à appeler un Esprit à se manifester.

— Charles ? dit-elle à voix basse. Est-ce qu'on peut commencer ?

M. Chevaleret leva lentement la tête et parcourut des yeux les participants. Ce tour d'horizon eut l'air de le satisfaire.

— Bien, dit-il.

Il attendit encore quelques instants, ferma les yeux et prononça la formule rituelle :

— Esprit, es-tu là ?

Les cœurs se mirent à battre autour de la table et les ventres à se serrer. C'était le moment le plus impressionnant. Un Esprit allait-il venir ? Et si oui, lequel ? Un proche ?

Et le miracle se produisit, comme d'habitude. D'un mouvement d'abord très hésitant, puis prenant rapidement de l'assurance et de la vitesse, le verre glissa jusqu'au carton porteur de la mention « oui », avant de s'arrêter net devant.

Chacun avala sa salive.

Poursuivi par les doigts des participants, le verre revint lentement au centre du cercle. Le maître de séance posa alors la question suivante :

— Esprit, quel est ton nom ?

Le verre repartit. Il rejoignit successivement les lettres : R.A.Y.M.O.N.D. C.A.N.D.E.L.I.E.R. en revenant au milieu du cercle entre chacune de ses destinations, ce qui donnait l'effet saisissant qu'il réfléchissait puis fonçait comme une flèche sur la lettre qu'il voulait atteindre.

Raymond Candelier était mort il y a plus d'une dizaine d'années. Les participants se regardèrent, un peu surpris. L'homme ne s'était pas encore manifesté jusque-là. Mais évidemment, de même que les autres Esprits qui répondaient à leurs appels, il était enterré au Vivier-Leu, dans le vieux cimetière de Bois-sur-Rive.

— Raymond, merci de te joindre à nous, fit solennellement Charles Chevaleret.

Après quoi, il s'adressa à ses compagnons :
— Est-ce que l'un de vous voudrait poser une question à l'Esprit ?

Daniel Autheman inclina la tête.
— A toi, Daniel.

L'homme se ménagea quelques instants de réflexion pour mettre au point la formulation de sa question. Bien qu'il soit le dernier venu parmi les habitués des séances de l'épicière, il avait déjà compris qu'une des règles d'or du spiritisme était de poser des questions simples et claires. Les Esprits n'avaient pas la même tournure mentale que les vivants, pas la même sensibilité non plus, ni souvent les mêmes critères moraux. Il n'était pas toujours évident de les suivre dans le cheminement de leur raisonnement et ils avaient une fâcheuse tendance à interpréter les questions à leur manière. Sans compter que parfois ils étaient à même de saisir la pensée profonde des vivants à laquelle s'adressait directement leur réponse plutôt qu'à la question posée de vive voix. Il n'y avait que M. et Mme Chevaleret pour exceller dans l'art de diriger ces Esprits retors.

— Esprit de Raymond Candelier, dit Daniel Autheman d'une voix lente et grave, je voudrais savoir si Charlie va se faire renvoyer de son travail.

Charles Chevaleret intervint aussitôt pour rectifier :
— Daniel Autheman ici présent voudrait savoir s'il va bientôt prendre le poste de Charlie à la verrerie du Courval.

Aucun délai ne fut nécessaire à l'Esprit de Raymond Candelier qui, par l'intermédiaire du verre, se dirigea immédiatement vers le carton « non ».

Daniel Autheman eut une moue de déception mais il se dispensa de tout commentaire.

— Une autre question ? demanda le maître de séance.

Simon Moraly esquissa un mouvement du menton.
— Vas-y, Moraly, opina l'épicier.
— Esprit de Raymond Candelier, dit l'autre en faisant un effort pour articuler, pourrais-tu me dire si j'ai raison de m'endetter pour ma ferme ?

« Oui » fut la réponse sans ambages de l'Esprit, ce qui soulagea d'un coup Moraly du poids des hésitations qui le tourmentaient depuis plusieurs semaines.

Georges Sanelaire prit la suite de Simon Moraly, après quoi ce fut le tour de Lucien Marquet. Les questions adressées à l'Esprit tournaient essentiellement autour du domaine du travail exception faite d'Hervé Lechanteur que la présence des autres ne gêna absolument pas pour soutirer à l'Esprit des renseignements d'ordre sentimental, ce qu'ils adoraient faire, d'ailleurs. Dans ces cas-là, les précisions fourmillaient et les mouvements du verre devenaient formidablement alertes.

— Esprit de Raymond Candelier, interrogea Lechanteur avec une impatience brûlante, peux-tu me dire si je plais à la petite Simoneau ? L'aînée, pas la cadette, Sophie...

La réponse de l'Esprit lui fut favorable. Il enchaîna aussitôt :

— Esprit de Raymond Candelier, dois-je me marier avec elle ?

« Non », signifia l'Esprit d'une trajectoire nette, et le désarroi du jeune homme fut total.

Il reposa sa question une seconde fois d'une autre manière, en demandant avec insistance à l'Esprit s'il était bien sûr de lui, s'il ne s'agissait pas d'une petite farce, et voilà que, cette fois, l'Esprit de Raymond Candelier alla rejoindre le carton portant la mention « oui ».

— Qu'est-ce que ça veut dire ! s'exclama Hervé Lechanteur d'une voix tonnante. Il ne sait pas ce qu'il raconte, cet imbécile d'Esprit ! C'est oui ou c'est non ? J'aimerais avoir une réponse définitive, moi !

L'épicière lui jeta des yeux courroucés.

— On ne parle pas sur ce ton aux Esprits ! souffla-t-elle avec fureur. Ça ne va pas, la tête ? Tu veux avoir des ennuis, peut-être ?

Elle s'adressa à l'ensemble des participants.

— Allez, ça suffit pour aujourd'hui. Avec ce que Hervé vient de nous faire, il vaut mieux arrêter. L'Esprit serait capable de dire n'importe quoi pour se venger.

Son mari hocha la tête en signe d'approbation. Tous les visages se regardèrent, empreints de la même déception. Hervé Lechanteur examinait ses pieds.

— Esprit de Raymond Candelier, déclara l'épicier sur un ton officiel, nous te remercions.

Un silence solennel se répandit sur l'assistance.

C'est alors que le verre se mit à repartir tout seul sous les doigts des participants. Il tourna d'abord plusieurs fois en rond au centre de la table, de plus en plus vite, de telle sorte qu'il devint bientôt impossible pour la plupart des index de suivre le mouvement. Puis, furieusement, il se mit à foncer vers une lettre, puis une autre, encore une autre... Chacun épela dans sa tête le mot qui se formait. Après avoir écrit un nom et un prénom que tous reconnurent, l'Esprit ne s'arrêta pas là. Une phrase entière et cohérente était en train de se composer sous les yeux passionnément intéressés des participants. Cette manifestation intempestive ne les étonnait pas en elle-même car ils connaissaient le pouvoir de ce vieux cimetière où Hortense continuait à mener la danse. Un enterrement là-bas n'était jamais anodin dans ses retombées sur le commerce avec les Esprits. Telle qu'ils avaient connu cette femme et tel qu'ils entendaient encore parler d'elle, parfois, au cours de certaines séances, l'arrivée d'un nouveau mort ne pouvait que réactiver des phénomènes qu'ils avaient eu l'occasion d'observer dans le passé. Les chaînes de télévision, par exemple, qui perdaient la tête, comme c'était exactement le cas depuis un ou deux jours. Signe évident qu'une certaine agitation régnait chez les morts du Vivier-Leu.

Enfin, le verre s'arrêta dans sa sarabande infernale. Le message de l'esprit de Raymond Candelier était achevé.

« THOMAS NIVAL NE VEUT PAS MOURIR. »

Les participants se regardèrent les uns les autres avec effarement.

Thomas Nival ne voulait pas mourir...

Ça, par contre, c'était nouveau.

13.

De gros nuages sombres pesaient au-dessus de l'Hôtel du Golf, capitonnant le ciel d'un silence lourd et feutré. Le trouant de temps à autre, les cris des mouettes qui tournaient invariablement dans l'air étaient éclipsés depuis quelques instants par les exclamations d'Emmanuelle, debout sur le pas de sa porte. Une brise venue de la mer commençait à souffler, qui étoffait la jeune femme de sa vigueur. Ses cheveux blonds décoiffés, vêtue de son invariable minijupe qui avait remonté tout en haut de ses cuisses, elle se tenait campée sur ses deux longues jambes, les bras croisés, le regard vrillé sur Christian Lahaye, le mettant au défi d'entrer. Sans qu'il sache très bien pourquoi, celui-ci n'arrivait pas à se décider. Il n'y avait pourtant rien de plus facile que de saisir la jeune femme par les épaules et de la repousser. A cause de sa propre impuissance inexplicable, une haine sourde montait en lui.

— Est-ce qu'il faut que j'appelle les flics ? lança avec colère Emmanuelle alors que Christian réussissait enfin à esquisser un pas en avant.

Involontairement l'homme recula, grondant et soufflant comme un animal.

— Mais pourquoi ne veux-tu pas me laisser entrer ? se plaignit-il. Je te jure que je ne te toucherai pas. Je regrette vraiment pour l'autre fois. Je n'aurais pas dû. Tu es trop belle, que veux-tu !

— Menteur, grinça Emmanuelle. Tu ne regrettes rien.

Christian tenta de paraître le plus humble possible en se tassant sur lui-même. La vue dégagée qu'il avait des jambes nues d'Emmanuelle lui donnait assez de force pour faire bonne figure face à sa colère qui s'envenimait. Il les voulait, ces jambes ! D'un bout à l'autre ! Faire courir ses doigts et sa langue depuis les chevilles d'albâtre jusqu'aux cimes secrètes à peine dissimulées par la minijupe. Cette petite garce...

Mais l'attitude de son ex-femme augurait qu'elle se battrait comme une tigresse s'il tentait quelque chose dans le goût de la dernière fois. Lui qui croyait que le chagrin la rendrait moins combative...

— Ecoute, reprit-il avec une inflexion de nature à convaincre les plus sceptiques, je suis venu là pour m'excuser. Alors tu comprends que ce n'est pas pour recommencer !

Emmanuelle le dévisagea avec un sourire ironique.

— Menteur. Je *sais* que tu mens. Tu perds ton temps : je ne te laisserai pas entrer.

Il y avait à présent presque de l'amusement dans la voix de la jeune femme. On aurait cru qu'elle se sentait invincible. Elle-même n'en revenait pas de la façon dont elle tenait tête à son ex-mari. Qu'avait-elle vu exactement sur cet écran de télé qui, d'un seul coup, la repropulsait dans la vie ? Elle ne savait plus, c'était trop absurde, mais son cœur avait effectué une cavalcade vertigineuse dans sa poitrine et un espoir fou l'avait assaillie. C'était à ce moment-là que la sonnette sur laquelle appuyait Christian avait retenti dans toute la maison, l'arrachant à cette vision incroyable. Elle avait dû abandonner la télé telle qu'elle était, avec ce visage en noir et blanc, ce visage... Mon Dieu ! Pourquoi cette certitude qu'il s'agissait de Tom ? Vite, il lui pressait de retourner dans sa maison pour s'assurer qu'elle n'avait pas rêvé. Qu'il se dépêche d'aller au diable, celui-là !

— Tu n'es qu'un pauvre type, déclara-t-elle. Je te donne trois secondes pour déguerpir de chez moi.

— Trois secondes ! railla Christian, le visage en biais, le regard qui se tordait sous le coup d'une colère foudroyante. Trois secondes... Tu sais ce qu'il va te faire, le pauvre type, en trois secondes ?

— Non, mais je vais le savoir, répliqua Emmanuelle d'un ton méprisant.

Elle posa ses deux mains sur ses hanches et attendit. Christian dut se retenir pour ne pas la gifler immédiatement.

— Eh bien, le pauvre type, premièrement il va te dire que ton mari était au courant de nos galipettes de l'autre jour. Et deuxièmement...

— Quoi ? le coupa Emmanuelle en blêmissant.

— Eh oui, ma belle. Je lui ai envoyé une petite lettre pour

l'avertir. Une lettre anonyme, cela va sans dire. Que veux-tu attendre d'autre de la part d'un pauvre type ?

Les mouettes qui passaient à ce moment-là en hurlant ne trouvèrent plus en Emmanuelle une complice à leur démesure ricanante. Les bras de la jeune femme venaient de retomber le long de son corps, ses yeux s'étaient plissés, sur le point de pleurer, et ses jambes avaient totalement perdu leur ligne orgueilleuse de statue de marbre blanc.

— Ce n'est pas vrai ! balbutia-t-elle, un horrible nœud dans la gorge.

— Si, c'est vrai. C'est même la pure et dure vérité.

Il avait à peine achevé sa phrase qu'il agrippait la jeune femme et l'envoyait par terre d'un croc-en-jambe.

— Ma cheville !

Christian considéra en ricanant le corps qui se tordait et, voyant que son ex-femme était en train de prendre son inspiration pour crier de toutes ses forces, il la tira vers l'intérieur de la maison en la gratifiant d'un bon coup de pied dans les côtes.

D'abord saisie par la douleur, Emmanuelle resta un instant sous le choc, puis, avisant avec horreur la porte de l'hôtel en train de se refermer, elle se mit à hurler à pleins poumons.

— Tu peux crier, ma belle, lui jeta Christian en tournant la clef dans la serrure, il n'y a que les mouettes qui t'entendent. Et d'ailleurs, écoute-les, ça les fait rire !

Les piaillements sinistres des oiseaux appuyèrent ses propos. Dans un étourdissement, Emmanuelle sentit la silhouette épaisse de Christian obscurcir son champ visuel. Il était en train de se pencher sur elle... Dans une seconde, son corps visqueux toucherait le sien... Mais c'est alors qu'une boule de poils griffue s'abattit sur la tête de son agresseur, ce qui lui valut d'échapper à son ignoble étreinte.

— Eh là, l'animal ! Tu vas me lâcher ? se débattit l'homme en lançant des cris de putois.

Il essaya de saisir le chat cramponné à ses cheveux, mais Lili, qui guettait sa proie depuis déjà un bon moment, n'avait pas du tout l'intention de la laisser filer. A peine l'homme eut-il approché ses mains qu'elle les lui laboura de ses griffes déployées. Christian laissa échapper un beuglement de souffrance. En un instant, malgré sa cheville endolorie, Emmanuelle fut debout.

— Crève-lui les yeux, mon Lili !

Elle se précipita sur le téléphone. Les insultes que Christian proférait contre Lili lui donnaient des ailes.

Tue-le, ma Lili, tue-le, comme un vulgaire rat...

Elle était sur le point d'atteindre le combiné quand Christian écrasa de toutes ses forces son poing sur le crâne de la chatte. On entendit nettement le craquement des petits os fragiles. Emmanuelle se figea sur place, tétanisée.

— Lili !

Tandis que l'animal s'affaissait sur le sol, Christian rejoignit Emmanuelle d'un bond et se jeta en travers de ses jambes pour la faire trébucher.

— Alors, on allait où comme ça ? lui lança-t-il en s'asseyant de tout son poids sur elle.

Le corps de la jeune femme se recroquevilla en chien de fusil.

— A qui est-ce qu'on voulait téléphoner, au juste ?

Il approcha son visage de celui d'Emmanuelle.

— On n'a pourtant besoin de personne pour faire ce qu'on va faire..., insinua sa voix gorgée de menaces obscènes.

Emmanuelle aperçut Lili dont les pattes étaient agitées de brèves convulsions. La fureur et l'angoisse se télescopèrent dans sa tête et, dans une énorme décharge de haine, elle parvint à mordre son agresseur au bras. Calmement, Christian lui renvoya une bonne gifle en guise de réponse. La tête d'Emmanuelle heurta durement le sol, la laissant à demi étourdie.

— Puisqu'il était au courant, ton mari, lui souffla Christian en amenant sa bouche à deux doigts de la sienne qui se rétracta avec un dégoût horrifié, qu'est-ce que tu crains ? De toute façon, je doute fort que la chose le contrarie à présent. Sa quéquette doit déjà être à moitié bouffée par les asticots...

Un hurlement de bête blessée à mort traversa la poitrine d'Emmanuelle.

L'homme en profita pour lui saisir les jambes et commença à la traîner à l'intérieur de la maison.

— Ma cheville ! Je t'en supplie !

— Tiens, là-bas, on sera très bien, fit laconiquement Christian en avisant à travers la porte ouverte du couloir le canapé de la salle de télévision.

Il la tira encore à reculons sur quelques mètres. La sensation sous ses doigts de la peau douce lui faisait ingurgiter sa salive avec difficulté. La vision de sa petite culotte acheva de le rendre fou. Tout en la traînant, il lui écarta les jambes pour en apercevoir un peu plus.

— Tiens, on a mis un petit slip transparent, fit-il, le souffle court. Je vois qu'il avait des vices, notre bon Thomas. Eh bien, ce n'est pas moi qui vais lui donner tort ! Il en fait profiter les copains.

Brusquement, cette vue devint insoutenable. Il fallait qu'il passe au stade suivant. Qu'il touche.

En coinçant fermement les chevilles d'Emmanuelle sous son coude, il libéra ses mains ensanglantées sous les coups de griffes de Lili et, s'agenouillant, força la jeune femme à plier les jambes. Entre les cuisses relevées se présenta le petit sexe bombé sous la culotte.

Ses yeux en devinrent presque blancs d'égarement.

— Y a que ta chatte qui me fait bander, râla-t-il d'une voix rauque.

D'un mouvement de rein, il colla le corps pantelant sur le canapé placé devant le téléviseur. Emmanuelle se mit à appeler au secours de toutes ses forces. Son agresseur n'en eut cure. Il lui reprit les deux jambes, les lui écarta, puis, la maintenant d'un bras, lui baissa son slip. Tandis qu'il déboutonnait hâtivement son jean, le téléviseur se mit à grésiller de façon singulièrement sonore.

Intrigué par ce bruit insolite, l'homme tourna la tête et c'est alors qu'il se retrouva nez à nez avec Thomas Nival. Légèrement décontenancé, il scruta quelques secondes le visage de l'acteur dans un film qu'il reconnut instantanément puisque c'était lors de la première qu'Emmanuelle avait rencontré ce connard.

Mais ce visage ne bougeait pas. Emmanuelle avait dû positionner le magnétoscope sur arrêt-image. Chose bizarre, c'était un film en noir et blanc et le décor à l'arrière-plan était complètement flou. On aurait dit une vieille copie abîmée, mais d'une manière curieusement sélective. Les yeux de l'acteur avaient l'air de le dévisager. Ils étaient perçants.

Rageusement, Christian se retourna vers son ex-femme et la pénétra d'un seul coup. En quelques aller et retour, l'affaire fut réglée. Au moment critique, il se retira, fit volte-face, son sexe entre les mains, et, poussant un rugissement de plaisir, éjacula en direction de la télévision.

Quelques gouttes atteignirent le récepteur, qui se mirent à

glisser très lentement sur l'écran, le long des joues de Tom. L'image grésilla, devint floue, tenta de revenir à plusieurs reprises, puis, finalement, disparut. En ricanant, Christian Lahaye remonta sa braguette et s'empressa de quitter les lieux.

— Madame Nival ! Madame Nival !

Depuis un bon moment déjà, le jardinier s'époumonait pour appeler Emmanuelle. Incapable de décider où aller travailler aujourd'hui, il était brusquement revenu à sa première impulsion : faire un tour du côté de l'Hôtel du Golf pour voir où Emmanuelle en était avec son fameux visiteur.

Et voilà qu'il était arrivé au moment où la Ford Escort repartait.

L'homme qui se tenait tassé derrière son volant l'avait reconnu, il en était sûr. Le regard qu'il lui avait jeté lui avait fait froid dans le dos. Sûr que celui-là n'avait pas la conscience tranquille.

— Madame Nival !

Du fond de sa léthargie, une voix lointaine parvint à Emmanuelle.

— Madame Nival !

Elle réunit ses jambes sous elle et, s'aidant du mur, réussit à s'asseoir. Son regard tomba sur la télévision, toujours allumée. Mais à présent, l'écran grésillait d'une neige indifférente : l'image de Tom avait disparu.

Elle fixa quelques instants l'écran, hébétée. Un désespoir comparable à un enfoncement dans des sables mouvants descendait sur elle. D'un geste mécanique, elle éteignit le récepteur. Quand elle aperçut sa petite culotte qui gisait par terre, ce fut trop : elle s'écroula en pleurs tandis qu'un tremblement nerveux s'emparait de ses membres.

— Madame Nival !

En entendant cette voix provenant du couloir, un hurlement s'échappa de sa gorge. En une seconde, elle fut debout et courut se réfugier derrière un fauteuil où, à gestes saccadés, elle remit sa culotte. Puis elle s'accroupit, immobile, fermant les yeux, certaine que c'était Christian qui revenait et qu'il voulait la tuer.

— N'ayez pas peur, fit la voix un peu ennuyée du jardinier dont le visage s'encadra à la porte.

Emmanuelle se leva lentement de derrière son fauteuil et

dévisagea avec un relatif soulagement Georges Bertillet. L'instant d'après, toutes ses défenses se mobilisaient de nouveau. Qu'est-ce qu'il lui voulait, celui-là ? Elle promena ses prunelles autour d'elle pour essayer de repérer un instrument qui pourrait lui servir d'arme. Le bougeoir en cuivre sur le bord de la fenêtre. Ou même une chaise.

Qu'il ne s'approche pas, ou sinon !

Le jardinier fit un pas en avant.

— Qu'est-ce que vous voulez ? hurla-t-elle.

Georges Bertillet s'immobilisa prudemment.

— J'ai vu sortir cet homme, dit-il, celui dont vous m'aviez parlé. Avec la Ford Escort jaune. J'ai l'impression qu'il vous a causé des ennuis...

Le visage d'Emmanuelle devint fixe. Elle ne voyait plus Georges Bertillet. Son esprit était ailleurs. Deux désirs contradictoires s'affrontaient en elle. Appeler la police pour dénoncer Christian Lahaye ou... laisser tomber. Ses yeux se mirent à appréhender de nouveau Georges Bertillet et son choix fut fait. Rien que l'idée de parler à quelqu'un de ce qui s'était passé... Le dégoût. La honte de soi-même. Et dans quel but le ferait-elle ? Pour obtenir réparation ? Mais elle s'en fichait comme d'une guigne de sa personne !

— Il a tué Lili, annonça-t-elle à l'homme dans un couinement de souffrance.

Georges Bertillet se mangea nerveusement la lèvre. Il oubliait complètement sa moue ravageuse.

— Il a tué Lili ! ne sut-il que répéter gauchement.

Emmanuelle partit comme une flèche. Perplexe, le jardinier la suivit. Il n'eut pas à aller loin. Emmanuelle était arrêtée au bout du couloir, écroulée près de Lili. Georges Bertillet hocha la tête. Il avait la vision de ce qui avait dû se passer. Emmanuelle avait repoussé cet homme et ce salaud s'était vengé sur le chat.

— Elle est blessée ? s'enquit-il avec douceur.

Il s'accroupit près de la jeune femme qui déversait des trombes de pleurs sur sa chatte. Rapidement, il détecta le sang qui coulait des narines et comprit la gravité de l'état de l'animal.

— Elle ne va pas mourir ? fit Emmanuelle d'une petite voix de tête, chargeant la réponse de son interlocuteur de tout l'espoir du monde.

— Mais non ! s'exclama Georges Bertillet en pensant exactement le contraire. Mais je crois qu'il vaut quand même mieux l'amener chez un vétérinaire. J'en connais un à Mers-les-Bains, il vous prendra tout de suite si je suis avec vous. Venez, je vous conduis.

— Comment est-ce qu'on va l'emporter ? gémit Emmanuelle en esquissant un geste de désespoir vers Lili. On va lui faire mal !

Georges Bertillet réfléchit avec célérité. Il était aux anges d'avoir l'occasion de reprendre pour le chat le rôle d'infirmier qu'il avait tenu une première fois pour la maîtresse. Qu'on ait besoin de lui *(qu'une jolie jeune femme ait besoin de lui...)* le transportait littéralement. Dans ce genre de circonstances, ses capacités intellectuelles atteignaient des sommets.

— Attendez, fit-il alors que son visage s'éclairait. Avez-vous deux balais ? Et une grande serviette ?

A peine eut-il parlé qu'Emmanuelle se ruait chercher ce qu'il avait demandé.

— Vous boitez ? lui lança-t-il en observant la façon dont elle traînait la jambe.

Emmanuelle ne prit pas la peine de répondre. Sa cheville tordue était bien le dernier de ses soucis. A peine une minute plus tard, elle était de retour avec le matériel requis. Georges Bertillet enroula la serviette autour des balais de manière à improviser un brancard.

Emmanuelle le regarda procéder, au summum de l'angoisse mais néanmoins impressionnée par l'habileté du jardinier. Le brancard fut rapidement prêt. Avec des gestes délicats, l'homme glissa ses mains sous l'animal en demandant à Emmanuelle de lui maintenir la tête. Et Lili fut installée, abreuvée des mille paroles douloureuses et tendres de sa maîtresse auxquelles elle sembla d'ailleurs rester totalement insensible.

Chacun à un bout du brancard, ils la transportèrent jusqu'à la fourgonnette du jardinier. Emmanuelle s'installa à l'arrière, à côté de sa chatte, l'entourant de ses bras de manière à la protéger des cahots du trajet. Un inquiétant ronflement émanait du nez de l'animal.

— On y sera dans cinq minutes, vous inquiétez pas, assura le conducteur en bouclant sa ceinture.

Emmanuelle hocha la tête en silence. Ils démarrèrent. Alors

que la camionnette prenait le grand virage qui enserrait l'hôtel comme un large bras, Lili glissa un peu le long du plancher. Emmanuelle poussa un cri qui se fondit dans le coassement long et lugubre d'une mouette. D'un mouvement anxieux, la position du chat fut rétablie. Mais une goutte salée provenant des yeux d'Emmanuelle tomba sur le crâne blessé de l'animal. Avec des yeux effarés, la jeune femme la vit se diluer dans les gouttelettes de sang qui poissaient la fourrure de Lili. Elle ferma les yeux, éprouvant jusqu'aux tréfonds d'elle-même ce que devait ressentir la chatte. Souffrant de sa souffrance. La douleur comme un poignard qui s'enfonçait dans la tête si menue de Lili.

— Ma pauvre chérie, murmura-t-elle en se détournant pour éviter que ses larmes ne tombent encore sur elle.

Comme elle l'aimait, ce petit animal qui gardait l'image de Tom si fidèlement ! Savait la reconnaître...

L'écran de télévision avec le visage fantomatique de Tom s'imposa à son esprit en la faisant frissonner.

Elle était certaine d'avoir vu Tom à la télévision. *Certaine*. Ses idées se mettaient bout à bout. Non, elle n'avait pas rêvé. Non, ce n'était pas une hallucination due au désespoir. Pourquoi Lili aurait-elle eu ce comportement, sinon ? Et pourquoi les télévisions se dérégleraient-elles ? Et pourquoi ces sous-entendus du facteur ? Et pourquoi ces allusions du jardinier ? Il y avait trop de pourquoi. C'était *Tom,* la réponse à ces pourquoi. *Son* Tom. Qui n'avait rien à faire dans la mort. Qui ne l'abandonnerait pas.

Prenant une inspiration profonde, elle serra les poings pour sentir sa propre énergie faire le tour de ses nerfs et croître progressivement. Elle se souvenait maintenant qu'elle avait déjà entendu prononcer le nom d'Hortense quand le jardinier l'avait mentionné au cimetière : le facteur. D'après lequel cette Hortense en question embêtait les morts du Vivier-Leu.

Qui les embêtait ou qui les aidait à communiquer avec les vivants ?

Entre les larmes d'Emmanuelle, un imperceptible sourire de défi flotta. Lili allait vivre et Tom allait revenir de la mort. Elle le voulait. Cela serait. Christian avait menti en affirmant qu'il avait tout raconté à Tom. Il était trop lâche. Il n'avait rien à y gagner. Et puis, si tel avait été le cas, Tom aurait lancé des accusations autrement précises.

Elle regarda sa chatte et lui envoya un baiser douloureux

avec ses doigts. Si Lili ne vivait pas, Tom ne reviendrait pas. Ils seraient tous sauvés, ou personne. De cela aussi, elle était certaine.

Comme l'avait promis le jardinier municipal de Bois-sur-Rive, le vétérinaire prit Lili en urgence. En entendant le nom d'Emmanuelle, la jeune assistante en blouse blanche qui les accueillit demanda avec curiosité à la jeune femme si elle était bien la veuve de l'acteur décédé.

— Non, rétorqua Emmanuelle sèchement. Je ne connais aucun acteur décédé.

Le vétérinaire foudroya son assistante du regard et fit entrer ses clients. Il les aida à déposer Lili, toujours inconsciente, sur la table d'examen. Puis, de même que des parents remettent à la toute-puissance du médecin leur enfant blessé, les nouveaux venus allèrent se poster à distance respectueuse.

Le vétérinaire commença à examiner l'animal.

La gorge sèche et nouée, Emmanuelle fixait anxieusement le praticien, en quête d'une mimique de nature à lui faire reprendre espoir. Une amorce de sourire, ou bien les quelques mots qu'elle priait Dieu qu'il prononce. *Tout va bien...*

Mais le vétérinaire demeurait résolument impassible. Au bout d'un moment qui sembla à Emmanuelle une éternité, il se tourna vers ses clients.

— Vous pouvez sortir un petit quart d'heure ? Je vais l'opérer.

Emmanuelle jeta un cri. Le vétérinaire la fit taire d'un claquement de langue.

— Dans un quart d'heure, énonça-t-il fermement, je pourrai vous dire si votre chatte est sauvée.

Georges Bertillet prit par la main Emmanuelle qui se laissa faire sans protester. D'un seul coup, tous les espoirs de la jeune femme chaviraient. D'un seul coup, sa nouvelle énergie n'était plus qu'un souvenir. Hagarde, elle entra dans la salle d'attente, poussée par le jardinier.

Une brochette de visages mécontents accueillit leur entrée. Celle-ci fut agrémentée d'une meute de miaulements, d'aboiements, de pépiements et de couinements divers. Emmanuelle courut se réfugier dans un renfoncement de la pièce où elle baissa la tête et ferma les yeux, s'attendant à ce que tous ces cris sautent sur elle et la piétinent.

Georges Bertillet se hâta de la rejoindre. Il lui entoura les épaules de son bras, une lueur de meurtre dans son regard à qui oserait adresser la moindre parole de reproche à la propriétaire de l'animal qui leur causait cette longue attente inacceptable.

— Moi aussi, c'est urgent! se plaignit pourtant un grand homme noueux, aux petits yeux fendus et aux joues évidées, qui tenait dans ses bras une cage occupée par deux souris blanches dont l'une tournait à toute vitesse dans sa roue tandis que l'autre — la malade — semblait déjà morte, étendue sur le flanc, les pattes raides.

— Oh vous, avec vos sales bêtes! lui lança son voisin en coupant l'herbe sous le pied à Georges Bertillet.

— Qu'est-ce que vous avez dit? siffla l'autre en dévissant son long cou vers l'auteur du blasphème.

En quelques instants, le ton monta tellement entre les deux hommes et, bientôt, dans toute la salle d'attente, que les cris des maîtres surpassèrent nettement ceux des animaux. La quasi-totalité de l'assistance se rangea contre le propriétaire des souris blanches.

— Quand je pense que moi, je mets des pièges partout pour m'en débarrasser!

— Elles sont *blanches*, mes souris! grinça l'homme maigre. Ça n'a rien à voir avec les vôtres. Elles se vendent, les miennes! Les laboratoires se les arrachent!

— Ah bon, c'est du commerce! remarqua quelqu'un, entrevoyant les choses sous un autre angle. En fait, vous faites de l'élevage. Mais vous croyez que ça vaut le coup de payer un vétérinaire pour une souris? Combien vous les vendez, au juste?

Le propriétaire des souris leva les yeux au ciel, indigné. Il fut privé pourtant de la repartie cinglante qui lui montait à la gorge car, à ce moment-là, la porte du cabinet s'ouvrit.

Tout le monde se regarda, étonné que le temps soit passé si vite.

Tout le monde, sauf Emmanuelle.

Son visage brouillé de cheveux en désordre se leva pauvrement vers le praticien.

— Elle va bien, laissa tomber celui-ci avec un bon sourire.

Ils ramenèrent Lili dont la tête était en partie occultée par un grand pansement.

Recroquevillée à l'arrière du véhicule, Emmanuelle serrait conjointement contre sa poitrine son chat et le sachet de médicaments que le vétérinaire lui avait remis. Lili serait sur pied (« sur pattes ! » avait plaisanté gentiment le praticien) dans moins d'une semaine, et l'homme n'était pas du genre à faire des promesses en l'air.

Pendant tout le trajet, Georges Bertillet ne tarit pas d'éloges sur la compétence du vétérinaire dont quelques poussières de la gloire retombaient tout de même un peu sur lui. Emmanuelle dut admettre au moins à deux reprises que si Lili avait sauvé sa peau, c'était grâce à l'action conjuguée des interventions des deux hommes. La rapidité du secours d'un côté, l'habileté du praticien de l'autre.

— N'est-ce pas ? souriait à chaque fois le jardinier jusqu'aux oreilles. C'est le meilleur de la région. Je vous l'avais dit !

De retour à l'hôtel, Emmanuelle n'en fut pas quitte avec son chevalier servant, car Georges Bertillet ne se déroba pas à un rôle de sauveteur qu'il entendait tenir jusqu'au bout. Lili fut conduite sur son brancard, installée sur des coussins qu'il arrangea lui-même, et il lui fit avaler avec dextérité le premier des comprimés qui lui étaient prescrits. Après quoi, ayant tourné vainement en rond pour chercher ce qu'il pouvait faire de plus, il promit à Emmanuelle de venir prendre des nouvelles de la malade régulièrement.

Toute à la joie de voir Lili tirée d'affaire, Emmanuelle laissa de côté les sentiments d'exaspération que la personne de Georges Bertillet suscitait en elle. Elle était parfaitement lucide sur le fait que ce n'était pas pour les beaux yeux de Lili que le jardinier s'était donné tout ce mal, mais que pouvait-elle faire d'autre que lui exprimer sa reconnaissance ? Il avait sauvé Lili, elle devait bien l'admettre.

— Merci, lui murmura-t-elle avec toute la chaleur qu'elle put glaner.

— C'est tout naturel, fit le jardinier, troublé brusquement par le sourire que lui adressait la jeune femme.

Il s'approcha d'elle.

— Vous permettez que je vous fasse la bise pour vous dire au revoir ?

— Mais oui, accepta Emmanuelle à contrecœur.

Le jardinier s'approcha, tendit ses lèvres vers la joue amaigrie, plongea langoureusement ses yeux dans le regard effrayé, et c'est alors que, saisie d'une inspiration romantique née sous le couvert de leurs chevelures blondes et brunes se chevauchant comme des feuillages, il rectifia son mouvement et l'embrassa en pleine bouche.

Emmanuelle fut secouée d'un violent sursaut. Les yeux agrandis, enserrant ses bras autour d'elle pour se protéger, elle se mit à trembler de tout son corps.

— Oh, pardon, s'excusa bêtement le jardinier, je ne l'ai pas fait exprès. C'est parce que vous avez tourné la tête dans le mauvais sens!

— Partez, bredouilla-t-elle. Et ne revenez plus jamais! Vous avez compris?

Le jardinier se dandina.

— Il n'y a pas de quoi en faire un plat, tout de même! Je vous fais toutes mes excuses. Qu'est-ce que je peux vous dire de plus?

Emmanuelle recula lentement puis fit volte-face et s'enfuit en courant de la pièce, laissant un Georges Bertillet mécontent de tant d'ingratitude. Un petit baiser, ce n'était pas bien méchant!

Il attendit un peu en espérant qu'Emmanuelle allait revenir, puis, dépité, s'en fut à pas rapides.

Le claquement des mocassins élégants du jardinier résonna sur le carrelage. La porte d'entrée se referma avec un bruit de gifle. De derrière l'une des fenêtres du premier étage où elle s'était réfugiée, Emmanuelle regarda l'homme regagner sa camionnette en donnant de temps à autre des coups de pied dans les mottes de terre de la pelouse.

En plus, il n'est pas content...

Elle se détourna de la fenêtre, écœurée, et se mit à pleurer toutes les larmes de son corps. Son sentiment de se trouver seule au monde était incommensurable. Le moteur de la camionnette ronfla, le bruit s'éloigna, mourut.

Non, elle n'était pas seule.

Lili...

Elle devait s'occuper d'elle. Elle était la seule qui lui restait. Qui ne la trahirait pas.

En descendant l'escalier de béton recouvert d'une peinture de sol écaillée, elle s'arrêta un instant sur les marches pour fermer les yeux. Les éternels cris de mouettes, le ressac incessant de la mer... Oh, comme cette immuabilité lui faisait envie ! Une envie de mort. D'éternité inattaquable.

Le téléphone qui se mit soudain à retentir dans la maison vide lui fit l'effet de venir de très loin. Elle acheva de descendre les marches sans se presser. Rien ne pouvait plus l'atteindre, désormais.

— Allô ? fit-elle d'une voix morne en décrochant l'appareil.

— Allô, ici Michel Farfeti ! annonça à l'autre bout du fil une voix satisfaite de l'atterrement qu'il devina instantanément chez son interlocutrice. Je suis à côté de chez vous... La cabine sur la place. Vous voyez ?

14.

Emmanuelle claqua le combiné violemment. La voix insidieuse de Michel Farfeti fut coupée net. La jeune femme resta un moment immobile, la main posée sur le téléphone, appuyant de tout son poids comme pour interdire à l'homme cette issue. Puis, comme il fallait bien bouger, elle se mit en mouvement et ses pas la dirigèrent droit vers la salle de télévision. Soudain, elle se ravisa. Michel Farfeti allait venir jusqu'ici, il n'y avait pas une seconde à perdre. Elle courut pousser un à un tous les verrous de la porte d'entrée et accrocha la chaîne de sécurité. Après quoi, elle passa rapidement en revue chaque fenêtre dont elle ferma les volets, y compris à l'étage. Il n'y avait plus pour Farfeti aucun moyen d'entrer. Pour Farfeti et pour les autres. Ils pouvaient faire le siège, tous autant qu'ils étaient : elle resterait enfermée le temps qu'il faudrait. Des jours, des semaines, jusqu'à la fin du monde. Il y avait des provisions à l'Hôtel du Golf et ses besoins étaient quasi inexistants.

Après avoir pris au passage le panier de Lili dans lequel l'animal dormait calmement, elle gagna la salle de télévision, plongée maintenant dans l'obscurité. Au moment où elle allait appuyer sur le commutateur du plafonnier, un bruit de moteur se fit entendre. Les pneus crissèrent, une voiture s'immobilisa sur le gravier. Haussant les épaules avec mépris, elle déposa Lili devant le canapé avec d'infinies précautions, puis alla allumer la télévision.

Quand les images déformées de la première chaîne apparurent, un long soupir de délivrance s'échappa de ses lèvres. La perturbation qui touchait les téléviseurs était toujours à l'œuvre... Bon. Elle allait d'abord passer en revue les trois chaînes, après quoi elle essaierait les canaux inoccupés les uns après les autres. Le courage de se mettre tout de suite sur un de ces canaux où Tom était apparu lui manquait.

Elle commença à s'éloigner à reculons de manière à ne pas quitter l'écran des yeux. Quand elle rencontra le canapé, elle s'assit dessus doucement. Un coup d'œil lui permit de vérifier que Lili, à ses pieds, allait bien. Elle se cala au fond des coussins et s'appliqua à respirer calmement. Elle avait décidé de faire totalement abstraction de ce qui pouvait se passer à l'extérieur de l'hôtel.

Une portière s'ouvrit au dehors, claqua.

Sans s'en préoccuper, elle allongea la main vers la télécommande. Son cœur se mit à battre la chamade. De manière étrange, cette situation reproduisait en elle ce qu'elle avait ressenti autrefois, quand elle avait connu Tom, leurs premiers rendez-vous, avant qu'ils ne tombent dans les bras l'un de l'autre. Tous ces moments indescriptibles où ils faisaient semblant de ne pas être amoureux sans que ni l'un ni l'autre ne soit dupe. L'émoi à son comble. Les nuits où l'on se réveille d'un seul coup, le visage de l'autre en plein dans les yeux. On ne se rendort jamais. On sait ce qu'il faudrait faire pour se rendormir — ne plus penser à celui que l'on a dans son cœur — mais on ne le fait pas. C'est trop bon de reprendre chaque parole, chaque geste, chaque regard échangés.

Elle appuya sur le bouton de la télécommande. Deuxième chaîne. Une pointe d'excitation transparut dans son regard. C'était comme un compte à rebours. Tom de plus en plus près.

Les mêmes images déformées apparurent et ses souvenirs continuèrent à la submerger. L'approche lente et inexorable. Le vertige de savoir que, de gré ou de force, les choses ne se passeraient pas autrement. Elle était parfaitement consciente de l'issue vers laquelle elle se dirigeait, elle y allait en assistant, impuissante, à la montée de son désir. Savoir d'avance ce qui va se passer est encore plus délicieux...

Un sourire pâle donna un peu d'éclat à ses yeux. Comme cette époque lui revenait maintenant dans tous ses détails... Mais pourquoi fallait-il que le bonheur se rappelle à nous par de la souffrance ? Elle ferma les yeux et fit un effort immense pour essayer de raviver un peu de sa joie d'alors.

Cela avait été une histoire merveilleuse que la leur. Ils se vouvoyaient au début. Elle n'avait jamais autant aimé vouvoyer quelqu'un. Ils s'étaient longtemps vouvoyés, bien après le jour où soudain, presque à leur insu, une trappe les avait engloutis dans un baiser qui ne pouvait plus attendre, venu de son propre chef. Ils ne se vouvoyaient pas de façon permanente, c'était comme deux langues qu'ils parlaient, à laquelle ils passaient tour à tour, comme un frisson délicieux que l'on garde, une distance que l'on maintient, une folie qu'on n'a pas encore commise, que l'on va commettre, qui sera toujours à commettre puisque le moment où le « vous » sera éjecté par un « tu » d'une intimité insoutenable sera de nouveau suivi d'un « vous » tendu de mille promesses affolantes.

La respiration d'Emmanuelle était infiniment paisible maintenant. Ce passé qui remontait à sa mémoire était comme une préparation aux retrouvailles avec Tom, là, bientôt, immédiatement, dès qu'elle se sentirait capable de soutenir cette confrontation. Oui, il fallait être prête, cela lui paraissait indispensable, il fallait se souvenir de tout, récapituler leur histoire.

Elle appuya sur la troisième chaîne et ce fut comme si Tom avançait encore d'un pas. Ses yeux scintillèrent. En réalité, ils avaient avancé d'un pas l'un vers l'autre. Elle sourit à l'écran. Ces images déformées, c'était le passé merveilleux qui défilait en elle. Les heures passées dans sa salle de bains à essayer d'obtenir de son corps qu'il soit le plus attrayant possible. Et les autres heures non moins nombreuses à examiner sa garde-robe, faire des essayages, se mettre en colère, pleurer de rage parce qu'on était certaine de ne pas plaire à l'autre, puis partir comme une folle à la recherche du seul vêtement possible, celui qui ferait que Tom, en la voyant, resterait obligatoirement muet d'admiration, sinon ce serait raté, un abominable sentiment de faillite. Que n'aurait-elle fait pour le séduire ? Elle qui ne s'habillait qu'en jean et en tee-shirt était entrée pour la première fois dans ces magasins où des jeunes femmes choisissent d'un air compétent des vêtements compliqués qui leur vont comme un gant. Cela avait été une tâche incroyable et harassante. Pour un vêtement porté, combien d'enfouis secrètement dans des sacs à la cave ? Christian avait beaucoup apprécié son changement vestimentaire. Fallait-il qu'il soit aveugle pour ne pas comprendre que ce n'était pas à lui qu'étaient destinés ces efforts ? Le jour où elle lui avait tout avoué, il était tombé du ciel...

Le cognement soudain du poing de l'intrus contre la porte d'entrée fit à peine frémir Emmanuelle.

Il ne pourrait pas entrer. Elle se fichait complètement de lui. C'était une vermine insignifiante.

Elle se cala dans son siège, les yeux baissés sur la télécommande. Elle se forçait à procéder lentement. Tout allait bien. Elle se le dit en prenant le temps de savourer ce premier point. Le prochain bouton commandait un canal inoccupé. Son cœur se propulsa à cent à l'heure dans sa poitrine. Aurait-elle pu le rêver, le visage de Tom sur l'écran ? Non, elle savait bien que non. Qu'y avait-il d'impossible à ce que Tom essaye de lier un contact avec elle ? Les incursions des morts dans le monde des vivants faisaient l'objet de témoignages depuis la nuit des temps. Et s'il y avait quelqu'un qui détenait une volonté assez puissante pour réussir à communiquer depuis l'Au-delà, c'était bien Tom.

Un instant, l'attention d'Emmanuelle fut attirée malgré elle vers les déplaisantes circonstances extérieures. Il cognait, cognait, le poing de Farfeti contre la porte. Monotone et impuissant.

Elle étouffa un rire de mépris.

Elle caressait la télécommande, elle savait que ce serait oui ou non. Sortir du cauchemar ou mourir. Elle avait déjà lu des articles où l'on racontait que des morts étaient apparus à la télévision, ou que leurs voix avaient été entendues sur des ondes de radio, captées par un magnétophone, ou même qu'elles s'étaient exprimées au téléphone. Qui, mieux que Tom, pouvait en être capable ? Elle ne s'était jamais leurrée sur lui, c'était un orgueilleux, peut-être même un mégalomane. Il adorait passer à la télévision, que tout le monde le voie. Eh bien, c'était tant mieux. Seul un individu doté d'un excès d'amour-propre pouvait réussir un exploit aussi invraisemblable. Revenir parmi les vivants. Montrer que l'on n'était pas de ceux que l'on tuait comme une mouche. Tom avait toujours mené son destin, toute sa vie. Parti de rien, son unique but avait été d'arriver au plus haut. Il y serait parvenu, c'était sûr, s'il n'y avait pas eu cet affreux accident. Il était déjà tellement loin du commun, tellement hors du commun...

Le cognement cessa. Il y eut quelques instants de répit mais Emmanuelle sentit que c'était un silence où couvait une menace plus grande. L'énervement la gagna. Quand même, elle aurait préféré être seule, il la dérangeait, celui-là !

Ainsi qu'elle l'avait pressenti, un nouveau moyen fut mis en œuvre pour laminer son moral. Michel Farfeti commença à l'appeler. Une fois. Deux fois. Encore. Elle écouta sans s'énerver, ayant décidé qu'elle attendrait que l'homme soit parti avant de se porter à la rencontre de Tom. Elle voulait être seule avec l'homme qu'elle aimait et qu'elle aimerait toute sa vie. Pas d'intrus.

Elle posa la télécommande sur la table basse et se laissa aller à la renverse dans le canapé. Farfeti criait son nom comme un disque rayé. Elle avait l'impression qu'il n'allait pas s'en lasser. Soudain, un changement eut lieu. « Madame Nival » fut remplacé par un simple « Emmanuelle ». Des ondes de haine parcoururent la jeune femme, à cause de cette familiarité intolérable. L'homme s'arrêta, il y eut un silence, et le voilà qui repartit sur un nouveau registre. Il avait des tas de choses à lui révéler, prétendait-il, « des choses qui la rendraient moins triste ». Elle ferma les yeux.

Va-t'en...

Comme si son souhait avait été exaucé, l'insupportable voix se tut. Emmanuelle leva les yeux vers l'écran de télévision. En face d'elle, la troisième chaîne jouait à des effets cubistes. Est-ce que Tom attendait, là, derrière, qu'elle se décide ? Etait-il impatient ? Elle était sûre que lui aussi voulait être seul avec elle, qu'il détestait l'homme dehors.

— Mon Tom, murmura-t-elle à voix très basse, je serai à vous dans une minute...

Elle aiguisa son oreille pour écouter si des pas contournaient la maison, à la recherche d'un passage. Alors qu'elle se levait pour essayer d'apercevoir l'homme à travers la fente d'un volet, un violent choc ébranla la fenêtre de la salle de télévision.

Un hurlement irrépressible jaillit de la poitrine d'Emmanuelle. En un instant, elle fut à la fenêtre qu'elle ouvrit avec une rage furieuse et rabattit violemment les volets de chaque côté.

Le visage de bouledogue de Michel Farfeti se retrouva face au sien, aussi interloqué.

Pendant quelques longues secondes, l'homme et la femme s'étudièrent. Puis, toute la malveillance de Michel Farfeti se mit à refluer dans les rides de son visage qui reprirent la place qu'une vie de mesquinerie leur avait attribuée. Il se sentait excité d'une cruauté délicieuse en contemplant le regard en détresse.

— Que voulez-vous ? s'écria Emmanuelle. Encore cette

histoire de dettes ? Dites-moi combien je vous dois et je vous les règle une fois pour toutes.

Michel Farfeti prit son temps pour croiser ses bras d'un air extrêmement satisfait. Tel qu'il était, avec le haut de son corps dans l'encadrement de la fenêtre, il ressemblait à une marionnette méchante.

— Tom ne me devait pas d'argent, annonça-t-il d'un air radieux, comme s'il apprenait à la jeune femme une excellente nouvelle.

— Qu'est-ce que..., éructa Emmanuelle. Je vais... Mais que voulez vous, enfin ? Je...

L'homme laissa la femme de Nival s'énerver, bafouiller, prendre peur. Au moment où il comprit qu'à bout de nerfs elle se penchait dehors pour rabattre les volets, il saisit fermement ses poignets.

Emmanuelle se dégagea en poussant un cri aigu.

— Dites-moi, belle dame, est-ce que vous étiez au courant des petites occupations de votre mari quand il allait à Paris ? lui jeta-t-il à la figure.

Il ajouta, suave :

— Je veux dire, en dehors du travail, bien sûr.

Un sang brûlant comprima les tempes d'Emmanuelle.

— Vous n'avez donc jamais entendu parler de Mylène ? poursuivit-il en se composant une expression étonnée.

Emmanuelle secoua la tête de façon presque imperceptible.

Farfeti continua sur sa magnifique lancée.

— Je l'ai vue hier. Elle est très malheureuse, vous savez. (Il parcourut de haut en bas son interlocutrice en ayant l'air de la jauger.) Peut-être bien autant que vous...

Il n'obtint pas de réponse. Seulement des yeux démesurément vidés par les désespoirs à répétition.

— Si vous étiez gentille, reprit-il avec un sourire appuyé, vous feriez un geste pour elle.

Farfeti savourait sa victoire. Elle était incontestable.

— Que voulez-vous exactement ? parvint à articuler Emmanuelle d'une voix atone. Pourquoi me dites-vous tout ça ?

Puis, avec effort, chaque syllabe franchissant sa gorge en lui causant une douleur sourde à cause de la boule dure que le chagrin y formait :

— Qui... qui est Mylène ? souffla-t-elle.

Michel Farfeti choisit de ne pas répondre directement à cette question. C'était bien plus intéressant de la contourner.

— Tout ce que je peux dire, se dandina-t-il, c'est que vous faites la même taille. Elle a plus de poitrine, c'est tout.

Il sourit tandis qu'Emmanuelle contemplait le ciel blanc derrière Michel Farfeti. C'était un ciel blanc immense où une seule mouette volait. Est-ce qu'elle volait ou est-ce qu'elle nageait ? se demanda-t-elle en se perdant dans sa question. Etait-ce le ciel ou la mer ? Ou le vide ? Le grand vide sans limite, sans relief...

Michel Farfeti parla encore mais maintenant Emmanuelle voyait le grand vide dans ses paroles.

— Il y avait un blouson dans la voiture où l'on a retrouvé votre mari. Vous vous souvenez ?

Il avait prononcé ces derniers mots brutalement pour faire réagir la femme. Il la détestait à présent. Son malheur la lui rendait repoussante. L'idée de tremper sa queue dans cette pleurnicheuse lui donnait la nausée. Non, la seule chose qu'il voulait, c'était lui faire du mal, le plus de mal possible. C'était cela sa vengeance, et c'était bon.

La femme de Nival le regardait toujours de la même façon transparente, mais sa réponse lui prouva qu'elle avait clairement enregistré ses paroles.

— C'était pour mon anniversaire, dit-elle d'une voix dépourvue d'inflexion.

— C'est Mylène qui l'a essayé pour vous, commenta avec entrain Farfeti. Elle était avec Tom quand il l'a acheté à Paris. Ce serait gentil que vous le lui donniez comme souvenir. Elle m'a raconté qu'il lui allait comme un gant. Elle est rousse, vous savez, une chevelure magnifique. Si vous la voyiez ! C'est joli avec le cuir fauve. Vous, vos cheveux blonds, ça doit faire un peu falot, n'est-ce pas ? N'est-ce pas ? répéta-t-il, espérant obliger la femme à lui fournir une réponse sur ce sujet précis.

Il cherchait avec gourmandise à lire sur le pauvre visage l'accablement ressenti.

— Je ne l'ai pas essayé, répondit Emmanuelle alors que sa tête, soudainement trop lourde à supporter, s'affaissait sur sa poitrine.

Ce mouvement involontaire plaça incidemment sous ses yeux les pieds de Farfeti. Elle vit qu'il portait des bottes pointues, comme Tom. Elle eut un mouvement de recul, releva la tête, rencontra le regard flamboyant de l'ancien exclu des partouzes de Thomas Nival.

— Eh bien, c'est parfait ! s'exclama celui-ci en souriant de plus belle. Si vous ne l'avez pas essayé, c'est qu'il ne vous plaît pas tellement. J'en suis ravi. Rien ne vous empêche donc de me le donner. Je vous promets qu'ensuite je m'en irai et que je ne reviendrai plus...

Comme une mécanique, Emmanuelle pivota et se mit en mouvement vers le placard du couloir où elle avait rangé le blouson que les gendarmes lui avaient remis. Michel Farfeti la regarda traverser la pièce, l'œil luisant. Cette salope avait vraiment un beau petit cul. L'idée de la renverser sur l'affreux canapé vert qu'il apercevait par la fenêtre ouverte — et qui avait dû bien des fois être dévolu à ce genre d'usage vu son état de détérioration et vu l'état d'excitation sexuelle permanente de Thomas Nival — l'effleura un instant.

Quand Emmanuelle fut parvenue devant le placard de la penderie, elle resta un moment immobile à le contempler, les bras ballants. Les panneaux blancs de la penderie étaient comme le ciel blanc. Vides. Inexistants.

C'est alors qu'une voix provenant du dehors lui commanda hargneusement de se dépêcher. Elle avança la main vers la poignée en regardant les traces noires sur le mélaminé blanc qui s'élançaient comme des vols d'oiseaux. Elle pensa aux mouettes, tristes dans le ciel, gelées et perdues, hurlant le désespoir de leur solitude, cherchant vainement une échappée dans ce ciel opaque contre lequel elles se cogneraient éternellement, ne parvenant qu'à l'érafler de leur sillage.

— Vous voulez que je vienne vous aider ? s'impatienta Michel Farfeti en avançant la tête par la fenêtre pour apercevoir la jeune femme.

Les gestes d'Emmanuelle s'emballèrent. Elle ouvrit le placard et saisit le blouson dont l'odeur lui causa une bouffée de vertige — c'était l'odeur de Tom, celle du cuir, elle ne l'avait jamais vraiment réalisé auparavant... Oh, elle allait se trouver mal ! Tom, Tom, qu'est-ce qui se passait ? Que racontait-il, cet homme-là ? Etait-ce vrai que tu m'avais trompée ? Quelqu'un s'appelait-il Mylène, que tu avais aimée ? — et, blanche et raide comme une morte, elle rapporta le blouson à celui qui le réclamait.

Michel Farfeti s'en empara avec un joyeux « Merci pour

Mylène », puis, comme il ne trouvait plus aucun prétexte pour s'attarder, il tourna les talons en lançant à la jeune femme un au revoir méprisant (délibérément, il ne dit pas « adieu »). Il n'avait pas besoin de se retourner pour savoir que la veuve éplorée s'était transformée en fontaine, il l'aurait parié à dix contre un, et il était bon parieur. Nival avait eu beau le laisser sur la touche en ce qui concernait ses partouzes, ce connard l'avait toujours eu dans le cul quand ils se rencontraient à Auteuil ou Saint-Cloud. C'était lui le toquard. En fait, c'était sans doute pour cette raison que Nival ne pouvait pas le sentir.

La langue de Michel Farfeti se tortilla de plaisir dans sa bouche tandis qu'il s'installait dans sa voiture, enivré de cette petite ronde de pensées agréables. Bien. Cette sainte nitouche connaissait Mylène, maintenant. C'était un premier point. La prochaine fois... (la langue pointa hors de la bouche, fielleuse, semblable à un dard), disons que la prochaine fois il l'entretiendrait d'Olivia, de ses consœurs et de leurs petites activités au bar du Sansonnet. Il était sûr qu'Emmanuelle Nival serait très intéressée par le bar du Sansonnet. Cette femme-là aimait les oiseaux, il l'avait bien remarqué, tout à l'heure, à la façon dont elle admirait d'un œil béat le ciel et ses mouettes...

Emmanuelle referma soigneusement les volets et tira les épais doubles rideaux de velours vert assortis au canapé, même du point de vue de leur état d'usure. Michel Farfeti n'aurait pas gagné, pour une fois, s'il avait parié : les yeux de la jeune femme étaient rigoureusement secs. Tout en elle était asséché, d'ailleurs. Son cœur calciné se recroquevillait, déserté des sentiments multiples et ondoyants qui peuplent d'ordinaire chaque être humain, et sa tête lui faisait l'effet d'être un cratère stérile où aucune pensée ne germerait plus jamais. Ainsi, Tom l'avait trompée. Ainsi, il ne l'aimait donc pas comme il le prétendait...

Elle revint s'asseoir sur le canapé devant lequel l'écran de télévision continuait à projeter sa valse d'images informes. Lili dormait toujours. Son état ne semblait pas avoir subi de modification. Elle regarda sa montre. C'était l'heure de lui donner son médicament. Mais Lili dormait, et tout semblait dormir autour d'elle. Elle-même se trouvait dans une espèce de temps statique, vertical, où le jour J du désespoir n'en finissait pas de subir des rallonges.

Elle n'alla pas chercher le médicament. Non qu'elle se désintéressât de Lili, mais elle ne se trouvait aucune force pour bouger. Si Lili remuait, ce serait différent. Si quelque chose remuait. N'importe quoi. Elle s'apercevrait peut-être alors que le temps pouvait encore s'écouler.

C'est alors que le téléphone se mit à sonner, comme pour l'inviter à balayer cette léthargie. Ayant écouté quelques instants, elle décida qu'elle ne répondrait plus jamais. Quand la sonnerie cessa, elle reprit d'un geste mécanique la télécommande. Elle pensait : « La mort est lâche. Elle me prive de demander des comptes à Tom. Il s'y cache. Quel meilleur secret que la tombe? Lui, le surhomme, lui qui n'a pas l'intention de s'en laisser remontrer par la mort, que ferait-il s'il revenait quand elle l'accuserait? »

S'il revenait...

Dieu! Elle se rendait compte... Quelle pensée folle!

Elle posa son doigt sur le bouton pourvu du chiffre six qui commandait un canal inoccupé.

Sans appuyer. Juste posé.

Mais elle appuya, évidemment. Une demi-seconde vint à bout de son hésitation pleine d'amertume. Elle appuya fermement, presque férocement. Dès qu'elle eut ainsi joué son va-tout, elle n'eut pas le temps de se demander si quelque chose allait se passer : le gros haricot blanc qui était appelé à devenir le visage de Tom apparut aussitôt.

Le choc mit les genoux d'Emmanuelle en compote. Elle s'affaissa sur le canapé en marmottant à n'en plus finir que ce n'était ni vrai ni possible.

Or, c'était vrai, c'était possible, elle le savait, et d'ailleurs, ne s'y était-elle pas attendue? Et même préparée? Ainsi que leur amour quand il s'était formé, ne savait-elle pas maintenant ce qui allait arriver? Ne pressentait-elle pas *jusqu'où* cela pouvait aller?

Elle secoua la tête lentement, comme pour nier cette vision qu'elle avait pourtant désirée au plus haut point.

Ainsi que l'autre fois, et de la même façon, l'évolution du haricot s'effectua rapidement. Fébrilement, elle varia le contraste noir/blanc, ce qui améliora nettement les contours du visage déjà parfaitement identifiable. Le haut des vêtements de Tom devint distinct et Emmanuelle reconnut tout à coup son mari dans un de ses films, *Les Pavés de la justice,* où il portait une parka bleue en Gortex qu'il enfilait par-dessus un élégant costume prince-de-galles pour le rôle d'un avocat fantasque qui ne se déplaçait qu'en scooter. Emmanuelle savait que c'était un des rôles préférés de Tom, non seulement parce que le film avait bien marché (et parce qu'ils s'étaient rencontrés pendant la première), mais aussi parce que Tom disait toujours que s'il n'avait pas été acteur, il aurait été avocat. De l'avis profond et jamais exprimé d'Emmanuelle — et même totalement enfoui derrière les lisières de son inconscient — il avait beaucoup mieux valu qu'il soit acteur plutôt qu'avocat, eu égard à l'intérêt limité qu'il manifestait pour tout ce qui ne concernait pas sa personne et le cercle très limité et fluctuant des quelques élus dont il s'entourait.

Elle reconnut aussi brusquement, à droite, en bas de l'écran, le pare-brise d'un scooter, et son rythme cardiaque s'accéléra. Ce scooter constituait un de ses plus chers souvenirs. La production l'avait offert à Tom après le tournage du film et c'était en filant à toute allure à travers les rues de Paris qu'avait commencé leur romance. A califourchon derrière l'acteur, grisée, elle avait eu l'impression d'être une princesse enlevée par son chevalier.

Il était dommage que Tom n'ait jamais été romantique, lui. C'était un euphémisme, maintenant qu'elle connaissait l'existence d'une certaine Mylène... Elle passa sa main sur ses paupières pour renvoyer ses larmes qui s'y pressaient. Ce n'était pas le moment. Elle avait besoin de toute sa force, de toute sa volonté, de tout son contrôle.

Elle chercha si elle ne voyait pas d'autre confirmation sur l'écran qu'il s'agissait du film en question, mais elle en était sûre, elle le connaissait trop bien. Et elle avait aussi l'intuition formelle que Tom avait choisi ce film-là pour apparaître parce qu'il revêtait une importance particulière dans l'histoire de leur couple. Elle ne comprenait pas la raison pour laquelle Tom donnait signe de vie par l'intermédiaire d'un de ses films, mais c'était peut-être sa seule possibilité. Il était sans doute plus facile de se manifester dans des images déjà existantes, qui ne demandaient qu'à être animées — douées d'âme, de l'âme de

Tom, qui n'était pas morte ! — que n'importe comment, n'importe où. Peut-être n'y avait-il d'ailleurs que les acteurs et les gens de télévision qui pouvaient apparaître à la télévision après leur mort...

Incidemment, elle se demanda si son mari la voyait de la même façon qu'elle-même le voyait. En fait, c'était probable, mais — son pouls s'accéléra — pourquoi cette idée lui donnait-elle la chair de poule ? Elle promena avec angoisse son regard autour d'elle comme si un œil était caché dans la pièce, qui l'observait depuis... depuis quand ? Depuis qu'elle était seule ? Depuis que Tom était mort ? Qui surveillait ses allées et venues ? Non ! Qu'allait-elle donc penser là !

Soudain ses pensées s'interrompirent toutes ensemble. Elle réprima un cri qui sortit de sa bouche sous la forme d'un couinement rauque. Avait-elle rêvé ? Jusqu'à présent, le bruit de fond produit par la télévision n'avait consisté qu'en un grésillement métallique monocorde. Maintenant, il y avait autre chose, elle l'aurait juré.

Ses yeux s'écarquillèrent comme si cela lui avait permis de mieux entendre. Oui, elle entendait ! Oui, il y avait quelque chose de modifié dans le son qui émanait du téléviseur ! Quelqu'un parlait... Tout bas. Quelqu'un chuchotait. Elle en était sûre !

Tandis que son cœur semblait sur le point d'être emporté par un afflux d'adrénaline, elle appuya sur le bouton commandant le volume sonore du téléviseur. Sur l'écran, l'indicateur interactif de la modification du volume apparut, avec sa ligne de bâtonnets verts qui s'accrut à toute allure. Elle continua à appuyer sur le bouton avec la détermination pétrifiée de quelqu'un qui sait qu'il va déclencher une bombe mais ne peut agir autrement. Il y eut un gémissement, mais il provenait seulement de sa propre gorge parce que voilà, tout à coup, qu'elle n'entendait plus aucune voix. Ce qui émanait à présent des profondeurs insondables du téléviseur n'était ni des mots ni des cris, ni quoi que ce soit produit par un organe humain. C'était la respiration monstrueuse d'une bête furieuse.

Une transpiration acide brûla les tempes d'Emmanuelle. Luttant contre le tremblement qui s'était emparé de ses mains, elle parvint à positionner son doigt sur le bouton adéquat et à redescendre sensiblement le volume. Le souffle furieux s'estompa, remplacé par un mugissement sinistre. Emmanuelle pleurait maintenant, mais c'était en partie parce que son corps se détendait. Les images qui lui traversaient l'esprit étaient moins apocalyptiques. Elles étaient simplement extrêmement tristes. Ce mugissement lui évoquait des immensités désertiques, des plaines inhospitalières, et elle se disait que c'était ainsi que devait être l'Au-delà, c'était en tout cas ainsi qu'elle se le représentait, là que Tom se tenait, seul et perdu.

Elle descendit encore un peu le son jusqu'au niveau où il se trouvait originellement, lorsqu'elle avait cru entendre un chuchotement. Elle ferma les yeux, retint sa respiration et descendit jusqu'au fond d'elle-même pour écouter. C'est alors qu'elle hocha lentement la tête comme si elle répondait à une question qui lui était posée. Oui, l'espèce de chuchotement était bien là, sauf qu'elle se demandait maintenant si ce n'était pas le grésillement qui était à l'origine de cette impression. Elle était sous le coup d'une telle tension nerveuse...

Elle passa sa main sur son front : il était couvert de la même transpiration acide que sur ses tempes. Son cœur aussi battait à toute allure, et pas seulement d'excitation.

Elle cacha son visage dans ses mains tellement la honte l'assaillait. Elle était heureuse, pourtant, gonflée d'un espoir délirant ! Alors, pourquoi donc la terreur pointait-elle si vertigineusement ?

Peut-être parce qu'elle en prenait conscience, celle-ci augmenta encore d'un cran. C'était une peur folle, stupide. Mais l'image de Tom à la télévision était si... funèbre ! Ces lacs sombres à la place de ses yeux... Cet étrange halo de lumière humide derrière lui... C'était vraiment l'image d'un... *mort*.

Elle secoua la tête en fermant les yeux.

Oh, Dieu, pourquoi avait-elle donc des idées pareilles ? Pourquoi cette tentation de fermer la télévision et de s'enfuir ?

Elle décocha à Lili un regard d'appel mais Lili était dans ses rêves les plus lointains. C'était insupportable, ce mutisme ! Il fallait que ça change ! Qu'elle guérisse ! Vite ! Tout de suite !

Délaissant l'écran, elle s'en fut à grandes enjambées chercher les médicaments prescrits par le vétérinaire. Une fois revenue près de Lili, elle lui ouvrit les mâchoires et lui glissa les gélules au fond de la gorge avant de lui refermer la gueule pour la forcer à déglutir. Elle procéda de la même manière avec le sirop. Lili toussa, s'étrangla, mais avala. Pour couper court aux soubresauts nerveux que la brutalité de ses soins avait provoqués chez la chatte, elle se mit à la caresser. Elle la caressa longtemps, se calmant elle-même de ces caresses qu'elle dispensait, ses doigts s'attardant dans la fourrure douce comme dans la peluche d'un nounours. Elle la caressa si longtemps que Lili, du fond de son sommeil, commença à avoir envie de se lever et s'ébrouer, mais Emmanuelle ne pouvait pas renoncer à cette douceur, elle en avait tant besoin, elle se sentait si fragile, prête à se briser en mille morceaux. Juste à côté, la télévision continuait à chuchoter d'étranges sons. Allaient-ils basculer vers des mots ou s'étioler dans le mugissement de fond qui ressemblait si fort à une respiration ? Ils lui donnaient davantage envie de s'accrocher au pelage rassurant de Lili. Elle s'y serait même bien cachée dessous, comme sous une couverture, à l'abri dans cette nuit chaude et maternelle, roulée en boule comme si elle-même avait été un chat. C'était bien d'être un chat. Alors elle ne verrait plus rien et n'entendrait plus rien. Alors ces sons... cette image...

Elle fut d'un seul coup traversée d'un frisson. Non ! Qu'allait-elle penser encore ? Tom était là, c'était merveilleux ! La mort n'était pas une fin ! Quelle merveilleuse nouvelle... Et Tom continuait à l'aimer. Il l'aimait à tel point qu'il venait vers elle. Il avait besoin de son amour. Besoin d'elle !

— Que vais-je faire, Lili ? demanda-t-elle d'un air suppliant à son chat aux paupières closes. Que ferais-tu à ma place ? Tu n'éteindrais pas la télé, n'est-ce pas ? Hein ? Bien sûr que non...

La réponse de Lili fut de se laisser caresser encore et encore en supportant cette manifestation excessive d'affection avec philosophie. C'est alors qu'en dépit de son état semi-comateux l'animal se mit à ronronner. Emmanuelle sursauta. Elle regarda Lili, la télé, Lili. Il se passait quelque chose ! Elle le sentait par tous les pores de sa peau !

S'élançant vers la télévision, elle s'agenouilla à hauteur de l'écran. Sur la surface parcourue d'électricité statique, Tom, à califourchon sur son scooter, se trouva à quelques centimètres de son regard. Elle colla sa joue contre l'écran et ferma les yeux. Tom était contre elle. Elle avait peur et elle était heureuse et elle était bouleversée de ces deux sentiments conjoints. Elle s'attendait à ce qu'une douleur fulgurante lui transperce le cerveau d'un seul coup. Causée par les mots que Tom allait prononcer. Ou parce qu'il traverserait l'écran, sortirait de la télé. Lui ferait éclater la tête. Mais elle éclatait déjà, sa tête, elle était sur le point d'éclater ! Elle le sentait physiquement. Elle n'avait jamais autant souffert. Elle voulait cette voix et elle ne la voulait pas. Elle avait peur et elle était folle d'excitation. Elle en pleurait de douleur et elle était ivre d'espoir. Ses yeux étaient fermés, ses paupières crispées, elle se tenait contre le téléviseur comme si elle attendait le coup de grâce. Et Lili ronronnait, ronronnait de plus belle, et ce ronronnement remplissait la pièce, il allait croissant, et plus il croissait, plus il semblait à Emmanuelle que Tom allait parler.

Oui — c'était comme si (elle hoquetait et ses pensées aussi) — cette voix s'appuyait — sur ce ronronnement — pour pouvoir se faire entendre.

C'est alors que le ronronnement de Lili devint si fort qu'il couvrit le cri que poussa Emmanuelle.

Mais il ne couvrit pas la voix de Tom. Au contraire.

D'un seul coup, médusée, Emmanuelle venait d'entendre distinctement Tom parler.

« Les ondes — Oui, les ondes — C'est ça... », chuchota-t-il d'une voix qu'elle reconnut aussitôt pour sienne, bien que totalement dépourvue de timbre.

Emmanuelle se détacha du téléviseur d'un fulgurant bond en arrière et poussa un long hurlement nerveux.

Cette manifestation de frayeur n'eut aucun retentissement sur la scène qui se déroulait à la télévision. Au bout de quelques secondes, l'acteur reprit la parole sur le même ton étrangement vide.

« C'est bien — Autour du monde — Elles filent... »

Il y eut un silence opaque, occupé par un terrible bruit de respiration. Emmanuelle s'accroupit par terre, derrière le canapé. Un trou de souris, c'était ce qu'elle aurait voulu.

« Beaucoup plus proche — Je sens... », reprit la voix glacée.

Le silence revint, et cette longue, ample, trop bruyante respiration.

Puis de nouveau on parla.

« Utiliser l'onde — Essentiel — Ils le savent — Ici... »

La voix du défunt s'interrompit une nouvelle fois pour reprendre une dizaine de secondes plus tard, c'était là son rythme.

« Pas de nuit plus noire. Pas de puits plus profond... »

...
« La perception est notre existence... »
...
« Pas si loin, pas si près — aveugles — »
Les yeux exorbités, Emmanuelle suivait la voix formellement reconnaissable de Tom en train de sortir de la cave d'ombre figurant sa bouche, laquelle palpitait à peine de quelques nervures de lumière suggérant qu'il y avait là des lèvres en train de bouger.
« Nous savons tout. Tous. Si vous saviez... Hortense sait... »
Elle se releva lentement et fit le tour du canapé pour rejoindre Lili.
« Les ondes — attendez-moi, c'est bientôt — les ondes autour du monde, elles filent — Aidez-moi, je m'accroche — Oui, l'onde, bonne, ronronne... »
Au comble de l'émotion, Emmanuelle regarda Lili, qui l'ignorait. L'animal semblait seul au monde. Avec le téléviseur. Elle ronronnait si fort que ses moustaches en tremblaient. Démentant la quiétude de ses paupières closes, tout son corps était en alerte, ses oreilles dressées et ses pattes raides. Il était clair que ce ronronnement ne correspondait absolument pas à un état de plaisir.
« Transporte de l'autre côté — Si tu m'aimes — Tant que tu m'aimes... », fit encore celui qui parlait depuis des profondeurs incommensurables.
Une bouffée de bonheur délirant monta à la tête d'Emmanuelle.
Si tu m'aimes... Tant que tu m'aimes... Mais je t'aimerai toujours, mon amour !
La vague de mots suivante ne se fit pas attendre. Elle vint au bout de la lame déferlante de respiration.
« Ils ne savent pas... », dit le défunt. « Qui peut — Moi, bientôt, ils verront — La mort peut, la mort a du pouvoir — Attention — Qu'ils tremblent... »
Mais ce fut Emmanuelle qui commença à trembler.
« Qu'ils tremblent... », répéta encore la voix de givre. « Tous, je sais, nous l'avons dit — Je suis le seul qui sait — Qu'ils tremblent, derrière les brouillards... »
Une soudaine envie de vomir monta à la gorge d'Emmanuelle. Son corps se noya dans une transpiration glacée. Dix

secondes passèrent de nouveau, trop longues, trop courtes, insupportables.

« Méritent-ils de vivre alors que je suis mort ? — Non... »

Emmanuelle se mit à trembler de plus belle, elle ne pouvait pas s'en empêcher malgré toutes les bonnes paroles qu'elle se prodiguait. Les mots que prononçait la voix sans âme de Tom tombaient dans l'atmosphère épaisse de la salle de télévision ainsi que des gouttes de glu. Ils étaient lourds et visqueux et elle les buvait ou, plus exactement, on les lui faisait boire, ingurgiter de force, et elle n'avait pas assez d'estomac pour le supporter, parce qu'elle était trop seule, trop terrifiée, et qu'elle allait être vidée de ses entrailles, s'évanouir, ou être happée par le mort si ténébreux qui parlait dans son écran de télé noir et blanc.

« Vous allez voir, les autres, quand le brouillard sera déchiré — Je vous le promets — Nous vous voyons tous, ici... »

Emmanuelle leva vers le ciel un regard qui appelait au secours. Elle ne se le serait jamais avoué, mais ce qu'elle désirait de toutes ses forces maintenant était que cela s'arrête.

Ce vœu inconscient ne fut pas exaucé. Au contraire, les mots se mirent à s'enchaîner, à se poursuivre en une suite folle que la grande cassure de la respiration de Tom n'interrompait plus, même si elle subsistait en arrière-plan, enrobant sa voix comme une langue poisseuse qui passe et repasse sur des lèvres sèches. Emmanuelle recevait cette décharge de haine directement en plein dans sa tête, en plein dans ses yeux qui dévoraient éperdument l'image de son mari défunt à la télévision, directement en plein fouet dans son corps qui s'affaissa sur lui-même d'un seul coup, à bout de nerfs.

Mais aussi soudainement que Tom avait commencé à faire entendre sa voix d'outre-tombe, le défunt se tut.

Emmanuelle resta un long moment dans la même position. Rien ne bougeait plus autour d'elle. Lili avait arrêté de ronronner et semblait retournée à un profond sommeil. L'image à la télévision demeurait muette, sinon un léger mugissement qui ressemblait à la respiration de quelqu'un, oppressante derrière un masque. Les nervures de lumière sur la bouche de Tom avaient disparu. Fallait-il changer le réglage du volume ? Elle secoua la tête. Elle sentait, sans pouvoir dire pourquoi, que c'était inutile. Lili ouvrit les yeux. Toutes deux se regardèrent à n'en plus finir.

Au bout d'un temps dont toute notion de durée était absente, Emmanuelle se leva de son siège dans un état proche du somnambulisme. Elle eut une légère moue, comme si elle réfléchissait. Pourtant, elle ne réfléchissait pas. C'était son corps qui s'était levé et elle ne faisait que le suivre. D'un pas mal assuré, elle alla enfoncer le compact-disque inséré dans le lecteur laser de la chaîne hifi, probablement le dernier disque qu'avait écouté Tom.

La musique du groupe Led Zeppelin s'éleva dans la pièce. Elle la remplit progressivement, la transforma, la transporta d'un coup très loin avec tout ce qui s'y trouvait — objets, êtres humains, *âmes* aussi — loin, très loin de cette maison de souffrance et d'effroi, loin de cette lucarne ombreuse où un étrange fantôme, proche et lointain, flottait et faisait des signes. Elle reconnaissait la chanson, c'était *Kashmir*. Tom ne l'aimait pas, il avait arrêté la platine juste avant. *Kashmir* était une des chansons les plus douces de Led Zeppelin, c'était de loin sa préférée à elle.

Quand *Kashmir* s'acheva, Emmanuelle pleurait toutes les larmes de son corps, mais c'étaient des larmes apaisantes. Elle allongea le bras vers les bouteilles groupées sur le bar à proximité de la chaîne et, elle qui ne buvait d'habitude jamais une goutte d'alcool, se composa une large rasade d'une des boissons préférées de Tom, un Martini gin qu'elle avala d'un trait.

Le goût brûlant de l'alcool lui plut. Elle s'en resservit un autre. A présent, elle écoutait d'une oreille moins attentive les titres de Led Zeppelin qui s'enchaînaient dans un fondu sonore agréable, et les pensées dans sa tête étaient elles aussi frappées par le feu anesthésiant de l'alcool. Quand son verre fut fini, elle revint s'asseoir dans le canapé au fond duquel elle se recroquevilla. Elle pensait à ce que quiconque aurait fait à sa place : appeler quelqu'un à l'aide. Et elle se disait que le téléphone aurait été l'issue de secours et elle se le répétait sans trouver le moyen de bouger d'un pouce. Elle glissait graduellement dans une sorte de catatonie pas si désagréable, pelotonnée en elle-même et dans la musique suavement alcoolisée de Led

Zeppelin qui semblait combler toutes les fissures par lesquelles ce qui subsistait de solide en elle luttait depuis de trop nombreux jours pour ne pas disparaître. Sa joue s'appuyait contre le velours râpé du canapé, assorti, ainsi qu'elle l'observa avec un intérêt aussi vif que factice, aux doubles rideaux et au pouf où Lili était nonchalamment couchée dans une drôle de position détendue bien qu'elle fût censée être malade. Demander en urgence à un autre de prendre en charge votre raison qui chavire ? Peut-être...

Elle voulut regarder l'écran, mais ses yeux se portèrent ailleurs. Elle finit par fermer ses paupières en retournant mollement dans sa tête la possibilité réelle d'appeler quelqu'un au secours. Elle ne savait pas, s'interrogeait sans exiger vraiment de réponse de sa part. Ce n'était pas l'incrédulité, pourtant, qui lui aurait rendu nécessaire la présence d'un ami, se disait-elle, prête à hausser les épaules, comme quand on soumet à quelqu'un un point de vue auquel, à vrai dire, on n'attache pas une importance cruciale. Elle ne doutait pas un instant, pas un seul, de ce qu'elle avait vu et entendu. Non, c'était la peur... Elle le savait maintenant et se le formulait avec un calme très étrange, associé probablement aux rivières saturées d'alcool par lesquelles le sang courait à toute vitesse dans ses veines. Oui, c'était un fait, elle avait peur du mort qu'était devenu Tom. Mais elle savait aussi — comment dire ? elle le savait comme si Tom lui-même le lui avait enjoint, comme un *ordre* qu'elle ressentait — qu'il fallait être seule pour l'affronter.

Le disque défila jusqu'au bout, engloutissant toute parole qui aurait pu être prononcée. Mais Emmanuelle, dans un élan soudain, quitta la pièce avant ce moment-là, parce que justement elle craignait qu'il ne vînt, parce qu'elle se sentait à bout de force et de courage. Elle emporta avec elle le panier de Lili dans lequel l'animal dormait sans qu'on eût l'impression qu'il souffrait.

Led Zeppelin l'accompagna jusqu'au premier étage et la conduisit en sourdine au fond de son lit, dans l'une des chambres d'amis sur laquelle elle jeta son dévolu, la première venue, la plus proche, peut-être aussi celle dont la serrure avait encore sa clef qu'elle tourna à deux reprises.

Elle s'endormit aussitôt, mais ce sommeil-là ne fut ni bon ni long.

15.

— Tom ? appela distinctement Emmanuelle, le lendemain, quand elle se résolut à pénétrer dans la salle de télévision après s'être traitée une sempiternelle fois d'idiote.

Elle n'avait pas éteint le téléviseur, hier. Elle n'était même pas revenue dans la pièce. Elle avait passé la fin de la soirée et toute la nuit enfermée à double tour dans cette chambre moisie du premier étage, avec Lili qui se mettait déjà debout, bien que chancelante. Des bruits avaient fait frissonner souvent la maison glaciale au cours des heures affolantes de l'apogée de la lune, et ce n'était peut-être pas seulement la rumeur des vagues. Ces bruits semblaient quelquefois provenir d'en bas, exactement de la pièce où se trouvait le téléviseur. Ils avaient commencé à lui parvenir au fur et à mesure que l'alcool avait perdu son action cajolante. C'est-à-dire quand elle s'était réveillée, au bout d'une courte heure de sommeil.

— Tom ? répéta-t-elle, très raide, crispée. Tom, tu es là ?

Elle avait honte de l'avoir fui, la veille, et sa honte accroissait encore sa peur.

Elle se força à examiner l'écran qu'elle s'était débrouillée jusque-là pour maintenir à l'extrême périphérie de son champ visuel de sorte qu'il lui soit impossible de se prononcer précisément sur le contenu de l'image.

Elle encaissa le verdict avec plus de calme qu'elle ne l'avait imaginé.

Evidemment, c'était le plus probable. Et c'était aussi ce qu'il fallait vouloir. Oui, la silhouette de son mari était toujours là, se détachant en avant-plan du scooter des *Pavés de la justice*.

Elle chercha rapidement, avec inquiétude, si quelque chose de nouveau, un détail, n'importe quoi, une information supplémentaire, était apparu sur l'écran.

Il n'y avait rien, à première vue.
Elle fut contente, lâchement.
Néanmoins, elle se sentait plus forte aujourd'hui, simplement pour la raison qu'elle rejetait la réaction épidermique de peur qui avait été la sienne. Quelle absurdité égalait ce comportement ? Tout ce qu'elle avait imploré avec désespoir se réalisait et voilà qu'au lieu de hurler sa joie et de tenter d'instaurer un dialogue avec Tom, elle avait fui pour se terrer le plus loin possible de lui en fermant sa porte à clef, comme si elle avait craint qu'il ne vienne la chercher pour la tirer jusque dans sa tombe. N'était-ce pourtant pas ce qu'elle désirait de toute son âme il y a deux jours seulement ? Le rejoindre ?

Elle appela encore Tom, mais celui-ci ne répondit pas davantage, bien qu'elle essayât — sans vraiment y croire — différents réglages de volume sur la télécommande. Il n'y avait que le mugissement, ou la respiration. A bien écouter, d'ailleurs, ce mugissement semblait évoquer le bruit que produiraient une multitude de respirations.

Celles des autres morts, songea-t-elle avec effroi.

Même les chuintements à peine audibles qu'elle avait entendus la première fois étaient inexistants. Mais que pouvait-elle espérer d'autre, alors qu'elle avait fui Tom ? Cependant, elle continua à l'appeler, elle l'appela des dizaines de fois, elle se sentait capable de l'appeler jusqu'à ce que ses cordes vocales tombent en poussière. Elle finirait bien par se faire entendre de cette image à la télévision, ce Tom qui lui faisait si peur mais qu'elle aimait si fort, ce mari d'ombre gibbeuse et d'aura blafarde...

Lili, couchée à ses pieds, avait ouvert les yeux et dirigeait pensivement ses prunelles vers l'écran de télévision. C'est alors que l'animal se mit à ronronner et ce fut comme si Emmanuelle recevait un électrochoc.

D'un bond, elle fut debout et s'écarta de Lili en la considérant avec un sentiment proche de la terreur. Un interminable frisson parcourut de long en long sa colonne vertébrale. Le ronronnement... C'était l'« onde » dont parlait Tom... Lentement, ses yeux se portèrent sur la télévision et elle attendit, le cœur à la dérive.

Le temps parut se suspendre. Les secondes ne passaient plus, elles s'écrasaient les unes sur les autres de telle manière qu'elles enchâssaient son esprit, le bloquaient dans un instant infini, sa tête était si lourde, hypnotisée. La jeune femme se tenait toute droite, blême et amaigrie, et son visage ressemblait à celui d'une noyée, hormis ses yeux fiévreux. Elle sentait de façon palpable les ondes que le ronronnement de Lili était en train de tisser. Elle était certaine que, si elle allongeait un bras, ses doigts rencontreraient un réseau de fibres, ondoyantes et enchevêtrées. Lili tissait sa toile. Tendait son piège...

Et voilà qu'à un instant donné, à une syllabe donnée, lugubre et désincarnée, qui fit l'effet à Emmanuelle d'être ramenée brusquement sur le cours normal du temps, la voix d'outre-tombe de Tom, semblant s'appuyer sur le ronronnement de Lili comme une note qui s'accroche sur sa portée, s'éleva dans la pièce.

« Ici nous t'attendons », furent ses premiers mots.

Les autres se succédèrent sans hâte, bien articulés, entrecoupés parfois par une longue plage de respiration haute et bruyante. C'était la voix de Tom, à n'en pas douter, bien qu'elle demeurât toujours sans couleur, sans intonation et sans sentiment. A l'écoute de ce phénomène sonore, tout aurait pu évoquer une voix numérique, fabriquée à partir de celle de son mari, excepté que ce ne pouvait être le cas. Et Emmanuelle se rappelait avec un douloureux pincement au cœur la fameuse voix de baryton de Tom, qu'il aimait tant faire vibrer et moduler, qui lui valait tant d'admiratrices énamourées.

« Il existe un passage — Si tu m'aimes — Tant que tu m'aimes — », poursuivit Tom du même ton égal.

Les yeux d'Emmanuelle se recroquevillèrent au fond de leurs orbites.

Il existait un passage !

« Ils m'ont dit l'endroit — Si tu m'aimes... »

Si tu m'aimes... Bien sûr qu'elle l'aimait ! Pour toujours...

« Les autres — La terre s'ouvre, je vois — Insupportables, un par un, ils vont et viennent et prennent ce qui est à moi — Je vois... »

Etait-ce elle qu'il voyait ?

« Je vois... »

Emmanuelle regarda autour d'elle comme si Tom venait de désigner quelque chose ou quelqu'un dans la pièce.

« Hortense est près de moi... »

Hortense...

« Je vois... », reprit Tom.

Mais ses yeux étaient complètement dans l'ombre. Emmanuelle réprima un mouvement d'épouvante. Evidemment, ce n'était pas avec ses yeux que Tom voyait.

« Je *les* vois... », précisa-t-il.

« Ils ont cru — Mais je les vois... »

« La haine est dans ce monde, ce monde est dans mon cœur, quand la terre s'ouvre... »

« Je les veux, je les aurai, je déchirerai le brouillard... »

Puis, sans la moindre intonation interrogative, cette question :

« Me vengeras-tu ? »

Et Emmanuelle fut de nouveau plongée dans l'angoisse de la veille, quand des paroles semblables étaient sorties de la bouche ombreuse de Tom. Eperdument, elle chercha une raison à cet aveu de haine. La trouva aussitôt. La souffrance. L'horreur. L'abomination de ce que Tom endurait, là-bas, si loin, dans l'invraisemblable Au-delà.

Mais tout en se prodiguant ces réflexions rassurantes, voilà qu'elle commença à entendre des bruits qui lui parvenaient des volets. Voilà qu'elle se mit à épier les craquements du plancher au premier étage et à surveiller le vent qui semblait souffler des menaces au-dessus de l'hôtel. En réalité, elle éprouvait cette crainte absurde qu'un de ces bruits furtifs ne se prolonge en une porte qui s'ouvre, poussée par une main qui n'appartiendrait pas au monde des vivants.

C'est alors que, répondant à son attente terrorisée, un coup discret fut frappé à la porte d'entrée. Si discret qu'elle aurait pu ne pas l'entendre, qu'elle ne l'aurait pas entendu si, depuis quelque temps, son ouïe et tous ses autres sens ne s'étaient incroyablement aiguisés. Elle n'eut pas le temps de se persuader qu'elle avait rêvé car le coup fut renouvelé aussitôt. De même que le premier, il fut très léger. C'était le coup émis par une personne timide, qui n'avait pas l'habitude de s'annoncer avec fracas. Il n'avait rien du coup frappé par un acteur sûr de lui, martelant le sol de ses bottes pointues, qui arrivait partout en terrain conquis. Mais un étourdissement brouilla la vue d'Emmanuelle. Elle fila à la porte d'entrée et l'ouvrit à toute volée, sans réfléchir, prête à se jeter dans les bras de Tom, prête à le tuer, prête en tout cas à imaginer l'inimaginable.

Dans le petit jour rigide et terne, le facteur apparut. Il

tenait une lettre recommandée à la main et sa bouche édentée s'ouvrait en un sourire béant.

— Comme qui dirait..., commença-t-il.

— Allez-vous-en, souffla Emmanuelle d'une voix rauque. S'il vous plaît...

Le vieil homme, interloqué, se trouva incapable du moindre mouvement. Il était en présence d'une femme qui lui demandait de partir sans lui remettre sa lettre recommandée. Il ne pouvait rien répondre et rien penser. Bouche bée, il attendit la suite. Celle-ci ne tarda pas.

— *Allez-vous-en!* répéta Emmanuelle avec violence.

Et elle referma avec fracas la porte au nez du facteur. Les jambes flageolantes, elle se laissa tomber par terre en éclatant en sanglots. D'un seul coup, elle fut au-delà de ce qu'elle pouvait supporter. Son corps fut traversé d'un spasme, elle se remit debout. Il fallait qu'elle interrompe cette boucle infernale. Il fallait que Tom lui parle, à *elle*. Il ne fallait pas qu'il soit cette voix irréelle. Sinon il ne resterait plus qu'à éteindre le téléviseur et à laisser cette apparition au monde incompréhensible des mirages. Car c'était elle qui devenait inexistante, à force!

Revenue à toute allure dans la salle de télévision, elle avala sa salive et s'éclaircit la gorge.

— Tom? Est-ce que tu m'entends? l'interpella-t-elle avec une véhémence qu'elle regretta aussitôt.

L'image à la télévision s'anima immédiatement par un jeu de nuances entre les blancs et les grisés. Electrisée, Emmanuelle revint à la charge en renouvelant sa question. Lili se mit à ronronner. Il y eut une respiration plus oppressante que les autres, qui lui donna l'impression qu'elle manquait d'air... le ronronnement devint assourdissant... Et la voix ténébreuse de Tom retentit dans la pièce.

« Fleuve du temps — Le guet — Je veux... »

— Que veux-tu? souffla Emmanuelle, éperdue. C'est moi, Emmanuelle, ta femme! (Son ton s'emballa, devint suppliant, pathétique, elle s'approcha de la télévision, la prit à bras-le-corps comme s'il s'agissait de Tom.) Dis-moi ce que tu veux, Tom, je t'en prie... D'où me parles-tu? Où es-tu? Je t'en prie... Aide-moi. Ne me laisse pas comme ça!

« Pourquoi Lili ne m'a-t-elle pas rattrapé? » demanda Tom avec une constance exemplaire dans la monotonie du ton.

— Lili ? s'écria Emmanuelle. Que veux-tu dire ?

« Je ne voudrais pas — Oh, je suis — Cela serait ainsi, que nous voguions le long, que nous prenions le pont... »

— Tom !

« Elle était belle... »

Les yeux d'Emmanuelle se transformèrent en deux billes dures. Elle ne voulut pas prononcer ces mots. Ils sortirent tout seuls de sa bouche, comme si Tom était vraiment à côté d'elle, vivant, et qu'ils s'apprêtaient à entamer une dispute de ménage.

— Qui était belle ? *Mylène*, peut-être...

Elle fondit en pleurs.

Derrière ses yeux fermés et liquides, la voix de Tom continua à lui parvenir, comme le monologue d'un fou. En reniflant, la jeune femme se leva et, au pas de course, sortit de la pièce. Quand elle revint, ses mains enserraient un petit magnétophone. Elle vérifia qu'il fonctionnait, le mit en marche, puis se dirigea vers le téléphone. Après tout, puisqu'il y avait eu Mylène, pourquoi se gênerait-elle pour appeler Patrice au secours ?

— Patrice ? C'est Emmanuelle.

L'heureuse surprise que ressentit son interlocuteur à l'autre bout du fil et qu'elle capta sur-le-champ donna l'envie brutale à Emmanuelle de lui raccrocher au nez.

— Je suis content que tu m'appelles, dit Patrice en veillant à ne pas forcer la note.

Emmanuelle parvint à se ressaisir mais ne put s'empêcher de se montrer sourdement désagréable. Toute la folie des dernières heures se convertissait en une envie d'agressivité.

— Ne sois pas si content, avertit-elle sèchement. Je ne t'aurais jamais appelé si...

Elle s'interrompit. Patrice restait coi, attendant patiemment la suite. Il valait mieux ne pas la pousser, n'exercer aucune pression. Il avait eu raison d'attendre, de ne pas la rappeler tout de suite. Sa patience était couronnée de succès. Mais une fibre si amoureuse vibrait en lui qu'il lui était difficile — et surtout pénible — de se contenir. Il s'était déjà contenu tellement longtemps... Comme il aurait aimé pouvoir lui dire haut et fort qu'il l'aimait et la voulait toute à lui. Qu'elle était la femme de sa vie. Qu'il l'avait su dès le premier instant où il avait posé les yeux sur elle. Il se rappelait la première du film de Tom, *Les Pavés de la justice*. Jour faste et néfaste en même temps puisqu'il avait rencontré Emmanuelle et assisté à la rencontre de celle-ci avec Tom. C'était tellement injuste. Vous êtes assis à une table et la femme de votre vie se trouve à quelques chaises de distance. Mais ces quelques chaises, ce hasard, vont décider irrémédiablement de votre vie. Vous ne pouvez lui parler, c'est un autre qui est assis à côté d'elle, qui lui parle, qui la fait rire, qui la séduit. Il était arrivé seulement quelques secondes après Tom dans le petit groupe où se tenait Emmanuelle, mais c'était déjà trop tard. Il aurait eu toutes ses chances s'il était arrivé le premier, il en était persuadé. Il n'avait peut-être pas autant de charisme que Tom, mais il se sentait tellement ébloui par cette jeune femme, mince et tendre, avec de grands yeux timides et pétillants à la fois, qu'il aurait donné le meilleur de lui-même pour la conquérir. Après tout, il était beaucoup plus beau que Thomas Nival. C'était toujours lui que regardaient d'abord les filles, pas Nival. Et en tout cas, Emmanuelle aurait été plus heureuse avec lui. *Serait* plus heureuse avec lui (son visage se mit à rayonner). Parce qu'évidemment, maintenant, tous les espoirs pouvaient reprendre... En fait, la mort de Tom était la meilleure chose qui pouvait lui arriver. Il avait un peu honte de se faire ces réflexions alors qu'Emmanuelle était à l'autre bout du fil, mais ce n'était pas lui qui avait tué Tom, n'est-ce pas ? Il n'avait même jamais souhaité sa mort. Et la vie continuait, de toute façon. En plus, il semblait bien qu'Emmanuelle avait besoin de lui...

Une onde de bonheur incommensurable le parcourut alors que son interlocutrice reprenait la parole après avoir cherché en vain comment exposer les faits.

— Je ne t'aurais jamais appelé s'il ne se passait pas quelque chose d'extrêmement... important, dit-elle finalement d'une voix un peu rauque. (Elle n'avait pas trouvé d'autre adjectif que « important ». Comment définir ce qui arrivait ? il n'existait pas de mot.)

— Qu'est-ce qui se passe donc ? demanda Patrice, intrigué et un peu inquiet.

Mais une espèce de bourdonnement venait de s'installer dans les oreilles d'Emmanuelle. Elle se sentait incapable de poursuivre. Ce bourdonnement était presque matériel. Il y avait des frelons dans sa tête qui tournaient si vite qu'elle avait l'impression qu'elle allait s'évanouir.

— Ecoute, dit-elle en faisant un effort sur elle-même pour échapper à ce phénomène intempestif par lequel ses pensées se désagrégeaient, je ne peux pas t'expliquer au téléphone. J'aimerais bien que tu viennes. Tu verras par toi-même. Est-ce que ça t'est possible de venir... (elle hésita) maintenant ?

— Si ça m'est possible ? s'exclama Patrice.

Il aurait voulu faire semblant d'hésiter. Il essaya. Mais, en réalité, du point de vue d'Emmanuelle, sa réponse fut fulgurante.

— Le temps de lacer mes chaussures, dit-il.

Emmanuelle raccrocha le téléphone en ressentant un soulagement qu'elle ne soupçonnait plus possible d'éprouver un jour. Elle se dirigea vers la salle de télévision et s'assit devant l'écran qu'elle étudia avec un certain détachement. Lili ne ronronnait plus, Tom avait arrêté de parler, l'image était redevenue fixe. Elle considéra le magnétophone qui marchait toujours. Elle l'arrêta. D'un seul coup, elle avait l'impression d'avoir tout rêvé. Avoir appelé Patrice était comme être revenue à la réalité. Elle ne pouvait plus croire que Tom avait parlé et qu'il pouvait encore le faire. Il y avait là quelque chose de totalement absurde. Elle resta cependant assise là où elle était, en consultant toutes les deux minutes sa montre. Elle avait tellement hâte, à présent, que Patrice arrive...

Du temps passa, beaucoup de temps. Tout était calme, statique, voire un peu trop calme, un peu trop statique. Progressivement, l'angoisse la regagna. Elle se sentit de plus en plus oppressée. Le bourdonnement revint occuper sa tête. L'air était tendu, elle avait concrètement à l'esprit l'image d'un voile qu'elle désirait désespérément voir craquer mais qui était indéchirable.

Au moment où Lili se mit à ronronner, ce voile se fendit pourtant. Ce qui se révéla en dessous n'était cependant rien d'autre qu'une peur incommensurable. Le regard vrillé sur l'écran, engloutie dans le vertige de ce qui se préparait, elle attendit, sachant que *ça* allait venir.

Au bout de quelques minutes, sa tension se relâcha un peu. Il ne se passait rien. Aucun bruit. Pas même un grésillement, pas même une respiration. Elle commença à pianoter nerveusement un air imaginaire sur le bras du canapé et continua de le jouer sur le dos de Lili. Toujours rien. Et Lili ronronnait de plus belle.

Et voilà que tout à coup l'événement se produisit. Seulement, il fut sensiblement différent de ce qu'Emmanuelle prévoyait, car au prime abord il ne se passa rien du côté du son. Ce fut l'image qui focalisa toute son attention. Sous ses yeux médusés, le visage de Tom qui était jusque-là constamment un peu tourné vers le côté (elle aurait pu le dessiner tellement elle en avait une parfaite mémoire : c'était un tableau pointilleusement reproduit dans sa tête) se plaça complètement de face. Pas lentement, pas imperceptiblement. Non. D'un seul coup. Comme quelqu'un qui tourne la tête vivement parce qu'il a été appelé.

Comme si Tom s'apercevait enfin de sa présence...

Alors qu'elle était encore sous le choc de cet événement, l'évolution de l'image ne s'arrêta pas là. Avec une rapidité similaire, les yeux de Tom devinrent davantage visibles. Dans les larges orbites d'ombre, deux cercles apparurent, avec tout au fond des pupilles qui se mirent à scintiller d'un éclat métallique.

Le sentiment d'être dévisagée.

Sous la fulgurance de ce regard, Emmanuelle crut qu'elle allait se trouver mal. Elle courut au bout de la pièce, franchit la porte, colla son visage contre le mur du couloir, le souffle court, en fermant les yeux. Quelques longues minutes lui furent nécessaires avant qu'elle se hasarde à bouger. Elle ouvrit d'abord ses yeux qui firent face au mur abîmé dont elle observa follement chaque cratère et chaque éraflure (l'Hôtel du Golf n'était que délabrement, pensa-t-elle, à l'image de son état mental), puis elle fit glisser son corps latéralement de façon à pouvoir épier l'écran de télévision sans quitter la protection de la cloison.

Elle regarda, regarda, regarda à s'en faire mal aux yeux parce qu'elle oubliait de ciller, et pendant ce laps de temps ses ongles creusèrent de nouvelles ornières dans le crépi friable. Tom la fixait droit dans les yeux avec quelque chose de maléfique dans ses pupilles à cause de la luminescence bizarre qu'elles émettaient. C'était comme si le défunt allait sortir de la télévision par le moyen de ses yeux. C'était comme si son regard la fusillait. C'était comme s'il l'accusait. C'était effarant, c'était abominable. Pourtant, c'était Tom.

C'est alors que la voix du mort s'éleva, prenant son élan sur le ronronnement de Lili, devenu tout à coup énorme.

« La mort est une captivité — Viens — Le guet je peux — Aidez-moi à fendre le brouillard — Je souffre, ils m'ont tout pris... — Si tu savais — Je te sens mais où es-tu ? — Ils rampent, ils sont noirs, tout est noir — Nous sommes captifs... — Les abîmes éternels — Si tu savais — Si tu m'aimes... »

Pas à pas, Emmanuelle sortit de sa retraite et s'avança vers l'écran. Elle était totalement sous le choc.

Car la voix de Tom était devenue parfaitement normale. Ce n'était plus un son d'ordinateur. Cette voix était vibrante et vivante. C'était une voix, c'étaient des paroles, c'était une exhortation profondément humaine et rigoureusement improbable à la fois, tant elle semblait provenir d'un lieu qui dépassait en abomination tout ce que la terre avait jamais porté et porterait jamais. Cette voix n'exprimait que souffrance, désespoir, ultime appel au secours. Aucune trace n'était plus décelable d'une quelconque haine. Si ce n'est que la respiration suffocante existait toujours en surimpression. Tom haletait littéralement, comme un prédicateur fou, et cette respiration hystérique qui s'élevait de la télévision dressait les cheveux d'Emmanuelle sur sa tête et lui provoquait des picotements jusqu'au bout des mains et des pieds. Tom criait son supplice avec une violence insupportable. Il existait un gouffre entre l'effet que produisaient des paroles débitées sur un ton monocorde, et les mêmes, gorgées de sentiments. Tom s'adressait vraiment à elle, maintenant.

« Pitié ! — Délivre-moi ! — Je t'en prie ! — Fais-moi sortir de là ! — Cette captivité ! — La mort est une captivité — une captivité abominable ! — Si tu savais ! — Je t'en prie ! — Entends-moi ! — Viens ! — Pitié ! — Pitié ! — Pitié !!! »

Et les appels au secours continuèrent et des bruits de sanglots vinrent couronner l'horrible supplique. Des sanglots qui semblaient faits de sang, qui ruisselaient de la télévision et qu'Emmanuelle sentit envahir ses propres yeux qui se mirent eux aussi à couler éperdument.

Tom qui implorait pitié, c'était trop affreux. D'un seul coup, elle commença à hurler. Elle ne sut pas combien de temps elle hurla, mais ce qu'elle savait était qu'elle ne pouvait plus s'arrêter, qu'elle ne voulait plus s'arrêter, que hurler était plus facile que n'importe quoi, que c'était la seule façon de vivre.

Et c'est alors que le visage de Tom se tourna de nouveau vers la droite et qu'il ne bougea plus. Emmanuelle non plus. Raide et muette comme une morte. Davantage, même. Lili se tut.

Patrice parvint à l'Hôtel du Golf environ deux heures après le coup de téléphone d'Emmanuelle, le temps nécessaire pour venir de Paris. Dès que le comédien parut dans l'embrasure, la jeune femme se jeta dans ses bras. Patrice la serra contre lui passionnément, attentif cependant à ce que ses gestes ne soient pas équivoques. Sans un mot, Emmanuelle le conduisit dans la salle de télévision où elle lui demanda de s'asseoir sur le canapé. Lili, qui semblait à présent tout à fait établie, tournait comme une toupie autour du poste, comme si elle en tirait sa nouvelle, sidérante, quasi miraculeuse énergie. Elle s'était endormie le soir, encore complètement sonnée, pour se réveiller le matin, convalescente, et voilà que maintenant, quelques heures plus tard, elle était redevenue comme avant dans ses meilleurs moments. Sous son pansement qui était tombé tout à l'heure, on ne voyait aucune trace de blessure. Sa queue fouettait l'air fièrement, comme un drapeau de victoire. Elle considérait le nouvel arrivant avec une certaine méfiance, et ses pupilles brillaient d'un éclat aurifère.

Patrice fit ce qu'Emmanuelle lui indiquait.

— Regarde, dit-elle en pointant un doigt aigu vers la télévision.

Patrice dirigea ses yeux vers l'écran, l'air interrogatif. Emmanuelle surveillait fébrilement sa réaction. Le comédien fronça immédiatement les sourcils.

— Qu'est-ce que c'est? fit-il en écartant sa mèche de cheveux comme pour mieux voir, bien qu'il y vît très bien.

— Tu ne le reconnais pas? dit Emmanuelle d'une voix tendue à l'extrême.

— Tom? cligna des yeux le visiteur.

— Bien sûr, Tom.

Silence.

— Dans quel film?

— *Les Pavés de la justice.*

— Oui, c'est vrai, je reconnais maintenant, opina lentement Patrice.

Il se sentait d'un seul coup mal à l'aise.

— Pourquoi l'image est-elle arrêtée ? demanda-t-il en se tournant vers Emmanuelle.

— Il n'y a pas de cassette dans le magnétoscope, répondit-elle avec l'air un peu ahuri de quelqu'un qui a du mal à croire lui-même à ce qu'il raconte. Et... ce n'est pas non plus un film qui passe à la télé. Aucune chaîne ne marche. Elles sont toutes détraquées. On me l'avait dit, pourtant... (Elle fit un geste vague pour signifier que la douleur de la perte de Tom avait occulté tout le reste, elle voulait dire : « le sens de la réalité », mais elle ne précisa rien : où était la réalité dans tout ça ?) Quand on enterre quelqu'un au Vivier-Leu, ajouta-t-elle très vite sans oser lever les yeux sur Patrice, les télés se mettent à marcher de travers. Maintenant, on n'y enterre plus personne. A part Tom.

— Qu'est-ce que c'est que cette histoire ? s'exclama Patrice, complètement suffoqué.

Il ramena ses yeux sur l'écran. Il y avait quelque chose qui n'allait pas, cela ne faisait aucun doute. Il n'avait jamais vu une image pareille. Son ventre se crispa.

— Pourquoi l'image est-elle en noir et blanc ?

Emmanuelle eut un geste impatient.

— Je ne sais pas. Ce n'est pas ça le problème.

— C'est quoi le problème, alors ?

Les cils d'Emmanuelle battirent rapidement. Sa nervosité s'accroissait à toute allure. Elle s'était assoupie un moment, après le dernier message du défunt, pour retrouver au réveil sa terreur intacte.

— Demande aux gens du coin, fit-elle à voix très basse, comme si elle craignait que quelqu'un ne l'entende. Tu verras ce qu'ils te diront. Toutes les télés deviennent folles à proximité du cimetière. Il y a des interférences avec les ondes.

Elle ajouta d'une manière à peine audible :

— C'est à cause de Tom.

— A cause de Tom ? répéta Patrice, effaré, en fixant la jeune femme avec incrédulité.

Elle avait l'air d'une folle, tout à coup. Bien sûr, c'était certainement cela : la douleur lui faisait momentanément perdre la raison. Tout ce qui se passait en ce moment était dû à une altération de son état de conscience. Et elle réussissait à lui faire ressentir la même chose, à cause de l'empathie qui existait de lui à elle... parce qu'il l'aimait. C'était aussi simple.

Mais voilà qu'un vertige fit papillonner ses yeux alors qu'il regardait de nouveau la télévision : cette image, là, devant lui... il la voyait bien, tout de même ! C'était impossible de prétendre le contraire. (Des rides préoccupées apparurent sur son beau visage tandis qu'un semblant d'analyse se formait dans son esprit.) On aurait dit une espèce de vieille photo floue, usée, venue de très loin. L'expression « outre-tombe » convenait parfaitement à la description qu'il aurait pu en faire.

Il passa la main dans sa mèche de cheveux, ce qui lui fit perdre tout à fait l'air calme et rassurant qu'il voulait se donner face à Emmanuelle.

Oh non ! Etait-ce possible ? Qu'est-ce qui se passait ? *Tom pouvait-il réellement revenir ?*

— C'est un cauchemar, décréta-t-il.

Il se pinça discrètement en reportant les yeux sur Emmanuelle qui prenait de nouveau la parole.

— Il ne fait pas seulement qu'apparaître à la télévision, précisa-t-elle d'une curieuse voix haut perchée qu'il ne lui avait jamais entendue auparavant et le terrifia pratiquement plus que tout le reste. Il *parle* aussi.

Patrice sauta sur son siège. Il ne savait pas par quel bout prendre cette histoire insensée.

— Tu es sûre que ce n'est pas une mauvaise plaisanterie qu'il t'a préparée avant de mourir ? Une photo qu'il aurait enregistrée d'une manière ou d'une autre sur la télé ?

Emmanuelle le regarda durement.

— Parce qu'il savait qu'il allait mourir, c'est ça ? Bien sûr...

Patrice avala sa salive.

— Excuse-moi, j'ai les nerfs en pelote. Tout cela paraît si... incroyable. Je cherche des explications. C'est souvent en disant ce qui vous passe par la tête que la solution surgit. On ne peut quand même pas envisager une histoire comme celle que tu as l'air de... d'imaginer. Non, écoute, ce n'est vraiment pas possible.

Emmanuelle eut un air ironique. Elle avait pris pas mal d'avance par rapport à Patrice en ce qui concernait les histoires qui n'étaient pas possibles. Cela lui conférait subitement une certaine assurance.

— Le mieux est que tu te rendes compte de tout cela par toi-même. Je pense que Tom va parler de nouveau. A moins qu'il ne soit désobligé par ta présence.

Patrice secoua la tête d'un air navré.

— Emmanuelle, s'il te plaît, arrête de dire n'importe quoi. Il faut que tu gardes la tête froide. Il y a forcément une explication. Laisse-moi le temps de réfléchir.

Elle opina mais se dégagea vivement, écœurée de sentir la tiédeur du corps du jeune homme tout près d'elle. Cela lui rappelait trop directement Thomas, cela la ramenait à ces moments où ils faisaient l'amour...

Cela ne plairait pas à Thomas...

Patrice fit un pas de côté et se dirigea vers la télévision. Il éprouvait le besoin de faire quelque chose, n'importe quoi : examiner la télévision, vérifier qu'il n'y avait pas de branchement suspect.

— Qu'est-ce que tu espères trouver? lui demanda avec exaspération Emmanuelle en le voyant se mettre à quatre pattes et se pencher de tous côtés.

— Quelqu'un aurait pu te faire une mauvaise farce. *Quelqu'un d'autre,* je veux dire.

Emmanuelle le toisa de haut en bas.

— Et comment est-ce qu'il s'y serait pris? Tu sais bien que c'est impossible. Comment veux-tu qu'une image apparaisse s'il n'y a pas de cassette dans le magnétoscope? Et on ne peut pas prétendre qu'il s'agit d'une chaîne que je capterais par mégarde, puisque c'est Tom que l'on voit! En noir et blanc, en plus, alors que la télé est en couleurs!

Elle avait de grands yeux d'enfant indignée. Patrice se mordit les lèvres et alla se rasseoir. Il fallait admettre qu'elle avait raison. Mais il y avait forcément une explication.

— Bon, dit-il en respirant profondément. Et qu'est-ce qu'il a dit au juste, Thomas, quand il a parlé?

Le ridicule de sa question lui fit esquisser un sourire dénué de toute espèce d'amusement. En réalité, il ne savait vraiment plus du tout où il en était. Il avait l'impression réelle de cauchemarder. Etait-ce l'amour qu'il éprouvait pour cette femme qui lui faisait perdre la boule, à lui aussi?

— J'ai enregistré sa voix sur un magnétophone, dit lentement Emmanuelle, mais autant que tu entendes par toi-même. Il ne va pas tarder à parler, je suis sûre. A moins que...

— A moins que quoi ?
— Rien... C'est ce que je disais tout à l'heure. A moins que ça ne plaise pas à Tom que tu sois là.

Il la contempla, malheureux de la voir dans cet état. Un silence pesant tomba sur eux. Ce fut Emmanuelle qui le rompit :

— Au fait, ça te dit quelque chose « Mylène » ? Je crois qu'elle habite Paris.

Patrice encaissa le coup discrètement. Pas un clignement de cils ne le trahit. Quel était le salaud qui était allé raconter ça à Emmanuelle ?

— Non, ça ne me dit rien. Qui est-ce ?
— C'était la maîtresse de Tom, à ce qu'il paraît, lâcha Emmanuelle en faisant claquer nerveusement sa langue et en contradiction totale avec le ton anecdotique qu'elle essayait de prendre.

Patrice prit un air badin.
— Qui t'a raconté ce bobard ?
— Michel Farfeti, repartit Emmanuelle du tac au tac. Tu le connais ?
— Non, mentit une nouvelle fois Patrice. Qui est-ce ?

Emmanuelle commença d'une voix plate à relater ce qui s'était passé la veille. Son regard effectuait constamment des allers et retours entre Patrice et l'écran de télévision. Elle désirait très fort que Tom se manifeste, elle avait tellement besoin que Patrice voie ça. Mais quand elle eut finit son histoire, rien ne s'était passé. Elle reposa obstinément sa question au sujet de Mylène.

— Ne me mens pas, fit-elle avec un demi-sourire encourageant. Tu connais Mylène, n'est-ce pas ? Ne me dis pas le contraire. Ne t'inquiète pas, je ne vais pas avoir une crise de nerfs.

Patrice reporta les yeux sur l'écran de télévision, comme si la réponse qu'il devait fournir pouvait venir de là. Comme si Tom... Il étudia avec accablement le visage au regard indéchiffrable, noyé d'ombre. Tom là, encore là, toujours là, éternellement là ! Ce n'était pas possible.

Une haine violente l'envahit.
— Oui, je connaissais Mylène, s'entendit-il avouer d'un seul coup avec une voix qui lui semblait provenir de l'extérieur de lui-même. C'était une des maîtresses de Tom.

Patrice gémit, cria « non ! » pour effacer l'énormité qu'il venait de proférer, mais les mots qu'Emmanuelle avait entendus résonnaient déjà dans sa tête une seconde fois : elle avait besoin de se les redire pour intégrer quelque chose de ce qu'ils signifiaient.

Une des maîtresses de Tom...

Il y eut un immense moment de flottement. Patrice parcourait la pièce avec des yeux affolés, s'agitant en tous sens, poussant des dénégations effarées. Mais la réaction finale d'Emmanuelle à cet aveu sidérant ne fut pas directement visible, ou, plutôt, elle fut engloutie dans une même et seule réaction en forme de clameur qui jaillit comme une fusée de sa poitrine et arrêta un instant le sang de Patrice dans ses veines.

Car, dans les quelques fractions de seconde qui suivirent la révélation affligeante du jeune comédien, la silhouette de Tom s'effaça de l'écran de télévision. Ne subsista bientôt plus de l'acteur défunt qu'une brume irréelle, habitée d'une ombre approximative.

Patrice et Emmanuelle ne se quittèrent pas fâchés. Ils se séparèrent même plutôt plus proches qu'ils ne l'avaient jamais été. Quand on partage de tels moments, quand il est dit, quand il est *vu* des choses pareilles.. Patrice avait voulu revenir en arrière sur ses aveux concernant Tom, mais Emmanuelle avait secoué la tête avec incrédulité.

En boutonnant son manteau dans l'entrée, il lui glissa qu'il allait passer quelques jours dans la région et lui donna le numéro de téléphone où elle pourrait le joindre. Il comptait pas mal d'amis autour de la baie de la Somme dont il était originaire, comme Emmanuelle, d'ailleurs. Leurs villages natals ne se trouvaient qu'à une vingtaine de kilomètres de distance. Dommage qu'ils ne se soient pas connus étant enfants, s'était-il souvent répété avec regret. Ainsi, il aurait pu être le premier. Avant Tom. Parce qu'en réalité, à partir du jour où il avait connu Tom, il était toujours arrivé après lui. Arriver avant Tom était devenu son obsession. Ne pas ramasser les restes. Mais Emmanuelle n'était pas un reste. D'ailleurs, il ne voulait pas qu'elle l'aime par pitié, parce qu'elle n'avait plus Tom. Ce qu'il voulait, c'était qu'elle découvre toute seule qu'elle serait plus heureuse avec lui qu'avec n'importe qui d'autre.

— Je t'appellerai demain, lui dit-il avec un baiser léger sur la joue, une seule joue, pour marquer une intimité nouvelle.

Emmanuelle fut saisie d'un frisson, soulagée que la télé fût éteinte. Si Tom avait vu ce baiser... Lui qui avait toujours accusé Patrice d'avoir des vues sur elle. Elle était sûre, maintenant, qu'il avait raison.

Et après? se dit-elle tout à coup, sentant une animosité nouvelle la gagner. Il avait bien eu Mylène, lui, et d'autres Mylène, peut-être. Sans doute. Il y avait trop de choses qui concordaient. Ses coups de téléphone plus que rares quand il allait à Paris, la quasi-impossibilité de le joindre. A moins que Michel Farfeti et Patrice n'aient inventé tous ces mensonges pour qu'elle tombe dans leurs bras. Ce qui n'était pas impossible non plus.

Soudain, l'image des quatre femmes qui l'avaient intriguée lors de l'enterrement de Tom se détacha de sa mémoire. En un éclair, elle comprit qui elles étaient et quel genre de relations elles avaient entretenues avec son mari. Tom était fasciné par ce genre de femmes, elle le savait bien au fond d'elle-même. Rien ne lui plaisait tant — rien ne l'excitait autant — que quand il obtenait d'elle qu'elle s'habille avec une jupe moulante, des talons aiguilles et un porte-jarretelles.

— Fais-moi plaisir, reprit Patrice en la tirant de ses réflexions, laisse cette télé éteinte. Cela ne sert à rien. Les morts ne reviennent pas. Tu m'as pris de court, en arrivant. La seule chose qui puisse se produire, à mon avis, c'est qu'une trace du passé soit restée dans le présent. Pour un petit moment. Parce que la mort de Thomas est toute récente. Parce qu'il avait une telle personnalité que son image n'a sans doute pas encore disparu. Il a imprégné l'atmosphère de cette maison. La preuve, c'est qu'il n'apparaît pas comme ça, tout seul, mais dans un film qu'il a tourné jadis, un film qui *existe vraiment*. Il y a des choses bizarres, tu sais. L'esprit humain est plein de ressources. Je lisais l'autre jour qu'on ne sait toujours pas à quoi servent les trois quarts du cerveau. Il se peut que ce soit ton esprit à toi qui fasse apparaître cette image de Thomas à la télévision...

— N'importe quoi! s'écria Emmanuelle avec colère.

— Non, pas n'importe quoi, reprit Patrice doucement,

essayant d'être apaisant. Tu sais toi-même qu'il y a des yogis hindous qui sont capables, rien qu'en se concentrant, d'impressionner avec leur pensée une pellicule photo vierge. On en avait discuté une fois, tu te souviens ? C'est même toi qui m'en avais parlé. J'ai lu d'autres choses qui vont dans ce sens. Ce sont des faits rares mais réels.

Il la prit tendrement par le bras, ce qui provoqua un raidissement de tout le corps d'Emmanuelle.

— Ecoute, dit-il, le jour où je verrai Tom sonner à la porte, ce jour-là, j'y croirai peut-être. Mais... n'y compte pas trop. Il faut que tu te fasses une raison. Je ne pense pas qu'il y ait une vie après la mort, quelle qu'elle soit. On le saurait, depuis le temps. Quand on est frappé par un drame pareil, on essaye toujours de se raccrocher à ce genre de phénomène. C'est normal, le choc est trop grand. Il faut l'encaisser par paliers.

— Mais Tom a parlé ! s'exclama Emmanuelle avec indignation. Je peux te faire écouter la bande ! Tu vas peut-être me dire que c'est en me concentrant que j'ai réussi à le faire parler ? Je vais chercher le magnétophone ! Tu ne pourras pas nier l'évidence.

Elle tournait déjà les talons quand Patrice l'arrêta.

— Non, dit-il fermement.

— Laisse-moi te faire écouter, supplia-t-elle. C'est important pour moi que tu me croies !

— Ce n'est pas la peine, décréta-t-il de manière définitive en la prenant par les épaules. Je te crois tout à fait. Il y a une psychanalyste qui a écrit récemment un livre qui a fait énormément de bruit dans les milieux spécialisés... Cette fille affirme que dans certains cas — dans des cas de problèmes psychologiques graves ou dans des circonstances dramatiques comme la mort d'un être cher — il y a une telle accumulation d'énergie dans l'inconscient qu'elle se trouve projetée à l'extérieur. Et cela donne des bruits très réels que tout le monde peut entendre : des coups frappés dans les murs, par exemple, ou même des déplacements d'objets. La preuve que ce ne sont pas des phénomènes paranormaux, c'est que quand on entreprend de soigner ces gens, tous ces bruits disparaissent.

— Donc, ce que tu veux dire, conclut Emmanuelle froidement, c'est que c'est tout à fait normal que toi tu sois capable de voir et d'entendre ce que mon esprit à moi hallucine.

— Ce ne sont pas des hallucinations, d'après cette psychologue. Elle a étudié des centaines de cas. Mais tu as raison, c'est quand même ce que je veux dire. Il n'y a pas d'impossibilité à ce que moi je voie ce que ton esprit à toi — non pas hallucine — mais disons... crée. Cette souffrance affreuse qu'a engendrée chez toi la mort de Tom représente de l'énergie. Or, l'énergie, ça se déplace, ça circule, ça peut prendre différentes formes. Aucun scientifique ne pourrait prétendre le contraire.

Emmanuelle dévisagea le jeune acteur avec un sourire caustique.

— Belle théorie ! Bien au point. Et donc, d'après toi, tout le monde pourrait voir et entendre Tom se manifester à la télévision. Tout le monde pourrait voir ce que mon énergie psychique invente. Mais pas parce que c'est réel, attention !

— Non, peut-être pas tout le monde, sous-entendit Patrice, la voix manquant soudainement de force.

— Ah bon et pourquoi ? rétorqua Emmanuelle avec une hargne exaspérée.

Patrice se troubla.

— Eh bien...

Il recula d'un pas et heurta légèrement le panneau de la porte d'entrée. Sa main se glissa dans son dos, il attrapa la clenche pour être prêt à ouvrir.

— Je crois que c'est parce que moi je t'aime, dit-il, en regardant la jeune femme sans détour. Je peux me mettre à ta place. C'est facile. J'aime tellement tes yeux que je vois avec eux comme si c'étaient les miens...

Et, totalement terrifié par cet aveu qu'il exprimait pour la première fois, il poussa la porte avec son dos, se retrouva dehors, dans le vent furieux, regarda une dernière fois Emmanuelle jusqu'au fond des yeux sans faire mystère de ses sentiments brûlants, puis fit brusquement volte-face et partit à toutes jambes.

— Patrice ! essaya de le rappeler la jeune femme.

Mais l'acteur ne se retourna pas.

Emmanuelle le regarda s'éloigner jusqu'à ce qu'il soit monté dans sa voiture, qu'il la fasse démarrer, et que celle-ci ait complètement disparu. A son corps défendant, elle ressentait un curieux pincement au cœur. Lili se glissa entre ses jambes et elle comprit alors qu'il valait mieux rentrer.

Emmanuelle referma la porte songeusement. Lili, ayant mené à bien sa tâche de ramener sa maîtresse dans la maison où le grand Tom l'attendait, fila vers la cuisine pour voir s'il y avait un peu de nourriture déposée dans son écuelle.

D'un pas lent et le regard un peu absent, Emmanuelle se dirigea à sa suite vers la cuisine. Elle se sentait certes mieux, après la visite de Patrice, mieux parce que moins seule, et son angoisse était désamorcée, mais elle était aussi complètement désorientée par la remise en question que Patrice avait fait de la réalité de l'apparition de Tom. A son insu, ses propos avaient fait mouche dans son esprit. Il n'y avait rien de plus exact que ce qu'il avait dit, en vérité. Les capacités de l'esprit humain représentaient quelque chose que l'on avait pu observer, mesurer, reproduire dans des laboratoires, et il n'était pas moins exact que seule une faible partie du cerveau était utilisée. Tandis que les manifestations des morts et l'existence de l'Au-delà — toutes ces sortes de phénomènes — n'avaient jamais fait l'objet de preuves irréfutables. Ce que l'on obtenait n'était jamais que des témoignages, une subjectivité forcément suspecte.

— Lili ? appela-t-elle, étonnée de constater que sa chatte n'était déjà plus dans la cuisine. Où es-tu passée ?

Elle se mit à sa recherche. Elle aspirait à la regarder de plus près. Elle trouvait soudain que le rétablissement ultrarapide de Lili échappait au domaine de l'habituel, sinon du normal.

Elle découvrit l'animal, non sans en nourrir quelque contrariété, dans la salle de télévision qu'elle aurait aimé oublier un peu, au moins pour un moment. La chatte exécutait une ronde folle autour du téléviseur. Quand sa maîtresse apparut à la porte, elle s'immobilisa en poussant un miaulement vif, joyeux, plein de santé. Avoir trouvé son écuelle vide n'avait entamé en rien sa bonne humeur.

— Eh bien, Lili ! fit Emmanuelle avec un sourire crispé. On dirait que c'est la forme !

A la stupéfaction d'Emmanuelle, le chat exécuta sur place un incroyable bond vertical, pattes tendues en avant, comme si — en tout cas c'est ce qui se produisit — elle voulait appuyer sur le bouton de commande du téléviseur que Patrice avait pris l'initiative d'éteindre avant de s'en aller tout à l'heure.

La télévision s'alluma. Emmanuelle se précipita pour la refermer, son cœur battant à tout rompre. Commotionnée, elle se laissa tomber sur le canapé en jetant des coups d'œil semblablement effrayés sur Lili et sur le poste. Pour la première fois, les connexions entre Lili et la mort de Tom lui apparaissaient dans toute leur étendue. Avant l'accident de Tom, il y avait eu chez l'animal la prémonition de ce qui allait arriver — toutes ces promenades au cimetière dont elle avait été assez bête pour ne pas en comprendre la raison — et, après sa mort, la captation par la chatte de l'esprit de Tom : Lili avait *su* que Tom allait se manifester à la télévision, elle avait *su* qu'il était là. En plus, elle l'avait aidée. Ces ronronnements... Evidemment, cela n'allait pas du tout dans le sens de la théorie de Patrice.

Elle contempla encore la chatte comme si elle la voyait pour la première fois. Les yeux de Lili étaient deux lucarnes translucides. Dans ce regard limpide, se lisait une force sidérante. Elle la suivit des yeux, fascinée. Lili ondulait autour de la télévision comme un feu follet de fourrure en posant de temps à autre sur elle ses pupilles luminescentes d'un air interrogatif — presque un air de reproche, d'incompréhension.

Mais quels étaient ces animaux ? se demanda Emmanuelle tandis que Lili était en train de s'approcher d'elle fixement. Qui étaient les chats ? Quel était ce monde dans lequel ils vivaient ? Ressemblait-il au nôtre autant qu'on le croyait ? (Elle s'abîmait tellement dans les yeux de Lili qu'elle avait l'impression qu'ils étaient devenus ses yeux à elle, qu'elle regardait comme un chat.) Et si le monde n'était pas tel qu'elle-même le pensait et tel que les êtres humains le pensaient, mais tel que le pensaient les chats ? Tel que le pensait Lili ? Cette chatte avait des pouvoirs étranges, elle en était sûre, des pouvoirs qui la dépassaient, qui dépassaient ceux des humains.

Elle repensa à Mademoiselle, à la mort d'Irak, à ce qu'elle avait dit... Quel était ce mot ? *Psychopompe...*

S'emparer des âmes.

Elle secoua la tête.

Non, Lili n'était pas capable d'une chose pareille. Si elle était sûre de quelque chose, c'était de cela. Lili était un être de douceur, de pureté, d'amitié. Elle l'avait assez prouvé. Par contre, elle sentait. C'était sans doute là le sixième sens des chats. Mais que recouvrait-il exactement, ce sixième sens ? Le savait-on, en réalité ? Jusqu'où allaient ces capacités de capter des choses par l'esprit ? De comprendre avant tout le monde ?

Et *pourquoi* ? De manière générale, dans le règne animal, quand on disposait de certaines aptitudes, c'était pour s'en servir.
Psychopompe.
Le mot s'entêtait dans l'esprit d'Emmanuelle. Il y avait eu un truc, quand même, un truc très bizarre : c'était à partir du moment où elle avait installé Lili devant la télévision que l'animal avait commencé à aller mieux. Les progrès avaient été stupéfiants. En quelques heures, la chatte avait été rétablie.

À bien y réfléchir, trois périodes différentes vérifiaient cette hypothèse. La première, au début, quand elle avait mis Lili à côté d'elle, devant l'écran, et qu'un mieux s'était fait sentir rapidement. Puis quand elles étaient allées là-haut, dans la chambre, toute la fin de l'après-midi et toute la nuit, et que l'état de Lili était resté stationnaire. Et pour finir, ce matin, au bout de quelques heures d'« exposition » à la télévision, quand Lili avait sauté brusquement sur ses pattes, en pleine forme.

— Lili, chuchota Emmanuelle en contemplant son chat avec une sorte d'inquiétude respectueuse.

Etait-elle une espèce d'agent intermédiaire ? Entre le monde visible et le monde invisible ? Entre la vie et la mort ? Et ces ronronnements... N'allait-ce pas encore au-delà de tout ce qu'elle pouvait supposer ? Que Lili ait des pressentiments, c'était une chose, mais qu'elle fournisse à Tom ce dont il avait besoin pour pouvoir communiquer depuis la mort...

Elle regarda encore Lili, et Lili était très proche d'elle maintenant. En réalité, ses yeux étaient à quelques centimètres des siens et ce n'étaient pas des yeux, c'étaient des planètes dorées qui se fondaient en une seule et même planète, c'était une voûte scintillante où brillaient les étoiles d'autres mondes. Elle contemplait ces étoiles, Emmanuelle. Elles lui parlaient de rêves galactiques, elles réduisaient la mort à peu de chose, elles étaient une voix lactée qu'elle avait envie de suivre, où elle trouverait Tom. D'un seul coup, les rôles étaient renversés. Elle se rendait compte de façon radicale que c'était elle qui avait à apprendre de Lili, pas l'inverse...

C'est alors que, comme si elle avait eu besoin de confirmation à ses idées nouvelles, Lili lui sauta sur les genoux en miaulant intensément.

— Qu'est-ce que tu veux, mon Lili ?

Mais c'était une question idiote : elle savait parfaitement ce que l'animal attendait d'elle.

Après avoir gratifié son chat d'une caresse entre les deux oreilles, elle se leva et alla rallumer la télévision. Lili commença à ronronner.

Le brouillard qui était tombé tout à l'heure sur l'écran quand Patrice avait admis l'existence d'une certaine Mylène dans la vie de l'acteur défunt s'était levé. Tom était sur son scooter, de face, et parfaitement net. Il était présent d'une façon vertigineusement réelle. Son regard rencontrait celui d'Emmanuelle.

La jeune femme n'eut pas le temps d'accuser le choc que son mari se mit à parler. Des larmes de peur et d'émotion coulèrent aussitôt de ses paupières qui prirent une transparence violacée. La voix de Tom était si réelle qu'elle avait l'impression qu'il était là, à côté d'elle, en chair et en os.

« Je viens, j'irai sur ces terres abîmées, elles verront le jour — Tu sauras, bientôt, la mort est une puissance — Le Mal, c'est Eux ! — »

Elle ne savait pas ce que ces paroles signifiaient, si ce n'est que les yeux de Tom étaient froids et secs et qu'ils la sondaient jusqu'au cœur. Pliant ses jambes, elle les serra de toutes ses forces, le menton contre les genoux, pour se protéger. Elle regrettait d'avoir laissé partir Patrice. Elle aurait dû le retenir. Il ne lui voulait pas de mal. Elle se sentait... oui, elle se sentait bien avec lui.

Et avec ce que Tom avait fait, elle avait bien le droit, non !

Eh bien, non. Elle avait été stupide. Elle ne s'était pas senti le droit, elle avait eu peur. Peur de Tom. De lui désobéir. Et voilà que maintenant elle se retrouvait seule avec un homme à la télévision qui ressemblait à Tom mais sans aucune trace de tendresse. Une luisance frappante se dégageait de ses yeux froids. C'est alors qu'elle sut que les secondes qui allaient suivre allaient faire basculer définitivement sa vie. Des picotements nerveux fondirent sur son corps et l'essaim de bourdons revint envahir sa tête.

Tom, pour la première fois, venait de l'appeler par son prénom...

« Emmanuelle ! Emmanuelle », renouvela-t-il aussitôt son appel.

Affolée, éperdue, elle chercha le secours de sa chatte, assise comme une statue à ses pieds. Lili comprit, elle sauta souplement sur le canapé et, sans cesser de ronronner, vint appuyer une patte de velours sur le bras de sa maîtresse. Mais la frayeur ne quitta pas Emmanuelle pour autant. Ses nerfs lâchèrent. Elle éclata en sanglots. La voix de Tom prit encore davantage de vigueur alors que le ronronnement de Lili, à l'inverse, allait s'amenuisant. Cette voix semblait... Emmanuelle roula des yeux hagards, essayant de mettre des mots sur cette impression frappante.

— Elle semble voler de ses propres ailes, fit-elle à voix haute avec stupeur.

« — Emmanuelle ! — Emmanuelle ! » se mit à appeler Tom de nouveau.

Son ton était impératif, comme s'il n'était pas content qu'elle n'ait pas encore répondu.

— Oui, Tom ? finit-elle par couiner.

Et elle se mit à sangloter de plus belle, attrapa un coussin et se cacha derrière. Elle ne savait pas pourquoi elle pleurait ni pourquoi elle se cachait. Tom l'appelait, n'était-ce pas merveilleux ? Malheureusement, d'autres pensées contrecarraient ce bonheur. Etait-ce son esprit qui créait ces phénomènes à la télévision ? se disait-elle en sourdine. Comme le prétendait Patrice. Si elle se concentrait de toutes ses forces sur n'importe quoi d'autre — quelque chose d'agréable, de joyeux — cette image et cette voix disparaîtraient-elles ? Et tandis que le seul mot prononcé par Tom, inlassablement, était le prénom de sa femme, elle se mit à chercher frénétiquement une pensée joyeuse. Bientôt, il lui fallut se rendre à l'évidence : les seules pensées heureuses qu'elle pouvait puiser en elle étaient issues de la vie qu'elle avait menée avec Tom. Toutes revenaient à penser à Tom et penser à Tom était penser à la mort. A la mort et au reste, à ce qui se passait et la frappait d'incompréhension et d'effroi.

Elle ferma les yeux, balbutia une petite prière pour se demander d'accepter, de se calmer, de voir venir. Il fallait être contente que Tom vienne lui parler depuis la mort. Il fallait se réjouir. Lili ne se réjouissait-elle pas ? Qu'avait-elle à craindre, elle n'avait rien fait de mal, n'est-ce pas ? C'était tout le contraire. C'était Tom qui était en faute. C'était lui qui l'avait trompée. Elle, ça ne comptait pas. Ce qui lui était arrivé avec Christian pouvait sans hésitation être qualifié de viol. Quant à Patrice... elle ne ressentait rien pour lui. C'était juste un ami.

« Emmanuelle ! Emmanuelle... ! »

La voix d'outre-tombe continuait à psalmodier son prénom et il semblait à Emmanuelle qu'elle s'élevait progressivement. C'était comme si toute la maison commençait à crier son nom. Elle se sentit dangereusement cernée. Elle éprouvait une angoisse claustrophobique. Enfermée dans cette voix, cette image...

Elle attrapa Lili et la serra intensément contre elle. Fermer la télé. Appeler Patrice. S'enfuir d'ici.

Non ! Toutes ces possibilités étaient inacceptables ! Lili sous ses doigts lui disait le contraire : elle ronronnait d'aise, pour le moins d'approbation.

Elle ronronnait pour que Tom puisse parler, continue de parler...

Et le ronronnement de l'animal se communiquait à son corps à elle, c'était comme si elle ronronnait elle aussi, comme si elle était contrainte de ronronner. Se soumettre, de toute façon, n'avait-il pas toujours été la condition obligatoire si l'on voulait être la femme de Tom ? N'était-ce pas délicieux d'être sa chose ? Non ? Oh, elle ne savait plus... Mais si, elle savait, bien sûr que c'était oui !

C'est pourquoi, alors que depuis plusieurs minutes déjà le courage de regarder l'écran de télévision lui manquait, elle battit le rappel de sa volonté et leva des yeux directs et francs sur l'écran où Thomas continuait de l'appeler.

— Je suis là, s'entendit-elle répondre avec une voix qui lui sembla provenir de la même irréalité que celle de Tom. Et toi, où es-tu, Tom ? Où es-tu, mon amour ?

« Emmanuelle... Emmanuelle... », répéta Tom sur le même ton sans impatience qui donnait à penser qu'il pourrait l'appeler ainsi jusqu'à la fin des temps.

Et elle comprit que Tom ne la voyait pas, qu'il ne l'entendait pas. L'image de son époux en train de l'appeler depuis son cercueil se présenta à son esprit en faillite. Tom cria son nom encore une fois, puis, de sa bouche qu'une sorte d'ondoyance d'ombres animait, tombèrent quelques mots qui lui perforèrent le cœur.

« La mort est une captivité abominable... »

C'était le message qu'il avait déjà tenté de lui faire parvenir. Parfaitement compréhensible et d'un désespoir accablant. Elle ne pouvait supporter cela. Il n'existait pas d'autre alternative que de venir au secours de celui qui appelait ainsi. Si la mort n'était même pas le néant, si la mort était une souffrance sans fin, s'il y avait pire que la mort, si c'était une prison éternelle...

« La mort est une captivité », s'écria encore Tom. « La fuite est ce que je veux ! »

Effarée, Emmanuelle hissa Lili dans ses bras jusqu'à ce qu'elle trouve son regard. Elle voulait y chercher un peu de courage. Ou, plus encore, une indication. Lili continua à ronronner voluptueusement tout en contemplant sa maîtresse de ses yeux de miel.

— Bien, murmura Emmanuelle pour elle-même. Ce n'est pas toi qui me dissuaderas de laisser tomber, n'est-ce pas ?

Lili eut un miaulement vif et net. Emmanuelle réfléchit. En réalité, il n'y avait qu'un seul moyen de procéder pour accélérer le processus : instaurer un dialogue. Elle se concentra en regardant son époux le plus droit possible dans les yeux et, empêchant sa voix de vaciller, dit de façon nette :

— Comment te serait-il possible de sortir de la mort, Tom ? Dis-moi. Je t'écoute. Je suis prête.

Elle compléta d'une voix un peu plus sourde :
— Prête à tout.

Il n'y eut pas de réponse à la question d'Emmanuelle, bien qu'elle la reposât des dizaines de fois au cours des heures qui suivirent, bien qu'elle l'agrémentât d'allusions à Hortense, bien qu'elle invoquât Hortense et la suppliât de l'aider à se faire entendre de Tom. Cependant, vers la fin de la soirée, alors qu'elle commençait à tomber dans une somnolence nauséeuse sur le canapé devant l'écran imperturbable, une solution lui fut soudainement proposée par la bouche du défunt.

Tout le sang sembla quitter le corps d'Emmanuelle à l'instant où le visage d'ombre à la télévision reprit la parole. Elle recula au fond du canapé, le plus loin possible, avec Lili qui venait de sauter sur ses genoux. Elles se serrèrent l'une contre l'autre. Même Lili semblait impressionnée. Bien qu'elle ronronnât toujours — de façon presque machinale —, tous ses poils s'étaient dressés.

« Captif dans la nuit de l'Au-delà... — Si je sors, les autres du brouillard regretteront — Car je les vois — La mort est une captivité — Le guet, elle m'a montré — Il y a toujours des passages, disent-ils — Hortense m'a dit — Elle m'a dit : Viens, fais-le, attrape les ondes de lumière, accroche-les — Je te dirai, — Ouvrir, c'est tout — Si tu m'aimes — Tant que tu m'aimes

— Je t'adjure, Emmanuelle — Il y a une fuite — une porte — Tant que tu m'aimes, Emmanuelle — Emmanuelle, si tu m'aimes, fais ce que je te dis... »

Et Tom parlait, parlait et parlait, il ne s'arrêtait plus, et chaque parole résonnait dans la tête d'Emmanuelle comme le battant d'une cloche. Lili, de part en part, rompait la linéarité de son ronronnement par des miaulements vifs destinés à se rassurer elle-même — savoir qu'à tout moment il était possible de se dresser sur ses pattes, bondir et courir après une souris.

« ... Il y a un guet — Nous sommes tous là — Nous ne te voyons pas — Nous ne t'entendons pas — Nous te sentons — Quand je sortirai... — Les autres du brouillard — Ne savent pas — Des ennemis — A toi, à moi, je ne permets pas que toi, qu'ils te disent, sur moi, contre moi — alors il faut sortir — Si tu m'aimes — Tant que tu m'aimes — Vite — Le temps existe — L'Eternité existe — Au secours, Emmanuelle — Emmanuelle, si tu m'aimes... »

C'est alors que le monologue incessant de Tom s'interrompit. Il y eut un silence pendant lequel Emmanuelle souffrit de toute son âme, puis Tom prononça encore quelques mots et ce fut la dernière fois qu'il s'exprima à la télévision.

« Il faut aller au cimetière, tu iras — Ouvrir mon cercueil — Tu le déterres, tu l'ouvres — Alors c'est fait — Tu ouvres mon cercueil, c'est tout — Si tu m'aimes... — Si tu m'aimes, fais ce que je te dis. »

Il répéta encore cette dernière phrase des dizaines de fois, comme s'il voulait être certain que sa femme avait enregistré sa requête. Mais pas plus que précédemment, un dialogue ne s'instaura. Tom ne semblait définitivement pas avoir la possibilité de la voir ni de l'entendre. Quand Emmanuelle fut à peu près certaine que Tom n'avait plus rien d'autre à lui dire (en réalité, cette certitude était surtout liée au fait que Lili s'était arrêtée complètement de ronronner), elle ferma les yeux et fit le vide dans son esprit. Sa tête s'obscurcit et elle s'y laissa aller, comme dans la mer quand elle nageait. Elle s'y reposa quelques longues minutes. Tout son être savait qu'elle devait trouver des forces, qu'elle allait en avoir besoin de façon dramatique.

Quand elle se sentit mieux, elle se leva pour aller dans la cuisine se préparer quelque chose à manger et ouvrir une boîte à Lili. En passant devant le téléphone, elle marqua une hésitation. Un numéro lui venait à l'esprit, celui de Patrice qu'elle avait mémorisé immédiatement. Si elle voulait... Sa voix chaude et tendre en un instant dans son oreille. Alors elle ne serait plus seule. Et peut-être tout disparaîtrait-il comme par enchantement. Elle approcha sa main mais n'eut pas le loisir de toucher le clavier car à ce moment-là, de la hauteur de son accoudoir de canapé, toisant sa maîtresse d'un regard net, Lili poussa un miaulement sans équivoque.

Emmanuelle releva la tête vivement, comme si elle était prise en faute. La femme et l'animal se dévisagèrent. Lili poussa un second miaulement, encore plus insistant, plus vindicatif, plus autoritaire.

Laissant retomber sa main le long de son corps, Emmanuelle continua son chemin vers la cuisine.

Elle ouvrit le réfrigérateur et fouilla les placards. Des miaulements s'échappaient de temps à autre de la gorge de Lili, qui lui évitaient la tentation de téléphoner à Patrice. Pourtant, ces miaulements étaient placides et confiants, approbateurs, juste peut-être vaguement suggestifs, destinés de la part de Lili à montrer qu'elle veillait, qu'il fallait compter avec elle. Tout moment de tension était passé pour la chatte, elle ne craignait plus que les choses se déroulent différemment de ce qu'elles devaient être : Emmanuelle avait entendu le grand Tom et elle allait le chercher. C'était aussi simple et évident que d'être un chat et de sentir ce qui se passait et de se servir des atouts que la nature vous avait confiés. Bientôt, ses deux maîtres seraient de nouveau réunis. Et il n'y aurait personne d'autre entre eux.

Rien qu'elle.

16.

— Tout va bien ? demanda Patrice à Emmanuelle au téléphone, un peu avant six heures du soir.
— Très bien, affirma Emmanuelle d'un ton tout à fait maîtrisé.
— Tu ne regardes plus la télé comme je te l'ai demandé ? Elle est fermée ?
— Elle est fermée.
— Promis ?
— Promis juré.
— Au fait, je voulais te dire... Je ne jouerai pas la pièce de Tom. Ni moi ni personne. Le metteur en scène abandonne le projet.
Comme Emmanuelle gardait le silence :
— Cette pièce était à Tom. Il ne l'a pas jouée, alors personne ne doit la jouer. C'est mieux comme ça. Tu n'es pas d'accord ?
— Si... Je préfère. Merci.
Après quelques banalités, Emmanuelle raccrocha.
Pendant quelques instants, elle demeura immobile devant le téléphone en pensant à la conversation qui venait d'avoir lieu. C'était comme si elle s'était dédoublée. Elle trouvait que la personne qui avait parlé avec Patrice au téléphone avait été extrêmement convaincante : Patrice n'avait pas eu le moindre doute sur sa sincérité.
Lentement et posément, elle se dirigea vers la fenêtre de la salle de télévision et, à l'aide du dos de la main, ôta la buée qui s'était formée sur la vitre. Elle regarda longuement dehors. La nuit commençait à se répandre en nappes un peu disjointes, elle ne recouvrait pas le paysage équitablement. Les obstacles du minigolf étaient encore parfaitement distincts, ils luisaient. Mais la mer, en bas, qu'elle examina ensuite avec la même

lenteur, la même espèce d'engourdissement, par la fenêtre du jardin d'hiver, était devenue eau noire et mortelle. C'était un spectacle qui représentait assez bien la sensation de gouffre qu'elle ressentait. Un noir qui vous noie, vous absorbe en silence. Pour toujours. Loin de tout, de tous, de la lumière et de la vie. En cet instant, elle se sentait effectivement plus loin du monde qu'elle ne l'avait jamais été. Il y avait la mort, personne n'y échappait, mais elle savait maintenant qu'il y avait peut-être pire que la mort. Et qui pouvait partager cet abominable savoir avec elle? Personne. Du moins, personne de vivant, excepté Lili. Ou en tout cas personne de sensé, car si elle avait pensé aller voir Mademoiselle, elle y avait renoncé presque aussitôt, sachant que la perte de pied avec la réalité serait totale et irréversible. Si l'Au-delà existait et s'il y avait des ponts entre les deux mondes, il fallait garder le plus possible de force en soi. Elle percevait si bien le danger qui émanait de ce monde des ténèbres. C'était quelque chose qui attirait, quelque chose qui voulait — qui *vous* voulait —, quelque chose qui souffrait et avait besoin de votre vie.

Elle appuya son front contre la vitre glacée et le froid commença à pénétrer son corps qui se mit à trembler. Elle le laissa trembler. Il fallait qu'il se débarrasse de sa peur.

Tom avait donné des indications précises pour qu'elle l'aide à revenir. Précises, mais tellement dérisoires. Elle avait si peu de choses à faire que cela paraissait invraisemblable. Ou, encore, que cela ressemblait à ce que Patrice avait raconté sur l'énergie qui se projette au-dehors de soi. Ouvrir la prison où Tom se trouvait retenu en captivité. Après...

Après? se demanda-t-elle vraiment, pour la première fois.

Sa respiration s'accéléra. Elle appuya ses deux mains contre la vitre. Puis ses bras. Elle avait envie de ce froid insidieux qui se répandait en elle. Ainsi, elle n'était plus tout à fait elle-même. C'était plus facile. Le froid anesthésiait sa peur.

Après? se répéta-t-elle encore. Mais la suite ne venait pas. Il y avait oblitération dans son esprit. Elle n'était pas capable d'autre chose que de se répéter les indications de Tom : se rendre au cimetière, déterrer le cercueil, faire sauter les scellés. Pas capable d'autre pensée que se dire que c'était de la folie et qu'elle s'apprêtait sans aucune hésitation à la commettre. Faire ressusciter Tom. Rien que ça!

Elle revint dans la salle de télé, s'assit sur le canapé et saisit entre ses doigts un haricot vert qu'elle se mit à grignoter du bout des dents. Elle songea qu'elle mangeait comme un lapin, pensa à Georges Bertillet, se dit qu'elle allait abîmer son beau travail de plantation au cimetière et que, s'il s'en apercevait, il viendrait immédiatement la trouver, trop content d'avoir un prétexte pour se raccommoder avec elle.

Elle eut un haussement d'épaules exaspéré.

Penser à Georges Bertillet était une manière de ne pas penser à ce qu'elle allait accomplir bientôt. Ne pas penser au trajet dans la nuit noire. Ne pas penser à la falaise, au vent, au mugissement infernal de la mer. Ne pas penser à la pelle et à la fourche qu'elle transporterait. Ne pas penser à la grille du cimetière qui grincerait. Ne pas penser...

Après...

Elle en revenait toujours là. C'était insurmontable. Il était impossible de ne pas échouer sur cette pensée. Et impossible de la dépasser.

Elle saisit entre ses doigts un autre haricot. Il ne lui en restait que quelques-uns dans son assiette. Quand elle aurait fini, il y aurait encore une pomme à manger et alors la nuit aurait sûrement fini de tomber. Et ce serait le moment.

Elle jeta un bref coup d'œil à la télévision. Tom n'allait plus parler, elle en était sûre. Elle avait trop ressenti dans son corps, dans son cœur, le poids démesuré de l'effort que lui avait coûté cette dernière transmission depuis l'Au-delà. Il se reposait dans cette image devenue floue qu'elle recevait de lui.

Il suffisait qu'elle ouvre le cercueil, c'est tout. Pourquoi se poser d'autres questions ?

Mais les questions se mirent soudain à affluer, balayant son calme si durement conquis.

Qu'y aurait-il dans ce cercueil ? Si ce n'était pas un mort, si ce n'était pas Tom mort, qu'est-ce que ce serait ? (Elle se cacha le visage dans les mains.) Et si tout cela n'était qu'une représentation théâtrale que lui jouait son imagination ?

Et si ce n'était pas cela ?

Son cœur se mit à battre à une vitesse vertigineuse. Il lui était rigoureusement impossible d'envisager le futur au-delà des quelques instants à venir. Elle décida de s'en tenir à ce qu'elle avait décidé, coûte que coûte, pour ne pas devenir folle. Alors qu'elle cherchait éperdument autour d'elle quelque chose à quoi se raccrocher, la pomme qu'elle roulait depuis tout à l'heure entre ses mains se manifesta à sa conscience. Elle la porta à sa bouche et mordit dedans. Une grimace lui fit plisser le nez. La pomme était blette. Subitement, elle fut intéressée et se concentra sur ce goût de pourri. C'était un goût comme un autre. Simplement, on lui avait appris qu'il était déplaisant. On aurait pu aussi bien lui apprendre le contraire. Elle finit de mâcher consciencieusement ce qu'elle avait dans la bouche, puis croqua encore dans le fruit. Jusqu'au bout. Très vite, elle n'eut même plus à se forcer pour ne pas trouver infecte la chair molle et blette. Un éclair de triomphe traversa son regard.

— Lili ! appela-t-elle en se levant pour débarrasser son plateau. On va y aller. Tu es prête ?

Lili était prête. Ses oreilles se dressèrent sur sa tête. Elle entreprit de suivre sa maîtresse en direction de la cuisine.

Tandis que Lili tournait autour d'elle en manœuvrant une queue qui fouettait l'air avec impatience, Emmanuelle nettoya et essuya soigneusement la vaisselle salie. Elle eut ensuite le besoin irrépressible d'étendre son ménage à l'ensemble de la cuisine, puis au salon. Après avoir repositionné le canapé bien en face de la télévision, elle remit à leur place les objets qui avaient été dérangés et, dans un élan fébrile, passa à toute vitesse l'aspirateur. Quand tout fut impeccable, elle sortit, éteignit la lumière et ferma la porte. Tom pouvait revenir, maintenant.

Les outils dont Emmanuelle voulait se munir se trouvaient dans l'ancienne laverie, derrière l'hôtel, où une antique machine à laver rouillait patiemment depuis des années. Des fils à linge quadrillaient encore la pièce où seules étaient suspendues des immenses toiles d'araignées. Quand elle força la porte coincée par l'air salin à l'aide d'un coup d'épaule amorti par l'épais anorak qu'elle avait endossé, une puissante odeur de moisi lui sauta au visage. Non sans satisfaction, elle y reconnut le goût de la pomme dans sa bouche.

D'autres goûts maintenant, se dit-elle avec détermination, devaient être les siens, d'autres références. Elle entrait dans l'ère du moisi. Humidité, cachots, obscurité, vermine et horreur rampante : tel était maintenant son lot. Si les valeurs étaient différentes, il y avait certaines choses que l'on se mettait à accepter naturellement.

Elle chercha rapidement l'électricité. Dès que la pièce fut éclairée, l'odeur de renfermé sembla déjà moindre.

On associe le moisi à l'ombre. On est conditionné par des connexions ancestrales. Il faut quelquefois les défaire pour survivre.

Toute une succession de cette sorte de petites pensées possédant leur propre logique s'enchaînait dans sa tête pour la faire agir. C'était comme si un moteur de secours s'était mis en marche pour prendre le relais d'un corps qui se préparait à accomplir des actes inacceptables pour un être humain.

Elle jeta un coup d'œil circulaire autour d'elle. Lili fit de même. Elle se sentait inquiète. Sa maîtresse, d'habitude si vive, se plongeait dans des immobilités étranges. Il ne fallait pas toujours réfléchir, elle le savait. Il y avait un temps pour tout. D'abord le guet. Là, d'accord, on ne bougeait pas d'un poil, on ne respirait plus. Mais, d'un seul coup, juste au bon moment, il était impératif de s'abattre sur sa proie sans hésiter une seconde. Lili savait qu'il ne fallait pas trop attendre pour le grand Tom. Plus on attendrait, plus le grand Tom s'en irait loin dans la mort et jamais elles ne pourraient le rattraper. Pour combien de temps encore flottait-elle, l'âme du grand Tom, là, au-dessus de l'hôtel, parmi les nuages bas et tristes de l'hiver ? Elle la sentait monter et descendre, tourbillonner follement, toujours menacée par les grands vents qui ne sont pas des vrais vents, qui sont du pouvoir, du pouvoir noir et obscur, qui s'opposait au grand Tom et qui s'opposait à elles. Les morts du cimetière avaient laissé une chance au grand Tom, elle ne savait pas pourquoi, mais il fallait vraiment se dépêcher. Son museau trembla. Dans le vent noir dehors, l'âme du grand Tom souffrait affreusement.

On entendit tout à coup la porte de la laverie craquer sous un coup de houle plus violent que les autres. Lili poussa un couinement impatient. Sa maîtresse la regarda.

— Qu'y a-t-il, mon Lili ?

Lili montra la porte en miaulant.

— On y va. Je prends juste...

Elle considéra les manches de bois patinés des instruments de jardinage dont se servait Georges Bertillet et choisit ceux qu'elle allait prendre. Par terre, dans la boîte à outils dont Tom ne s'était jamais servi, se trouvaient un marteau et un pied-de-biche. Leurs surfaces métalliques luisaient comme une eau noire frappée par un rayon de lune. Elle avança la main.

Emmanuelle eut du mal à refermer la porte. Un vent violent s'était levé depuis qu'elle était entrée — pourtant quelques minutes seulement — dans l'ancienne laverie. Devant elle, dans l'horizon indistinctement liquide où le ciel faisait croire qu'il rejoignait la mer sans qu'il y ait à compter avec un ravin de plusieurs dizaines de mètres, le bord de la falaise n'était qu'à quelques soupirs.

— Lili ? appela-t-elle.

La chatte était déjà partie, filant à toute vitesse pour s'immobiliser parfois en penchant la tête sur le côté comme si elle étudiait le vent.

Prenant la pelle et la fourche dans une main et le marteau et le pied-de-biche dans l'autre, la jeune femme se mit en route. Elle devait contourner l'hôtel pour rejoindre le chemin du cimetière. Ses yeux tombèrent sur ses pieds qui avançaient en silence dans la nuit. Le mugissement du vent absorbait tous les bruits. Le bruit de la mer était un mugissement et ses pas sur le gravier étaient aussi un mugissement, même sa respiration, jusqu'à ses pensées.

Elle leva les yeux. La nuit était péniblement éclairée par une lune blafarde qui ne réchauffait rien ni personne. Sous ses rayons maladifs, les murs de l'Hôtel du Golf émettaient une blancheur osseuse. Elle distinguait difficilement Lili dont le pelage avait la couleur de la nuit. Parfois l'animal s'arrêtait et l'examinait pour voir si elle avançait, et c'est alors que deux billes de lumière apparaissaient dans l'obscurité inquiétante. Ces deux billes étaient à peine moins inquiétantes.

Comme un mouvement de panique menaçait de la submerger, elle repensa à l'odeur de moisi et se dit qu'elle devait continuer sans faiblir d'aligner ses pensées sur ses nouvelles valeurs. Tout irait mieux, ainsi. Elle ferma les yeux et vit alors une autre Emmanuelle. Cette Emmanuelle-là était née au milieu d'une tempête, dans un orage, entourée d'ombres, dans la fracture de la terre qui s'ouvre et laisse voir mille mystères terribles. Elle n'avait connu que la douleur et les frissons, et l'odeur de la moisissure lui était infiniment désirable. Elle devait savoir qu'il fallait aimer l'ombre, la peur, les cimetières et les morts. Elle les aimait.

Forte de cette contrainte absolue qu'elle s'imposait avec une tyrannie violente et somme toute efficace, elle se redressa en regardant l'ombre aveugle avec défi. Le vent devenait de plus en plus violent de seconde en seconde et s'opposait à sa progression.

Elle traversa le minigolf. De quelques fenêtres de l'hôtel filtraient des carrés de faible lumière. Que se passait-il à la télé, en ce moment ? Se passait-il quelque chose ? Tom la voyait-il en train de se rendre là où il était censé avoir été laissé pour mort ?

Elle eut une dernière hésitation en comparant l'hôtel d'un côté et l'obscurité de l'autre, la lointaine et insondable obscurité où elle devait se rendre pour accomplir des actes réprouvés par l'unanimité du genre humain. Profaner une tombe. C'était exactement ainsi que s'appelait ce qu'elle avait l'intention d'accomplir. Mais elle continua son chemin. Elle poursuivait une autre logique maintenant, rien ne pouvait plus l'arrêter.

Ce que fut le trajet peut se traduire en un seul mot : fatigant. C'est-à-dire, *avant tout* fatigant. Car, en arrière-plan de cette fatigue, qu'elle le veuille ou non, qu'elle décide de l'accueillir avec bienveillance de par l'action de sa nouvelle philosophie ou qu'elle en soit la proie, la peur affreuse était tapie, attendant le moindre incident pour se réveiller. Même s'il ne se passait rien de notable, elle savait que celle-ci ne pourrait faire autrement que se réveiller lorsqu'elle arriverait au cimetière.

Pour le moment, elle profitait du fait qu'il était surtout et heureusement fatigant de marcher à tâtons sur le sentier difficile, de porter ces outils lourds et tranchants, de résister au vent mauvais qui attendait qu'elle tombe dans le précipice. Qui l'y aidait, comme deux mains d'acier posées sur ses épaules pour la diriger.

Elle arriva pourtant sans encombre au cimetière et dans un temps très court, ne s'étant pas arrêtée une seule fois pour souffler. Il lui avait semblé qu'elle risquerait trop à demeurer longtemps immobile, même si elle n'aurait su dire quoi. Risquer de se laisser entraîner dans le vide ? Risquer de faire demi-tour ? De toute façon, il y avait Lili devant elle, qu'elle ne voulait pas perdre de vue, qui fonçait comme une torpille.

Voilà donc que la grille fut de nouveau devant elle, animée comme toujours d'un battement produit par une main invisible. Le vent était cette main invisible. Elle en sentait si profondément sa force, elle le sentait si vivant qui voulait l'empêcher d'entrer. Elle toucha du bout du doigt le métal. Cette grille était la porte qui gardait sa vie, à présent. Tom l'avait franchie dans son cercueil et le monde s'était anéanti. Elle allait la passer à son tour et le pas serait irrémédiable. Il semblait y avoir eu une éternité depuis l'enterrement de Tom et, en même temps, ce jour était très proche, c'était le présent qui durait. En réalité, un autre monde avait vu le jour à cette date, un monde dont elle n'était et ne serait jamais en mesure d'admettre totalement la réalité. Un monde radicalement inconnu, impensable, qui avait grandi, l'avait envahie, un autre monde, un au-delà, quelque chose dont on espérait à tout prix qu'il existe *(qui, à sa place, ne l'aurait espéré également ? Qui ne désirait pas désespérément faire revenir de la mort ses chers défunts ?)*, mais vous faisait également prier pour qu'il retourne dans les limbes quand vous le rencontriez pour de bon. Etait-il possible de l'affronter ? Pour un chat peut-être, mais pour un humain...

— Oui, c'est possible, affirma Emmanuelle à voix haute, en poussant la grille du cimetière qui se plaignit cruellement. Je le veux. Je viens vers toi, Tom.

Elle leva les yeux vers le ciel dans un regard illuminé, puis pivota lentement. Elle cherchait dans l'abîme du ciel et du vent des yeux qui la verraient, des oreilles qui l'entendraient, une bouche qu'elle aurait voulu clouer par ses paroles. Elle s'adressait aux éléments qui l'affrontaient, le vent et le ciel, elle les défiait. Elle les savait hostiles. C'étaient eux qui entendaient être les maîtres, éventer la vie et s'étendre sur elle en une méprisante éternité. Et elle les vit, ces yeux, ces oreilles et cette bouche : ils étaient ce sentiment d'être seule au monde sous le regard impassible d'un dieu indifférent.

— Oui, je viens vers lui, je viens le chercher, que vous le vouliez ou non ! leur cria-t-elle.

Alors elle se faufila derrière les barreaux.

Par la faible lueur de la lune et celle des écorces délavées des grands arbres maigres et écorchés, à l'aide aussi du repère des croix et des grilles étincelantes surplombées de flèches, Emmanuelle se guida vers la tombe de Tom. Lili n'était qu'un mince bruissement de part et d'autre, au gré de ses déplacements rapides et brusques. Son énervement manifeste n'était pas de nature à calmer Emmanuelle. Elle sentait qu'il se passait quelque chose dans le cimetière du Vivier-Leu.

Malgré toute la puissance de sa résolution au sujet de ses nouvelles valeurs, la peur fut de nouveau en elle jusqu'au bout de ses jambes. Elle se mit à accélérer le pas de plus en plus follement. La tombe de Tom était maintenant le refuge vers lequel elle courait. Des pensées, des sentiments, des âmes peut-être (pour le moins des souffrances sournoises et poisseuses) erraient dans ce cimetière. Elle les percevait de façon palpable. Ces respirations étaient oppressantes, elles semblaient savoir où elle se dirigeait, elles la suivaient amoureusement, se glissaient dans son dos, dans son cou, sous ses vêtements, déposaient sur sa peau une humidité pleine d'un désir horrible. Il y a quelques semaines, elle aurait ri d'imaginer une scène pareille, d'envisager de ressentir de telles choses. Aujourd'hui, cette conscience de l'existence d'entités invisibles autour d'elle était quelque chose d'aussi sûr que de s'appeler Emmanuelle Nival et d'être en train de courir à perdre haleine à travers un cimetière perché sur la falaise ainsi qu'une couronne de pierres maléfiques.

Enfin, la tombe de Tom fut devant elle. Comme par enchantement, toutes les respirations cessèrent. Les outils qu'elle avait tenus coûte que coûte pendant sa course éperdue tombèrent sur le sol. Elle était épuisée, elle était malade, mais elle était seule pour se tirer d'affaire. Ou presque.

— Lili ! appela-t-elle en s'effrayant de sa propre voix qui sifflait à ses oreilles.

Lili surgit de derrière la rangée de pots de fleurs dont Georges Bertillet avait garni l'arrière de la tombe de Tom. La chatte humait l'air comme une folle, oreilles dressées, queue arquée, sur le qui-vive.

— Calme-toi, Lili ! supplia Emmanuelle.

Elle attrapa la chatte et serra le pelage soyeux contre elle — oh, s'il te plaît, implorait la jeune femme en son cœur, un peu de douceur pendant un instant ! — mais Lili se dégagea avec une force irrésistible et sauta par terre, les yeux dirigés vers la pelle.

« Allez, creuse maintenant ! » semblait-elle ordonner de façon impérieuse.

Emmanuelle se baissa telle une mécanique usée mais obéissante et s'empara de la pelle.

Elle eut beaucoup de difficulté à commencer de creuser. Ce n'était pas uniquement l'horreur de ce qu'elle était en train de faire. Non. Il fallait compter aussi avec le fait que la terre était gelée, dure comme de la pierre. Elle voulut d'abord attaquer par le pourtour de la tombe. Le résultat fut vain. Dans un mouvement de folie désespérée, elle enfonça sa pelle au beau milieu de la tombe de Tom.

Elle eut raison en un sens, car la terre, à cet endroit-là, était beaucoup plus meuble, fraîche et facile à remuer. Mais ce fut comme si elle donnait un coup de pelle en plein dans le ventre de Tom et le cri qu'elle poussa était propre à réveiller tout un voisinage. Des images de béance surgirent dans sa tête. Elle crut distinguer sous ses pieds une vermine grouillante qui s'échappait du ventre d'un mort comme un furoncle qui crève. Son long, son interminable cri de terreur continua à retentir dans la nuit tandis qu'elle lâchait sa pelle et s'enfuyait à des mètres de là où elle s'accroupit sur le sol sans plus savoir où elle se trouvait, en enserrant ses bras autour d'elle comme si c'étaient ceux d'un homme sous la protection duquel elle se mettrait.

Une seconde plus tard, Lili était près de sa maîtresse et se frottait tendrement contre son bras. Elle aussi entendait les respirations, elle aussi sentait les âmes qui s'agitaient et s'excitaient dans l'ombre, limitées dans les périmètres clos de leurs tombes. Elle savait que l'une d'elles voulait s'échapper et elle voulait également qu'il en soit ainsi : c'était l'âme du grand Tom, qui se tenait prête à revenir.

Lili écouta le grand Tom. Elle ne savait pas exactement ce qui se passait chez ces gens qui étaient tous morts, mais l'âme d'Hortense et celle du grand Tom étaient plus claires, plus proches que celles des autres. Elle les sentait unies dans le même élan bondissant. Si Emmanuelle enlevait le grand Tom d'entre tous ces gens qui étaient morts, si elle ouvrait la boîte oblongue, alors le grand Tom sortirait : voilà ce qu'elle savait. Elle frotta encore sa tête contre la cuisse de sa maîtresse. Pauvre maîtresse, brisée en mille morceaux. Elle se câlina encore, ronronna, tenta tout son possible pour qu'Emmanuelle relève la tête et se réchauffe d'un sourire. Elle eut gain de cause au bout de quelques instants.

— Est-ce que tu entends, mon Lili ? chuchota Emmanuelle en regardant l'animal avec deux grands yeux fous que l'obscurité infiltrait. Est-ce que tu les entends, les morts ? Ils sont là, avec nous. Et Tom est parmi eux, je le sens. Sa voix est lointaine mais elle est là. Il me dit la même chose qu'à la télévision. Il veut revenir ! (Elle prit la petite tête de Lili entre les paumes de ses mains.) Lili, est-ce que nous avons le droit ?

Sa maîtresse était très fatiguée : voilà ce que Lili comprit de ces quelques mots prononcés si douloureusement. C'était très dur pour elle de creuser la terre. Elle était si mince, si belle, si fragile. Oui, c'est vrai, mais elle devait quand même le faire. Elle poussa avec sa tête les genoux d'Emmanuelle pour lui faire comprendre qu'elle devait se lever. Avec difficulté, Emmanuelle se remit sur ses pieds. Le vent l'entraînait dans la direction contraire de Tom ainsi qu'il l'avait déjà fait avec malveillance sur la falaise. Lili le huma, les narines dilatées. Elle lui adressa des injures. Elle le détestait, ce vent qui voulait les contrecarrer, ce pouvoir qui prétendait que les morts devaient rester avec les morts et les vivants rentrer chez eux.

Elles revinrent vers la tombe et Emmanuelle choisit la fourche. Après l'avoir fichée dans le sol le long de la tombe, elle posa la plante de son pied dessus, l'enfonça profondément dans la terre, puis, faisant levier avec le poids de son corps, souleva le tout dans un violent coup de rein. Un grand morceau de terre fut dégagé. Elle poursuivit sa tranchée sur le périmètre de la tombe, enlevant au passage et non sans une certaine fureur les arbustes plantés par Georges Bertillet.

Près d'elle, souple et joyeuse, Lili tournait et virevoltait à n'en plus finir. Bientôt, sa maîtresse pourrait revoir le grand Tom ! Tout serait comme avant ! Il n'y aurait plus de douleur, plus de larmes, plus d'étreintes désespérées que son corps fragile supportait mal et qui lui faisaient tant de peine pour sa maîtresse.

Emmanuelle poursuivit vaillamment jusqu'au bout. Sa fatigue était si grande qu'elle n'entendait plus les respirations anormales qui continuaient à s'élever dans le cimetière, rauques et aigres derrière le mugissement lourd du vent, postées à quelques dizaines de centimètres de la tombe de Tom qui les arrêtait aussi sûrement qu'un mur. Emmanuelle savait que le cercueil de Tom était enfoui profondément parce qu'il y avait une place au-dessus de lui, prévu pour elle le jour où elle serait morte. Brièvement, elle regretta cette initiative qui allait lui valoir de creuser pendant des heures.

La nuit était bien avancée quand la fourche buta enfin sur quelque chose de dur, au son mat. Emmanuelle se mit à genoux. Une plaque de plastique ondulé se révéla sous ses doigts tremblants. Une nausée abominable lui monta à la gorge. Le traitement des ordures ménagères s'associait irrépressiblement à cette découverte.

La plaque ne fit aucune difficulté à se laisser ôter. Mais alors qu'elle l'avait déjà rejetée sur le côté de la fosse, ses mains continuèrent à s'y cramponner et elle s'effondra sur la plaque maculée de terre à laquelle se mêlèrent ses larmes brûlantes et silencieuses.

Ce ne fut que parce que Lili vint miauler au bout d'un temps indéterminé qu'elle finit par se relever. D'un geste machinal, elle se passa la main dans les cheveux pour les remettre en place, et s'essuya les yeux avec ses mains terreuses.

Agenouillée au bord de la tombe, dans une posture de prière, elle regarda longtemps la nuit. Elle savait ce qu'elle devrait regarder ensuite, mais c'était un dernier sursaut de paix qu'elle s'accordait. Prendre la démesure de l'immensité de la nuit avant de laisser tomber son regard au fond d'un pauvre trou. La nuit était belle et limpide, même au-dessus de ce cimetière, en comparaison de ce qui se passait sur terre — et dessous.

D'un seul coup, il y eut un étrange rayon de lune qui tomba des nues, comme un doigt pointé, et Emmanuelle sut que c'était le moment. Comme au ralenti, elle pencha sa tête vers le fond de la tombe qu'elle n'avait pas eu le courage d'affronter du regard quand elle avait enlevé la plaque, et le cercueil de Thomas lui apparut...

D'un mouvement des hanches, elle s'assit au bord de la fosse, puis déplia ses jambes et se laissa glisser.

Emmanuelle se trouvait sur le cercueil de Tom, à présent. A moitié accroupie, dans une posture improbable, conservant avec peine son équilibre. Seules une mince épaisseur de bois et la semelle de ses chaussures la séparaient du corps de son mari. Telle était exactement la situation qu'elle se décrivait. Elle ne se disait pas autre chose. A quatre pattes sur le cercueil de son mari qu'elle venait de déterrer, en pleine nuit.

C'est alors que l'abomination des sensations qui lui parvenaient devint telle qu'elle eut l'impression physique que son âme était éjectée de son corps. Une espèce de démesure s'emparait d'elle, balayant la représentation mentale insupportable. Elle sentit son âme qui s'élevait et prenait une dimension supérieure. Elle se faisait soudainement l'effet d'être au fond d'un gouffre qui était aussi le sommet de la plus haute montagne dans les cimes des derniers nuages. Tom et elle avaient été si loin l'un de l'autre pendant trois semaines... Ils s'étaient crus séparés par des océans... Il y avait eu les communications si lointaines de la télévision... Mais en réalité ils pouvaient encore être tout près l'un de l'autre ! Tom était là, il n'avait pas disparu : puisqu'il n'était qu'à quelques centimètres...

Elle faillit de nouveau crier et s'enfuir en prenant conscience de ce qu'elle était en train de se dire et de cette situation.

Elle se tenait sur la tombe de Tom, en pleine nuit, et le monde était frappé d'une incommensurable folie. Elle pensa à Patrice. Elle pensa aussi à Michel Farfeti et à Mylène. A cet instant précis, elle n'éprouvait plus de haine pour personne. A cet instant, elle se tournait désespérément vers ses frères et sœurs vivants, semblables à elle, à l'abri dans des maisons éclairées et chaudes, éloignés radicalement de la mort, même si celle-ci pouvait leur causer des larmes : ce n'étaient que des larmes, émises par des corps tièdes et vibrants. De la vie... Que faisait-elle en s'aventurant sur ces lisières interdites ? Qui était-elle pour oser une telle aventure ?

Et les questions sordides se mirent à affluer, à contre-courant de ses envolées précédentes. Dans quel état se trouvait Tom à présent ? Etait-il décomposé ? Avait-il échappé à la dégradation inéluctable ? Si son esprit n'était pas mort, qu'en était-il de son corps ?

A cet instant, Lili miaula impatiemment et il est fort probable que, si elle ne l'avait pas fait, Emmanuelle se serait enfuie, abandonnant la tombe ouverte, revenant à toutes jambes à l'hôtel, grimpant dans sa voiture, partant chercher le secours de Patrice, un Patrice normal, de chair et de sang, de douceur dorée, dont les yeux et les cheveux avaient la blondeur innocente de l'enfance. Les yeux de Tom aussi étaient bleus et ses cheveux clairs, mais personne n'avait jamais songé à un enfant en le voyant. Ses yeux possédaient davantage l'éclat métallique aveugle de ceux d'un doberman. L'image de Tom mort à la télévision passa en un éclair devant ses yeux. Elle revit les pupilles d'une luminescence froide du défunt. Et chassa cette vision.

Ses mains se posèrent fermement sur le cercueil. Elle commença à repousser les débris de terre parsemés dessus. Ses doigts se mirent à courir sur la surface dure comme un stéthoscope sur la poitrine d'un malade pour écouter les battements de son cœur. Car elle essayait maintenant d'épier des bruits avec ses doigts, les imaginait, les redoutait et les voulait. Il n'y avait plus de place en elle pour un accroissement de terreur, alors elle restait où elle était, vaille que vaille, et effectuait son horrible ménage. Les myosotis en plastique que l'assistance avait jetés sur le cercueil y étaient toujours. Bientôt, une lame de métal se fit sentir sous ses doigts. C'était la plaque d'identification du mort qui dormait là. Son nom, sa date de naissance et celle de sa mort.

A moins que celle de sa mort ne se soit effacée ? songea-t-elle, hallucinée.

Elle se mit à genoux sur le cercueil et chercha à tâtons les points de cadenassage. Elle les trouva immédiatement. Ferrures en métal peintes d'une laque brillante et noire dont la vision lors de l'enterrement de Tom avait marqué sa mémoire au fer rouge. Ces serrures... Tom enfermé à double tour dans une boîte étriquée qui lui interdisait tout mouvement. Il n'y avait plus d'illusion à se faire quand on voyait une chose pareille ! Un épouvantable sentiment de claustrophobie l'avait envahie.

« *La mort est une captivité.* »

Les mots de Tom repassaient dans sa tête et lui semblaient si criants de vérité. Ce furent eux qui lui insufflèrent le courage de s'emparer du pied-de-biche et du marteau qu'elle avait préparés sur le bord de la fosse.

Elle commença à forcer les serrures. Lili, à côté d'elle, avait les pupilles comme des croissants de lune. La nuit était merveilleusement limpide à ses yeux.

Les serrures n'étaient pas solides : elles n'étaient pas conçues pour résister. En quelques coups de marteau, le cercueil s'ouvrit dans un grincement de rouille. L'odeur du moisi...

Retenant son souffle, à deux doigts de la syncope, Emmanuelle souleva le couvercle.

Elle le referma aussitôt, sans avoir eu le courage de regarder ce qui se trouvait à l'intérieur.
Le retour fut une fuite éperdue.
Elle avait laissé tous ses outils là-bas, elle avait laissé la tombe de Tom ouverte et elle avait laissé Tom aussi. Elle ne voulait plus savoir, elle ne voulait plus voir. Ce qu'elle voulait c'était disparaître, partir loin, fuir ce lieu de folie, fuir sa propre folie.

Parvenue à l'hôtel, échevelée, elle se mit à la recherche de ses clefs de voiture. Cinq minutes après, elle n'avait toujours pas mis la main dessus. Sa fébrilité était telle qu'elle l'handicapait sérieusement pour chercher quoi que ce soit. Au stade où elle en était, cela ne semblait même plus réversible.
— Lili ! cria-t-elle en hurlant et en pleurant. Je ne trouve pas mes clefs ! Aide-moi, Lili ! je t'en supplie ! Trouve-les !
Lili étudia sa maîtresse sans comprendre. Elle ne comprenait plus rien, d'ailleurs, depuis tout à l'heure, depuis le moment où, sans prévenir, elles s'étaient enfuies du cimetière comme des voleuses et s'étaient mises à courir dans le vent détestable qui les poussait de toutes ses forces vers l'hôtel. Où était Tom ? Pourquoi n'était-il pas sorti de sa boîte ? Pourquoi Emmanuelle était-elle partie loin de lui ?
Dans un désordre total, Emmanuelle parcourait à toute vitesse les pièces de l'hôtel en regardant partout, se mettant à quatre pattes, inspectant le dessous de meubles, montant et descendant quatre à quatre les étages... mais évitant jusque-là comme la peste la salle de télévision. Quand il devint clair qu'elle devrait obligatoirement s'y rendre pour vérifier que ses clefs n'y étaient pas — en fait, c'était sûrement le cas — elle fut frappée de pétrification.
Elle y alla, droite et raide, comme on se rend à l'échafaud. La porte était fermée, assourdissant ainsi les bruits — les paroles — qui auraient pu en être émis. Elle resta plusieurs minutes devant cette porte close, tout le corps à épier d'éventuels bruits. Mais ce qu'elle entendait était surtout le frappement retentissant de son cœur.

Elle réussit à se calmer un peu. Le bruit de son cœur revint graduellement à une sonorité interne.

Mais rien. Le silence était complet. Cependant, il était évident aussi que des chuchotements ne pouvaient être perçus de l'endroit où elle se tenait.

D'un seul coup, se jetant à l'eau, elle entra et se retrouva nez à nez avec le téléviseur.

Elle avança d'un pas, médusée. Ce qui apparaissait à l'écran était de nature à engendrer une perplexité incommensurable. Elle chancela. L'image de Tom était encore là, mais elle allait *visiblement* disparaître. Bientôt, en quelques secondes, devant ses yeux effarés, il n'y eut plus rien, rien du tout. Un tourbillon neigeux, comme sur n'importe quel canal inoccupé.

Faisant volte-face, elle inspecta la pièce précipitamment. Quelques fractions de seconde lui suffirent pour repérer ses clefs de voiture posées sur le couvercle de la chaîne hifi. Un élan de soulagement violent la souleva. Elle courut s'en emparer comme d'un butin inestimable qu'elle serra entre ses doigts. D'un seul coup, elle se sentait tirée d'affaire. Son cœur battait toujours très vite, mais c'était pour lui dire qu'elle devait se dépêcher de partir. Où aller ? En réalité, elle le savait parfaitement. Patrice n'attendait qu'elle, de toute façon. Allait-elle lui téléphoner avant ? Sa main fit rapidement plusieurs aller et retour nerveux entre sa poitrine et le combiné, mais au bout du compte elle y renonça et partit en courant. Vite...

Malgré ses violents miaulements de réprobation, Lili fut installée dans la voiture, sur le siège avant. Emmanuelle démarra sur les chapeaux de roues. Négligeant les obstacles du minigolf, elle écrasa un champignon de plâtre et décapita le moulin de ses ailes. Elle avait l'intuition qu'elle ne reviendrait pas. La voiture sauta sur le dos-d'âne qui s'était formé au niveau du portail et, dans une accélération brutale au cours de laquelle Lili fut éjectée de son siège, elles se retrouvèrent tant bien que mal sur la route.

— Ça va, Lili ? bredouilla la conductrice. Tu n'as pas mal ?

Tournant son museau de côté, Lili se coucha sur le plancher et ne bougea plus.

— Tu m'en veux ?

La caresse qu'essaya de prodiguer Emmanuelle à l'animal faillit envoyer la voiture dans le ravin. Poussant un cri, la jeune femme donna un coup de volant dans l'autre sens. Alors que le véhicule se rétablissait, elle se demanda pourquoi elle n'avait pas continué dans le vide. Un dernier plongeon et tout aurait été fini. Elle cligna des yeux nerveusement tandis qu'elle essuyait sur le pare-brise une buée invisible. La télévision avec son écran aux ombres blanches semblait se refléter sur sa surface miroitante. Tout aurait été fini ? Ce n'était pas sûr.

— Allons, Lili, supplia-t-elle. Regarde-moi. Ne me fais pas la tête.

Mais Lili demeurait immobile. Luttant contre les larmes qui lui montaient aux yeux, Emmanuelle se commanda inflexiblement de ne plus s'intéresser qu'à la route. Au carrefour, elle prit la direction de Saint-Valéry.

Il y avait une soixantaine de kilomètres jusqu'à Quend-Plage, la station balnéaire où Patrice séjournait chez des amis qui lui prêtaient sa maison. Elle pouvait y être dans une heure. Une bonne heure, rectifia-t-elle. Parce qu'elle allait faire le tour de la baie de la Somme plutôt que d'emprunter la nationale. Elle avait envie de rouler, tout à coup. L'Hôtel du Golf n'était qu'à quelques kilomètres et elle ressentait déjà un étrange sentiment de liberté. C'était comme si elle retrouvait le vrai monde en roulant à travers cette nuit aux coutures apparentes — bandes phosphorescentes, panneaux signalétiques, maisons doucement assoupies dans des villages éclairés — qui craqueraient facilement au premier rayon du jour. Graduellement, ses pensées s'étiolaient. Toute son attention se suffisait du bruit rassurant de la voiture et de la contemplation du paysage endormi dans la nuit de velours. Rien n'avait changé. Elle retrouvait avec une espèce d'enivrement chaque croisement, chaque accélération, chaque virage. Elle retrouvait le plaisir de conduire, qui était celui de diriger.

En parvenant aux abords de Cayeux, elle eut envie de passer par la Route Blanche, entre les dunes. L'accès en était interdit en hiver, mais justement. Elle s'arrêta, descendit de voiture et traîna tant bien que mal sur le côté la barrière qui en obstruait le passage. Après quoi elle se réinstalla sur son siège en jetant un coup d'œil désolé à Lili qui boudait toujours.

La route était couverte de sable, mais tout à fait praticable. Elle l'avait souvent prise avec Tom. Lui aussi aimait cet endroit. Voilà qu'elle se mettait d'un seul coup à penser à Tom d'une drôle de façon, comme s'il y avait deux Tom. Celui avec lequel elle empruntait autrefois la Route Blanche n'était pas celui de la télévision ni du cimetière. Le Tom de la Route Blanche riait et la regardait avec un feu de désir brûlant dans ses yeux bleus. Il était vivant. Comme maintenant leur voiture dérapait, et les cahots leur arrachaient à tous deux des exclamations feintes de frayeur.

Emmanuelle freina. Sous la lumière des phares, le sable n'était qu'une ombre un peu plus épaisse, douce et moelleuse. Déraper était comme s'étirer dans du coton. Quand le véhicule s'immobilisa, elle coupa le moteur, ouvrit sa fenêtre et se renversa en arrière sur son siège. La mer qui s'étendait de l'autre côté du talus de sable lui fit parvenir son clapotis mélodieux. Pas de trace de tempête, de colère, de désespoir, ici. Le vent ne se tailladait pas en hurlant sur la falaise ébréchée. La mer n'était pas cantonnée comme un fauve dans sa fosse en bas de sa muraille de craie et de silex. Elle allait, douce, gentille, lécher amicalement la terre qui ne lui faisait pas barrage.

Emmanuelle ferma les yeux douloureusement. Sur la crête offerte à tous vents d'une falaise, le malheur était un oiseau de proie qui ne voyait que vous. Lui vint naturellement à la pensée que s'ils ne s'étaient pas installés à l'Hôtel du Golf, rien ne serait arrivé.

Quand elle parvint à Saint-Valéry, cette réflexion lui revint encore. Elle avait arrêté sa voiture en bas de la côte et était allée s'installer devant la baie. Assise à l'envers sur son banc, sa joue dans le creux de son coude et son coude appuyé sur le dossier, elle contemplait amèrement les hautes maisons qui regardaient la mer.

S'ils n'avaient pas acheté l'Hôtel du Golf mais l'une de ces jolies villas, à cette heure-là ils seraient en train de revenir main dans la main chez eux après être allés dîner au « Duguesclin » dont elle voyait les grandes fenêtres dispenser de pleines gerbes de lumière dorée. Ou même simplement s'ils étaient allés fêter son anniversaire dans ce restaurant le jour où Tom était mort, au lieu de se disputer... Tom ne serait pas mort. Sa première pièce au théâtre aurait été montée, ce serait un succès, elle serait allée à Paris l'applaudir, et peut-être seraient-ils venus aujourd'hui fêter un autre bonheur au « Duguesclin », l'enfant dont elle avait envie...

Quand Emmanuelle retrouva sa voiture, quelque chose avait changé en elle. Elle tourna la clef de contact sans faire attention à ce qu'elle faisait. Elle se revoyait courant comme une furie dans le cimetière, piochant la terre, tirant la plaque de plastique ondulé, sautant sur le cercueil. *Elle se voyait déterrant un cercueil.*

Qu'est-ce qui lui avait pris ? Elle avait été frappée d'une bouffée délirante, elle avait été sujette à des hallucinations ? Patrice avait raison : les morts ne revenaient pas.

Elle contempla Lili qui boudait toujours, le museau entre ses pattes.

Le ronronnement de Lili ! Les ondes ! N'importe quoi. C'était de la folie douce. A force de vivre seule dans cet hôtel après le choc de la mort de Tom, elle avait complètement perdu l'esprit. Et elle se représentait de plus en plus clairement la tombe de Tom qu'elle venait de saccager et la panique montait. Il fallait qu'elle aille tout remettre en place, tout de suite. Et qu'elle plie ses bagages pour partir de l'Hôtel du Golf. Définitivement.

Elle posa ses mains sur le volant. Au bout du halo jaunâtre de ses phares se profilait cette rue où ils étaient si souvent venus avec Tom, rire devant une de ces affreuses expositions de peinture. Qu'est-ce qui lui avait pris ? se chuchotait-elle à n'en plus finir. Qu'est-ce qui lui avait pris ?

Elle passa la première. Lili ouvrit un œil noir auquel elle n'eut envie de répondre que par un haussement d'épaules. Tout ça, c'était aussi la faute de Lili. Elle avait une chatte psychotique qui se croyait détentrice de pouvoirs. Maintenant, c'était fini. Elle reprenait les commandes. Elle appuya sur l'accélérateur avec véhémence, comme s'il s'était agi de la pédale qui mettait à exécution ce qu'elle avait décidé. Elle dormirait encore cette nuit à l'hôtel, et puis demain la clef serait mise sous la porte avec tous les fantômes.

La voiture cahota sur la pelouse du minigolf et s'arrêta. A travers la vitre, sous le faisceau des phares, Emmanuelle distingua un objet par terre. En s'approchant du pare-brise, elle s'aperçut qu'il s'agissait des ailes du moulin miniature qu'elle avait accrochées tout à l'heure en partant. Décidément, elle ne savait faire que ça, saccager et encore saccager. Elle avait commencé par être odieuse avec Tom, à la suite de quoi il s'était tué en voiture, puis, comme ça ne suffisait pas, elle avait profané sa tombe, et voilà qu'elle détruisait aussi sa maison.

Elle secoua la tête, se signifiant à elle-même l'étendue des reproches dont elle s'accablait.

— Allez, descends, Lili. Va...

La chatte s'exécuta avec empressement. Peut-être allaient-elles retourner chercher le grand Tom, maintenant qu'Emmanuelle avait fini ses courses ? C'était bizarre, quand même, cette idée d'aller faire son marché quand tout le monde était dans la nuit. Elle alla jusqu'au coffre devant lequel elle s'assit, comme d'habitude, mais Emmanuelle l'appela pour rentrer directement dans la maison. Elle la suivit à contrecœur en donnant des petits coups de tête sur le côté dans la direction où elle aurait aimé aller. Au bout de ses narines lui parvenait une odeur de tourbe. Là-bas était le grand Tom.

Toute sa joie lui revint quand Emmanuelle, en ôtant sa parka qu'elle accrocha dans l'entrée, lui annonça qu'elles retournaient au Vivier-Leu. Lili se précipita vers la porte en miaulant avec une folle impatience.

— Attends, l'arrêta un peu sèchement Emmanuelle. Je mange d'abord un morceau. Je meurs de faim.

Elle venait de réaliser qu'elle n'avait pas fait un vrai repas depuis un temps impossible à comptabiliser. Elle se dirigea directement vers la cuisine en s'obligeant à ne pas aller voir du côté de l'écran de télévision. La porte était refermée, ça tombait bien. Il s'agissait davantage de répulsion que de n'importe quel autre sentiment. Elle avait l'impression d'avoir été emprisonnée des années dans cette pièce, devant cette télévision. Comme elle passait devant le débarras, le magnétophone qu'elle avait rangé sur les étagères lui revint à l'esprit. Son sang se retira de son visage. Y avait-il quelque chose d'enregistré dessus ?

Elle avait *besoin* de savoir.

Sans se donner le temps d'avoir peur, elle entra dans le débarras, avisa l'appareil et appuya sur « play ». Aucun autre son ne s'éleva du magnétophone que le bruit que faisait le silence. Retenant sa respiration, elle alla un peu plus loin sur la bande, puis encore plus loin. Elle essaya à divers endroits. Sans résultat.

— Eh bien ! répéta-t-elle à plusieurs reprises.

Rien n'avait été enregistré et il était exclu que l'appareil n'ait pas marché, que quelqu'un ait effacé la bande ou qu'elle se soit effacée toute seule. C'était ce qu'elle voulait, c'était ce qu'elle espérait, mais au fond d'elle-même elle s'était attendue à autre chose...

Tout d'un coup elle prit son élan et exécuta un immense bond de joie. Les bouts de ses doigts touchèrent le plafond tandis qu'une clameur de libération s'échappait de ses lèvres.

Il ne restait plus grand-chose en matière de provisions à l'Hôtel du Golf. C'est ce qu'Emmanuelle constata après avoir fouillé tous les coins et recoins des placards de la cuisine. Elle eut un rire bref. Evidemment, elle n'était pas allée faire les courses depuis que Tom était mort... C'était la preuve qu'elle s'était vraiment tenue à l'écart du monde. A force de vivre seule avec une chatte, n'était-il pas normal d'entendre des voix et de voir des apparitions? On se trouvait des interlocuteurs, même s'il fallait les inventer de toutes pièces. Ce devait être ça, une dépression nerveuse...

Elle mordit dans une biscotte avec conviction. C'était bon. Vraiment très bon. Elle en prit une autre tout en manipulant la boîte sous tous ses angles. Biscottes Heudebert. Elle eut un sourire. Dans le temps, quand elle était petite, elle collectionnait les vignettes des biscottes Heudebert. Quelle n'était pas sa joie quand elle avait réussi à remplir une grille ! C'est ainsi qu'un jour elle avait obtenu ce lot qu'elle convoitait depuis des mois : une serviette rose assortie à un gant de toilette qu'elle avait soigneusement gardés pour quand elle serait grande. Mais elle n'était sans doute toujours pas grande puisque serviette et gant étaient toujours inutilisés. A chacun de ses déménagements, son lot Heudebert suivait. A l'heure actuelle, il se trouvait dans le placard de la salle de bains.

Emmanuelle prit une troisième biscotte Heudebert. Elle avait très envie d'aller regarder cette serviette et ce gant roses qui avaient émerveillé son enfance en la faisant rêver sur un futur de la même couleur. Elle avait envie de se laver et de s'essuyer avec. Elle avait tant besoin de faire peau neuve... Ce serait avec les serviettes des biscottes Heudebert. Elle allait les inaugurer aujourd'hui, vingt ans après leur échange avec une grille complète.

— Lili ! s'écria-t-elle, ayant entendu un bruit qui semblait provenir de la salle de télévision. Ne va pas par là, s'il te plaît !

Un miaulement extrêmement vif — coléreux peut-être — qui témoignait en tout cas d'une excitation intense, lui répondit. Négligeant cette réaction intempestive, Emmanuelle se dirigea vers la salle de bains. Une souris, bien sûr, c'était une souris ! Lili recommençait à chasser ! Elle se mit à sourire. La vie reprenait ses droits.

Mais le sourire resta accroché aux lèvres d'Emmanuelle. En réalité, il tenait plus du rictus. Lili aurait pu aller s'amuser ailleurs que dans la pièce où se trouvait le téléviseur...

Alors qu'elle allait franchir la porte de la salle de bains, un autre bruit issu de la pièce de télévision se fit entendre. La jeune femme se figea. Un second miaulement suivit immédiatement. Le sourire fixe se plaqua de nouveau sur ses lèvres. Lili l'appelait pour qu'elle vienne l'aider à coincer sa souris. Oui, c'était ça... Petite chérie. Elle ne lui avait pas demandé de jouer avec elle depuis des jours et des jours, depuis la mort de Tom. Non, cela remontait à plus loin encore. Depuis ses premières promenades au cimetière...

Cette dernière pensée ne fit pas particulièrement plaisir à celle qui se la formulait. Elle s'empressa de l'évacuer de son esprit.

— Lili ! appela-t-elle en marchant à contrecœur dans la direction d'où était venu le miaulement. Ecoute, je t'ai dit de sortir ! Tu n'as rien à faire dans cette pièce.

Elle parvint devant la porte de la salle de télévision et s'immobilisa. Celle-ci était ouverte. Quelqu'un l'avait poussée. Lili, probablement. Pas de quoi s'émouvoir. Mais les larmes lui brûlèrent les yeux. Elle ne voulait plus entrer dans cette pièce, elle ne pouvait plus, c'était fini...

— Lili, tu m'ennuies ! gémit-elle. Je t'ai dit de venir ici. Dépêche-toi !

Avalant avec difficulté sa salive, elle risqua un coup d'œil par l'entrebâillement de la porte. La pièce était plongée dans l'obscurité, hormis l'écran piqueté de neige du canal six inoccupé qui l'éclairait comme une lune. Le temps se catapulta. Il la ramenait à ces heures folles passées dans cette pièce, folles et interminables. Elle n'avait pas envie d'être là, elle n'avait pas envie d'entrer et de chercher Lili et sa souris. Elle voulait partir. Mais Lili n'apparaissait pas. C'était comme si elle avait cru qu'elle pouvait se dégager de sables mouvants et qu'elle s'y enfonçait de nouveau, jusqu'au cou. Mais voilà que, soudainement, la chatte se détacha de l'ombre et vint se pelotonner contre les jambes de sa maîtresse.

— Lili, ma chérie, s'agenouilla Emmanuelle en pétrissant de caresses l'animal dont le cœur battait à tout rompre.

Elle secouait la tête comme tout à l'heure. Elle ne pouvait croire qu'elle était aussi stupide d'avoir eu peur que...

C'est alors qu'elle leva les yeux par le même mouvement qui la remettait debout et ce fut juste à cet instant, parce qu'elle avait une brève vue plongeante sur le canapé qui tournait le dos à la porte d'entrée, qu'elle le vit...

Emmanuelle avança d'un pas, médusée. L'intrus était assis dans le canapé, fondu dans la même ombre. Il regardait fixement l'écran sans paraître s'être aperçu de sa présence. Peut-être dormait-il, elle ne distinguait pas son regard dans l'obscurité. D'un seul coup, il se mit à bouger. Un tremblement s'empara des mains d'Emmanuelle. En une seconde, il gagna l'ensemble de son corps. Elle se mit à aspirer l'air bruyamment et à le rejeter en un drôle de sifflement de gorge. L'homme, lui, n'entendait rien. Il semblait seul au monde. Se penchant en avant, il saisit la bouteille de bière posée devant lui et la fit pivoter plusieurs fois de droite à gauche, comme s'il voulait distinguer ce qui était écrit sur l'étiquette. Il resta quelques secondes dans cette position, courbé, figé, plongé dans son observation. Emmanuelle regarda avec lui, se courba, se figea, plongea, en tremblant toujours de tout son saoul. Alors, comme si cela lui demandait un effort énorme, l'intrus leva lentement les yeux de la bouteille et les dirigea dans la direction de la porte en tournant la tête.

Sauf qu'en réalité, cet homme n'était pas un intrus. Il était autant chez lui qu'Emmanuelle.

— Emmanuelle, dit Thomas Nival d'une voix pâteuse. Te voilà...

Il s'interrompit et, d'un ton peu convaincu, ajouta lentement :

— Je crois que je me suis endormi.

17.

Emmanuelle tourna les talons, en proie à une crise de nerfs galopante. Elle claqua la porte derrière elle sans être capable de rester assez longtemps pour la fermer à clef, comme elle l'aurait éperdument désiré.

— Emmanuelle, l'appela faiblement l'homme qu'elle avait mis en terre il y a moins d'un mois.

Elle fit quelques pas dans le couloir, se racla la main dans les cheveux, les secoua frénétiquement, renifla, geignit, en marmottant des paroles incompréhensibles. Après quoi elle revint tout aussi furieusement vers la pièce où elle avait cru voir Tom et ouvrit la porte de quelques centimètres, son bras replié devant elle en guise de protection.

A travers l'entrebâillement, lui apparut, formellement reconnaissable, la silhouette de l'acteur principal des *Pavés de la justice*. Une odeur de moisi se faufila jusqu'à ses narines.

Elle claqua de nouveau la porte et se plaqua derrière. Ses mâchoires s'entrechoquaient follement.

— S'il te plaît, articula Tom avec difficulté.

Tom ne lui avait jamais dit « S'il te plaît », avant !

— Non ! cria-t-elle de toutes ses forces. Tu n'es pas Tom ! C'est une mauvaise plaisanterie ! Je le sais : Tom est mort !

— Mort ? répéta Tom d'une voix qui était la sienne mais en même temps subtilement différente. Au nom du ciel...

Pas plus que « S'il te plaît », Tom ne disait jamais « Au nom du ciel », avant !

— Tu n'es pas Tom ! hurla obstinément Emmanuelle.

L'homme assis au fond du canapé se contenta d'un grognement. Quelques secondes passèrent, statiques dans leur folie. Puis des grincements de ressorts se firent entendre, suivis de bruits de pas. Emmanuelle fit lentement marche arrière. C'est alors que la poignée de la porte s'abaissa et qu'une main crayeuse apparut par l'entrebâillement.

Le nouveau hurlement que se préparait à pousser Emmanuelle ne vint pas. Tout son être était frappé de catalepsie. Elle voyait la main de Tom devant elle et l'étudiait comme s'il s'agissait d'un schéma fléché sur une planche de sciences naturelles. Son alliance... Couverte d'une croûte de terre... Comme toute sa main... Jusque sous ses ongles, dessinant de larges croissants.

Ses ongles qui étaient devenus extrêmement longs...

Dans un mouvement incontrôlé, elle se jeta en avant pour refermer la porte. Les doigts de l'homme faillirent se retrouver coincés. On entendit un petit cri de surprise. Fébrilement, Emmanuelle chercha Lili des yeux. Elle la trouva aussitôt car l'animal se tenait figé à ses pieds depuis tout à l'heure, écarquillant ses yeux sur la vue restreinte qu'elle avait de son maître. Voilà que la chatte ne voyait plus du tout le grand Tom, maintenant. Où était-il passé ? Elle s'ébroua avec impatience. Qu'attendait donc sa maîtresse pour embrasser le grand Tom ? Pourquoi ne lui ouvrait-elle pas, puisqu'il n'était plus mort ? Elle devrait être contente ! Franchement, elle ne comprenait rien.

Emmanuelle se baissa et passa des doigts tremblotants dans la fourrure de l'animal. Des soubresauts secouaient son corps, comme si quelqu'un la piquait de temps à autre avec une grande aiguille. Elle entendait derrière la porte le visiteur gratter légèrement, s'appuyer contre le chambranle, elle entendait *distinctement* sa respiration, semblable à celles qu'elle avait perçues dans le cimetière et aussi à celle qui s'élevait de la télévision en même temps que le défunt parlait. Cette respiration était une suffocation. Elle lui prenait l'air qui la faisait vivre. Elle lui prenait sa vie. C'était comme une main osseuse qui se tendait vers elle, qui cherchait à s'insinuer, à envelopper son corps d'une caresse hermétique.

Mais voilà que Lili se mit à miauler de sa manière impérieuse, à laquelle Emmanuelle avait toujours du mal à résister. Elle la regarda. Les yeux de Lili étaient si beaux, si envoûtants. Ce que voulait Lili ne pouvait qu'être bon pour elle, n'est-ce pas ? Avançant la main, elle considéra quelques instants la porte close avant d'abaisser la clenche.

La porte fut aussitôt repoussée par le visiteur et Emmanuelle vit distinctement le visage de Tom.

Elle bondit d'un mètre en arrière. Ses yeux s'injectèrent de sang. Le visage de son mari s'avança davantage par l'ouverture. Il était chiffonné, exténué, et des contusions grisâtres marquaient sa peau. Tom acheva d'ouvrir la porte et fit un pas dans le couloir. Emmanuelle était incapable du moindre mouvement. La respiration de son mari la frappait de pétrification, elle semblait occuper toute la place de l'air dans la maison.

— Quelle heure est-il ? demanda le revenant d'une voix extrêmement lasse.

Emmanuelle avala sa salive.

— Presque trois heures du matin, couina-t-elle dans un souffle. C'est toi, Tom ? C'est bien toi ?

— Je suis fatigué, répondit la voix altérée, comme si l'homme qui parlait avait un mal de gorge cuisant, ou comme si sa respiration le gênait. Tellement fatigué...

— Comment est-ce possible ? murmura Emmanuelle, mais sa question demeura sans réponse et elle fut incapable de la reformuler.

Lentement, elle s'écarta pour laisser le passage à celui qui revenait d'entre les morts. Son mari... Mon Dieu... Etait-ce possible ? Mais l'acteur ne passa pas devant elle car elle avait déjà battu en retraite vers l'extrémité du couloir.

Au fur et à mesure que Thomas Nival progressait dans la maison, Emmanuelle reculait d'autant. Par un phénomène inexplicable, les pensées qui occupaient son esprit en cet instant concernaient presque exclusivement la femme avec laquelle Thomas l'avait trompée : Mylène. Cette pensée était envahissante, aberrante.

— Qui est Mylène ? finit-elle par accuser violemment alors que Thomas, complètement hébété, faisait mine de se diriger vers la salle de bains.

Mais il n'entendit pas, n'entra pas dans la salle de bains et continua son chemin dans la direction de la cuisine vers laquelle Emmanuelle était elle-même inconsciemment en train de se réfugier.

C'est alors que l'acteur s'arrêta et qu'il dévisagea sa femme.

Pendant de longues minutes, le couple s'étudia, s'observa, se jaugea comme il ne l'avait jamais fait avant. On aurait dit deux ennemis en train de se mesurer avant de passer à l'attaque. A dire vrai, surtout Emmanuelle, dont les yeux s'étaient transformés en miradors, parce que Thomas, lui, était sous le coup d'un choc dont il n'émergeait pas. Un mal de tête affreux lui sciait les tempes. Il regardait Emmanuelle comme il regardait le reste : fixement, mais avec une sorte de stupeur.

— Tom ? souffla Emmanuelle d'une voix interrogative.

C'était bien Tom, ce ne pouvait être que lui. Il portait les vêtements dans lesquels il avait été enterré — ceux qu'elle avait remis aux pompes funèbres — et son front était barré d'une large entaille. La plaie était propre. Elle avait été nettoyée et semblait enduite de fond de teint. On voyait une nette démarcation de couleur avec la carnation blafarde du reste de l'épiderme. Quand le produit avait été appliqué, la peau ne devait pas avoir encore cette couleur-là...

Emmanuelle sentit qu'elle allait se trouver mal. Elle ne *pouvait pas* penser des choses pareilles. Elle ne *pouvait pas* regarder Tom comme s'il était un mannequin de cire !

Maquiller le corps...

Elle se souvenait abruptement de cette expression qu'avaient employée les entrepreneurs des pompes funèbres. Elle n'avait pas voulu « maquiller le corps ». Elle avait hurlé quand on avait osé lui dire ça, suffoquant au simple mot de « corps ». La preuve était qu'ils l'avaient fait quand même, à la demande de la famille de Tom.

Elle promena des yeux hallucinés sur celui qui semblait son mari et dont la respiration s'apparentait à celle d'un asphyxié qui cherche l'air. De même que ses ongles, ses cheveux avaient poussé. Ils lui descendaient dans le cou et une mèche tombait dans ses yeux. Elle se surprit à songer qu'une coiffure adéquate pourrait cacher la plaie sur la tête de Tom et fut aussitôt malade d'avoir eu une telle pensée. Mais elle ne parvenait pas à ôter ses yeux de cette blessure qui était censée avoir causé la mort de son mari. Une odieuse fascination l'y ramenait. C'était la première fois qu'elle la voyait, puisqu'elle avait refusé toute visite funéraire. Etrangement, cette blessure était ce qui lui semblait le plus vivant à cet instant chez Tom. Elle secoua la tête en silence. Cette impression n'avait pas de sens. Tom était rigoureusement comme avant. Il avait l'air vivant. Non, il *était* vivant. Juste un peu fatigué et amaigri, comme quand il avait eu une hépatite...

Elle réalisa ce qu'elle était en train de se dire et eut de nouveau un vertige. C'était totalement affolant, c'était même grotesque. Tout ce qui se passait était grotesque...

Tom se remit soudainement en mouvement et entra dans la cuisine. Elle dut faire un écart pour l'éviter et une transpiration glacée se répandit sur son front. La peur de se retrouver coincée dans la cuisine était honteuse, mais impossible à juguler. Elle resta à l'entrée, plaquée contre la porte. Elle se rendait compte qu'elle surveillait les moindres faits et gestes de son mari, qu'elle était prête à réagir au quart de tour. Réagir à quoi ? Elle ne savait pas, elle ne savait rien, toutes ses références étaient anéanties.

Le revenant s'avança jusqu'au réfrigérateur qu'il ouvrit. Elle le vit fouiller dedans pour y chercher quelque chose. Sa respiration semblait moins sonore, ou peut-être s'y habituait-elle. Quand il fit volte-face, il tenait une bouteille de bière Corona à la main. Elle se fit la réflexion qu'il restait le même nombre de canettes qu'au jour de sa mort, il y a trois semaines, moins celle qu'il avait prise tout à l'heure, quand elle ne savait pas encore qu'il était là. Tom retrouvait tout comme avant...

— Quelle heure est-il ? demanda de nouveau Tom après avoir porté la bouteille à sa bouche puis, comme s'il s'apercevait qu'il n'avait pas soif, l'avoir reposée lentement.

— Dans les trois heures du matin, répondit Emmanuelle d'une voix rauque.

Quelques instants plus tard, la même question lui était posée.

— L'heure s'est arrêtée, Tom, fit-elle pathétiquement. Le temps s'est arrêté...

Tom leva péniblement les yeux. Ils ne parvinrent pas jusqu'à ceux de sa femme.

— La boue, la terre, commença-t-il. C'était... J'étais englué dans...

Il s'interrompit, songeur. Un sourire passa sur ses traits tirés, qu'il n'éclaira pas.

— C'était un rêve. Un rêve où...

Il s'interrompit de nouveau et sourit encore. En réalité, c'était seulement sa bouche qui souriait car ses yeux étaient ternes et vides. Sa femme l'examina éperdument. On aurait dit que toute trace de l'ancienne agressivité permanente de Tom avait disparu. Sa voix également possédait une étrange douceur. Cela aurait dû être apaisant. Cela ne l'était vraiment pas.

— Oui ? encouragea Emmanuelle, blême. De quoi te souviens-tu, Thomas ? De quoi te souviens-tu, exactement ? La terre... Tu parlais de terre et de boue...

Le bleu du regard de Tom s'abîmait dans un lointain brumeux. Il avait complètement perdu son éclat métallique. Tom n'était pas le seul à avoir changé. Elle venait de l'appeler « Thomas », ce qu'elle n'avait jamais fait de toute leur vie commune.

— C'était si étroit, articula Tom avec une expression inquiète. Cela m'étouffait. Je t'appelais, je t'appelais...

Il regarda autour de lui d'un air perdu, comme s'il l'appelait encore, comme s'il ne reconnaissait rien. Tout était frappé d'étrangeté. On aurait dit qu'il y avait une feuille de mica entre lui et le monde. Sa respiration redevenait oppressante. Il s'approcha de sa femme pour la toucher. Celle-ci poussa un cri aigu et s'écarta brutalement pour s'échapper. C'était comme si elle allait être aspirée par la respiration de Tom !

Tom considéra sa femme sans comprendre. Il avait vraiment très mal à la tête.

— Tom, tu étais mort ! s'écria Emmanuelle d'une voix ravagée. Ta tombe, là-bas, au Vivier-Leu... (elle esquissa un geste dans la direction du cimetière), elle est ouverte !

Elle secouait la tête comme si ce qu'elle disait la saisissait elle-même d'incrédulité. Tom toucha son front et eut une grimace de douleur.

— Oh, je suis blessé ! fit-il, apeuré.

Emmanuelle le regarda. Tom n'avait pas enregistré ce qu'elle venait de lui dire et elle était incapable de lui fournir un commentaire supplémentaire. C'est alors que le visage de son mari s'éclaira d'un sourire plus franc que tout à l'heure et, conjointement, son souffle arrêta de peser sur l'atmosphère.

— Oh, je me souviens ! s'exclama-t-il en apercevant ses mains couvertes de boue. J'ai eu un accident de voiture ! J'étais enfermé dans la Mercedes... Enfermé sans pouvoir bouger... (Son expression passa plusieurs fois et sans transition de la joie sans partage à l'angoisse la plus terrible, et ni l'une ni l'autre de ces mimiques n'avaient jamais fait partie du registre de son mari.) Emmanuelle, quelle heure est-il ?

Il la regardait avec de grands yeux interrogatifs tandis qu'elle essayait désespérément de lire sur ses traits quelque chose qui la rassurerait, quelque chose qui serait exactement semblable au Tom du passé. Elle avait l'impression persistante d'être en face de quelqu'un qu'elle ne connaissait pas, qu'elle n'avait jamais connu.

— Trois heures du matin, murmura-t-elle. Peut-être quatre. Je ne sais plus.

— Peut-être quatre ? reprit Tom.

Il essuya ses mains sur les poches-revolver de son jean et les observa, satisfait, semblait-il, de leur aspect.

— Je me demande dans quel état est la voiture, dit-il d'un air vide.

Le souvenir de la carcasse ratatinée de la Mercedes de Tom fusa à l'esprit d'Emmanuelle. Elle songea aux gendarmes qui lui avaient appris l'affreuse nouvelle, et de là ses pensées enchaînèrent sur l'enterrement et la tombe de Tom, là-bas, au Vivier-Leu, sans grille et sans monument, cette tombe maintenant ouverte qui serait découverte demain, après-demain au plus tard.

Elle comprit alors qu'il fallait qu'elle y retourne.

Elle devait remettre la terre dans la fosse, arranger tout comme avant.

Ce qui arrivait ne devait pas être découvert, elle n'aurait su dire pourquoi, elle le savait : c'était aussi simple que ça.

Et puis elle devait regarder dans le cercueil... Tout de suite... Vérifier qu'elle ne rêvait pas.

— Tom, dit-elle d'une voix courte et précipitée, je dois m'absenter une demi-heure. Tu vas t'allonger sur le lit et dormir. Tout va bien se passer.

Tom souriait toujours d'un air inconsistant.

— L'accident a eu lieu vers deux heures, énonça-t-il d'une voix faible et douce. A deux heures et quart, les flics étaient là. Oui, deux heures et quart... il est quelle heure, maintenant, Emmanuelle ?

— Quatre heures du matin, le renseigna la jeune femme à bout de nerfs. L'heure de dormir. Viens t'allonger. Allez.

Mais elle n'osa pas lui prendre le bras et Tom, de son côté, ne bougea pas. Il se lança dans un monologue où revenaient sans cesse les mêmes phrases. Comme à la télévision quand l'image du défunt apparaissait. Sa respiration réoccupait de nouveau un volume inquiétant. Sentant qu'elle allait avoir un malaise, Emmanuelle ferma les yeux. Réfugiée ainsi en elle-même, elle se rendit compte qu'elle avait la chair de poule et que ses extrémités étaient glacées, bien que son corps baignât dans une respiration suffocante. Tom continuait de soliloquer.

— S'il est quatre heures, l'accident a eu lieu vers deux heures. Ou trois heures. Il est tard... Oui, il est tard parce qu'il fait noir. Tout noir, le noir. On est parti, nous sommes au fond, nous ne voyons rien. Quelle heure est-il ? Nous sommes au fond, nous ne voyons rien... Nous *vous* voyons...

— Viens te reposer ! le coupa d'un seul coup Emmanuelle d'une voie aiguë. (Elle prit le temps de plusieurs respirations pour s'apaiser.) Allez...

— Ma tête ! geignit Tom.

— Je vais te donner un cachet.

Tom accepta enfin de se laisser emmener. Emmanuelle le précéda à un bon mètre de distance en conservant cet intervalle de sécurité jusque dans la chambre. Ce n'était pas possible de toucher Tom. Elle tremblait trop, elle en était incapable.

Comme ils arrivaient près du lit et que le revenant s'approchait d'elle, elle se hâta d'ouvrir les draps et lui demanda de s'allonger. Tom tendit un bras pour quémander son aide. Il était fatigué, si fatigué... Son regard devint si triste qu'Emmanuelle en fut bouleversée. Du bout des doigts, elle toucha l'épaule de son mari et le poussa vers le lit sur lequel il s'assit. Tom cherchait la main de sa femme, tendait la sienne. Il ne la trouva pas. Il se tassa sur lui-même, le regard baissé.

— Mes chaussures..., dit-il d'une voix plaintive.

Emmanuelle avisa les chaussures boueuses de Tom et se mordit les lèvres à cause de ce que cela ajoutait comme preuve à quelque chose qui aurait pu n'être qu'un mauvais rêve. Rassemblant tout son courage, elle les délaça et les lui ôta. Il ne se passa rien de ce qu'elle redoutait, mais elle ne savait pas au juste ce qu'elle redoutait.

— Je reviens, dit-elle avec brusquerie quand Tom fut enfin allongé et qu'elle eut rabattu les couvertures jusqu'à son menton.

C'était un soulagement infini que le corps de son mari se dérobe à ses yeux et que sa respiration trop ample soit contenue sous les draps.

— Je vais te donner de l'aspirine.

Elle quitta la pièce pour chercher le médicament qu'elle voulait lui administrer. En réalité, ce n'était pas tout à fait de l'aspirine. Quand elle revint, Tom semblait sur le point de dormir. Elle lui fit quand même avaler les cachets de barbituriques qui se trouvaient dans le creux de sa main. Il fallut pour cela l'aider à se relever, le toucher, sentir son poids, sa respiration et... l'odeur de moisi.

Tom s'endormit au bout de quinze minutes. Emmanuelle le sut avec précision car elle surveillait alternativement le visage de son mari et le cadran de sa montre. Avec une anxiété croissante. Chaque seconde qui passait était une seconde de trop. Une impatience maladive la laminait. C'était quelque chose qui ne se contrôlait plus. Il fallait qu'elle aille voir au cimetière. Tout de suite.

Tout ce temps qu'elle resta là, debout, figée à quelques mètres de Tom, une foule de sentiments se succéda en elle, exacerbés et contradictoires. Il y avait même de la place pour une joie enivrante dans son cœur, bien que celle-ci fût combattue d'égale force par une terreur vertigineuse. Elle savait une chose, en tout cas, et cette chose allait rendre sa vie impossible : elle allait être obligée de cacher Tom, elle allait devoir s'enfermer avec lui.

Quand un ronflement calme et anodin s'éleva enfin dans la pièce, elle regarda une dernière fois son mari revenu d'entre les morts, puis elle s'éclipsa, Lili sur les talons, qui la suivait depuis tout à l'heure comme une ombre sans importance. Le grand Tom n'avait pas eu un seul regard, une seule parole, une seule caresse, une seule pensée pour elle depuis qu'il était revenu...

Les rôles étaient maintenant inversés. Emmanuelle voulait se rendre au Vivier-Leu et Lili ne voulait pas. En réalité, la chatte ne voulait aller nulle part. Ce qu'elle voulait, c'était rester auprès du grand Tom jusqu'à ce qu'il redevienne comme avant. Emmanuelle regarda l'animal se faufiler par l'entrebâillement de la porte de la chambre et se coucher au pied du lit avec une espèce de résignation. L'envie d'appeler Patrice l'envahit. De toute façon, il allait bien falloir qu'elle l'appelle pour l'empêcher de venir ou même de téléphoner. Elle lui raconterait n'importe quoi, qu'elle s'en allait en vacances, qu'elle partait se reposer chez sa mère. A l'idée que Patrice puisse téléphoner alors que Tom était *là*, tous ses sentiments de culpabilité lui revenaient. Et elle ne pouvait pas lui raconter la vérité. Ce n'était pas possible. Elle savait que les mots ne sortiraient pas de sa bouche. Ce qui lui arrivait ne pouvait pas être vraiment réel. Forcément, quelque chose clochait. D'ailleurs, Patrice n'avait pas cru que Tom pouvait se manifester depuis l'Au-delà.

Elle se mit à mâchonner une mèche de ses cheveux. Il fallait d'abord qu'elle aille au cimetière, c'était le plus urgent. Tout remettre en place (elle laissa échapper sa mèche)... si vraiment quelque chose avait été dérangé.

Car un autre scénario se déclenchait dans sa tête, auquel elle avait envie de se laisser aller. Elle arrivait au cimetière et la tombe de Tom était intacte, elle revenait à la maison et il n'y avait jamais eu aucun mort dans son lit.

Elle plissa sa bouche avec horreur. *Un mort dans son lit*... Comment pouvait-elle parler de Tom en ces termes ? Non. NON. Pas de mort. Tom ne serait jamais mort. Elle irait au cimetière et il n'y aurait pas cette tombe plate parmi toutes ces stèles entourées de grilles. Elle rentrerait à la maison et son mari serait assis comme d'habitude devant son ordinateur en train de jouer une partie d'échecs. Elle n'aurait fait qu'un long cauchemar. Etait-il plus aberrant de penser qu'elle rêvait plutôt que de se dire que Tom était revenu de la mort ?

Elle secoua la tête et se mit en mouvement sans s'en apercevoir.

D'une hypothèse à une autre, d'une conclusion à l'autre, totalement contradictoire, elle sortit de l'hôtel et se retrouva une fois de plus sur le chemin escarpé le long de la falaise. Aidée du seul éclairage blême de la lune, elle commença à marcher en butant contre des cailloux et des racines d'herbes. Elle manquait à chaque instant de tomber mais elle ne tombait pas, sachant au fond d'elle-même qu'elle n'aurait pas le courage de se relever. Le vent était toujours là, et la pluie, et les rouleaux de la mer en bas, grondants, menaçants, par lesquels les galets se fracassaient les uns contre les autres. Sa tête semblait l'un d'eux, tant la migraine cognait à ses tempes. Les histoires qu'elle se racontait sur les équivalences d'irréalité étaient de plus en plus difficiles à croire, mais elle s'y accrochait encore. Cependant, au moment où elle se trouva devant la grille macabre qui grinçait sinistrement et qu'elle aperçut la forêt de croix et de pics à travers lesquels le vent poussait son souffle pernicieux, tous ces faux espoirs ne purent tenir une seconde de plus. Elle sut qu'elle ne rêvait pas et qu'elle n'avait jamais rêvé. Les respirations étaient toujours là, chuchotantes dans son cou, qui la pressaient de se hâter. Elle entra en chancelant.

Bientôt, la tombe de Tom fut sous ses yeux et elle connut un autre moment de faiblesse. Une montée de larmes la cloua sur place. Ce qui se passait était au-dessus de ses forces. A travers le brouillard de ses yeux, elle entrevoyait ses outils éparpillés et les mottes de terre qu'elle avait enlevées. Elle finit par s'approcher, d'un pas mécanique. Quel autre choix avait-elle ? Il fallait qu'elle sache, il fallait qu'elle voie, il fallait qu'elle prenne la mesure de ce qui arrivait... et il fallait qu'elle protège Tom, le cas échéant.

Se penchant vers la tombe béante, elle dirigea le faisceau de sa torche vers le fond de la fosse et regarda avec une terreur jamais atteinte. C'est alors que ses genoux se plièrent tandis que ses mains s'emparaient du manche de la pelle.

Emmanuelle revint à l'hôtel comme une somnambule. Il y avait le choc de ce qu'elle était en train de vivre, mais il y avait aussi la fatigue. Son dos et ses jambes lui faisaient souffrir le martyre. Plus d'une heure avait été nécessaire pour combler la fosse et arranger à peu près la tombe en replantant les arbustes. Elle était convaincue qu'en plein jour ce saccage ne passerait pas inaperçu, mais qui la soupçonnerait ? A peu près n'importe qui pouvait avoir profané la tombe de Tom. N'importe qui, sauf elle...

Maintenant, elle n'avait plus qu'une idée en tête : dormir. Hélas, il n'existait plus de lieu où se reposer. Elle pensa à son lit où Tom était étendu et fut parcourue d'un frisson glacé. S'étendre dans une des chambres du premier étage ? Le frisson glacé la parcourut une deuxième fois. Elle n'était pas sûre que ce soit une bonne idée de dormir avec Tom dans la maison. Elle s'en voulait, elle se détestait d'avoir de telles pensées, mais elle n'y pouvait rien. Elle avait cru que si le miracle arrivait que Tom revienne de la mort, ce serait un délire de joie. Or, c'était un délire tout court.

Au détour du grand virage, elle aperçut l'hôtel que l'obscurité revêtait d'une solitude pitoyable. Elle voulut accélérer le pas. En vain. Ses jambes refusaient de la porter plus vite, son corps n'était que courbatures, épuisement : il ne lui appartenait plus. Comme ils étaient lointains les jours heureux où elle allait nager dans la mer en sentant ses muscles souples et coordonnés lui obéir. Quand elle affrontait les vagues, les contournait, les terrassait avec la joie sans égale de la victoire contre un ennemi si puissant. A part le jour où elle avait failli se noyer...

Quand elle y réfléchissait, c'était à partir de ce jour-là que les choses s'étaient mises à aller de travers. Tom avait perdu aux échecs contre Patrice et Lili avait commencé ses promenades au cimetière. Peut-être que si elle s'était rendu compte que leur vie prenait un virage inquiétant, elle aurait été plus vigilante : elle aurait résisté à Christian, elle ne se serait pas disputée avec Tom quand il était revenu de Paris, Tom ne serait pas parti en colère et...

Ses lèvres se pincèrent. Elle se domina un instant puis se mit à pleurer. Elle essaya de s'arrêter. Ce fut impossible. Elle se détesta.

Les derniers mètres qui la séparaient de l'hôtel furent accomplis avec la seule énergie de vouloir sortir de ce rideau de larmes qui coulait devant ses yeux. Elle avait ramené du cimetière son marteau et son pied-de-biche qu'elle serrait contre sa poitrine et cela n'aidait en rien à ce que ses larmes cessent. Ses gestes étaient inscrits pour toujours dans ces outils. Elle avait fait cela, elle, ouvrir un cercueil... Elle l'avait vraiment fait, il n'y avait aucun doute là-dessus : elle l'avait constaté une seconde fois.

Et surtout que le cercueil de Tom était vide...

La pelle et la fourche étaient restées là-bas. Elle n'avait pas eu le courage de les rapporter. Ils étaient maintenant cachés derrière une tombe, une de ces tombes entourées d'une grille de fer forgé. Que n'avait-elle suivi les conseils du jardinier ? Mais elle rejeta cette pensée brutalement.

Elle poussa la porte de l'hôtel sans être parvenue à sortir du marécage de ses larmes. Elle s'attendait à tout, elle se préparait au pire. Elle referma la porte doucement. Le silence était complet dans la maison et il ne semblait pas souhaitable de le troubler. Elle enleva son anorak mais ne se débarrassa pas de son pied-de-biche et de son marteau. Au contraire, elle tint ses doigts crispés dessus, prêts à s'en servir.

Elle s'approcha sur la pointe des pieds de la chambre à

coucher. Ses larmes s'étaient arrêtées de couler. Un ronflement devenait perceptible, qui s'élevait paisiblement dans le silence lourd. Elle passa lentement sa tête par la porte. Sous la lumière rassurante de la lampe de chevet, Tom dormait toujours et elle sut que sa respiration était normale.

Si Emmanuelle ne dormit pas cette nuit-là, ce ne fut pas à cause de la peur : c'est seulement qu'elle passa le reste de la nuit à côté de son mari à le regarder dormir, assise sur une chaise basse. Petit à petit, le calme était redescendu en elle, sans doute en partie à cause de l'état semi-comateux dans lequel elle se trouvait. Elle avait atteint, elle avait dépassé ses limites, elle ne pouvait aller plus loin dans la terreur et le vertige, aussi était-elle ramenée d'un seul coup à des sentiments relativement normaux. C'était avec une tendresse impromptue qu'elle contemplait Tom en train de dormir comme un petit enfant. Des gouttelettes de transpiration s'étaient formées à la naissance de son nez et un demi-sourire soulevait le coin de sa bouche, laissant entrevoir une fossette. Le dormeur avait changé de position. Il se tenait maintenant replié en chien de fusil, son visage tourné vers elle et son poing refermé contre son menton. Il avait l'air extrêmement jeune. Emmanuelle sentit qu'après le choc du traumatisme qu'elle avait subi, l'amour qu'elle éprouvait pour son mari commençait inexorablement à se restaurer. Parce qu'elle l'aimait vraiment, parce qu'elle n'avait jamais aimé et n'aimerait jamais que lui. Elle regardait Tom amoureusement, de nouveau sous le charme. Elle commençait à oublier ce qui s'était passé. Tout était un cauchemar, sauf que Tom soit là. C'était la seule chose qui comptait. Et elle se mit à se bercer des mille souvenirs qui se rappelaient à sa mémoire. C'était avec ce Tom-là, celui endormi sous ses yeux dans toute son innocence, qu'ils étaient écrits.

Elle regarda Lili, couchée sur le lit à proximité du visage de son maître, et c'est alors qu'elle se leva de sa chaise, intriguée par la légère agitation des oreilles de l'animal. Elle s'approcha avec précaution. Ne pas réveiller Tom. Ne pas briser la grâce de ce moment. Comme elle aurait aimé qu'il soit éternel... La pointe du museau de Lili parvint dans son champ visuel et elle s'aperçut que la chatte était en train de lécher la blessure de Tom à la tête.

— Lili ! chuchota-t-elle. Tu vas lui faire mal ! Tu vas le réveiller !

Lili leva son museau et battit des paupières. Elle poussa un miaou net, légèrement vindicatif, pour indiquer ce qu'elle pensait de cette réflexion non avenue et reprit sa tâche. C'était toujours ainsi qu'elle se soignait quand elle était blessée.

Emmanuelle renonça à discuter et se rassit. La nuit s'acheva dans le trouble vacillant du spectacle de Tom endormi et de l'activité incessante de la langue rose et râpeuse de Lili sur la blessure de son maître. Le jour montant jetait par la fenêtre une lumière bleuâtre qu'Emmanuelle regardait progresser avec un regain d'angoisse. Mais elle n'assista pas à la fin de l'opération, quand Lili décida que c'était suffisant et que Tom se réveilla en portant sa main à la tête parce qu'il avait la sensation que quelque chose lui manquait.

— Quelle heure est-il ? articula-t-il d'un air égaré.

Emmanuelle ne répondit pas, elle s'était endormie. Sa tête était retombée sur son épaule et ses longs cheveux frisés enveloppaient son visage creusé par la fatigue. Dehors il faisait jour, mais la nuit bienfaisante était venue pour elle. Tom se redressa avec effort pour voir pourquoi sa femme ne disait rien.

Lorsque Emmanuelle émergea de son sommeil, la journée était déjà bien avancée. Depuis un petit moment, elle entendait une sonnerie tinter. Sans doute celle du train qui s'annonçait dans la gare où elle était en train d'attendre depuis des heures. Mais la sonnerie n'en finissait pas de retentir et le train ne venait pas. Excédée d'entendre cette sonnerie et craignant que ce train qui devait l'emmener à Paris n'arrive jamais, elle ouvrit les yeux et ne reconnut pas la gare où elle se trouvait à l'instant précédent. Elle comprit alors qu'elle n'était pas dans une gare, en attente de partir à Paris pour rejoindre Tom. Elle était chez elle, dans sa chambre, et la sonnerie qu'elle entendait était celle du téléphone. Ses yeux effectuèrent un tour d'horizon aussi rapide qu'épouvanté. Il n'y avait plus personne dans le lit. Plus personne dans la chambre.

Elle sauta de sa chaise.

— Tom !

Deux secondes plus tard, elle parvenait devant la porte de la salle de télévision et une chape de plomb s'abattait sur elle.

Tom était là, en chair et en os, assis très pâle et très droit sur le canapé de velours vert. Il regardait un match de football, le volume à fond, une bouteille de Corona pleine à la main. Quand sa femme apparut, il tourna la tête vers elle et lui adressa un sourire. Un *bon* sourire, pensa-t-elle furtivement. Tom était-il devenu *bon* ?

Elle ne parvint pas à lui rendre ce sourire. D'ailleurs, l'attention de Tom était déjà revenue sur l'écran de télévision. Elle avança un pied, le recula, se tira une mèche de cheveux pour se faire mal, une autre. Alors qu'elle se préparait à prendre ses jambes à son cou, le téléphone s'arrêta de sonner. Elle en conçut un instant de soulagement qui l'arrêta dans son projet. Où était Lili? chercha-t-elle des yeux avec une angoisse fulgurante. Elle la voulait! Tout de suite!

Elle aperçut tout à coup la tête de l'animal qui dépassait du coude de Tom. La chatte se frottait amoureusement à son maître, mais Tom ne lui prêtait pas attention. Un éblouissement frappa les yeux d'Emmanuelle. Cette scène à laquelle elle assistait, Tom assis devant un match de foot et Lili en train d'essayer de récupérer une caresse, ne l'avait-elle pas déjà vécue des centaines de fois? C'était comme si tout recommençait.

Mais avec quelque chose de faussé...

Elle se mit à regarder ailleurs, partout, nulle part. Le match de football causait un bruit effroyable et Thomas y semblait totalement absorbé. Elle avala sa salive. Elle ne savait plus quoi dire, quoi faire. Elle pensa qu'elle allait se mettre à hurler et, au lieu de cela, se passa plusieurs fois la main dans les cheveux. Tom se toucha la tête à son tour, comme en miroir. Il avait l'impression que ses pensées venaient de là, cette plaie sur son crâne qui ne lui faisait pourtant plus mal du tout. Son esprit était totalement confus, hormis des espèces d'éclairs de certitudes, mais il s'agissait de certitudes inacceptables. C'était comme s'il n'avait plus de sensations, plus de sentiments, et que c'étaient ceux qu'éprouvait sa femme qui prenaient leur place. Il voyait des cris, des pleurs, de la tourmente, il voyait la mer déchaînée en bas de la falaise, il voyait... il voyait par-dessus tout des hommes avec des odeurs répugnantes. Il voyait Patrice Lefort, Christian Lahaye, Michel Farfeti et... Il y avait encore quelqu'un d'autre, lié à cette maison, proche, quelqu'un lié à la terre et aux plantes, et il avait une horrible sensation de malaise dans le ventre quand il essayait de trouver le nom de cet homme. Il avait l'impression d'avoir été piétiné sous ses pieds, d'avoir reçu des coups de pelle et de pioche par sa main, et lui montait dans ses narines une abominable odeur de tourbe, d'humidité, de froid horrible qui lui rongeait les os. Il abandonna ses recherches à cause de la quasi-réalité de ces sensations.

Que s'est-il donc passé ? se demandait-il avec stupeur. Et il avait le sentiment abominable de le savoir, sauf qu'il n'était pas envisageable de croire une chose pareille. Il se leva. Emmanuelle vacillait devant lui. Elle vit que la blessure de Tom allait de mieux en mieux. La cicatrice était à peine visible.

— Lili, lui indiqua-t-il.

Il se mit à frotter sa cicatrice. Emmanuelle sentit que son esprit était forcé et elle lutta pour opérer un blocage. Ce sentiment de ne plus être seule dans sa tête était insupportable. C'était mille fois pire que d'être violée dans son corps, mille fois pire que ce que Christian avait fait. C'était comme être expulsé de soi.

Des larmes jaillirent de ses yeux.

— Tom, non... Je t'en prie, supplia-t-elle.

— Hortense ? fit-il d'un air étonné. Je crois que je la connais... Dans le noir, là-bas, elle me tendait, elle me disait... C'est elle... J'étais...

Emmanuelle se recula. L'odeur de moisi que dégageait Tom était plus insupportable que tout le reste.

— Tu penses que je suis mort, articula lentement Tom d'une voix pointue, comme une accusation.

Quelques minutes passèrent sans que ni l'un ni l'autre aient l'impression d'un temps qui s'écoule. Ce fut Emmanuelle qui rompit le silence.

— Il faut que tu prennes un bain, dit-elle d'une voix rauque.

Sans un mot de plus, elle se dirigea vers la salle de bains.

Quand Tom serait propre, se dit-elle alors qu'elle marchait à grands pas nerveux, elle lui couperait les cheveux et lui taillerait les ongles.

Tom se leva pour obéir à sa femme.

18.

Emmanuelle s'assit dans le canapé de velours râpé, un livre de poche à la main. Elle regarda longuement la couverture qui représentait une peinture abstraite. *Adrienne Mesurat*, de Julien Green. Elle eut un maigre sourire. C'était un livre qu'elle avait lu quand elle avait quinze ans. L'idée lui était venue de le reprendre, hier soir, à cause d'un sentiment flou de parenté avec Adrienne. Le souvenir d'une jeune fille enfermée chez son père, vivant une existence d'habitudes fixes.

Elle passa son doigt sur la couverture glacée. Il lui restait seulement quelques pages à lire. Tom dormait à cette heure-là, comme d'habitude et, comme d'habitude aussi, elle n'était pas couchée à côté de lui. Il était tard parce qu'ils avaient regardé longtemps la télévision après dîner. Mais il était tard aussi hier, au moment où elle avait commencé à lire, et tard aussi avant-hier et encore avant-hier : leur habitude était maintenant de regarder la télévision jusque la fin des programmes. Leur assiduité ne s'arrêtait pas là. Ils suivaient en outre les programmes du matin en mangeant leur petit déjeuner et, quand ils ne jouaient pas interminablement au tourniquet, un jeu de cartes pour lequel ils s'étaient repris de passion comme au tout début de leur mariage, ils la regardaient de surcroît l'après-midi entier. Quelquefois, alors qu'ils étaient assis tous deux dans le canapé de velours vert, Tom lui prenait la main et la serrait très fort, à lui briser les os. C'était une des seules choses qui la gênait vraiment dans la vie retrouvée avec Tom, les autres « choses » du même goût risquant de se passer le soir quand ils se mettaient au lit.

C'est-à-dire quand Tom voulait faire l'amour avec elle.

Bien sûr, il lui était déjà arrivé au cours de sa vie de faire l'amour sans en avoir spécialement envie. Il lui était même arrivé récemment, dans les alentours de l'« absence » de Tom, de le faire contre son gré. Cependant avec Tom... Ce n'était pas tout à fait ça avec Tom. Elle avait envie de faire l'amour avec lui, bien sûr. Mais...

Non, en réalité, elle n'avait pas du tout envie.

C'était un sentiment qu'elle ne s'avouait pas au moment où elle le ressentait. Tom s'approchait d'elle, allongeait une main de glace, elle sentait sa respiration qui devenait de plus en plus sonore et lui rappelait des moments auxquels elle voulait à tout prix ne plus jamais penser. Et puis il y avait tout à coup le robinet qu'elle avait oublié de fermer, ou les volets qui claquaient, ou la clef dans la porte qui n'était peut-être pas tournée.

Quand elle revenait de son tour d'inspection, Tom dormait et c'était une grande satisfaction que de le contempler dans la nonchalance de son sommeil. Venait alors ce moment tant attendu où, dans la maison calme et silencieuse, quand elle était certaine que Tom avait atteint sa phase de sommeil profond, elle allait s'installer dans le canapé, un livre à la main et Lili couchée sur ses pieds.

Elle retourna son livre pour voir ce qui se passait dans les dernières pages et y renonça aussitôt. Elle ferma les yeux en soupirant. Aujourd'hui, avec ce qui était arrivé, il était difficile d'échapper à la sarabande infernale de ses pensées. Car, aujourd'hui, ils avaient eu de la visite à l'hôtel.

Quelques visages se profilèrent dans son esprit, qui avaient en commun de s'être tous encadrés récemment dans l'entrebâillement de la porte d'entrée et lui avaient valu à chaque fois le désir désespérément inutile d'en finir avec la vie.

La venue de ses parents, inquiets qu'elle ne réponde pas souvent au téléphone et de façon encore plus lapidaire que de coutume, avait été la plus éprouvante. Tandis que Tom se tenait caché dans l'une des chambres du premier étage et que Lili miaulait comme une damnée au bas de l'escalier, elle avait dû, des heures durant, subir le questionnement incessant de sa mère et sa curiosité de fouine qui l'avait menée à fouiller partout, l'air de rien, excepté au premier étage parce qu'elle ne pensait pas qu'il était possible d'y mettre les pieds. Dans son esprit, en effet, l'Hôtel du Golf n'étant plus un hôtel, ses chambres n'étaient plus des chambres d'hôtel, donc il n'y avait plus de chambres.

Aujourd'hui, c'était le patron du bar-tabac de Bois-sur-Rive qui était venu sonner à leur porte. Elle aurait pu éprouver du plaisir à la compagnie de cet homme qui avait été si gentil avec elle, mais l'angoisse qu'il ne découvre quoi que ce soit n'avait cessé de la persécuter pendant la bonne demi-heure où il était resté. Le serrement au cœur qu'elle avait ressenti quand il était parti n'avait pas été sans lui rappeler celui qui l'avait étreinte quand Patrice Lefort, un jour, il n'y avait pas si longtemps, s'était éloigné en posant ses pas dans la même herbe usée par les passages. Mais il n'y avait rien d'autre à faire. Vivre aux côtés de Tom était son seul et unique désir. Elle ferait tout ce qui était en son pouvoir pour que cela dure le plus longtemps possible.

Elle ouvrit et ferma plusieurs fois son livre. Elle pensait à Tom endormi dans son lit. Elle se représentait le lit conjugal et ce qui aurait pu s'y passer. Elle songeait en tremblant au froid intolérable qui émanait du corps de Tom. Elle se disait qu'elle n'y pouvait rien, qu'il était si urgent de sortir du lit pour ne plus entendre le robinet goutter ou la porte claquer, et si bon de revenir ensuite au bout de ses toujours plus nombreuses allées et venues dans la maison (une action en appelait une autre, puis une autre) constater que Tom dormait. Il était heureux que Tom ne se plaignît pas qu'elle trouve à chaque fois un robinet à fermer au moment de se coucher. Evidemment, elle avait recours à une petite astuce pas bien méchante, en l'occurrence quelques gouttes de barbituriques dans son verre afin qu'aucune récrimination ne s'élève, qu'aucune tentative de lui enfoncer un sexe glacé dans le ventre ne soit envisagée sérieusement. Tom buvait son verre de vin avec satisfaction et la sienne n'était pas moindre, qui savait qu'elle destinait ainsi son mari à un sommeil profond, agréable et réparateur. D'ailleurs, quand elle échappait aux bras de Tom pour s'élancer au secours des robinets mal fermés ou de quoi que ce soit qui ne manquait pas chaque soir de clocher dans la maison, il n'était pas rare qu'elle s'administre elle-même le même traitement. Ce qui fait que leur sommeil à tous deux était on ne peut meilleur. A ce point que, d'une nuit sur l'autre, on aurait dit qu'un pont s'était formé, une sorte de sommeil en pointillé, où la télévision et le tourniquet venaient remplacer pendant la journée l'effet du barbiturique défaillant.

De même que pour Adrienne dont elle ne finirait sans doute

pas de lire la vie ce soir, les jours se déroulaient ainsi depuis plusieurs semaines, rigoureusement semblables, aussi étranges qu'anecdotiques, dans une espèce de rêve ou de cauchemar, elle n'aurait su dire. Tous les indésirables avaient été éliminés de leur existence grâce aux paroles définitives qu'elle n'avait pas hésité à prononcer pour la première fois de sa vie. Quant à Patrice, elle avait pris la précaution de l'appeler la première, à un moment où son mari dormait, pour lui dire qu'elle ne voulait plus penser à lui et qu'il fallait la laisser tranquille.

Tom et elle se retrouvaient donc seuls au monde. Toute cette période incertaine des trois semaines qui avaient tenu son mari éloigné de l'Hôtel du Golf tombait dans l'oubli. Tom et elle n'en parlaient jamais, ils se contentaient de s'en tenir à la consigne que Tom devait demeurer caché, sans plus jamais réfléchir à ce qui avait motivé celle-ci. Une vie paisible, si paisible, où toutes les difficultés étaient contournées. Qui pouvait durer, durer, durer. Ils n'avaient aucun besoin, hormis la nécessité de se nourrir.

Deux fois par semaine, elle se rendait dans un hypermarché pour réapprovisionner la maison. Quand elle rentrait de ses longues heures de courses où elle avait hésité si longtemps sur le choix des aliments parce qu'elle voulait le meilleur pour Tom, son mari ne l'interrogeait jamais sur les gens qu'elle aurait pu rencontrer ni sur quoi que ce soit des micro-événements qui se produisaient dans la région et dont l'acteur était autrefois friand. Elle rangeait les provisions dans le placard en même temps qu'elle soumettait à Tom les idées de recette qui lui étaient venues. Et c'est alors que Tom lui souriait, comme d'habitude, probablement parce que cela lui plaisait. Mais il ne mangeait presque rien.

Emmanuelle avala sa salive. Elle baissa ses bras jusqu'à rencontrer la boule de poils que formait Lili à ses pieds. Deux plis tristes tirèrent sa bouche à chaque coin.

La seule personne qui aurait vu quelque chose à redire à cette parfaite organisation n'était pas une personne, mais un animal, ou plutôt une « bestiole », comme disait maintenant Tom les rares fois où il ouvrait la bouche. Elle voyait bien que Lili manifestait une mauvaise humeur croissante à l'encontre de son mari. Et elle savait pourquoi. Tom n'avait plus jamais une caresse ou un mot gentil pour elle. C'était comme si elle était devenue totalement inexistante, ou du moins pas plus existante qu'une mouche que l'on chasse du revers de la main. Elle avait tellement mal pour elle. C'était d'une telle injustice, d'une telle ingratitude...

— Ma chérie, murmura Emmanuelle sans être capable d'apporter la moindre promesse de réconfort à l'animal pour l'avenir.

D'un seul coup, elle ouvrit son livre là où elle l'avait laissé la veille et reprit sa lecture. Une demi-heure plus tard, le somnifère faisait son effet. Emmanuelle avait achevé son livre et elle n'avait plus qu'une envie, sombrer dans l'anéantissement du sommeil. Car Adrienne s'était libérée de sa réclusion en tuant son père et elle était devenue folle.

Quand, au petit matin, le froid picotant commença à lui mordre les chevilles, Emmanuelle retourna vite se coucher auprès de Tom, comme d'habitude, avant qu'il ne se réveille. Elle dormit jusque tard dans la matinée ou, si elle ne dormit pas, du moins fit-elle semblant jusqu'à ce que Tom soit levé, habillé et sorti de la chambre.

Le lendemain matin, la sonnette de l'hôtel retentit de nouveau.

Comme s'il avait pressenti cette visite, Tom se tenait depuis un bon moment dissimulé dans les plis des rideaux verts de la salle de télévision et regardait par la fenêtre. L'expression de son visage n'était pas de nature à donner une indication sur ce qu'il ressentait. Emmanuelle observa son mari. Tom était toujours d'une humeur égale à présent. Il n'élevait jamais la voix et se trouvait content de tout. Son « absence » avait fait du loup un agneau.

Cette réaction pacifique n'empêcha pas la jeune femme de rougir très fort. Pendant quelques instants, elle envisagea de faire la sourde oreille aux coups de sonnette répétés du visiteur. Mais Tom se détourna de la fenêtre et quitta la pièce pour se cacher, comme d'habitude, au premier étage. En tout état de cause, il n'avait jamais été question entre eux qu'elle se dissimule aux éventuels visiteurs, même s'ils n'en avaient pas ouvertement discuté. Leur entente à présent était quelque chose de tacite. Donc de parfait.

Patrice eut un léger sursaut quand Emmanuelle apparut sur le seuil de l'hôtel. Il s'attendait vraiment à ce qu'elle ne répondît pas.

— Tu n'es pas chez ta mère ? dit-il, comme s'il n'avait pas repéré sa Fiat Panda garée derrière le minigolf.

— Comme tu vois.

Silence.

— Je peux entrer ? Tu ne m'en veux pas d'être venu ?

Emmanuelle hésita une seconde puis s'effaça afin de laisser le passage au jeune acteur. C'est alors que Lili commença à miauler bruyamment en bas de l'escalier, ses yeux dirigés vers le premier étage.

— Lili, viens ici ! ordonna Emmanuelle en dominant mal son agacement.

L'animal dédaigna d'obéir.

— Qu'est-ce qu'elle a ? demanda Patrice, intrigué.

Emmanuelle se força à sourire.

— Elle n'a rien. Ses chaleurs... Allons dans le salon.

Un choc sourd provenant du premier étage leur parvint. Emmanuelle haussa ostensiblement les épaules.

— Il doit y avoir un matou là-haut : il y a une fenêtre de cassée. Il rentre par là. Sale bête !

Patrice ne trouva rien à répondre. La nervosité d'Emmanuelle le mettait mal à l'aise.

— Je ne veux pas qu'elle y aille, tu comprends ? continua de plus belle la jeune femme comme si elle avait besoin de se justifier. Qu'est-ce que je ferais avec des petits, moi ?

Patrice la considéra avec un serrement au cœur. Le mot « petits » évoquait pour lui les enfants qu'il aimerait avoir avec cette femme. Il ne les aurait sans doute jamais. Elle l'avait supplié de ne plus l'appeler, la dernière fois qu'il l'avait eue au téléphone. Mais il n'avait pas pu résister au désir de la voir. Et surtout de s'assurer qu'elle allait bien.

— Pourquoi me regardes-tu comme ça ? demanda Emmanuelle un peu sèchement.

— Je ne te regarde pas comme ça.

Il haussa les épaules :

— Je crois que je n'aurais pas dû venir.

Cette affirmation toucha Emmanuelle à vif. Elle ne put réprimer un élan qui l'amena à saisir la main de son visiteur.

— Mais si ! Tu as bien fait. Je t'assure..., dit-elle en ne dégageant sa main que lentement.

Patrice fut heureux de ce témoignage d'affection. Mais il n'était pas moins vrai qu'Emmanuelle avait l'air bizarre. Et pas seulement elle. Cette impression s'étendait à tout ce qui se trouvait autour. Une atmosphère pesante flottait dans cet hôtel délabré et sinistre, une atmosphère de mystère. Non, plutôt de cachotterie déplaisante. Etait-ce un matou qu'il y avait là-haut ? Ou Emmanuelle cachait-elle un autre homme... Cela expliquerait le revirement brutal de son comportement vis-à-vis de lui, l'autre jour au téléphone.

D'un geste, elle le conduisit jusqu'au salon et l'invita à s'asseoir dans le canapé. La télévision était éteinte.

— Est-ce que ta télé marche bien, maintenant ? demanda le comédien alors qu'un silence gênant menaçait de se poser sur eux.

Emmanuelle eut une moue placide.

— Ça va. Il n'y a plus de problème.

Patrice hésita.

— Les fantômes ont disparu ?

— Mais oui.

— Bien...

Il connut un instant de panique. Il y avait un blanc dans sa tête. Ses idées s'étaient subitement bloquées. C'était comme s'il ne savait plus parler. Une pareille chose ne lui était jamais arrivée. Il sentit la panique le gagner.

— Est-ce que tu veux un café ? lui demanda Emmanuelle.

La proposition fit un intense plaisir à Patrice, et pas seulement parce qu'elle mettait un terme à son trouble étrange. Emmanuelle souhaitait-elle donc sa compagnie ?

— Je veux bien, dit-il.

Et il se sentit stupidement heureux d'entendre sa voix sortir de sa bouche.

Il regarda la jeune femme se lever puis s'éloigner. Elle avait toujours cette gestuelle qu'il aimait tant, comme si elle passait sa vie à danser. Tout n'était peut-être pas perdu, après tout. Elle n'avait pas fondamentalement changé. Peut-être avait-il été maladroit de lui faire l'aveu de son amour. C'était trop tôt. Finalement, il avait bien mérité qu'elle l'envoie aux pelotes. Et puis, si elle le recevait, c'était qu'elle ne lui en voulait pas tant que ça.

Il s'éclaircit la gorge, sourit, se sentit mieux. Une délicieuse odeur de café lui parvint aux narines. Il arrêta sa stratégie. Il n'allait pas l'embêter, il n'allait pas la questionner, il allait lui parler de choses et d'autres, lui donner des nouvelles des gens qu'elle connaissait. En un mot, il allait lui faire passer un moment agréable. Et surtout, il ne prolongerait pas sa visite. Qu'elle reste sur sa faim.

Incidemment, il sentit qu'une petite migraine insidieuse était en train de lui gagner les tempes, comme si quelqu'un lui labourait la tête de coups de poing. Quelques secondes plus tard, c'était fini.

Emmanuelle revint avec deux tasses fumantes.

— Tu as été vite! sourit-il.

Elle lui rendit son sourire avec moins de parcimonie que tout à l'heure.

— Il était déjà fait : je n'ai eu qu'à le réchauffer au micro-ondes.

Il prit le plateau des mains de la jeune femme. Elles tremblaient.

— Ne sois pas si nerveuse. Assieds-toi...

Et il commença à lui raconter une histoire drôle qui était arrivée à l'un de ses amis. A plusieurs reprises au cours de sa visite, son mal de crâne revint et redisparut. Et parfois encore sa tête se vida et son esprit sembla se figer. Il observa qu'Emmanuelle frottait de temps en temps ses tempes, comme si elle avait mal, elle aussi. Pourtant, quand il lui posa la question, elle nia ressentir tout malaise, et à partir de ce moment-là il ne la surprit plus une seule fois en train d'effectuer ce geste.

Au premier étage, tassé sur lui-même dans le coin d'une chambre au papier peint vieillot et humide, la respiration de Tom était de plus en plus ample et bruyante. Il sentait l'odeur du café. Cette odeur était presque aussi forte que les pensées des deux personnes en train de discuter en bas. Surtout celle de Patrice Lefort. Elle puait, cette pensée. Il l'avait déjà un peu sentie au téléphone, l'autre jour, quand Emmanuelle avait appelé alors qu'elle le croyait endormi, mais là...

Une grimace de dégoût tordit la bouche de Tom, qui se métamorphosa bientôt en un rictus d'irritation au fur et à mesure que les miaulements de Lili devenaient assourdissants. S'il avait pu faire taire cette bestiole de malheur, se dit-il en serrant des poings impuissants autour de cous de chats imaginaires. Ce boucan était aussi la cause de ce qu'il percevait mal les pensées de sa femme. Il savait que la chatte le faisait exprès. En soupirant rageusement, il frotta sa cicatrice.

Instantanément, les pensées de Patrice Lefort et d'Emmanuelle se firent plus claires. Malheureusement, cela ne pouvait durer longtemps. Frotter sa cicatrice ne pouvait être qu'une aide passagère. L'intensité des pensées qui lui parvenaient était trop forte. Il avait la sensation que sa tête allait exploser.

De toute façon, maintenant il était fixé. Patrice Lefort avait une odeur détestable : aucun doute n'était plus permis.

Il prit son inspiration. Il revoyait un plateau de jeu d'échecs, un certain après-midi, ou un soir peut-être. En tout cas, le bruit de la mer, toujours, toujours là, qui l'empêchait de se concentrer. Oui, mais c'était surtout *l'odeur* qui l'empêchait de se concentrer. Bien entendu. Ah, comme il revoyait bien (comme il sentait bien) tout cela. Le silence. L'homme en face de lui. Ses yeux longs et aigus comme deux lames de poignard. Emmanuelle à ses côtés qui le regardait. Elle ne voyait pas des lames de poignard, elle, elle le trouvait à son goût...

À cette pensée, Tom se mit à respirer de plus en plus fort et de plus en plus rapidement. Il haletait et l'odeur qui flottait au-dessus du plateau d'échecs était de plus en plus forte, elle était haïssable. Il étouffait.

C'est alors qu'une étendue verte se superposa en transparence sur le damier. La respiration de Tom devint si énorme qu'il se trouva contraint de s'allonger sur le sol. C'était une étendue verte comme du gazon. Il était étendu sur ce gazon. L'odeur de l'herbe fraîchement coupée. Le bruit du trot, du galop, du trot. Il ferma les yeux.

Le plateau du jeu d'échecs s'effaça complètement. Ne resta plus que la grande étendue verte. Çà et là, du crottin de cheval. L'odeur du crottin de cheval. Et puis, brusquement, le visage de Michel Farfeti. Et les frites. L'odeur des frites. Il était au restaurant « La Terrasse », au terrain de courses de Saint-Cloud. Dans la salle enfumée, le gros Cricri était en train de lui servir une salade de tomates qu'il s'apprêtait à manger sans regarder. Ce qui l'intéressait, c'était l'écran de télévision accroché en l'air au bout d'un bras articulé, avec, sur le côté, un affichage qui annonçait les cotes des chevaux. La troisième course de la réunion du jour, un tiercé, était en train de négocier le dernier virage. Il avait joué un jumelé, comme d'habitude. Les paris simples, c'était pour les minables. Il se leva de sa chaise pour mieux voir, parce qu'un groupe de parieurs s'agglutinait maintenant en bas de l'écran. Geronimo était le favori. Il ne jouait jamais les favoris, mais Farfeti si, évidemment. Il ne jouait même que les favoris pour être sûr de gagner.

La respiration de Tom s'amplifia encore. Il sentait l'odeur de Farfeti, une odeur d'aisselles. L'homme était là, derrière lui. Le regard de Tom se détourna de l'écran de contrôle et tomba sur sa salade de tomates qui baignait dans une sauce aux yeux de graisse. L'odeur était insupportable. Il se retourna. A l'aide d'une paire de jumelles, Farfeti était en train de surveiller la course à travers les vitres du restaurant. Les chevaux franchirent la ligne d'arrivée. Au hurlement de joie de Farfeti, Tom sut qu'il avait encore perdu. Il ne put s'empêcher de jeter son fiel.

— Geronimo, hein ? Joué gagnant.. Pfff... Il est beau, le parieur.

La force de cette image était telle que Tom crut qu'il allait vomir. De la terre venait sur son visage, lui remplissait la bouche. Odeurs de boue, de pluie et de larves d'insecte.

Farfeti lui rit au nez.

— Maccache, bono ! (Il brandit son carton perforé.) Le tiercé dans l'ordre. Et toi, mon pote ?

Dans le coin de sa chambre, Tom gémit.

Petit à petit, Michel Farfeti s'éloigna. C'est alors que Tom s'aperçut que l'homme portait le blouson d'Emmanuelle, ce petit blouson de cuir fauve dont elle lui avait dit — faussement — qu'il avait disparu dans l'accident. Il essaya de le rappeler. Farfeti entendit, s'arrêta, mais négligea de répondre. Tom contempla la silhouette immobile qu'il ne pouvait atteindre, ni par les paroles ni par les gestes. Il était bel et bien captif. L'odeur de la terre, de la pluie, de l'obscurité. L'odeur de la captivité. De l'immobilité. De la solitude. Il était couché dans sa tombe et l'atmosphère empestait de l'odeur de l'inaccessible au-dehors qui l'avait rejeté comme un malpropre. Farfeti, Lahaye, Patrice Lefort, Malcolm Watts, et Emmanuelle aussi. Eux étaient restés. C'était injuste. Et Mylène, Olivia, Sophie... Et la patronne du Sansonnet, et Arlette, et le garçon de l'hôtel à

Paris ! Et *lui*. C'est-à-dire *un peu de lui*... C'était cela qui était terrible. Avoir encore quelque chose là-bas. Qui fait mal, qui tiraille, qui continue à vivre. Ses films. Et surtout quelques souhaits, quelques souffrances, de terribles souffrances. Il n'était plus avec les vivants mais il les voyait. Il les voyait bien mieux qu'avant. Il savait qu'ils se réjouissaient de sa mort, qu'ils auraient dansé sur son cadavre...

Tom renifla. Derrière ses yeux fermés, il avait des yeux ouverts fixement sur l'éternité. Dans le repos de son corps affaissé sur le sol, il sentait l'étau des ténèbres qui le clouaient prisonnier pour toujours. Il était allongé dans sa tombe, au fond d'un tunnel muré. Il s'en souvenait horriblement, comme s'il y était toujours. Une nuit sans lendemain, une solitude qui ne s'achève par aucun sommeil. Et c'est alors que des fibres lumineuses l'avaient approché. Hortense avait produit son étrange voix dans le noir, dans la terre et la pluie, par le fond du tunnel. Elle lui avait expliqué comment attraper les lianes de lumière. Il s'était tendu au maximum, avait réussi, les avait saisies et avait vu le passage... Il avait pu se faire voir et se faire entendre... Il était revenu. Grâce à Hortense et grâce à Dieu.

Soudain, Tom, dont les mains s'étaient naturellement croisées sur sa poitrine ainsi qu'on les lui avait placées dans son cercueil, écarta ses bras parce qu'il prenait conscience de sa position.

Il revint un peu à lui. Une autre tête était apparue au-dessus du blouson de cuir, à la place de celle de Michel Farfeti. Des longs cheveux roux en désordre. Mylène... Mais elle disparut à son tour et ce fut Olivia qui la remplaça. Elle resta très peu de temps. Sophie apparut à sa suite dans le blouson, après quoi la petite brune qui avait essayé de l'envoûter avec un philtre africain l'endossa à son tour. Farfeti, debout, un pied posé sur un objet que Tom ne distinguait pas, riait à gorge déployée devant ce ballet de femmes qui n'en finissait pas.

D'un seul coup, le ciel bas qui recouvrait la scène s'allégea un peu et Tom put voir l'objet sur lequel Farfeti avait posé son pied.

Ce fut un choc.

L'objet n'était autre que le dos d'Emmanuelle. Elle était couchée à côté du parieur, à ses pieds, tenue en laisse, contrainte de regarder le défilé de ces femmes qui lui avaient pris son blouson. Et Emmanuelle pleurait, pleurait, pleurait et l'odeur nauséabonde de Farfeti remplissait la petite chambre où Tom se tenait caché. Il aurait voulu pleurer lui aussi, mais les larmes ne voulaient plus sortir de ses yeux. Il les gardait en lui, c'étaient des larmes comme des gouttes de pluie, une à une, dans la terre, dans son corps, s'infiltrant, qui le pourrissaient du dedans.

Au bout d'une douloureuse éternité, toutes ces images finirent par s'étioler, ainsi que les odeurs. La voix geignarde de Patrice Lefort lui parvint à nouveau. Tom fit le geste d'essuyer ses yeux secs. Lili s'était arrêtée de miauler. Il connut un moment de répit. Puis ça recommença. Sa respiration monta comme la mer quand une tempête s'annonce. Elle gonfla, gonfla, gonfla...

Il sentit d'abord une odeur de skaï chauffé. Un tableau de bord. L'homme au volant. L'odeur de l'homme, comme celle de Farfeti, comme celle de la terre, celle de la pluie, celle de la vermine. Une odeur de captivité, de souffrance, d'intolérable souffrance.

L'homme conduisait d'une main tandis que, de l'autre, il dépliait une feuille de papier. L'odeur du papier. De la terre. L'odeur de l'encre sur la feuille. De la pluie. De la vermine. *Votre femme vous trompe!* L'odeur des larmes. Les larmes. Il avait tant envie de pleurer...

Une nouvelle fois, Tom s'essuya les yeux, inutilement. Il ne voyait pas le visage de l'homme au volant. Qui était-il? Oh, il voulait tellement le savoir... A l'aide de ses poings, il appuya violemment sur ses globes oculaires. Une nouvelle image surgit. Christian Lahaye en habit de marié. Emmanuelle se tenait à ses côtés, radieuse. Christian Lahaye tenait une lettre à la main. La même que celle que lisait l'homme dans sa voiture. Christian Lahaye était cet homme-là. C'était lui qui avait écrit la lettre anonyme. Lui le corbeau. Il s'était dénoncé lui-même... L'odeur de Christian Lahaye était celle du skaï. Le skaï empoisonnait l'atmosphère que respirait Tom dont la main frottait sa cicatrice à la tête. S'il enfonçait ses yeux au moment où le skaï sentait très fort, alors il voyait autre chose. Il voyait Emmanuelle. Elle ne parlait pas, cette Emmanuelle-là, et comme elle ne parlait pas, qu'elle ne regardait pas la télé et qu'elle ne jouait pas au tourniquet, il voyait très bien ce qu'elle pensait. Il y avait l'odeur du skaï dans cette pensée. Emmanuelle y était étendue. Son premier mari était en train de lui faire l'amour. L'odeur du skaï. L'odeur du skaï...

Tom poussa un tout petit cri, puis se releva.

Il écouta un instant les voix et les pensées, en bas, qui gazouillaient et pouffaient, qui mettaient des mains devant des bouches pour l'empêcher d'entendre et se prit la tête entre les mains. L'odeur d'une chair brûlée par le bout incandescent d'une cigarette lui chatouilla les narines. Non, la cigarette s'était juste approchée du sexe d'Emmanuelle... Il ne l'avait jamais touché. Jamais. Jamais.

Pas encore.

Un long hurlement monta dans la gorge de Tom. Il ferma la bouche pour empêcher la haine qui l'étouffait d'être expulsée. Se rejetant en arrière, il retomba sur le plancher de la chambre en croisant de nouveau ses mains sur sa poitrine. Et s'abîma dans la certitude absolue du futur.

Viendrait un jour où, sans qu'Emmanuelle le sache, il verserait dans le lavabo le contenu du verre qu'elle lui faisait ingurgiter avant de se coucher. Un jour où il fermerait comme d'habitude les yeux après qu'elle aurait prétexté une excuse pour se sauver du lit. Un jour où, de derrière ses paupières pas tout à fait closes, il la verrait revenir sans bruit. Un jour où elle se glisserait à côté de lui, sûre d'elle, se préparant à se fondre dans le sommeil... Et c'est alors que d'un seul coup elle sentirait dans son ventre un sexe de glace qui la ferait jouir, qu'elle le veuille ou non. Parce qu'elle était sa femme et qu'il avait tous les droits sur elle. Parce que c'était comme ça et pas autrement.

Tom s'étira tout à fait. Mais évidemment, avant... il devait s'occuper des odeurs.

La porte d'entrée de l'hôtel claqua. L'homme à l'odeur détestable était parti. Tom sentit sa respiration s'alléger. Mais un filet persistait et il sut qu'il persisterait toujours, du moins tant qu'il ne se serait pas occupé de toutes ces odeurs puantes, jusqu'à la dernière. Il eut une dernière moue de dégoût puis décroisa les mains de sa poitrine et se releva. Du rez-de-chaussée lui parvint la petite toux gênée de sa femme.

« Il est parti, tu peux descendre », fallait-il traduire. Quand le patron du bar-tabac était venu, il n'y avait pas eu cette sorte de toux...

Tom apparut sur le palier et descendit les marches. Emmanuelle l'attendait anxieusement. Il la rassura de son éternel sourire angélique qu'elle reçut avec soulagement. Elle tendit la main vers son mari mais, sans se départir de son sourire, celui-ci s'éloigna.

Pour la première fois depuis son accident, Tom alla s'installer devant son ordinateur. Il y introduit sa disquette de jeu d'échecs et joua toute la journée. Sans regarder un seul instant la télévision. Sans s'arrêter une seconde pour manger ou pour boire. Refusant d'un sourire doux toute proposition d'Emmanuelle. Du reste, avait-il eu jamais faim ou soif ? Peut-être, mais en des temps bien lointains.

Le lendemain, aussitôt réveillé, son premier mouvement fut de s'asseoir devant son écran. Il y passa une nouvelle journée. Oubliant encore de boire et de manger.

Puis le surlendemain et les jours qui suivirent.

Tom jouait une seule partie, en réalité : celle qu'il avait disputée contre Patrice, celle qu'il avait perdue contre Patrice, celle qu'il avait cherché vainement à reconstituer le lendemain de sa défaite et qu'il possédait maintenant la capacité de se remémorer coup après coup, exactement comme s'il visionnait un film. Sa vie avant l'accident ressemblait à un film, d'ailleurs. Peut-être n'était-elle que cela, se disait-il de plus en plus. Et justement, il y avait certaines choses qu'il avait assez envie de rectifier dans ce film...

19.

Le jour où Tom disparut fut le premier jour de la saison où il se mit à neiger. Emmanuelle se réveilla le matin de très bonne heure, à cause d'une vague sensation d'encerclement, et quand elle étendit la main pour vérifier que Tom était bien à côté d'elle, il n'y avait que le drap.

Anxieusement, elle plaqua sa main de place en place dans le creux où devait se trouver Tom, puis elle se redressa, en sueur, et alluma la lumière.

La chambre triste et vide lui apparut. Elle ne dit rien, elle ne bougea pas pendant plusieurs minutes. C'était comme si elle s'était attendue à ce qui arrivait. Longuement, elle contempla sa solitude dans la désolation de cette pièce, mal meublée et mal décorée. Comme d'habitude, les rideaux de la fenêtre n'avaient pas été tirés la veille : Tom ne supportait pas l'obscurité totale. Elle comprit ce qui avait causé sa sensation d'encerclement en apercevant par la vitre la neige qui tombait du ciel comme pour l'isoler tout à fait.

Quand elle se décida enfin à se lever, au bout d'un temps interminable, ce ne fut pas pour partir à la recherche de Tom à travers l'hôtel ou dehors. Non. Elle ne fouillerait aucune pièce, elle n'irait pas voir si sa voiture avait disparu. Tom n'était pas là, elle en était sûre. Il fallait bien qu'elle soit punie d'une manière ou d'une autre pour avoir fait ce qu'elle avait osé faire. Etait-ce pensable ? Avoir fait revenir un mort... Elle ne pouvait encore y croire. De toute façon, Tom était reparti et il ne reviendrait pas. C'était abominable, c'était un vertige, mais elle ne se révoltait pas. Elle avait eu plus que son dû, n'est-ce pas ? Elle avait eu quelque chose qu'elle n'aurait jamais dû avoir. Tom était parti. Où était-il allé ? Elle ne se posait pas la question, elle ne voulait pas se la poser. Il était simplement parti, il avait disparu, il s'était évanoui. Elle ne l'imaginait nulle part. Elle ne l'imaginait plus. Elle n'imaginait rien.

Elle s'approcha de la fenêtre dont elle ouvrit les vitres. La neige tombait toute droite mais elle aperçut un flocon qui déviait de la ligne de chute. Elle l'observa. Il voletait avec infiniment de grâce et de légèreté, se rapprochant de plus en plus de l'intérieur de la maison. Il se posa finalement sur son bras nu qu'elle amenait à sa rencontre. La petite tache de froid qu'il forma en fondant la fit sursauter. La sensation d'une piqûre. Ce fut seulement à ce moment-là, parce que c'était quand même une douleur de trop, qu'elle commença à sangloter. Après avoir fermé les yeux en essayant en vain de refouler ses larmes à l'intérieur, elle les rouvrit. En face d'elle voletait un flocon de neige en tout point semblable à celui qui venait de la toucher, ainsi qu'à ceux qui continuaient à s'écraser sur sa peau à un rythme de plus en plus accéléré. Le paysage devant elle était en train de s'effacer.

— Lili ! appela-t-elle, sachant pourtant qu'elle n'obtiendrait aucune réponse.

Depuis plusieurs jours déjà, Lili passait les trois quarts de son temps à l'extérieur de l'hôtel. A cause de Tom, elle le savait bien. Elle essaya d'apercevoir l'animal dehors et ne vit rien d'autre qu'une mer nouvelle, blanche et compacte, qui semblait devoir recouvrir toute chose sur terre. Elle eut envie d'y plonger et se précipita vers la salle de bains parce qu'une idée impérieuse lui venait.

Sa combinaison de natation était toujours là, suspendue à un cintre, comme si les choses étaient identiques maintenant et avant. Elle s'en approcha pour la décrocher. Cela faisait si longtemps qu'elle ne s'était pas glissée dedans.

Le caoutchouc absorba son corps avec un bruit spongieux qui lui parut le son le plus satisfaisant qu'elle eût entendu depuis un abîme de temps. Une fois la fermeture Eclair remontée et les pattes de serrage fixées, ce sentiment de satisfaction s'intensifia. Son corps ne lui appartenait plus. Il était un sarcophage qu'elle allait envoyer à la mer vers des rivages lointains...

Alors qu'elle était sur le point de pousser la porte de l'hôtel, elle se ravisa. Quelques secondes plus tard, elle était de retour dans sa chambre à coucher. Elle marcha jusqu'à la fenêtre, l'ouvrit. Elle avait envie de passer par là. N'être plus qu'un flocon de neige. Sans poids, sans corps. Insignifiant. Elle se hissa sur la barre d'appui et prit son élan.

Le saut qu'elle effectua lui sembla durer longtemps, longtemps. Cette impression était analogue à celle du vide. Elle n'était que du vide, maintenant. Elle pouvait se fondre à n'importe quelle forme. Devenir le ciel ou la mer ou simplement rien. Aujourd'hui, elle allait nager jusqu'en Angleterre, jusqu'en Amérique, jusqu'au bout et à la fin du monde...

Elle se retrouva sur le tapis de neige, froid et moelleux. Ses pieds étaient nus. Elle les vit avancer devant elle comme s'ils étaient deux marionnettes autonomes qui allaient là où ils voulaient. Ils se dirigeaient vers la mer.

Elle traversa le minigolf dont les obstacles étaient déjà à moitié ensevelis sous la neige. L'hôtel s'enterrait. C'était bien. Que tout disparaisse, et elle avec. Lili était partie aussi, de toute façon.

Elle descendit les monticules de galets sans qu'une gêne aux pieds lui soit perceptible et s'enfonça dans la mer directement et franchement. L'étau glacé de l'eau sur son corps, foudroyant malgré l'isolation de la combinaison, lui fut indifférent.

Cependant, la mer ne monta pas au-dessus de la ligne maigre de la taille d'Emmanuelle car Lili apparut soudainement sur le bord du rivage. Minuscule face à la mer dont les embruns lui mouillaient le pelage, elle émit un long miaulement plaintif.

— Lili, oh ma Lili..., fondit Emmanuelle en découvrant l'animal avec stupéfaction. Mais qu'est-ce que tu fais là ?

Le poil hirsute, les yeux papillonnant de frayeur, l'animal avançait timidement une patte au moment où la mer reculait et reculait précipitamment d'autant quand celle-ci avançait. La façon désespérée dont elle regardait sa maîtresse brisa le cœur d'Emmanuelle en même temps qu'elle le combla de tendresse. En guise de réponse, Lili miaula une nouvelle fois à fendre l'âme. Alors qu'elle revenait du cimetière, toute frissonnante encore de crainte et d'appréhension à cause de cet appel qui recommençait à la faire courir là-bas, elle avait aperçu sa maîtresse sauter par la fenêtre comme si elle avait eu quatre pattes et puis foncer vers la grande mer fracassante.

Emmanuelle sortit de l'eau et vint s'agenouiller près de l'animal. Elle posa sa tête contre la sienne.

— Ne t'inquiète pas, petite Lili, s'entendit-elle la rassurer. Je fais juste quelques brasses et je reviens. J'ai besoin de nager.

Ça va me faire du bien. Je ne vais pas me noyer, tu peux me croire... Attends-moi là. Je reviens.

Et, peut-être parce qu'elle avait fait cette promesse solennelle à Lili, elle plongea dans la mer en s'efforçant d'avoir le mouvement le plus juste.

Le temps qu'elle passa dans l'eau sous la surveillance fébrile de sa chatte, elle oublia tout. Tout, mais certainement pas de bien respirer tous les trois mouvements de crawl et de battre le plus souplement possible l'eau avec ses jambes. Toute idée de noyade était écartée. Ne restait que le bonheur de retrouver l'association miraculeuse de son corps avec l'eau.

Un quart d'heure plus tard, elle revenait avec Lili vers l'hôtel. L'animal marchait devant et, non sans amusement, elle se mit à suivre les deux lignes ondulantes superposées que formait le corps souple de Lili chevauchant le roulis des galets. C'est alors qu'elle découvrit qu'elle se sentait beaucoup mieux. La natation lui avait lavé le corps et l'esprit. Elle savoura de toutes ses forces cette sensation en essayant de construire autour un mur imaginaire qui la préserverait. Ce mur renfermait toutes les sensations délicieuses que la natation avait distillées dans son corps. Et la douceur de l'eau. Et le velouté du ciel. Et la présence attentive de Lili sur le bord du rivage. L'amour qui les réunissait...

Hélas, plus elle s'approchait de l'hôtel, plus elle sentait qu'elle allait sortir du périmètre de ce mur. L'angoisse lui revint, elle se mit à coller à ses pieds. Elle la trouvait sous chacun de ses pas au fur et à mesure qu'elle progressait. Maintenant, elle allait entrer chez elle et, comme l'autre jour quand elle avait cru que le cauchemar était fini, Tom serait de nouveau là et tout recommencerait...

Ce ne fut qu'après avoir fouillé chaque recoin de l'hôtel que le petit monde précaire de bien-être qu'elle venait de se constituer sembla pouvoir durer. Tom n'était pas là et elle avait l'intuition formelle qu'il ne reviendrait pas. Ce monde allait se renforcer et grandir. Elle le voulait. Elle résista à la tentation d'aller voir si sa voiture était encore là. D'ailleurs, la neige l'avait sûrement ensevelie.

Les heures qui suivirent se déroulèrent en gagnant petit à petit du terrain sur la terreur et l'angoisse. Emmanuelle décida de les traverser dans un livre de Nadine Gordimer, se gardant bien d'allumer la télévision. Elle la détestait, cette télévision, par laquelle le cauchemar était devenu possible.

Vers le soir, sa lecture fut achevée. Refermant son livre, elle examina son salon d'un air étonné. Elle venait de passer la journée en Afrique du Sud, dans un village de cases, sous un soleil brûlant, avec des gens qui ne raisonnaient pas comme elle. Après un séjour si lointain, il était difficile de craindre encore les mauvaises plaisanteries de la vie à l'Hôtel du Golf.

Elle se leva et se rendit jusqu'à la fenêtre. Dehors, il neigeait toujours. Un manteau immaculé enveloppait l'ancien paysage, dans lequel elle se sentait au chaud. Elle pouvait allumer le poste, maintenant, parce que tout serait normal et que, l'ayant constaté, son nouveau monde serait encore plus fort et qu'elle pourrait encore le développer. Elle revint sur ses pas et appuya résolument sur la télécommande. Le son de la publicité se répandit comme un raz de marée à travers la pièce. Elle eut envie de sauter de joie, elle se mit à couvrir Lili de mille baisers. Puis, s'affalant de tout son long sur le canapé, elle se laissa mitrailler avec ravissement par la succession des images criardes qui la fatiguaient tellement d'habitude. C'est qu'au fond d'elle-même, un instant, elle avait redouté le pire...

Bientôt, les quelques notes annonçant la fin de la séquence publicitaire furent envoyées. Mettant délibérément de côté le souvenir suffocant de ces heures interminables passées à absorber l'intégralité de ce que la télévision débitait — et qu'elle avait reçue sans rien entendre, sans rien intégrer — elle s'apprêta à écouter les informations. Sortir d'elle-même. De ce trou à rats...

Après un vague état de la météo où le présentateur annonça de la neige, encore de la neige, au moins dans la journée à venir et peut-être pour le restant de la semaine, le point fort de l'actualité se concentra autour du voyage du président des Etats-Unis en France. Armée d'un sourire confiant, Emmanuelle se laissa aller paresseusement au fond de son canapé. Rien que le mot « voyage » relativisait tout ce qui avait pu se passer ici, dans cette station balnéaire désuète où même le soleil n'avait pas envie de venir. Suivit un sujet sur l'ex-Yougoslavie qui la bouleversa et elle eut soudainement honte. Honte de ne pas avoir fait comme tous ces gens qui étaient dans des situations bien plus critiques qu'elle : essayer de survivre à tout prix. Survivre, cela aurait été partir, prendre la main que lui tendait Patrice. Dire qu'il était revenu la voir malgré le fait qu'elle avait cassé leurs relations et qu'elle l'avait reçue comme si de rien n'était, comme s'il n'y avait personne au premier étage, comme si c'était cela qui était désirable, vivre dans cette folie...

Alors que Tom était là-haut, tapi comme un malfaiteur dans une des chambres et que Lili miaulait pour dénoncer sa présence...

Elle fronça les sourcils.

Pourquoi Lili voulait-elle dénoncer Tom ?

Parce qu'il était désagréable avec elle ? Seulement ? Et si c'était aussi parce qu'elle sentait que quelque chose n'allait pas ? Elle-même ne pouvait définir au juste ce qui n'allait pas, mais le fait était certain : Tom n'était pas comme avant...

Elle essaya d'éclaircir ses idées.

Qu'est-ce qui n'était pas comme avant chez Tom ? Il était gentil, pourtant, vraiment très gentil...

Trop gentil.

Mais où Tom était-il parti ? se demanda-t-elle brusquement et de façon violente, comme si cette question explosait d'avoir été tenue trop longtemps enfouie dans son refus d'y réfléchir.

Elle ne voulait pas se le demander, elle savait que Tom était nulle part, que ce n'était pas une question à se poser, mais, quand même, où était-il ?

Elle se sentit devenir de plus en plus mal.

Où était Tom ? Comment avait-elle pu passer à la trappe cette question ? C'était un fait, elle était *soulagée* qu'il ne soit plus là, mais les désirs ne sont pas des réalités !

Et tandis que l'angoisse montait de façon incontrôlable, d'autres nouvelles se succédaient à la télévision, plus terribles les unes que les autres. Un accident de chemin de fer en Espagne, un bateau échoué sur la côte basque, quatre enfants en bas âge retrouvés morts de faim dans leur appartement...

OÙ ÉTAIT TOM ? *Reparti dans son cercueil ? Pour toujours ?*

Au drame des enfants fut enchaîné immédiatement un autre fait divers.

C'est alors que le souffle d'Emmanuelle se suspendit.

« Un homme a été retrouvé mort, dans la région parisienne, écrasé par une voiture qui s'est acharnée sur lui. »

Tué par une voiture, comme Tom...

« La police évoque la thèse d'une vengeance, mais la violence de l'agression est l'œuvre d'un déséquilibré. La victime a été tuée avec sa propre voiture, une Ford Escort jaune, dont l'assassin s'est emparé dans des circonstances qui ne sont pas élucidées à ce jour. »

Le sang se retira du visage d'Emmanuelle.

Une Ford Escort jaune... La voiture qui l'avait emmenée en voyage de noces sur la Côte d'Azur... Christian... Non...

Le présentateur acheva de lire la nouvelle qui venait de tomber sur son télex.

« Ce sont ses papiers qui ont permis de l'identifier. Il s'appelait Christian Lahaye et était âgé de trente-quatre ans. »

Emmanuelle alla fermer lentement la télévision.

Ce n'était pas de la douleur qu'elle ressentait. C'était autre chose, bien autre chose...

Les heures qui séparèrent le journal du soir de celui de vingt-deux heures quarante, après le film qu'elle ne regarda pas, furent vécues par Emmanuelle dans un état de décalage total. Le téléphone sonna plusieurs fois, elle ne songea même pas à répondre. Elle s'était rendue à pas raides dans la cuisine, et là, debout contre la gazinière dont elle contemplait fixement l'émail grêlé de taches de graisse, avait mis en marche la radio et passait sans arrêt d'une onde à une autre.

Christian écrasé par une voiture, par sa propre voiture...

Mort dans un accident de voiture...

Comme Tom.

Et, invariablement, au moment où elle mettait les deux accidents de voiture en relation, il y avait un court-circuit dans sa tête. Elle enclenchait alors fiévreusement la fonction de recherche des stations et changer d'onde était comme dériver sur une troisième voie qui lui évitait d'être prise en étau entre deux voitures folles fonçant l'une sur l'autre. A plusieurs reprises dans les différentes séquences d'informations qu'elle capta, il fut question du meurtre du chauffard. Mais ces bulletins n'apportèrent rien de nouveau, si ce n'est de rivaliser de superlatifs pour décrire l'état du corps, la sauvagerie de l'agression, et l'originalité de la méthode.

Tom avait toujours été original, n'est-ce pas ?

A vingt-deux heures quarante, Emmanuelle revint lentement dans le salon, les yeux fixes, la tête vide, et s'installa devant le téléviseur. Elle retrouva le voyage du président américain en France, le bateau échoué, les enfants morts.

Et *son* accident.

Mais rien de plus. Relaté avec exactement les mêmes mots. Pas d'image.

Le présentateur embraya sur un autre fait divers, mais Emmanuelle n'écoutait plus. Son regard se perdait dans la neige qui tombait très serrée par la fenêtre aux doubles rideaux hideusement verts. Tous les bruits y étaient happés et s'y engloutissaient. Le silence était complet, ouaté.

Un frissonnement maladif s'empara d'elle.

Quiconque aurait marché sur ce tapis de neige, elle ne l'aurait pas entendu. Même s'il se trouvait sur le minigolf en train de s'approcher à grands pas. Même s'il arrivait devant la porte. Même s'il tapait ses chaussures par terre pour faire tomber la neige.

Les tremblements de son corps fusionnèrent d'un seul coup en un spasme de terreur.

Bientôt, les routes seraient impraticables. Bientôt, l'électricité et le téléphone seraient coupés. Bientôt...

Elle se rua sur son téléphone. Le reposa presque aussitôt, figée, anéantie.

Plus de tonalité... Ses yeux s'injectèrent de sang. Il lui restait la voiture !

Elle courut vers la porte d'entrée, la poussa frénétiquement pour la dégager de la neige qui la bloquait, fit un pas, un autre pas, tomba, se traîna, se releva, regarda désespérément de tous côtés...

L'endroit où elle se garait d'habitude n'était qu'une immense chape blanche.

20.

Michel Farfeti était en train de savourer d'avance la bonne douche qu'il allait prendre, après un cinq à sept épuisant avec sa nouvelle petite amie. C'était chez cette dernière qu'ils se rencontraient depuis qu'ils sortaient ensemble, une quinzaine de jours à peine. En réalité, il avait une sainte horreur du désordre dans son studio et même que quiconque pénètre chez lui et se serve de ses affaires. Cela le rendait nerveux. Il préférait de loin se servir des affaires des autres, salir les affaires des autres, jeter les affaires des autres.

En enlevant ses derniers vêtements qu'il lança dans la machine à laver, il poussa la paroi du cabinet de douche intégré qu'il venait de se faire installer grâce à la somme rondelette gagnée la semaine dernière à Auteuil. Il abaissa la manette du robinet qui était réglé sur la température adéquate grâce à un micro-processeur dont il était très fier. C'était peut-être le seul regret qu'il éprouvait quant au fait qu'il ne voulait personne chez lui : ne pouvoir faire admirer le raffinement de son intérieur. Mais il aurait fallu que l'on regarde sans toucher, et même sans marcher, la moquette blanche n'étant pas souillée d'une seule tache après plus d'un an de location.

S'emparant du pommeau de la douche qu'il régla sur la fonction massage, l'homme dirigea progressivement le jet de ses pieds jusqu'à son sexe. La pression de l'eau le fit un peu sursauter, puis il s'y habitua : c'était la main de Mylène, hier, avant-hier, avant avant-hier, et demain, après-demain... du moins jusqu'à temps qu'il s'en lasse. Il se sentait diablement heureux, nu dans cette sorte de cabine spatiale toute de plastique moulée, sous le jaillissement puissant de l'eau. Depuis que Nival était mort, la vie était tout simplement devenue extraordinaire. C'était fou ce qu'un seul homme pouvait vous

bouffer l'existence... S'il y avait bien quelqu'un qui avait mérité de crever en plein essor, c'était Thomas Nival.
Parce que c'était l'essor d'une vermine...
Cela dit, la vermine avait laissé certaines choses intéressantes à récupérer et c'était un plaisir que de se servir des petites affaires intimes du défunt. Pour le moment, c'était Mylène, plus tard, ce serait sa veuve éplorée qu'il gardait en réserve, et pourquoi pas toute la belle équipe des partouzeuses dont il avait toujours été exclu. Il se rengorgea. Il adorait se remémorer la scène au cours de laquelle il avait repris le blouson à la femme de Nival. C'était vraiment un coup génial. Peut-être même que Nival aurait apprécié le machiavélisme de l'idée. En tout cas, le cadeau avait littéralement fait fondre Mylène, ce qui avait grandement facilité les choses. D'une pierre, deux coups.

Tout en se massant les cuisses avec le jet d'eau, l'ancien chanteur de charme qui, après le flop de son premier disque, avait échoué sur les terrains de courses pour essayer de se faire un peu d'argent (et y était d'ailleurs fort bien parvenu) essaya d'imaginer le cadavre de l'acteur au stade où il était parvenu maintenant, près de deux mois après sa mort. C'était un exercice intellectuel tout à fait excitant auquel il s'adonnait fréquemment, la plupart du temps en y associant une petite masturbation.

Il dirigea le pommeau vers sa verge qui se mit à se dresser et personne, y compris lui, n'aurait pu dire si c'était le fait de l'eau ou celui de ses pensées.

Voyons... L'autre fois, il y avait quelques jours, il en était arrivé au moment où des vers se tortillant dans tous les sens sortaient des orbites du défunt. Et où sa panse prenait des déformations bizarres, comme si Nival était enceint d'un fœtus trop gros qui ne pouvait plus tenir en place. Bon, les choses avaient évidemment évolué depuis.

Il se gratta le ventre en constatant avec satisfaction que le sien était bien plat, dur comme du bois. La petite séance d'abdominaux qu'il s'infligeait tous les matins n'y était pas étrangère. Ah, il avait une autre allure à poil que Thomas Nival, hein ! Surtout maintenant...

Ses pensées revinrent sur l'état de décomposition de l'acteur défunt et la main de l'ancien chanteur, un instant plus molle, reprit du service activement. Il était permis de penser qu'à présent les yeux de Thomas Nival étaient complètement nettoyés et que sa panse avait éclaté. Le célèbre acteur venait de donner naissance à tout plein de jolis asticots qui gigotaient joyeusement dans ses intestins à découvert. Félicitations à l'heureux papa...

Un grognement de plaisir échappa au parieur. Il était près de jouir. Non, pas encore. Il devait se contrôler : il gardait le meilleur pour la fin. La quéquette de Nival... Qui devait avoir à peu près la taille d'un petit pois au garde à vous...

Et d'un seul coup, il éjacula.

Quand le drap de bain tout chaud qu'il avait préparé sur son radiateur porte-serviette « Maison-Laffitte » eut rempli son office, Michel Farfeti le déposa dans la corbeille du linge qui passait à soixante degrés. En entonnant le tube qui ne l'avait jamais fait connaître, il enfila son peignoir en velours d'éponge et sortit de la salle de bains. Les paroles de la chanson qu'il fredonnait sortaient directement de son cœur, l'épanouissaient, le gonflaient, lui rappelaient l'heureuse époque où il l'avait enregistrée. Depuis quelque temps, Michel Farfeti caressait le projet d'aller reproposer la maquette de son quarante-cinq tours à une maison de disques. Ou de se produire lui-même. Il avait peut-être assez d'économies. La seule chose qui lui manquait jusque-là, en réalité, c'était la confiance en lui. Nival était mort et, miraculeusement, cette confiance lui revenait. Il n'était pas loin de penser que tout était de la faute de l'acteur puisque c'était au moment où son disque était sorti qu'il l'avait connu. L'ombre que lui portait Nival était plombée.

Michel Farfeti s'approcha de sa chaîne hifi qui, comme sa télévision et son magnétoscope, étaient des appareils neuf et haut de gamme. L'occupant de ce studio si bien briqué revendait systématiquement son matériel quelques mois après son acquisition afin d'avoir toujours chez lui les modèles les plus récents. Il ne perdait jamais beaucoup d'argent sur la revente car il était bon baratineur. Thomas Nival était bien une de ses seules connaissances qui ne s'était jamais retrouvée avec la chaîne hifi, la télé ou le magnétoscope du parieur, achetés aussi cher que chez Darty. Ces périodes où Michel Farfeti revendait représentaient les uniques occasions où quelqu'un franchissait la porte de chez lui. Il va sans dire que l'acheteur en puissance devait se défaire de ses chaussures à l'entrée et que l'effort fourni par le vendeur exigeait que l'affaire soit conclue du premier coup. Farfeti mettait toute son âme et tout son cœur dans ces négociations.

Il tendit la main vers la colonne où ses compact-disques étaient rangés et sortit son œuvre. Les larmes lui montèrent aux yeux. Emotion et rancœur à la fois. Il sortit le disque de son boîtier et le glissa dans son lecteur laser. De chaque côté de la pièce tapissée de toile de jute grise, deux baffles high-tech se renvoyaient le son stéréo le plus pur. Deux fois cent watts, une puissance d'enfer, s'émerveilla Michel Farfeti.

La fonction de mise en marche s'enclencha et la voix énamourée de l'interprète s'éleva entre les parois du studio avec une résonance de cathédrale. L'ancien chanteur ajusta la cordelette de son peignoir pour cacher son anatomie et s'allongea par terre, sur sa belle moquette de laine — la moquette « Saint-Cloud », se dit-il automatiquement comme à chaque fois que son regard se portait sur le revêtement qu'il avait luxueusement payé deux cent cinquante francs le mètre carré après une réunion particulièrement fructueuse sur son terrain de courses fétiche. Le son qui émanait de sa chaîne était si puissant qu'il avait l'impression de se trouver en apesanteur sur un tapis de notes, claires et pures, comme des bulles de cristal qui éclateraient les unes après les autres. Le monde hostile n'existait plus en pareil moment. Dans son studio soigneusement protégé, Michel Farfeti savourait jusqu'à la lie son égoïste solitude.

Quand la chanson fut finie, l'homme attendit avec un sourire presque enfantin : bientôt, elle recommencerait de nouveau. Il avait mis le disque en boucle fermée, ce qui lui permettait de l'écouter cinquante fois de suite s'il le voulait. Or, précisément, il le voulait, et comment... C'est alors qu'il y eut un craquement et il se sentit légèrement contrarié.

Ce craquement semblait issu de la chaîne. Michel Farfeti expulsa un soupir bruyant par son nez. Bon, il faudrait qu'il la revende plus tôt que prévu. Pourquoi pas à Mylène, d'ailleurs. Mais voilà qu'un autre craquement se fit entendre et, cette fois-ci, l'ancien chanteur se sentit moins certain qu'il provenait de sa chaîne, ce qui le rassura et l'inquiéta en même temps. Puis toute spéculation de quelque sorte fut balayée par les premières notes de « J'ai fait l'amour un jour d'été », qui déferlèrent sur lui comme une vague délicieusement tiède.

Il consulta sa montre puis étira ses bras derrière lui en

fermant les yeux. Il s'octroyait encore un quart d'heure de détente avant de s'habiller pour être à l'heure à la réunion de cet après-midi à Auteuil.

« Je ne vis que dans tes bras, je ne vis que par tes songes, mon amour », chantait à tue-tête sa voix vibrante qui usait et abusait des trémolos. Des larmes montèrent aux yeux du chanteur frustré. C'était beau... Il ne comprendrait jamais pourquoi le titre n'avait pas marché.

Il battit des paupières, crispa sa bouche et haussa imperceptiblement ses épaules. Oui, bien sûr, il comprenait. Nival... Comme le strict envers d'un ange gardien.

Il ouvrit d'un seul coup les yeux à cause de la sensation étrange d'une présence indéfinissable et les referma aussitôt, peureusement. Un instant, il avait cru voir l'acteur défunt penché au-dessus de lui...

Il soupira en secouant la tête. Vraiment, il n'allait pas bien, il fallait qu'il essaye de penser à autre chose qu'à cet abruti. Il l'emmerdait vivant, il n'allait quand même pas encore l'emmerder maintenant qu'il était mort...

Mais infailliblement les pensées de Michel Farfeti stagnaient sur son ennemi. Les orbites vides de Nival, son ventre ouvert, sa quéquette en os de seiche. Il sourit, puis éclata franchement de rire et, par un effet presque mécanique, ses paupières s'entrouvrirent.

Et c'est alors que les yeux du parieur ne se refermèrent pas.

Dans son petit studio parfaitement insonorisé, les yeux agrandis par une douleur et une horreur absolues, l'homme se mit à hurler. Il hurla, hurla, hurla de tous ses poumons, mais en réalité ce que l'on entendait de lui était seulement sa voix roucoulante qui débordait à profusion de la chaîne hifi et n'évoquait pas davantage de la peur que le simple frisson amoureux susurré par sa sérénade.

Michel Farfeti ne pouvait pas crier parce qu'on venait de lui mettre un objet dans la bouche.

Cet objet était son propre sexe que Thomas Nival, en chair et en os, à califourchon sur son torse, lui avait coupé une seconde auparavant d'un coup de couteau vif et précis en sautant sur le corps allongé béatement sur la moquette.

Puis Tom reprit son couteau.

Et Farfeti se démena de toutes ses forces, comprenant ce qui allait lui arriver.

Tom entreprit alors d'énucléer sa victime.

Michel Farfeti continuait de hurler son tube raté, son pénis dans la bouche, ce qui accentuait considérablement le sourire imperturbable qui ne quittait pas les lèvres de son agresseur. L'ancien chanteur était incapable de bouger. Le revenant chevauchait son corps ensanglanté en lui emprisonnant les bras et les jambes avec une force irrésistible.

Bientôt les orbites de Michel Farfeti furent totalement nettoyées. Le couteau racla encore un peu l'os — pour le plaisir — et Thomas Nival jaugea d'un air satisfait son travail. Les deux globes oculaires auxquels étaient encore attachés les filaments de nerfs optiques furent lancés contre la baie vitrée où ils se collèrent comme deux ventouses avant de glisser vers le bas où ils se détachèrent d'un seul coup avec un bruit spongieux. Tom observa le spectacle avec fascination. Un merveilleux bien-être l'envahissait. Il se sentait revivre. Il avait ressenti la même chose quand il avait tué Christian et Mylène, bien qu'il n'eût pas fait le rapprochement. Maintenant, il le faisait. Maintenant, il comprenait. Il avait besoin de tuer pour se sentir vivant comme avant. Eprouver de nouveau sous sa langue le goût des plats qu'Emmanuelle lui préparait. Avoir envie de boire et de manger. Avoir *besoin* de boire et de manger. Retrouver ses fonctions naturelles...

Il appuya sur sa vessie à l'aide d'une de ses mains et sentit qu'il ne manquait pas grand-chose pour qu'il puisse uriner. Il se frotta les yeux fortement et une humidité indéniable les humecta. Il pensa à Mylène, tout à l'heure quand il l'avait étranglée, et son sexe se dressa en lui procurant un début de plaisir. Oui, tuer. Prendre la vie des autres pour retrouver la sienne. Cela allait marcher. Son corps ne serait plus cette usine désaffectée qui le rendait fou.

Son regard revint à son ancien ennemi qui maintenant râlait. Que serait la mort pour Michel Farfeti ? se demanda-t-il. Il sourit. En réalité, il était sûr qu'elle serait définitive. Il savait maintenant qu'on ne devenait mort que ce qu'on avait été vivant et ce vivant-là n'avait jamais valu qu'un pet de lapin.

Il enleva une de ses mains du torse de sa victime et l'approcha du visage abominablement torturé.

Des orbites vides, d'où des vers sortaient en se tortillant dans tous les sens... Ça, c'est sûr, il manquait les vers. Mais ça n'allait pas tarder...

— C'est bien comme ça que tu me voyais, Michel? murmura-t-il en interrogeant le mourant. Des orbites vides...

Pour toute réponse, il n'eut qu'un gargouillis immonde.

— Et mon ventre, comment tu l'imaginais? Pardon... Ma *panse*... Comment tu l'imaginais, ma panse? Elle prenait *des déformations bizarres,* elle avait *éclaté...*

Se reculant un peu pour dégager le ventre de sa victime, Tom leva son couteau.

— Eh bien, tu t'étais trompé : ma panse est intacte. Tu ne pourras pas en dire autant de la tienne dans quelques instants, ajouta-t-il lentement.

Joignant le geste à la parole, il plongea son couteau dans le bas-ventre ensanglanté de Farfeti, qu'il remonta d'un coup jusque sous ses côtes. Après avoir écarté les deux côtés de la plaie, il apprécia quelques instants la masse intestinale toute palpitante, puis plongea ses deux mains à l'intérieur de l'abdomen pour l'extraire.

Et c'est là que, d'un seul coup, il vomit.

Médusé, le revenant contempla ce qui venait de sortir de son estomac.

Il avait vomi ! Il commençait à redevenir normal !

Sa bouche s'ouvrait et se fermait, comme s'il avait voulu parler pour exprimer sa joie et qu'il ne pouvait pas parce qu'elle était trop grande.

— Merci, Farfeti, dit-il enfin. Pour la peine...

Il regarda autour de lui et repéra rapidement le petit blouson de cuir fauve qui avait déjà changé au moins deux fois de propriétaire depuis son achat et que Mylène lui avait remis tout à l'heure sans faire d'histoire.

Michel Farfeti fut débarrassé de son peignoir de velours d'éponge et revêtu à la place du blouson.

— Un peu trop petit, grinça le revenant. On voit ta panse, Farfeti.

Il jeta un dernier coup d'œil satisfait sur sa victime avant de lui tourner le dos pour essayer de trouver dans sa garde-robe des vêtements de rechange. Sur le pas de la porte de la chambre, il huma l'air et sourit. L'odeur du crottin de cheval avait complètement disparu...

Un silence paisible s'abattit dans le studio déserté. A travers la baie vitrée sur laquelle deux traînées luisantes étaient visibles, un rayon de soleil impromptu éclaboussa les yeux vides du mourant. Il se poussa rapidement plus loin, pour se noyer dans le sang qui s'écoulait à profusion du corps. Là, il s'éteignit. C'est alors que Michel Farfeti rendit son dernier souffle. Sa porte à la serrure crochetée se mit à battre dans le courant d'air du couloir, ouverte au tout-venant. Pour la première fois, des taches étaient visibles sur la moquette de son studio.

Contrairement aux prévisions météorologiques, la neige s'arrêta rapidement de tomber et, très vite, la couche immaculée fondit pour se mélanger consciencieusement à la terre et à la poussière. Le nouveau paysage qu'avait aimé Emmanuelle n'était plus qu'un souvenir tout abîmé. La jeune femme n'avait pas eu l'occasion de le regretter ou de s'en réjouir : elle avait passé toute sa nuit à côté du téléphone, en guettant le rétablissement.

Vers le milieu de la matinée, son corps assoupi et nauséeux fut traversé par un sursaut : elle venait d'entendre quelque chose. S'emparant fiévreusement du combiné, elle colla son oreille contre l'écouteur. Un instant plus tard, malade de soulagement et d'impatience, elle composait le numéro de Patrice.

Trois bonnes minutes de sonnerie dans le vide lui furent nécessaires avant de se décider à raccrocher. Avec des gestes saccadés, elle composa aussitôt le numéro de Quend-Plage, certaine que Patrice allait répondre et prête à hurler si le téléphone s'avisait de sonner encore dans le vide.

Elle ne hurla pas, pourtant, quand la sonnerie persista à l'autre bout du fil pendant un temps désespérément immobile. Elle ne dit rien. De nouveau le temps s'arrêtait, figeant ses gestes et ses pensées. Qu'y avait-il d'autre à faire que recomposer inlassablement le numéro de Patrice ? Rien. Elle lissa les coussins du canapé avec la paume de sa main et refit le numéro de Patrice à Paris. Puis, celui de Quend-Plage. Puis celui de Paris, et l'un et l'autre encore et encore. Lili, qui se mit à miauler avec véhémence au bout de quelque temps de ce manège, n'obtint rien de plus de sa maîtresse que des caresses quasi indifférentes. Elle poussa les genoux de celle-ci à l'aide de son museau pour la faire lever, ajouta des miaulements, des grands yeux pressants : il n'y eut rien à faire. Sa maîtresse refusait de bouger, sa maîtresse ne voyait pas la porte qu'elle lui montrait, sa maîtresse ne comprenait pas qu'il fallait sortir d'ici à toute vitesse. Résignée, elle se coucha à ses pieds et attendit avec elle.

Emmanuelle composa ses deux numéros toute la journée. Suspendue à ce moment qui viendrait forcément, où la sonnerie s'interromprait sur la voix éperdument désirée de Patrice.

Vers la fin de l'après-midi, le miracle eut lieu : quelqu'un décrocha au numéro de téléphone de Quend-Plage. Cela fit un tel choc à Emmanuelle qu'elle faillit raccrocher le combiné. Au comble de l'affolement, elle rattrapa l'écouteur :

— Patrice ? C'est toi ? C'est bien toi ?

— Oui, dit un Patrice essoufflé, je viens d'arriver.

Emmanuelle était pratiquement plus essoufflée que lui.

— Ça va bien, Emmanuelle ? s'inquiéta son interlocuteur.

— Oui, très bien. Très bien, maintenant, fit-elle, brusquement calmée tant son soulagement était énorme. Où étais-tu ? J'essaie de te joindre depuis des heures...

Il y eut un silence.

— Qu'y a-t-il ? couina Emmanuelle, de nouveau assaillie par l'angoisse. Pourquoi ne réponds-tu pas ?

— Si, c'est parce que... Ecoute, j'ai appris la mort de Christian.

Emmanuelle se trouva incapable de fournir un quelconque commentaire, ce que Patrice comprit parfaitement.

— Je suis désolé, dit-il.

Emmanuelle avala sa salive, mais aucun mot ne se décida à franchir sa gorge.

— J'étais chez un réalisateur qui a une maison à Boulogne, reprit Patrice comme le silence persistait. Il va me faire tourner dans son prochain film. Tu comprends maintenant pourquoi tu ne pouvais pas me joindre. Ensuite, je suis venu ici. En fait, je l'avoue, j'avais très envie de te voir. D'ailleurs, j'allais t'appeler.

Il marqua un temps d'hésitation.

— Mais je ne sais pas si toi tu as envie...

— J'en ai envie, articula Emmanuelle avec difficulté.

Elle se sentait subitement prise de vertige à l'idée de révéler à Patrice ce qui se passait. Comment, par quoi commencer ?

Contrairement à ce qu'elle redoutait, cela ne fut pas si difficile car Patrice prit les devants.

— Il y a un truc bizarre, dit-il d'un ton qui trahissait son embarras. Tu sais, la femme dont tu m'avais parlé, celle que tu soupçonnais d'être la maîtresse de Tom, Mylène...

— Oui ? s'écria Emmanuelle d'une voix enrouée

— On l'a retrouvée morte. Etranglée.

Il y eut un long silence.

— Et ce n'est pas tout, poursuivit Patrice. Il y avait le nom de Farfeti sur l'agenda de Mylène à la page d'aujourd'hui. Les flics sont allés chez lui. (Sa voix fléchit légèrement.) Il est mort, lui aussi.

— Comment le sais-tu ? parvint à demander Emmanuelle.

— Tous les gens qui figuraient sur le carnet d'adresses de Farfeti ont été contactés. Moi, pas encore, parce que je n'étais pas là, mais une copine comédienne que connaissait Farfeti m'a prévenu.

A l'autre bout du fil, ce fut le silence complet, vertigineux.

— Emmanuelle, parle-moi, supplia Patrice. Dis-moi si tout va bien pour toi. Je sens qu'il se passe quelque chose.

— C'est Tom, cria-t-elle en éclatant en sanglots. C'est Tom qui tue tout le monde !

La voix de Patrice se fit impérieuse :

— Ecoute, va-t'en tout de suite de chez toi. Tout de suite. Dès que tu auras raccroché. Et viens me rejoindre. Tu connais l'adresse ? Quend-Plage, la route à gauche qui suit les dunes, dans la direction du Touquet.

— Oui, mais...

— Fais ce que je te dis. D'accord ?

— D'accord, acquiesça Emmanuelle. Je viens.

Et Patrice raccrocha.

Emmanuelle resta quelques secondes interdite devant le téléphone, puis elle sortit comme une fusée de la pièce et fila dans sa chambre jeter quelques affaires dans une valise. En passant près de la fenêtre, elle aperçut le minigolf désert. La voiture ! se souvint-elle brusquement. Elle n'avait plus de voiture ! Il fallait qu'elle rappelle Patrice. Qu'il vienne la chercher. Elle gagna à grandes enjambées le couloir.

Mais elle n'atteignit pas le téléphone car à ce moment-là une main glaciale l'arrêta, qui s'abattit sur son épaule comme un étau.

— Alors, il va bien l'amant de madame ? lui souffla son mari dans l'oreille tandis que sa main gauche frottait vigoureusement sa cicatrice à la tête. Il se fait bronzer à Quend-Plage ?

Tom ne donna pas à sa femme le loisir de répondre. La faisant pivoter vers lui par l'épaule en lui arrachant un grand cri de douleur, il la repoussa à bout de bras pour se donner suffisamment d'élan et la frappa au visage d'une énorme gifle qui l'envoya rouler par terre. Quelques claques supplémentaires furent distribuées au petit bonheur sur le corps qui se repliait sur lui-même pour essayer de se protéger, et le résultat que l'acteur escomptait fut atteint : la jeune femme retomba sur le sol et ne bougea plus.

En préambule des réjouissances qu'il lui destinait, Thomas la déshabilla entièrement et lui enfonça un foulard dans la bouche, moins pour l'empêcher de crier — elle en était d'ailleurs incapable — que parce que ce premier aperçu de soumission l'excitait prodigieusement.

— Ça sent la menteuse, dit-il d'un ton métallique. Ça pue la vilaine...

Après lui avoir lié provisoirement les mains et les pieds à l'aide de foulards, il alla chercher une paire de bas ainsi que le porte-jarretelles qu'il préférait entre tous, tout de dentelle blanche comme celui d'une jeune vierge. Rien n'était plus intéressant que l'union des contraires : il l'avait toujours pensé. Quand le porte-jarretelles fut passé autour de la taille d'Emmanuelle, il lui enfila ses bas qu'il accrocha d'une main rompue à ce genre d'exercice, puis, respirant de plus en plus fort, il plaça son épouse sur le ventre, lui plia les jambes en les ramenant sur l'arrière des cuisses et lui étira sans ménagements les bras dans le dos afin de lui rapprocher les poignets. C'est alors qu'avec un sourire tranchant il s'empara de la grosse corde achetée chez un quincaillier à proximité du domicile de Farfeti.

Les pieds d'Emmanuelle furent ficelés ensemble et réunis ensuite à ses poignets par un lien très court, de sorte que sa poitrine et ses fesses furent contraints de se relever et qu'il ne lui était strictement plus possible d'effectuer le moindre mouvement des jambes et des bras. Puis, au cas où la finaude aurait ultérieurement l'idée de rouler sur elle-même pour s'enfuir, il compléta l'installation en l'attachant aux quatre angles du lit.

L'acteur pensa alors qu'il pouvait s'octroyer une petite cigarette de récompense.

Tout en l'allumant, il contempla sa prisonnière. Une légère moue de mépris apparut sur sa bouche implacablement souriante. Cette putain ne remuait même pas. Pourtant, il lui avait juste donné un petit coup de poing de rien du tout. Il émit un grognement rauque. Elle devait faire semblant. Sans doute parce qu'elle espérait se faire réveiller...

Il tira sur sa cigarette dont l'extrémité devint incandescente.

— Une petite cigarette, madame?

Un hurlement étouffé lui répondit et le sourire de Tom se plaqua de nouveau sur son visage gris. Tenant sa cigarette d'une main, il l'avança vers les fesses exposées impudiquement à sa vue, mais, changeant brusquement d'avis, il s'arrêta et resta à distance.

— Est-ce que madame connaît Attila? demanda-t-il avec une affabilité où la moquerie transparaissait ostensiblement.

Un son indescriptible s'échappa du corps ligoté et bâillonné.

— Attila est l'homme derrière qui l'herbe ne repousse jamais, l'instruisit l'acteur sur le même ton.

Il fit une pause pour faire monter le suspense.

— L'herbe, ça ne fait pas penser madame à quelqu'un?

Aucune réponse de quelque sorte ne lui fut fournie.

— L'herbe, le jardin, le jardinage... Non, madame ne voit pas?

Il fit mine d'attendre un peu, puis, de l'air de quelqu'un qui octroie une faveur :

— La réponse est Georges Bertillet. Est-ce que madame sait qu'il vient enfin d'obtenir un grand rôle? Dans un grand film? *Mon* film...

Il eut un petit rire sec et tira une nouvelle bouffée de sa cigarette.

— Attila, le grand chef des Huns, avait un passe-temps favori, continua-t-il en se délectant de ses propos. Pour tuer un ennemi, il le mettait nu, lui ouvrait un peu le ventre et tirait un bout de ses intestins qu'il clouait à un arbre.

Il regarda la tête que faisait sa prisonnière et son sourire s'estompa. On aurait dit qu'elle était déjà morte.

Il lui donna une claque cinglante sur les fesses.

— On se réveille, madame : la séance n'est pas finie.

Le corps d'Emmanuelle eut un soubresaut et l'acteur haussa les épaules d'un air faussement désolé.

— Ce n'est pas bien de s'endormir pendant le film : tout le monde sait pourtant que j'ai horreur de ça.

Il l'entendit qui geignait doucement et savoura suavement sa souffrance.

— Donc, le héros de notre film est attaché à un arbre par un bout de ses intestins. Que fait Attila ? Il prend une torche enflammée et l'approche du cul de son prisonnier. Dans quel but ? Vous ne savez toujours pas, madame ? (Il regarda Emmanuelle avec dégoût.) Puisqu'il faut tout vous dire... Eh bien, imaginez une bombe dont on allume la mèche... Notre héros part comme une flèche en entraînant avec lui ses intestins qui se dévident ! C'est à hurler de rire.

Il ajouta :

— C'est ce que j'ai fait, d'ailleurs.

Il observa d'un air nonchalant le visage inondé de larmes d'Emmanuelle, puis ses yeux se mirent à briller :

— Oh, je vois que ma cigarette est presque finie ! Il va falloir que je l'écrase...

Il empauma dans une de ses mains les fesses d'Emmanuelle et, appuyant dessus pour les écarter, en approcha lentement sa cigarette.

Emmanuelle sentit immédiatement la chaleur du bout incandescent de la cigarette. Elle poussa désespérément sur ses liens. Supplia derrière son bâillon. Implora pitié. Tenta de rappeler qui elle était, qui ils étaient tous deux, avant. Combien ils s'étaient aimés...

Et Tom écrasa tranquillement sa cigarette sur le sexe de sa femme.

Une tétanie muette s'empara du corps d'Emmanuelle. Ses yeux s'injectèrent de sang, puis ils devinrent glauques, puis ils devinrent blancs. Elle s'évanouit.

Rayonnant de toute une excitation triomphante, Thomas baissa son pantalon et s'empala dans sa femme. Sous le choc tranchant de l'épée de glace qui la pénétrait, Emmanuelle eut un bref sursaut, puis elle préféra retomber dans l'anéantissement.

Les yeux fixes et la mâchoire crispée, Thomas Nival s'éleva de plus en plus haut dans l'excitation. Il allait y arriver... Il le savait... Il redevenait vivant... Il allait réussir à jouir... Il pouvait tout, sa volonté était une montagne en marche !

Quelques instants plus tard, l'acteur remontait son pantalon et sortait de la pièce sans jeter un coup d'œil sur sa femme vagissante. Son visage était radieux. Il avait retrouvé l'usage complet de sa virilité, comme il le prévoyait. Tout en se dirigeant vers la sortie, il se redressa et gonfla sa poitrine. Il se sentait au summum de la puissance. Ses yeux lui semblaient jeter des brassées d'étoiles. Son front avait la fierté et l'éternité des statues grecques. Il était le premier à être revenu de la mort ! Avec des facultés incroyables ! Et bientôt, toutes ses autres fonctions restaurées. Il sentirait, il goûterait, il jouirait... et il baiserait tout le monde en devinant leurs pensées !

Il éclata de rire.

Il était l'Etre unique. Il l'avait toujours su...

C'est alors qu'il aperçut Lili qui se faufilait dans le couloir et se mit à courir à sa poursuite. Cette fois-ci, il allait régler son compte à cette bestiole.

Depuis l'état de semi-léthargie où elle se trouvait, Emmanuelle entendit Tom quitter la maison. Pendant un petit moment, il n'y eut plus qu'un silence épais que les premiers miaulements de Lili ne firent qu'effleurer très lointainement. Puis vint brusquement le hoquettement d'un moteur dehors et toute sa conscience lui revint.

Ce n'était pas le bruit de sa voiture... Ce n'était pas une voiture. Le grondement était plus fort et plus lointain. Et saccadé. Elle savait ce que c'était, mais ses pensées vacillaient, il lui était si difficile de les rendre solides et cohérentes...

Soudain elle étouffa un cri derrière son bâillon. Voilà, elle savait. Le grincement était le bruit que produisait le treuil pour descendre le Zodiac. Le Zodiac était parti. Tom l'avait mis à la mer. De Bois-sur-Rive à Quend-Plage par la côte, il ne fallait pas une demi-heure.

Elle s'arc-bouta de toutes ses forces pour desserrer ses liens, puis retomba, épuisée, en sanglotant. Elle n'y arriverait jamais...

Dans la petite maison enfouie parmi les dunes de Quend-Plage, Patrice se rongeait les ongles. Emmanuelle ne serait pas là avant à peu près une heure. Il s'inquiétait pour elle, pas pour lui, alors qu'en réalité il savait très bien qu'il avait sans doute plus à craindre qu'Emmanuelle. Après Christian Lahaye et Farfeti, c'était comme si son tour était venu. Quel que soit l'agresseur en cause... Dès qu'il avait appris à la télévision la mort du premier mari d'Emmanuelle, contre toute logique, il avait pensé à Thomas Nival. Et puis Mylène et Farfeti avaient été assassinés, et là encore il avait pensé à Nival. Il ne voulait pas penser « comment », ce n'était pas envisageable. Mais il était sûr que quelque chose de la malfaisance de Nival était à l'œuvre en ce moment. Evidemment, s'il admettait si facilement l'impossible, c'était peut-être à cause de cette image de l'acteur défunt qu'il avait vu apparaître à la télévision... Etait-il réellement possible que Tom soit revenu ?

— Non, je suis en plein délire, décréta-t-il à voix haute en secouant la tête.

Mais il alla fermer sa porte à double tour.

Un quart d'heure après le départ de Tom en Zodiac, Emmanuelle n'était guère avancée dans l'assouplissement de ses liens. Son corps n'était que douleur mais l'énergie qu'elle développait pour se délivrer faisait passer celle-ci au second plan. Lili se tenait près de sa maîtresse et l'encourageait de ses yeux agrandis de frayeur. Le grand Tom avait essayé de l'attraper tout à l'heure, mais elle s'y attendait tellement qu'il lui avait été facile d'esquiver son coup de pied et de disparaître en un clin d'œil sous le canapé. Il avait poussé un juron, leurs deux pensées s'étaient télescopées, explosives de haine réciproque, et il avait compris qu'il ne pourrait pas l'avoir. Dès que la porte avait claqué, elle avait filé près de sa maîtresse pour l'aider. Mais elle ne savait comment s'y prendre. Elle était trop petite, si petite, inutile. Et sa maîtresse ne pensait pas non plus qu'elle pouvait lui servir à quelque chose...

Millimètre par millimètre, à force de se tortiller, Emmanuelle commençait à pouvoir bouger un peu. Elle parvint à regarder sa montre. Vingt-trois heures vingt. Il y avait environ un quart d'heure que Tom était parti. Il devait être près d'arriver à Quend-Plage. A moins que la houle ne se soit levée et que l'embarcation n'ait chaviré. Tom ne savait pas nager...

Elle abandonna un instant ses efforts. Elle était épuisée. A force de se démener dans tous les sens, les cordes avaient entamé profondément son épiderme. Mais ce n'était rien à côté de la brûlure abominable que Tom lui avait infligée et de cette trace glaciale qui subsistait horriblement au fond de son corps. Et ces souffrances n'étaient elles-mêmes pas grand-chose par rapport à l'angoisse qui la dévorait au sujet des intentions de Tom concernant Patrice. Quant à son propre sort... Elle se doutait que Tom se la réservait pour la fin. Quand il aurait accompli toutes ses vengeances...

Pendant quelques instants, elle pensa avec épouvante à ce que l'acteur avait fait subir à Georges Bertillet. Il était difficile de croire une chose pareille. Mais elle savait aussi que Tom était désormais capable de tout.

Une immense amertume se peignit dans ses yeux.

Elle appelait encore cet homme « Tom », mais il n'était pas Tom. Le vrai Tom, son mari, elle l'avait mis en terre définitivement il y a presque deux mois. Tout était de sa faute. Pourquoi avait-elle donc fait revivre ce...(elle essaya d'esquiver, mais il n'y avait rien à faire : c'était le mot à employer) ce *monstre* ? Tout seul, il n'y serait pas arrivé.

Elle se mit à sangloter et aussitôt s'étrangla. Elle chercha l'air par ses narines. En vain. Celles-ci étaient bouchées. Derrière le mouchoir qui lui remplissait la bouche, elle se mit à étouffer. Elle n'arrivait plus à avaler sa salive. Un halètement pathétique sortit de sa poitrine.

C'est alors que Lili qui s'était perchée sur le corps immobilisé de sa maîtresse et geignait sourdement sembla revenir à un certain sens de la réalité. Elle quitta sa position et s'approcha du visage d'Emmanuelle qui bleuissait à vue d'œil. La jeune femme était en passe d'abandonner la lutte. Dans le vertige de l'asphyxie où elle sombrait, elle se disait qu'elle n'arriverait jamais à se délivrer et qu'il valait mieux qu'elle meure tout de suite plutôt qu'être livrée à la folie du monstre qu'elle avait fait revivre. La mort serait la mort pour elle : elle ne s'en inquiétait pas. Si Tom était revenu, c'était uniquement parce qu'il avait des désirs de vengeance, parce qu'il était fou...

Elle ferma les yeux. Elle aurait aimé que Lili vienne contre sa joue. Et que tout finisse ainsi. Dans ce seul amour vrai qu'elle avait connu.

C'est alors que tout se passa comme si ce dernier vœu lui était accordé. Un museau humide et froid toucha son nez. Elle ouvrit un regard ébloui. Les miroirs dorés des yeux de Lili étaient devant les siens. Un sourire vint sur ses lèvres. Lili, sa petite chérie, elle avait compris... Elle l'aidait à mourir.

Mais Lili ne l'entendait pas de cette oreille. Elle poussa un miaulement si retentissant qu'Emmanuelle en avala sa salive malgré le mouchoir qui l'étouffait. Immédiatement, elle se sentit mieux. Continuant sur sa lancée, la chatte se mit à donner des petits coups de langue vifs et râpeux sur le front et le nez de sa maîtresse. Emmanuelle se laissa aller. Les caresses que lui prodiguait Lili la poussaient à lui abandonner tout son être, elle avait envie de le lui remettre complètement, ce qu'elle vivait était tellement au-dessus de ses forces...

Lili prit cette pensée au mot. Elle se saisit de l'esprit d'Emmanuelle avec délicatesse et lui transmit ce qu'elle attendait d'elle. Emmanuelle ouvrit alors la bouche le plus qu'il lui était possible et, à l'aide de ses petites dents pointues, Lili put tirer le mouchoir. Une seconde plus tard, Emmanuelle respirait normalement.

Cela fut une telle délivrance que toute son énergie lui revint d'un bloc. Avec une rage gonflée par l'air qu'elle prenait et rejetait à grandes goulées, elle réussit en quelques minutes à libérer une de ses mains. Bientôt elle achevait de dénouer le nœud qui la reliait aux montants du lit. Clopinant jusqu'à la cuisine, elle alla se munir d'un couteau avec lequel elle acheva de se détacher. Elle consulta sa montre fébrilement : si le Zodiac n'avait pas chaviré, Tom était arrivé depuis longtemps à Quend-Plage. Elle se précipita sur le téléphone qu'elle raccrocha aussitôt : la ligne était occupée, ce qui était plutôt bon signe. Arrachant avec fureur ses bas et son porte-jarretelles, elle fila dans sa chambre enfiler un jean et un pull.

— Tu restes là, toi, Lili, dit-elle à sa chatte qui la suivait assidûment. C'est trop dangereux pour toi.

Elle étudia Lili, le cœur battant, et, à son grand soulagement, celle-ci poussa un bref miaulement de résignation.

— Merci, Lili, murmura-t-elle.

Sous les yeux inquiets de la chatte, elle referma la porte derrière elle et courut à toute vitesse jusqu'à sa voiture que Tom avait abandonnée à l'entrée de l'hôtel.

Enfin, un coup fut frappé à la porte de la petite villa laminée par le vent qui soufflait sur Quend-Plage et toute la côte picarde.

Le cœur de Patrice se mit à battre très fort. Il avait dû somnoler : il n'avait pas entendu la voiture d'Emmanuelle arriver. Bondissant du vieux fauteuil en rotin dans lequel il s'était assis, en face de la cheminée, après avoir joué distraitement une partie d'échecs contre un adversaire imaginaire, il se précipita vers la porte.

— J'arrive !

Il tira le rideau qui faisait office de coupe-vent et, alors qu'il avait déjà la main sur le verrou, eut le réflexe de regarder par l'œil de la porte.

L'effarement le submergea. Dans la vision déformée du judas, Thomas Nival se tenait là.

Pendant plus d'une minute, Patrice resta collé à la porte en train de dévisager, abasourdi, le visiteur. Celui-ci finit par allonger sa main et frappa à nouveau.

Patrice eut l'impression que son cœur était pulvérisé sous l'impact. Ce n'était pas possible. Il rêvait. Il n'avait pas vraiment cru que Tom était de nouveau de ce monde. Juste supposé. Comme si c'était un film. Sans y penser de façon concrète. Sans aller jusqu'au bout de cette impression. Dans un film, tout est possible. Pas dans la réalité. Et pourtant... L'image à la télévision... Les meurtres de Christian, de Mylène, de Farfeti... L'attitude étrange d'Emmanuelle... Et voilà maintenant que Tom était là, juste de l'autre côté de cette porte, à deux doigts de lui.

C'est alors qu'il se vit en train de tourner le verrou du haut de la porte, d'enlever le loquet du bas et d'abaisser la clenche.

— Entre, Thomas, s'entendit-il dire, horrifié et médusé.

Et Thomas Nival entra.

A peine le revenant eut-il franchi la porte que ses yeux détectèrent le plateau d'échecs, posé sur une table basse dans un coin mal éclairé du salon. Un long sourire aigu apparut sur son visage inexpressif. Détournant les yeux du plateau, il les reporta sur Patrice que seul l'ahurissement le plus vertigineux faisait tenir sur ses jambes.

— Ça pue ici, remarqua Tom d'une voix douce et morose. Ça pue vraiment. J'ai horreur de ça.

Patrice était toujours cloué au sol. La stupeur surpassait toute autre considération.

— Thomas, c'est extraordinaire, extraordinaire... Comment... Qu'est-ce que... Raconte-moi.

Thomas Nival avança d'un pas vers lui. Patrice ne bougea pas. Il était comme une souris fascinée par un serpent.

— C'est un événement incroyable, balbutia-t-il encore. C'est le plus grand des événements...

— Ah oui ? dit Thomas négligemment.

Patrice dévorait l'acteur défunt des yeux. Ce dernier était exactement pareil qu'avant. Hormis ces tuméfactions grises sur sa peau.

Poussant un léger grognement, Thomas Nival referma la porte de la maison et pénétra dans le salon. Le plateau de jeu d'échecs était dans sa ligne de mire.

— Thomas, alors la mort n'est pas une fin ? l'interpella Patrice, la gorge nouée par une émotion extatique.

L'acteur s'arrêta, pivota sur ses talons et considéra le jeune homme sans mot dire.

— Toi, quand tu seras mort, tu seras mort, finit-il par lâcher d'un air désaffecté.

Patrice avala sa salive.

— Il y en a d'autres comme toi, qui reviennent ?

De nouveau, quelques longues secondes de silence passèrent. Thomas Nival semblait perdu dans ses pensées.

— On a quelque chose à faire tous les deux, énonça-t-il finalement, d'un ton sans appel.

— Quelque chose à faire ? blêmit Patrice, et le redoutable danger de sa situation fut d'un seul coup accessible à sa conscience. Quoi donc ?

— Ma revanche aux échecs, articula Thomas lentement.

Patrice secoua la tête, incrédule.

— Non, non... Certainement pas. Pas tant que tu ne m'auras pas raconté comment tu as pu revenir. Je veux savoir ce qu'est la mort, Tom ! Tout le monde veut le savoir. Tu dois le dire. C'est ton devoir.

— Prépare le plateau, commanda Thomas sèchement.

— Non. Pas question. Pas tant que...

— Emmanuelle est ligotée et bâillonnée. Si tu ne joues pas avec moi, je la tuerai.

Patrice fit un pas vers Thomas, le visage convulsé.

— Que peux-tu faire contre moi de toute façon ? lui opposa ce dernier. Même quand j'étais vivant, j'étais beaucoup plus fort que toi. Et plus intelligent aussi, évidemment.
— D'accord, sembla accepter Patrice. Allons-y. Mais...
— Quoi encore ? fit Thomas avec une vague impatience.
— Et si tu perds ?
L'immuable sourire du revenant se fit compatissant.
— Je ne perdrai pas.
Pourquoi ?
— Je lis dans tes pensées.
Patrice encaissa le coup.
— Génial, murmura-t-il en avalant sa salive avec difficulté. Et on peut savoir ce que tu lis ?
Tom frotta sa cicatrice. Les pensées de Patrice se révélèrent à lui, même s'il avait l'impression que c'était plus laborieux que d'habitude. Il avait très mal à la tête.
— Il y a une barre de fer dans la pièce à côté, commença-t-il en fixant le tapis comme s'il lisait dans les arabesques bigarrées. Sous prétexte d'aller chercher de la bière, tu veux la prendre pour me mettre hors circuit.
Patrice verdit.
— Tu ne vas pas chercher de la bière, dit Tom en relevant les yeux en souriant : je n'ai pas soif. Je n'ai plus jamais soif et plus jamais faim. Je ne pisse plus et je ne chie plus. Qu'est-ce que tu en penses, toi qui es en train de chier dans ton froc ?
Il avait prononcé toutes ces paroles sur un ton parfaitement égal, presque amical.
— Remarque, ce n'est plus tout à fait vrai, reprit-il songeusement. Quand j'ai étripé Farfeti ce matin, ça m'a fait dégueuler, et quand j'ai baisé Emmanuelle tout à l'heure, j'ai balancé ma purée. Tout commence à redevenir normal. A part que je vois clair dans tes pensées. Ça, ça ne bouge pas...
— A vaincre sans péril, on triomphe sans gloire, couina Patrice.
Les yeux de Tom devinrent fixes.
— Tu n'as jamais joué Rodrigue ? continua son interlocuteur avec une ironie haineuse. Tu aurais été superbe !
Tom avança d'un pas et leva un bras menaçant.
— A quoi ça rime de gagner quand on triche ? renchérit Patrice que toute notion de prudence avait quitté.
Tom baissa son bras. Le coup avait porté.

— C'est vrai. J'admets.
— Tu ne pourras plus jamais savoir ce que tu vaux, continua Patrice en profitant de son avantage. Tu es dans une belle merde. Toi qui es si content de toi...
— Tu es con ou inconscient ? lui demanda Tom du même ton invariablement poli. Les deux, sans doute. Je vais te tuer...
— Puisque la mort n'est pas la mort !
Thomas Nival haussa les épaules d'un air fatigué.
— Pour les imbéciles, si. Comme Raymond Candelier. Tout juste bon à servir de cobaye aux médiums du dimanche.

Et il se rua sur le jeune acteur qui n'eut pas le temps d'esquiver le choc. Le formidable coup de boule de Thomas Nival l'envoya rouler par terre.

Tom contempla quelques instants le jeune homme qui avait perdu connaissance et un sourire un peu désabusé flotta sur ses lèvres. Il ne leur fallait pas grand-chose pour tomber dans les pommes, à tous ces minables. Puis il avisa le téléphone qu'il décrocha d'un geste sec.

— Manquerait plus qu'on me dérange...

Etouffant un grognement, il sortit de la pièce.

Cinq minutes plus tard, il était de retour avec un cutter qu'il avait eu du mal à trouver, *sachant* qu'il y en avait un, mais ne parvenant pas à se concentrer suffisamment pour savoir *où*. Le mal de tête, encore le mal de tête...

Levant son bras vers la lumière de la suspension, il poussa sur le taquet de l'instrument et la lame coulissa avec un chuintement métallique. Elle miroitait joliment, c'était un spectacle qui le remplissait d'agrément. Il baissa son bras et fit rentrer la lame à l'intérieur du cutter, hormis un segment d'environ deux centimètres qu'il appuya sur le bord de la table basse de manière à le rompre. Le petit morceau de métal sauta. Il passa son doigt sur la section tranchante et, satisfait, s'agenouilla près du corps affaissé par terre.

— Bien.

Il posa son cutter à côté de lui et entreprit de remonter le tee-shirt de Patrice en le roulant sur sa poitrine.

Un ventre trop plat et trop musclé lui apparut.

Du bout de son index, il esquissa la forme d'un carré.

Trop bronzé, aussi.

Il s'empara de son cutter, sortit la lame qu'il pointa vers la peau palpitante exposée à sa vue, puis appuya avec délicatesse. Son intention n'était pas de tuer sa victime tout de suite.

Le sang gicla néanmoins. Patrice poussa un cri, ouvrit les yeux. Un violent coup sous la mâchoire le fit tenir tranquille. Thomas entreprit alors d'inciser l'abdomen sur une ligne droite qui rejoignait les deux os des hanches.

— Parfait, se félicita-t-il quand cette première ligne fut achevée.

Il changea sa position afin d'être mieux placé pour tracer sa seconde entaille, perpendiculaire à la première. De ligne en ligne, il tourna autour du corps jusqu'à ce qu'un carré soit dessiné.

— Voilà, dit-il.

Après avoir essuyé le ventre de sa victime avec sa main, il se recula pour juger de l'effet. Bien. C'était à peu près droit. Il remonta ses manches et s'attaqua à la suite de l'opération.

Bien que son visage inexpressif semblât démentir toute idée de concentration, Thomas était totalement absorbé dans sa tâche. A plusieurs reprises, son matériau vivant se réveilla sous l'effet de la douleur, mais il ne fut jamais long à se rendormir : Tom n'eut besoin que d'enfoncer un peu plus profondément la pointe de son cutter dans cette chair étonnamment plus tendre que celle de Farfeti. Ce qui l'ennuyait le plus était tout ce sang qui coulait et qu'il devait essuyer sans cesse pour voir clairement son dessin. Il n'allait pas être facile de jouer sur un plateau si souillé.

Il se mit à réfléchir à la question. Ce qui serait bien, ce serait de cautériser les plaies. Avec de l'alcool ? Non, il n'était pas sûr que l'alcool arrêtait le sang. Peut-être une lampe à souder... Une moue hésitante apparut sur sa bouche. Y en avait-il une, ici ? Il commença à frotter sa cicatrice. La douleur lui arracha un grognement mécontent. Son regard se porta alors sur la cheminée où des braises grésillaient d'une chaleur incandescente. Un tisonnier était posé sur le côté de l'âtre. Ses yeux étincelèrent. Il tendit la main. A ce moment précis, un coup fut frappé à la porte.

La main de Tom revint en place et sa respiration s'enfla à toute allure. Qui pouvait rendre visite à ce crétin de Patrice à cette heure-là ? Il fit coulisser plusieurs fois la lame de son cutter en se repaissant du cliquettement évocateur que la manœuvre produisait. Puis il se mit debout, son arme dans sa main crispée.

C'est alors que l'inconnu se mit à appeler.

Les yeux de Tom roulèrent sauvagement dans leurs orbites.

L'inconnu était *une* inconnue.

Le revenant sourit, les yeux cruels, et s'adressa au corps évanoui sur le sol :

— Je crois qu'on se connaît bien, ta petite copine et moi. On peut même dire qu'on est assez intimes...

Il leva ses sourcils, faisant mine de s'étonner du silence de Patrice.

— Ah, tu ne le savais pas. Je comprends tout. Tu ne te serais pas permis certaines choses, sinon...

S'agenouillant à côté de sa victime, Tom exécuta une dernière incision dans son abdomen, achevant ainsi les soixante-quatre cases réglementaires de son échiquier.

Puis il alla ouvrir la porte sans se presser.

21.

Consignée sur le fauteuil en rotin qui faisait face au corps mutilé de Patrice, Emmanuelle sanglotait à chaudes larmes. Tom était assis en face d'elle dans l'autre fauteuil et il lui énumérait calmement la suite des fautes qu'elle avait commises et qui allaient l'obliger, il le regrettait profondément, à se prononcer bientôt sur son châtiment.

Emmanuelle était incapable de répondre quoi que ce soit. La vision de Patrice l'anéantissait. Le jeune comédien se mit à geindre et son bras tenta de se lever. Au quart de tour, Thomas lui expédia un coup de botte dans la nuque. Le bras du blessé retomba lourdement tandis que sa tête se tournait sur le côté en se raidissant.

— Tu l'as tué! hurla Emmanuelle en se ruant sur Tom.

Ce dernier la saisit entre ses mains avec une facilité déconcertante et la contraignit à se rasseoir. Emmanuelle se recroquevilla. Thomas reprit sa place.

— Et les entrepreneurs de peinture? continua-t-il dans sa liste de doléances d'un ton impassible. Est-ce que madame les a appelés? Et mon interdiction d'aller nager? Est-ce que madame l'a respectée?

Emmanuelle secoua la tête d'un air désespéré.

— Bien, dit-il, on va faire une petite partie d'échecs.

Il regarda sa femme qui avait enfoui sa tête dans ses mains et ne répondait pas.

— Relève la tête.

Emmanuelle en était tout simplement incapable. Elle ne pouvait plus ouvrir les yeux, elle ne pouvait plus voir le ventre ensanglanté de Patrice, elle ne pouvait plus voir son visage tuméfié avec ce filet de salive qui s'échappait de ses lèvres. Tom se leva. Il redressa Emmanuelle en la tirant par les cheveux et lui mit un pion dans la main.

— Sur l'échiquier, la somma-t-il en désignant le ventre mutilé de Patrice.

— Non ! supplia Emmanuelle. Je t'en prie !

L'acteur lui envoya posément une gifle. Tremblante et hoquetante, Emmanuelle s'exécuta. La respiration de Patrice était si faible que le pion resta en place sur son ventre.

— Bien, commenta Thomas. Le fou, maintenant.

Il tendit à sa femme la pièce qu'elle prit du bout des doigts. Les paupières à peine entrouvertes, elle la posa à l'aveuglette à côté du pion, puis elle s'effondra de nouveau sur elle-même en pleurant.

— Un fou ne se place jamais à cet endroit, remarqua Thomas d'un sourire cruel. On ne mélange pas les pions et les fous, madame... On ne fait pas n'importe quoi.

Emmanuelle regarda son mari avec des yeux vides. Elle reprit sa pièce et attendit.

— La troisième case en partant de la gauche, indiqua Thomas sèchement. Entre le cheval et le roi. On dirait que madame n'a pas fait très attention quand je jouais... On dirait que ça ne l'intéressait pas tellement.

Sans un mot, Emmanuelle posa son fou sur la case que Tom lui avait désignée.

— Le roi, maintenant.

Il eut une moue dubitative en considérant l'abdomen de Patrice.

— Je l'admets, on ne voit pas très bien avec tout ce sang. Il faut l'arrêter.

A l'aide de son index, il attira le regard de sa femme vers l'âtre de la cheminée où les braises jetaient des lueurs rougeâtres.

— C'est comme ça qu'on faisait dans le temps, précisa-t-il.

Emmanuelle poussa un hurlement. Tom eut un haussement d'épaules résigné.

— Je crois que madame ne saura jamais jouer aux échecs. De toute façon, elle n'a plus le temps d'apprendre.

L'allusion n'échappa pas à Emmanuelle dont le sang sembla quitter son corps.

— On va régler tout ça à la maison, stipula l'acteur en lui donnant implicitement raison. On rentre en Zodiac. Une petite promenade en amoureux. Ça dit à madame ?

Emmanuelle resta dans le même état de catalepsie.

— Ça lui dit ? la gifla Tom sans que son visage ne trahisse la moindre nervosité.

— Ça me dit ! hoqueta Emmanuelle. Ça me dit...

Il eut un vague sourire de satisfaction.

— Alors debout.

Il la poussa brutalement devant lui pour la faire sortir de la maison. Parvenu sur le seuil, il lui intima l'ordre de l'attendre quelques instants sans bouger. Tandis qu'Emmanuelle s'immobilisait sans oser faire un pas, il revint rapidement dans le salon où gisait Patrice et lui enfonça toute la longueur de sa lame de cutter dans le cœur.

— Ça pue encore un peu, marmonna-t-il en se relevant. Mais pas pour longtemps.

Thomas Nival referma soigneusement la porte du jardinet de la petite villa où il était venu à plusieurs reprises dans le passé avec sa femme. Le vent du large ranima instantanément les esprits d'Emmanuelle. Elle fit aller vivement ses yeux sur le chemin sablonneux qui longeait la plage bordée de dunes, en quête de secours. Sa salive se bloqua dans sa gorge. C'était fichu. La première maison était à plus d'une centaine de mètres et il n'y avait personne dehors, pas même une voiture.

— Madame rêve ou quoi ? lui dit hargneusement Tom qui la tenait par le bras. Avance.

Il approcha sa bouche de son oreille.

— Je sais à qui madame rêve, siffla-t-il aigrement. Qu'elle ne s'inquiète pas, elle pourra bientôt rêver avec lui pour l'éternité. (Un frisson le traversa malgré lui.) Au fond d'un trou. Dans l'obscurité, l'humidité, la pourriture...

Il sembla réfléchir.

— Non, elle ne rêvera pas avec lui. Elle sera toute seule. Et personne ne viendra la chercher. Ni elle ni lui.

— Et toi, qu'est-ce que tu feras ? s'écria Emmanuelle d'une voix subitement exaspérée.

Elle ne devait pas se laisser abattre. Elle venait d'avoir une idée. Surtout, empêcher que Tom la devine. Parler, parler, parler pour qu'il n'intercepte pas ses pensées. Et le faire parler.

— Moi ? fit Tom, étonné par la repartie. Que madame ne se tourmente pas pour moi. J'ai beaucoup de projets. Avant que j'en aie fini avec tous ceux qui ont essayé de me faire du mal... Le patron du bar-tabac de Bois-sur-Rive, qui fait le malin. Je n'ai pas encore eu le temps de m'occuper de lui.

Il ajouta d'une voix métallique :

— J'espère qu'il ne s'impatiente pas trop.

— Sans doute que non, dit sinistrement Emmanuelle.

Tom se mit à rire. Son rire était sec et froid, mais c'était quand même ce qu'elle souhaitait. Que Tom soit content de lui : il s'intéresserait d'autant moins à ce qu'elle pouvait penser.

Ils arrivaient maintenant derrière les dunes, sur le rivage, où le Zodiac était amarré. Tom ne disait plus rien. L'angoisse monta en flèche dans le cœur d'Emmanuelle. Il fallait absolument faire repartir la conversation.

— Qui a voulu te faire du mal ? lui demanda-t-elle. Qui as-tu encore l'intention de punir ?

Cette fois-ci, Thomas Nival eut un rire sans aucune trace de satisfaction.

— Malcolm Watts n'est pas venu à mon enterrement. Et d'un. Et pas que lui. S'il n'y avait que lui. Tous ces journalistes qui se disaient mes amis. Il n'y en a même pas la moitié qui se sont déplacés.

Ils parvinrent devant le Zodiac qui se balançait follement sur la mer démontée. Le vent hurlait. L'acteur fit distraitement monter Emmanuelle dans l'embarcation. Il était tout à ses pensées.

— Et je ne parle pas de leurs articles. Aucun gros titre.

— C'est vrai, reconnut Emmanuelle avec empressement.

— Par contre, ils ne se sont pas privés pour aller se rincer l'œil à mon enterrement. Cela les faisait sans doute jouir de voir mon cercueil !

— Je l'ai remarqué aussi. Ça m'a fait assez de peine...

Tom maugréa quelque chose qu'Emmanuelle ne comprit pas. Il se baissa vers le casier aménagé à la pointe du bateau et fouilla dedans à tâtons. Le cœur d'Emmanuelle se mit à cogner douloureusement contre sa poitrine. On entendit plusieurs bruits secs provenant de pièces métalliques dérangées par la main de Tom. Le fusil sous-marin et le couteau de plongée : ils étaient toujours là... Le corps d'Emmanuelle subit une légère détente mais les battements de son cœur redoublèrent aussitôt. Thomas allait-il les prendre ? Avait-il pénétré ce qu'elle avait l'intention de faire ? Elle se mit à prier follement un Dieu auquel elle ne croyait pas. Au bout d'un temps interminable, Tom se redressa enfin. Sa cicatrice à la tête lui faisait horriblement mal. Toutes ses idées étaient brouillées. Emmanuelle s'affaissa sur le rebord du bateau, étourdie de soulagement : entre les mains de Tom n'était visible que la torche. L'ayant allumée, il la posa près de lui et mit en marche le bateau. Tous les bruits s'engloutirent dans le vrombissement du moteur. Mais à voir la tête de Tom, Emmanuelle se rendit bien compte qu'il continuait à débiter ses rancœurs.

Le Zodiac s'éloigna en fendant la tempête. Dominant sa peur, Emmanuelle alla s'asseoir à côté de son mari et tendit l'oreille. Le son de sa voix perçait le bruit du moteur et du vent, déversait dans l'obscurité une plainte longue et horrible.

— Je serais arrivé en tête du box-office ! J'aurais été le plus grand, le plus demandé, le plus riche ! Ils auraient vu qui j'étais ! Je n'ai pas eu le temps, pas eu le temps...

Et Emmanuelle approuvait d'un signe de tête, attentive à ne pas en faire trop aussi bien que soucieuse de ne pas couper le fil des pensées de Tom.

— Je les déteste tous ! continua-t-il sur le même ton déclamatoire, se dressant soudain face à la mer, le poing levé. Personne n'a su reconnaître mon immense talent ! Pourquoi ne vont-ils pas voir mes films ? Pourquoi vont-ils voir ceux des autres ? Pourquoi ne m'envoient-ils pas des milliers de lettres ? Pourquoi ne me reconnaissent-ils pas quand ils me croisent dans la rue ? Ils mériteraient tous de mourir sur-le-champ !

L'acteur se rassit aussi brusquement. Emmanuelle se tassa sur elle-même, effarée. Dans la lumière brumeuse de la torche, le visage de Tom était déformé par le ressentiment. Elle eut l'impression qu'une larme coulait de ses yeux et se sentit abruptement prise de pitié. La vie de Tom n'avait apparemment pas été à la hauteur de ce qu'il pensait avoir mérité. Et Thomas Nival parlait de plus en plus bas et Emmanuelle tendait le plus possible son oreille. Elle se rapprocha de son mari qui lui prit la main et la serra très fort. Dans un effort démesuré sur elle-même, elle la lui laissa. L'acteur évoquait maintenant des odeurs insupportables, ressassait des souvenirs d'obscurité, d'humidité, de pourriture. Le sentiment de pitié d'Emmanuelle s'accrut. C'était comme si Tom avait oublié qu'il lui en voulait, à elle aussi. De nouveau il semblait l'aimer, avoir besoin d'elle. Elle se rapprocha encore, se serra dans un semblant de tendresse. Devant eux, la mer était noire et violente. Leur sentiment de désespoir à chacun était incommensurable.

— Prends la barre, dit Tom. Je n'ai plus envie de diriger le bateau.

— D'accord, acquiesça Emmanuelle.

Elle lâcha la main de Tom, mais au lieu de prendre la barre, comme elle en avait eu pourtant l'intention, elle oublia tout d'un coup son élan de compassion, fit un bond de côté, gagna rapidement l'autre bout du Zodiac pour atteindre le coffre et, s'emparant de son couteau de plongée, l'enfonça de toutes ses forces dans un des deux boudins de caoutchouc latéraux du bateau.

Tom poussa un hurlement de fureur et s'élança vers sa femme. Celle-ci s'échappa et eut le temps de donner plusieurs coups de couteau dans le boudin opposé. Au moment où Tom allait la saisir par son pull, elle sauta et roula de l'autre côté de l'embarcation en continuant à perforer sauvagement le caoutchouc.

Le Zodiac se dégonflait, s'amollissait. Dans une clameur démente, Tom réussit à agripper sa femme. Emmanuelle se dégagea avec l'énergie ultime qu'apporte le sentiment que l'heure de la dernière bataille a sonné. Tom la saisit de nouveau. Leurs deux corps s'emmêlèrent. Emmanuelle brandit son couteau devant son mari, le visage métamorphosé par la détermination. Ivre de rage, Tom lui fit perdre l'équilibre et, exhalant un long cri d'effroi, la jeune femme bascula vers les crêtes déchiquetées des vagues furieuses.

Tom émit une exclamation de triomphe.

— Tu as beau savoir nager, ma belle, on est à des kilomètres de la côte! Tu vas mourir de froid, si tu ne meurs pas d'épuisement! C'est le moment ou jamais de nager jusqu'en Angleterre! Adieu! Bonjour à mes amis les morts!

Et, secoué d'un rire inhumain, il se rua sur le moteur et mit les gaz à fond. De l'eau commençait à envahir l'embarcation, mais il haussa les épaules. La quille gonflable qui maintenait le fond du bateau en flottaison était intacte. En se dépêchant, il regagnerait la côte sans problème. Il n'était pas si loin : un ou deux kilomètres. Son visage grimaça d'un sourire hideux. Pour Emmanuelle, en revanche, ces un ou deux kilomètres seraient une éternité. En pleine nuit, par cette mer agitée, ses chances de s'en sortir étaient égales à zéro.

Il eut une grimace amère.

La garce, elle avait fait semblant de l'aimer.

C'est alors que, d'un seul coup, le moteur s'arrêta. Les yeux fous, Tom se pencha par-dessus bord en quête de savoir ce qui avait pu bloquer l'hélice. Avec stupéfaction, il aperçut la pointe luisante du couteau de plongée d'Emmanuelle avec lequel celle-ci venait de couper les fils du moteur. Il essaya d'attraper la nageuse par son bras, mais elle disparut sous l'eau. Un glapissement de terreur monta dans la gorge de l'acteur. Il était dans le noir, au fond du tunnel ! Il était perdu, il avait froid et peur ! Il était tout seul, Hortense n'était pas là !

Nageant sous le Zodiac, Emmanuelle commença à donner des coups de couteau dans la quille gonflable.

Thomas Nival se prit la tête entre les mains et tomba à genoux dans l'embarcation. Il invoquait Hortense, il la suppliait de faire entendre sa voix, de le sortir des ténèbres, il cherchait désespérément les fils de lumière qu'elle lui avait tendus. Il dressa soudain la tête, essayant de percer l'obscurité hurlante.

— Hortense ! Hortense ! geignit-il.

Emmanuelle donna un dernier coup de couteau puis se distancia rapidement de l'embarcation qui sombrait. Dans l'obscurité clapotante, s'élevèrent les derniers cris de Tom. L'ombre du Zodiac disparut complètement : la torche de l'acteur était tombée à l'eau. Avec lui...

Pendant quelques secondes, tout tourbillonna en elle, puis elle se ressaisit. En un clin d'œil, elle se débarrassa de son jean et se mit à nager avec ardeur. Il n'était pas question que le froid pénètre son corps, elle le refusait catégoriquement. Au large des vagues bruyantes et sombres qui s'élevaient autour d'elle, une lumière balaya l'écume. Le phare du Hourdelle... Un sourire confiant vint sur ses lèvres. Elle était à moins de deux kilomètres de la côte : c'était largement dans ses capacités. Son sourire s'accentua. Elle ferait plus que ça, même, elle rejoindrait Bois-sur-Rive où Lili l'attendait ! Elle s'en sentait capable, elle pouvait nager jusqu'en Angleterre, ainsi que Tom l'en avait défiée...

Grelottant de froid et de peur sur les galets menacés par la marée montante, Lili attendait sa maîtresse. Elle la percevait de tous ses sens exacerbés, elle la voyait avec ses yeux de braise, elle la sentait avec son magnétisme en alerte, elle l'appelait de tout son amour.

Il y avait la tempête, effrayante, et puis il y avait sa maîtresse qui luttait pour revenir.

La chatte se mit à miauler douloureusement en regardant la nuit immense.

Oh, vents, écoutez-moi... Oh, vagues, calmez-vous... Je vous en prie, faites qu'elle me revienne!

Mais les vagues n'écoutaient pas Lili. On aurait dit une vasque que les mains de quelque dieu marin secouaient avec une méchanceté démoniaque. Les vents non plus n'écoutaient pas Lili. Les avait-elle écoutés, elle, alors qu'ils l'empêchaient de toutes leurs forces de se rendre au cimetière pour faire revenir un mort ?

Ils continuèrent imperturbablement de souffler.

Le phare du Hourdelle se rapprocha rapidement de la nageuse, en dépit du roulis des vagues. Emmanuelle progressait avec calme et confiance. Elle savait qu'elle trouverait Cayeux et Ault-Onival un peu plus loin dans les échancrures de la côte, et que Bois-sur-Rive venait juste après. Elle n'éprouvait aucune fatigue. Elle se sentait au contraire merveilleusement bien. Tom était au fond de l'eau. Mort ou vivant, de toute façon il ne savait pas nager et il ne pourrait jamais revenir. Elle continua à avancer en filant sur l'eau, passant avec aisance chacune des vagues qui venait à elle. Elle se sentait légère, désincarnée, le froid n'existait pas.

En moins d'un quart d'heure, le phare du Tréport qui se trouvait au-delà de Bois-sur-Rive, vers le sud, apparut sur sa droite. Elle était arrivée... Elle cessa de nager en oblique et mit le cap droit sur la côte. Elle alternait crawl et brasse pour ne pas risquer de s'essouffler. Bientôt elle aperçut la masse faiblement éclairée de l'Hôtel du Golf, tapi en croupe sur la falaise. Elle acheva par la brasse afin de voir le rivage venir à elle majestueusement, comme jadis.

Plus que quelques mètres. Sous la lumière de la pleine lune, la mince silhouette de Lili lui apparut tout à coup. Son cœur bondit d'une joie inexprimable. La dernière vague allait l'amener en douceur sur les galets, la déposer devant sa petite chérie...

Elle leva le bras et fit un signe à l'animal. Et plongea dans cette dernière vague, sous les yeux de Lili.

La chatte attendait, le cœur battant. Sa maîtresse était en train de rouler dans l'eau jusqu'à elle. Dans une seconde elle serait là. Dans une seconde toutes deux seraient réunies. Le Vivier-Leu avait menti, cette fois-ci. Elle n'aurait plus besoin d'y aller. Jamais. Toutes ces résolutions abominables auxquelles elle s'était arrêtée n'avaient plus lieu d'être. Elle n'aurait pas à pleurer, elle n'aurait pas à miauler, elle n'aurait pas à ronronner très fort pour faire revenir sa maîtresse d'entre tous ces gens qui étaient morts. C'était fini. Les moustaches de la chatte frémirent et une onde merveilleuse de bonheur la traversa.

C'est alors qu'une crampe s'empara de la nageuse au moment où elle allait ressortir de la vague. Une crampe brutale, quelque chose de semblable à un étau qui vous saisit par le mollet et vous empêche de nager. Quelque chose qui vous fait couler à pic. Quelque chose... d'absolument irrésistible.

Comme une main.

*La composition de cet ouvrage
a été réalisée par l'Imprimerie BUSSIÈRE,
l'impression et le brochage ont été effectués
sur presse CAMERON dans les ateliers de B.C.I.
à Saint-Amand-Montrond (Cher),
pour le compte des Éditions Albin Michel.*

*Achevé d'imprimer en avril 1995.
N° d'édition : 14457. N° d'impression : 444-4/082.
Dépôt légal : mai 1995.*